与国同航
筑梦冬奥

——北京航空航天大学服务保障北京 2022 年冬奥会和冬残奥会纪实

庄　岩　李广玉　丁瑞云　主　编
蒋　茁　李　鹏　张晓磊　副主编

图书在版编目（CIP）数据

与国同航　筑梦冬奥：北京航空航天大学服务保障北京2022年冬奥会和冬残奥会纪实 / 庄岩，李广玉，丁瑞云主编；蒋茁，李鹏，张晓磊副主编. -- 北京：北京航空航天大学出版社，2022.10

ISBN 978-7-5124-3891-0

Ⅰ. ①与… Ⅱ. ①庄… ②李… ③丁… ④蒋… ⑤李… ⑥张… Ⅲ. ①纪实文学—作品集—中国—当代 Ⅳ. ①I25

中国版本图书馆CIP数据核字（2022）第168651号

与国同航　筑梦冬奥
——北京航空航天大学服务保障北京2022年冬奥会和冬残奥会纪实

责任编辑：李　帆
责任印制：秦　赟
出版发行：北京航空航天大学出版社
地　　址：北京市海淀区学院路37号（100191）
电　　话：010-82317023（编辑部）　　010-82317024（发行部）
　　　　　010-82316936（邮购部）
网　　址：http://www.buaapress.com.cn
读者信箱：bhxszx@163.com
印　　刷：北京雅图新世纪印刷科技有限公司
开　　本：710mm×1000mm　1/16
印　　张：24
字　　数：430千字
版　　次：2022年10月第1版
印　　次：2022年10月第1次印刷
定　　价：128.00元

如有印装质量问题，请与本社发行部联系调换
联系电话：010-82317024
版权所有　侵权必究

编委会

主　编：庄　岩　李广玉　丁瑞云

副主编：蒋　茁　李　鹏　张晓磊

编　委（编委按照姓氏笔画排序）

王广琛　王立东　王瀚洲　井彦祺　甘海珍　冯　蓉　吕子良
关天洋　李海涛　杨贤达　杨姿楚　吴瑞林　邱　真　宋树洋
张志辉　张承阳　昌运鑫　金　天　赵　圆　姜　森　高文琪
魏　茜

作者介绍

北京航空航天大学北京2022年冬奥会和冬残奥会服务保障团队包括奥运火炬手、挂职借调干部、科技助奥师生、志愿者师生、校内后勤保障、心理支持、教学管理、师生关怀、疫情防控等各项工作相关部门教职员工，团队获得了上级单位和学校领导的大力支持和关心关爱。本书由北京航空航天大学北京2022年冬奥会和冬残奥会服务保障团队集体编撰完成。

北航师生团队在服务保障北京2022年冬奥会和冬残奥会期间获评全国体育事业突出贡献奖、全国突出贡献个人、中国冰雪科学家、北京市先进集体、工信部先进集体、北京市青年突击队等各项荣誉称号，事迹在《人民日报》、新华社、《光明日报》、中央电视台、北京冬奥官网、北京卫视、《北京日报》等主流媒体报道230余次。本书记录了北航服务保障团队的精彩冬奥故事。

主编团队庄岩同志作为北航冬奥服务保障工作总调度，李广玉、李鹏同志作为国家高山滑雪中心场馆挂职干部，丁瑞云、蒋茁同志作为北航专职带队教师志愿者，张晓磊同学作为北航共青团学生工作骨干志愿者，在本书的选题定旨、结构设计、文稿征集、梳理编册等环节开展了大量工作。编委会成员中多位北航共青团一线带队专职干部、校内各部门负责人、学生志愿者团队骨干等倾情参与、贡献智慧，为本书的内容梳理和结集成册贡献了重要力量。

序

历经七年艰辛努力，北京冬奥会、冬残奥会胜利举办。习近平总书记在北京冬奥会、冬残奥会总结表彰大会上发表重要讲话，阐述了"胸怀大局、自信开放、迎难而上、追求卓越、共创未来"的北京冬奥精神。这份宝贵的精神由广大参与者在冬奥申办、筹办、举办的过程中共同创造，也正在转化为"请党放心，强国有我"的担当作为，由广大参与者在"后冬奥时代"的社会大课堂中共同传扬和续写。

在北京2022年冬奥会和冬残奥会服务保障工作中，北京航空航天大学作为延庆场馆群牵头高校、国家高山滑雪中心主责高校，在三年多的筹备过程中，组织广大志愿者及各工作团队以强烈的责任感、使命感、荣誉感克服重重挑战、倾情奉献担当，交上了一张亮丽出色的高分答卷。犹记得北京冬奥会开幕倒计时50天之际，我曾前往延庆赛区国家高山滑雪中心与北航志愿者团队座谈交流，他们昂扬奋发的面貌、甘于奉献的精神给我留下了深刻的印象，彰显着新时代青年的坚定使命和责任担当。北京冬奥育人价值与北航"空天报国"精神交互呼应、完美契合，共同成就了"双奥之城"的荣耀时刻，携手写下了"一起向未来"的精彩篇章。

习近平总书记指出："北京冬奥会、冬残奥会既有场馆设施等物质遗产，也有文化和人才遗产，这些都是宝贵财富，要充分运用好，让其成为推动发展的新动能，实现冬奥遗产利用效益最大化。"真正用好北京冬奥遗产，通过挖掘、梳理和拓展北京冬奥精神的文化内涵和教育价值，传承北京"双奥之城"新的荣光，搭建起生动深刻的"大思政课"育人平台，这是我们需要共同思考和探索的重要课题，也正在我们共同的实践拓展中高效推进、不断深化。

《与国同航 筑梦冬奥——北京航空航天大学服务保障北京2022年冬奥会和冬残奥会纪实》一书正是北京冬奥精神延续发扬的鲜活呈现。书中一段段真挚感人的回忆、一个个饱含深情的故事、一篇篇深刻思考的感悟，系统梳理和总结了北航师生团队奋战冬奥的历程与价值收获，不仅带领我们重温这场冰雪相约的荣光与感动，更引导广大读者深入学习体会冬奥服务保障中凝结的价值情怀和精神启示。

作为北京冬奥精神和冬奥遗产的诠释载体，本书是丰富思政教育资源、发挥立德树人作用的宝贵成果，是积极推进冬奥"思政大课"体系、扎实做好"后冬奥"文章的生动平台。期待并相信，它将激励包括北航师生在内的每位冬奥见证者、参与者、奋斗者，将服务奉献与见证辉煌成就相结合，在新征程上砥砺前行、接续奋斗，为实现第二个百年奋斗目标、实现中华民族伟大复兴的中国梦作出新的更大贡献！

2022年9月

*滕盛萍，北京市委宣传部副部长，首都文明办主任，时任北京冬奥组委志愿者部部长。

北航冬奥服务保障团队不畏高山严寒、奋战海陀之巅，用担当奉献、无悔坚守、暖心服务，让冬奥皇冠上的明珠璀璨绽放，让美丽的雪飞燕振翅翱翔，让青春的奋斗更加闪亮！

　　希望各位冬奥参与者、见证者和奉献者永葆初心、不负韶华，在民族复兴的新征程上接续作出更大贡献！

张素枝

*张素枝，时任北京冬奥组委延庆运行中心常务副主任，场馆群执行主任兼国家高山滑雪中心场馆主任。

■ 张素枝主任看望志愿者

编者序

2022年，历经七年艰辛努力的北京冬奥会、冬残奥会成功举办，举国关注、举世瞩目。习近平总书记在北京冬奥会、冬残奥会总结表彰大会上发表重要讲话，高度概括了六个方面的重要成果，深刻总结了"四个坚持"的宝贵经验，深入阐述了"胸怀大局、自信开放、迎难而上、追求卓越、共创未来"的北京冬奥精神。

在北京2022年冬奥会和冬残奥会保障工作中，北京航空航天大学作为延庆场馆群运行团队牵头高校、国家高山滑雪中心主责高校，历时三年筹备组织，各单位团结协作、精益求精，两名火炬手、三名技术官员、多支科研团队、428名志愿者师生和相关教职员工全情投入、全力以赴，使命光荣艰巨、工作精彩圆满，获评全国体育事业突出贡献奖、全国突出贡献个人、"中国冰雪科学家"、北京市先进集体、工信部先进集体、北京市青年突击队等各项荣誉称号，事迹被主流媒体广泛报道230余次，为兑现"两个奥运"同样精彩的庄严承诺作出了应有贡献，交上了一份属于北航人的高分答卷！

回顾这场冰雪盛会，回首这段同航旅程，北航校内各部门严密组织、高效联动，各院系全程关怀、支持慰问，志愿者团队不畏严寒、热情坚守，科研团队锐意创新、攻坚克难，教职员工勇挑重担、勤勉作为，在各关键环节领域不负使命、勇于担当，用实际行动将冰雪故事书写在海陀山上，用拼搏奉献在青春印记上镌刻冬奥精彩。这些服务北京冬奥的宝贵精神财富，铭记着广大参与者的难忘回忆，诠释着冬奥"大思政课"的显著成效，指引着奋进新时代的前行方向。

《与国同航 筑梦冬奥——北京航空航天大学服务保障北京2022年冬奥会和冬残奥会纪实》一书深入贯彻落实习近平总书记在北京冬奥会、冬残奥会总结表彰大会上的重要讲话精神，切实做好冬奥故事梳理和思政育人成效总结，将学校科技助力、人才支撑、志愿服务等各领域突出贡献进行系统梳理，将冬奥保障荣耀时刻、"大思政课"育人成效进行凝练总结，分录在"荣耀时刻""团结聚力""科技助奥""执着坚守""温暖护航""永续华章"六个篇章。一篇篇暖心故事、一张张精美图片、一段段深刻思考，凝聚着全校师生在传承北京冬奥精神、推进冬奥"思政大课"体系建设等方面的深刻思考和宝贵智慧。

时值中国共产主义青年团成立100周年、北京航空航天大学建校70周年，我们期待并相信，本书能带领广大青年重温冬奥时光印记、弘扬北京冬奥精神、勇担时代使命、保持昂扬奋进，在实现中华民族伟大复兴中国梦的征程上，奋力作出无愧于祖国、无愧于人民、无愧于时代的更大贡献！

北京航空航天大学北京2022年冬奥会和冬残奥会服务保障团队

2022年8月1日

■ 北京航空航天大学服务国家高山滑雪中心志愿者合影

■ 国际奥委会主席巴赫与北航冬奥会志愿者合影

■ 北京市委常委、教育工委书记夏林茂慰问北航冬奥会和冬残奥会志愿者

■ 北京冬奥组委志愿者部部长滕盛萍慰问北航冬奥会和冬残奥会志愿者

■ 时任北航校长徐惠彬院士看望冬奥会和冬残奥会志愿者

■ 志愿者李海涛获评"北京冬奥会、冬残奥会突出贡献个人"

■ 志愿者张颜作为六位代表之一登上冬残奥会闭幕式

■ 北京航空航天大学冬奥会和冬残奥会志愿者凯旋返航

目录 CONTENTS

与国同航，筑梦冬奥
——北京航空航天大学服务保障北京 2022 年冬奥会和冬残奥会
工作情况总结 001

❄ 荣耀时刻 ❄

苏东林：奥运之火，科技之火，电磁之火，共筑强国梦！ 009
钟景：传递残奥火炬，传播奥运精神 014
李海涛：奋斗的青春，在冬奥中尽情绽放 017
张颜：一家三口赴冬奥，与国同航向未来 021
舒婧焱、唐紫云：迎八方宾朋，展中华文化
——国际奥委会主席巴赫要把什么带回办公室？ 026

❄ 团结聚力 ❄

李广玉：志愿者最爱的"亲兄长"，"雪飞燕"最早的"螺丝钉" 033
张志辉：精准抵离信息，助力运行决策
——为实现冬奥会"好来快走"的抵离目标奋斗五年 039
李鹏：海陀之巅圆双奥梦想，冰雪飞燕展青春华章 046
丁瑞云、杨姿楚、蒋茜、魏茜：风雪中来自志愿者"妈妈"的温暖...053
孙晓川、张洋、史晓锋：四海英才助力冬奥赛场，技术官员护航
高山明珠 060

001

王宇阳：生逢其时，使命在肩，我为冬奥之约绘上学联色彩.........070

❄ 科技助奥 ❄

柯鹏团队：中国队金牌背后的北航力量.........077
刘虎团队：发挥跨界科技优势，助力撑起冬奥空中坚盾.........084
帅梅团队：以梦为马，蝶变今朝，每一"度"皆是温暖的守护.........090
张德远团队：拨云见日，仿生科技助力冬奥服务.........096
曹先彬团队："一张票"直达冬奥，赴约冰雪体育盛宴.........102
周绍栋：科技助奥，志愿同航
——与北京冬奥的冰雪奇缘.........107

❄ 执着坚守 ❄

赛事服务志愿者：赛会的门面，最温暖的一道光.........115
缆车交通志愿者：风雪中的无悔坚守.........125
阪泉综合服务中心志愿者：离赛事最远，离观众最近.........131
场馆通信中心志愿者：助力"雪飞燕""最强大脑"高效运转.........136
延庆场馆群指挥中心通信中心志愿者：记录每一份不平凡的坚守.........141
公共卫生志愿者：闭环办奥下的公共卫生答卷.........149
残奥整合志愿者：做好残奥服务的"顾问".........155
住宿志愿者：满天群星璀璨，闪烁志愿之光.........160
机动志愿者：无悔坚守，时刻准备
——校园中的志愿者冬奥故事.........165
交通设施随车志愿者：随车服务风雨坚守，温暖残奥携手同行.........171
姜海洋、张智博：镜头背后的雪花之眸.........176
曹阳：军装换制服，站岗守高山.........182
徐申展：海陀山下的坚守.........187
刘心怡：冲过疫情波折，"最后一片雪花"终归航.........192

❄ 温暖护航 ❄

激励保障组："燃烧"的"平方志愿者".........199

宣传培训组：让每一片"雪花"都被看到，让志愿在心中树立灯塔...204
组织考核组：默默奉献的"中枢系统" ...212
驻地大家庭：你守护冬奥，我守护你 ...217
校内协调组：陪你向未来，志愿者背后的志愿者 ...224
积极心理体验中心：暖心陪伴，助力冬奥 ...227
后勤保障：你是冬奥最温暖的光，我是你安全温暖的大后方 ...230
教学管理团队："一人一策"做好志愿者学业支持 ...235
志愿者家长：去燃烧吧！你永远是我们的骄傲 ...238

❄ **永续华章** ❄

辛泽旭：北航蓝与中国红
——北京冬奥志愿活动最亮丽的风景线 ...245
张梓航：若雪花也有花语，那便是天下大同 ...248
蒲玙甜：让志愿事业更专业
——榜样就在身边 ...251
钟艾林：冰雪腾飞，正当其时，寒夜觥筹星璀璨，雏鹰聚力击长空 ...254
张倩：不负时代，不负韶华 ...257
森迪：宣讲冬奥故事，共创未来 ...260
研究生支教团：让北京冬奥精神播撒在祖国西部 ...264

❄ **附录** ❄

服务保障北京2022年冬奥会和冬残奥会大事记 ...270
冬奥会和冬残奥会服务保障人员名单 ...273
冬奥会和冬残奥会服务保障工作部分感谢信 ...278
《高山志愿日报》 ...288

与国同航，筑梦冬奥

——北京航空航天大学服务保障北京2022年冬奥会和冬残奥会工作情况总结

2022年4月8日上午，北京冬奥会、冬残奥会总结表彰大会在人民大会堂隆重举行。习近平总书记在讲话中指出，北京冬奥会、冬残奥会广大参与者珍惜伟大时代赋予的机遇，在冬奥申办、筹办、举办的过程中，共同创造了胸怀大局、自信开放、迎难而上、追求卓越、共创未来的北京冬奥精神。

在北京2022年冬奥会和冬残奥会保障工作中，北京航空航天大学始终发挥学校优势，在科技创新、人才支撑、志愿服务等方面积极贡献智慧力量。

一、志愿服务保障情况

在志愿保障任务中，学校作为延庆场馆群运行团队牵头高校和国家高山滑雪中心主责高校，选拔428名师生组成志愿者团队。志愿保障工作圆满，服务表现精彩出色。其中，志愿者李海涛获评"北京冬奥会、冬残奥会突出贡献个人"，志愿者张颜作为6位代表之一登上冬残奥会闭幕式，团队获评北京市先进集体、工信部先进集体、北京市青年突击队等各项荣誉称号。

（一）自上而下高效响应，工作体系严密有力

组织架构体系严密。学校成立由书记、校长任组长的冬奥会志愿者工作领导小组，建立"一轨三星"志愿服务工作运行指挥体系，学校领导小组与各院系二级小组全盘联动；同时依据职能设置9个工作专班小组，并下设27个岗位执行工作组，13个机关部处通力支持，40个院系齐力联动，形成2.6万余字方案汇编；专班与场馆及驻地紧密联动，确保无缝对接、信息实时共享，形成"全校一盘棋、团队一条心"，积极推进各项工作开展。

选拔培训优中选优。学校冬奥热情高涨，党委书记"开学第一课"带头动

员，4553位师生注册申请，经多轮次面试评测等考核组建428名志愿者团队。先后完成"相约北京"等两项测试赛活动，组织紧急救护、实地踏勘、心理健康、保密教育等10余次培训，完成冬奥主题宣讲、奔向冬奥、冰雪嘉年华等20余场系列活动，累计覆盖5000余人次，相关培训活动被央视新闻联播报道。

关心关爱保驾护航。学校将志愿者保障贯穿工作全过程，时任校长徐惠彬院士等带队踏勘慰问、多次连线交流。为家长寄送400份新春礼物及专属书信，制定"一人一策"学业护航方案，牵头采购发放激励保障物资50余种2万余件，配备4000份健康药品及防疫物资，开展6次心理团体辅导并全程开通咨询专线，赛时先后组织参与党团建设、节日联欢、生日祝福、文化体验、体育娱乐等主题活动20余项。

（二）倾情坚守热情专业，服务亮眼出色

北航428名志愿者分布于国家高山滑雪中心、阪泉综合服务中心、国家雪车雪橇中心、延庆场馆群指挥部、各签约住宿酒店及交通设施随车等各业务领域34个岗位。连续在岗50天，整体闭环管理70余天，服务12万小时。主要表现概述如下。

执着坚守，不畏风雪严寒。服务最高、最冷、最广、参赛国最多、时间跨度最长的场馆，北航志愿者不畏严寒、不惧挑战。如：核心枢纽志愿者主动请愿站岗到凌晨3时，送走最后一批晚归的观众；交通志愿者在大风恶劣天气下主动留守引导，临危请缨解决拥堵；缆车志愿者最早凌晨4:30时出发，"一人未离，我便在岗"，全天守候担当高山"咽喉命脉"守护员；公共卫生志愿者日出时分登上海拔2198米山顶检查水质条件；风雪中睫毛结冰、脸庞冻红、手掌开裂、鼻梁勒伤、衣服打湿……虽然考验艰巨，环境艰苦，但志愿者汇聚每个平凡岗位的点点微光，为冬奥盛会的基础保障贡献青春力量。

热情友善，展现亮丽名片。北航志愿者保持昂扬精神风貌，成为赛场最温暖的"蓝光"。如：赛事服务志愿者严格观赛流线，18个比赛日接待观众近2000人次，攀登台阶400余万级；礼宾志愿者悉心接待，自发设计传统文化礼品赠送来访贵宾，让国际奥委会主席巴赫等连连称赞。

化解复杂，勇担急难险重。高山滑雪作为世界上复杂程度最高、组织难度最大的竞赛项目之一，对场馆运行保障提出更高要求。天气条件带来的赛事安排不确定性极强，延期推迟、频繁转场等突发复杂因素为志愿服务保障团队带来艰巨考验；场馆管理志愿者及时传达信息，高峰时连续工作超12小时，一个

频道一分钟内处理3条消息；技术志愿者穿梭场馆8个办公室，累计保障2000余份竞赛报告分发……所有业务领域又快又准、密切配合，助力每一项赛事完美运行。

专业赋能，工作学以致用。各领域志愿者将个人专业素养与岗位工作需求相结合，依托专业知识极大提升工作效率。场馆通信中心志愿者自发编写200行程序代码，自动统计可视化信息流量，将耗时50分钟的数据统计缩短至5分钟；公共卫生志愿者利用化学、生物知识，科学选择不同配比的消毒试剂作业，精准助力1万多平方米场馆的消杀检查；冬残奥会转换期间，志愿者开展沉浸式培训，通过亲身体验、模拟实操和对比感受，围绕轮椅推行、视障人士引导等服务事项开展学习，坚持在服务中实践进步，为保障赛事有序运行提供专业支撑。

北航志愿者近20人镜头登上两个闭幕式致敬短片，志愿者事迹在《人民日报》、新华社、《光明日报》、中央电视台、《北京日报》、北京2022年冬奥会官方网站等主流媒体刊（播）发正面报道230余篇（次）。

二、科技成果助力情况

学校积极发挥科研及人才优势，多项科研成果直接应用于冬奥各关键领域。其中典型代表如下。

（一）北京冬奥会综合交通出行"一张票"关键技术

作为牵头单位承担国家重点研发计划"科技冬奥"专项项目，由电子信息工程学院曹先彬教授团队研发动态联程出行路径规划技术。项目面向北京冬奥会综合交通一体化保障目标，研究运力资源调控技术、动态联程出行路径规划技术、电子客票互认和鉴权等关键技术，研制的综合交通一体化出行保障已应用于支付宝和12306APP。例如，借助动态联程出行路径规划技术，想要出行观赛，只需动动手指，输入出发地和目的地，所有出行方案便可呈现在眼前，系统还会优先推荐一个省时、省事的最佳方案。借助票务统一数据交换及共享关键技术，观众乘坐不同的交通工具时无须分别购票，只要通过一个统一出行平台便可畅行无阻。

（二）航空救援团队的背后力量

航空科学与工程学院刘虎教授团队以"航空器先进设计技术"工业和信息化部重点实验室、"虚拟现实技术与系统"国家重点实验室，以及北航—北京

999急救中心"航空医疗救援支持技术联合实验室"为依托，在科技冬奥项目等渠道的支持下，将航空与虚拟现实（VR）技术融合，研发了"冬奥航空救援预案推演与验证系统"，并且基于系统持续开展机队部署优化、救援预案制订与验证等研究和应用。

（三）仿生防雾眼镜夹片

机械工程及自动化学院张德远教授带领博士生团队聚焦冬奥志愿者在志愿服务过程中遇到的眼镜在高湿低温的情况下起雾甚至结霜等问题，研究攻关仿生防雾眼镜夹片，解决了冬奥志愿者上岗工作中遇到的眼镜起雾等实际问题，受到中央广播电视总台多次报道。

（四）托举梦想的外骨骼机器人

在冬残奥会火炬接力火种汇集和传递仪式中，由北航生物医学工程高精尖中心外骨骼实验室主任、北航生物与医学工程学院帅梅研究员率团队研发的两款外骨骼康复机器人被选为相关选手的助行设备。"大艾机器人"来自北航生物医学工程高精尖中心科技成果转化，产学研协同，是国家自然科学基金、北京市重大科技计划的成果转化项目，以及科技部"科技冬奥"项目成果。两款外骨骼机器人依托多关节协调控制中心，突破智能生物感知与仿生步行、人机融合多模式混合控制等关键环节，能够辅助两位选手实现直立行走传递火炬的梦想。

（五）引入航空航天科技，助力冬奥冰雪运动训练

交通科学与工程学院柯鹏副教授及团队对接国家队冬奥训练科技需求，承担技术开发和相关服务保障工作，曾两次作为科研人员代表向习近平总书记汇报。团队充分借鉴航空工程的基础理论和技术方法，基于"体工医交叉，人机环融合"的思路，立足现实国情，对标国际水平，基于冰雪运动理论解决核心科学问题，面向队伍需求开展科学训练技术研究，致力寻找冰雪运动的最佳滑行路线、最佳滑行姿势和最优体能分配方案。同时，团队聚焦训练场冰面，研发可测量冰面软硬度的高精度设备，助力精准把控施工，科技助力冬奥备战。

除此之外，还有更多科研团队智慧贡献，面向冬奥赛场内外各项应用提供技术支撑，"不同的赛场，中国人都在拼"。

三、人才支撑服务情况

北京航空航天大学人才支撑作用显著，多位教职员工承担北京冬奥会、冬残奥会各环节关键工作。

（一）火炬手展现北航风采

电子信息工程学院、前沿科学技术创新研究院教授，中国工程院院士苏东林作为北京高校系统7位教师代表之一，完成2月2日北京冬奥公园的火炬传递任务，并与我校冬奥志愿者等连线交流，社会效应影响深远；3月3日下午，在北京冬残奥会火炬传递过程中，仪器科学与光电工程学院钟景副教授在世园公园担任第40棒火炬手，完成火炬接力之旅。

（二）挂职干部长期奋战一线

学校于2016年10月、2017年6月、2020年12月、2021年7月先后选派张志辉、李广玉、李鹏、刘犇昊、倪义坤、张承阳共6名同志赴北京冬奥组委挂职重要岗位。张志辉老师为实现"好来快走"的抵离工作目标作出了重要贡献；李广玉老师在国家高山滑雪中心工作近两年，成为"雪飞燕"最早的"螺丝钉"；李鹏、张承阳让赛事服务工作成为赛会最温暖的一道光；刘犇昊、倪义坤在人力资源和教育系统深耕细作。张志辉老师和倪义坤老师获评"2022年冬奥会、冬残奥会北京市先进个人"荣誉称号。

（三）技术官员服务场馆赛事

我校选派孙晓川、张洋、史晓锋三名教师担任北京冬奥会高山滑雪比赛国家技术官员（National Technical Official，NTO），负责赛道制作与维护、旗门设计安装、装备物资保障、突发事件处理及北斗测绘定位等工作，克服大风、大雪、低温等自然条件考验，开创国内NTO首次参与冰状雪制造的先河，保障高山滑雪竞技比赛顺利进行。

四、冬奥宣讲团，上好"大思政课"

从冰雪寒冬到春暖花开，冬奥旅程圆满收官，冬奥精神接续传承，冬奥遗产历久弥新。为深入贯彻习近平总书记在北京冬奥会、冬残奥会总结表彰大会上的重要讲话精神，进一步讲好冬奥故事，学校成立北京航空航天大学冬奥宣讲团，近40名成员围绕"筑梦冰雪""强国有我""同心坚守""天下大同""情暖冬奥""志愿同航"六大主题，广泛开展主题宣讲，覆盖大中小幼党团支部及思政课堂等，宣传服务保障冬奥事迹，弘扬北京冬奥精神，广泛传播冬奥文化，鼓舞全校师生将北京冬奥精神转化为宝贵动力，勇担时代使命，保持昂扬奋进，在实现中华民族伟大复兴的中国梦的征程中作出更多北航贡献。

七十载空天报国，新时代逐梦一流。冬奥的终点，汇成奋斗航程的新起点。"空天报国"的新征程上，踔厉奋发、笃行不怠。北航，与祖国，与时代，一起向未来！

作者简介：
张晓磊，国家高山滑雪中心志愿者工作助理、宇航学院2021级硕士研究生；
蒋茁，国家高山滑雪中心志愿者工作助理、北航发展规划部战略规划科科长；
丁瑞云，国家高山滑雪中心志愿者工作助理、北航校团委副书记。

荣耀时刻

❄❄❄

　　回眸冬奥，我们兑现了庄严承诺，为世界奉上了一场和平友谊的盛会、一场团结合作的盛会、一场振奋人心的盛会。这个冬天，冬奥梦和中国梦精彩交织，我们砥砺奋进，倾情为圆梦冰雪贡献北航智慧和力量。从传递炽热神圣的火炬，到登上闭幕舞台中央；从收到巴赫先生连连赞扬，到接受总理亲自颁奖……北航人在"双奥之城"同心同向、携手前行，接续传承"空天报国"红色基因，再一次共享奥林匹克荣光。

苏东林：奥运之火，科技之火，电磁之火，共筑强国梦！

苏东林，北京航空航天大学电子信息工程学院教授、博士生导师，中国工程院院士，长期从事电磁兼容理论和工程应用研究，获得"全国创新争先奖"、北航"立德树人卓越奖"等荣誉称号，在教书育人和科研攻坚道路上作出了卓越贡献。

2022年，苏东林老师受邀担任北京冬奥会火炬手，亲手传递奥林匹克圣火，传播奥林匹克精神。

下面，让我们来听听苏东林老师作为冬奥火炬手的心路历程。

传承奥运之火，双奥之城迸发中国力量

2022年，象征着奥林匹克精神的冬奥会火炬开始传递，经过了北京、延庆、张家口三个赛区，约1200名火炬手参与。我非常有幸作为火炬手之一，参与了奥运圣火在北京的传递，亲身感受了奥运带来的快乐和身为中华儿女的自豪！随着2月4日冬奥会的开幕，冬奥之火见证了北京成为世界上首个"双奥之城"，全世界的目光再次聚焦于中国、聚焦于北京。那个时候我为自己参与了圣火的传递而倍感自豪。

与此同时，我也特别为自己的祖国感到自豪。在2022这个特殊的年份里，面对世界范围内仍然严峻的新冠疫情形势，北京冬奥会克服重重困难如期开幕，向全世界展现了中国面对困境、战胜挑战的决心

■ 苏东林老师参与北京冬奥圣火传递

和信心。

赛场内外，奥运健儿们在冬奥的舞台上披荆斩棘、挥洒汗水，拿下了9金4银2铜的好成绩，实现了中国在冬奥项目上的跨越式进步。每当看到我们的国旗升起、国歌唱响，我都会为奥运健儿们感到无比自豪。他们"以实际行动落实拿道德的金牌、风格的金牌、干净的金牌的要求，生动诠释了奥林匹克精神和中华体育精神"。奥运志愿者们的表现也让我感到敬佩，他们在体育竞赛、场馆管理、语言服务等41个志愿服务领域默默奉献，向全世界递上了"一起向未来"的中国名片。

科技冬奥也成了本次奥运会的一大亮点，科技工作者们的成果在冬奥赛场上的运用，进一步激发了我对所从事研究工作的热情，坚定了我们从事研究的信念，强化了服务国家重大亟需的工作方向。从开幕式使用超大的8K超高清地面显示系统、5G信号覆盖竞赛场馆，到奥运史上首次实现场馆绿色电力全覆盖、"冰丝带"首次采用碳排放趋近于零的制冰技术、国家游泳中心成为全球首个完成"水冰转换"的场馆等，这些努力不仅向世界展示了我们坚韧的奥运体育精神，更向世界展示了我们日益坚挺的国人脊梁和大国风范。

发扬电磁之魂，电磁兼容保障冬奥成功

奥运设施准备工作一向被视为冬奥会的另一场竞技比赛，展示了举办国的经济和科技发展水平，乃是国家整体实力的再现。以现代高科技为支撑的奥运会，更离不开电磁波的链接。在冬奥会举办时，海内外将有上万台通讯、转播设备云集北京，对整个赛事进行全程播发和信息发布。同时，冬奥会期间的赛事组织、新闻广播、通信调度、安保交通以及各国政要和国际组织等方面，将临时设置、使用各类无线电发射设备数万台，使北京地区的电磁环境变得异常复杂。这一切将直接考验电磁兼容的能力和水平。

在之前的奥运会准备期间，曾经出现过奥运场馆电梯在领导视察时失灵，在领导离开后奇迹般自行恢复的问题。后经我们团队检查，确认是由于领导安保团队所配备的大量对讲机电磁发射对电梯控制造成干扰导致。而冬奥会标志"大雪花"的逐级点亮完全依赖电磁控制，一旦受到干扰失灵，将极大影响我国在国际社会的形象。因此，我们团队秉承"电磁魂"精神，与航天科工集团一院、北京无线电管理局等多家冬奥保障单位一道，为场馆、通信、演出设施的电磁兼容和电磁安全默默奉献，保障了冬奥活动全程的顺利进行。

■ 电磁兼容正向设计（左图：验证平台；右图：软件平台）

扎根课堂几十载，寓教于学、寓学于练、寓练于做

教书育人是我毕生热爱的事业。《电磁场理论》是事关国防战略急需和世界科技前沿的专业基础课程，是一门学生认为难学、老师认为难教的课程。三十年来，我和团队为本科生讲授专业基础课程《电磁场理论》，并通过将重大工程技术与课堂知识点有机结合，把经典的物理实验和工程问题凝练成以"教学案例"，将科研中的研究热点和研究成果带进课堂，运用先进仪器实现电磁现象的"可视化"，让同学们感受到电磁场的魅力。我们还专门开设了《电磁兼容技术前沿课程》，通过邀请院士、总师等大专家给大家讲授电磁场在实际工程中的应用，激发同学们的学习热情。在学院的支持下，我们将"电磁场与无线技术"建设成为国家一流本科专业，为本科生培养提供了基地。

习近平总书记在中央人才工作会议上强调，要培养大批卓越工程师，努力建设一支爱党报国、敬业奉献、具有突出技术创新能力、善于解决复杂工程问题的工程师队伍。电磁安全作为关乎国防安全和国家安全的重要因素，这个领域培养的研究生更需要有自主创新、勇挑科技前沿的胆量和能力。在研究生培养方面，我坚持要求研究生认真学习本领域的经典原著，鼓励学生听大科学家的报告，积极参与交叉学科的学术交流。在这样的熏陶下，团队的学生敢为人先、勇于创新，纷纷选择具有挑战性的原创性选题作为博士论文题目，包括"位移电流的测量和分析""基于端口等效的电磁环境构建方法"等。在培养过程中，我也带领团队向国务院和教育部申请建立我们领域的专业学科，并最终于2006年获批"电磁兼容与电磁环境"二级学科，这样我们有了专门的学科来进行系统的研究生人才培养工作。

■ 给本科生讲授电磁场理论课程

■ 给团队学生现场讲授飞机电磁兼容性正向设计技术

破解国家"卡脖子"亟需，以电磁梦助力强国梦

习近平总书记在2021年5月28日召开的两院院士大会和中国科协第十次全国代表大会上强调，"科技攻关要坚持问题导向，奔着最紧急、最紧迫的问题去"。北航是一所培养工程师的学校，在北航从教30余年，我始终坚持博士生的培养必须以家国情怀为底色、以自主创新为要求、以解决问题为导向、以做人做事为根本。

国家重大亟需就是我们毕生奋斗的方向。系统级电磁兼容一直是困扰武器装备研制和性能提升的重大瓶颈。我要求团队中所有的博士生都去工程一线，

■ 2020年2月初团队成员逆向奔赴外场开展试验，机场送行合影

■ 博士生和聘用人员在三亚外场做试验准备图

从一线的实际工程难题中凝练出关键科学问题，深入机理和方法等层面开展研究。从20世纪90年代开始，团队的老师就亲自带着研究生到工程一线学习和科研，包括到汉中参与特种飞机型号的研制工作，去景德镇602所和哈飞参与直升机的研制工作，以及参与各类飞机全机电磁兼容性外场试验工作等。

我们始终发扬不怕苦、不怕累的精神，对于党员更要发挥先锋模范带头作用。2021年12月，我的三位党员博士生奔赴海南，在那里不仅要防暴晒，还要忍受蚊虫叮咬，常常腿上布满无比瘙痒的鼓包，长时间的出海颠簸也让学生上吐下泻。这样的例子有很多，我认为"论文是干出来的，不是写出来的"。没有足够的付出就无法打破国外长期的技术封锁。不论是非典、新冠疫情还是汶川地震期间，我们始终战斗在武器装备电磁兼容设计攻关第一线。

正是在这样的培养模式下，我们和很多单位建立了合作，也培养了大批的优秀硕博士毕业生，我们团队毕业的博士90%都留在国防一线，成为电磁兼容核心或骨干人才；部分突出的博士生还成了单位电磁兼容方向的带头人和负责人。

总结

三十多年来，我和团队成员始终将国家重大亟需作为持续工作的方向，为电磁兼容领域培养了系列人才。现在，我们团队可以说是国内最大的专业从事电磁兼容领域的基础教学、科研和人才培养的团队，我们也取得了一些成绩。但是，我们国家和强敌相比，在电磁兼容领域特别是电磁安全领域还存在不小的差距，还有很多工作需要去做、还有很多问题需要解决。我和我的团队还需要更加努力工作，为电磁强国的梦想贡献更多智慧！

作者简介：

苏东林，北京航空航天大学电子信息工程学院教授、博士生导师、中国工程院院士。

钟景：传递残奥火炬，传播奥运精神

奥运火炬传递弘扬了奥林匹克精神——象征着世界和平、和谐、合作，象征着友谊和团结。奥运火炬传递以奥运圣火从人们手到手传递的方式进行，唤起人们的激情和崇高情感。奥运火炬传递是一项神圣的活动，能成为奥运火炬手、参加奥运火炬传递活动更是一种荣幸。

钟景，北京航空航天大学仪器科学与光电工程学院教师，于2021年从德国留学回国，加入北航，从事电磁测量与成像、先进医学影像技术（磁纳米粒子成像）及其应用等方面的研究工作。2021年，他被中国青少年基金会遴选为杰出希望学子，并受北京航空航天大学、中国青少年基金会和全球奥运合作伙伴宝洁公司共同推荐，经过层层推选，最终由北京奥组委审核确认，正式成为北京2022年冬残奥会火炬手。

■ 钟景老师火炬手确认函

"得知自己正式成为北京2022年冬残奥会火炬手，激动的心情油然而生。作为一名青年教师，能成为北京冬残奥会的火炬手，切身参与冬残奥会这一重大活动，见证我们国家的辉煌，自豪的心情难以言表。冬奥会和冬残奥会是我们国家向世界展示中华文明和文化的又一个重大活动，必将受到全世界的关注。在这样的一次世界重大活动中，能成为冬残奥会火炬手，更将是我一生的荣幸。"钟景说道。

2014年6月从华中科技大学博士

毕业，于2014年10月1日踏上出国留学之路，分别在日本和德国受日本学术振兴学会JSPS、德国洪堡基金会和德国研究联合会DFG等国外顶级科研机构的资助，作为JSPS博士后学者、洪堡学者及DFG项目负责人，从事新型电磁测量与成像、医学影像技术——磁纳米粒子成像及其生物医学应用等方面的研究，蕴含理、工、医多学科综合交叉，以纳米磁学物理为理论基础、以先进传感和精密测量与成像为技术手段，以肿瘤等疾病的精准诊疗为导线，研究探索生物体内部温度、黏度、标志分子等多参数成像及其在精准医疗领域的应用。

根据北京奥组委安排，所有冬残奥会火炬手需在火炬传递日前14天开始健康监测，包括体温监测和核酸检测。在火炬传递前1天到指定地点报道。2022年3月2日，根据北京奥组委安排，作为冬残奥会火炬手，钟景按时入驻指定酒店，为最后的火炬传递做最后的准备，包括体温监测和核酸检测等。

"从进入北京奥组委指定酒店那一刻起，尤其是见到冬残奥会相关工作人员，开始深刻体会到冬残奥会这一活动的神圣意义。"在办理完所有入住手续后，每位火炬手都会收到特有的"大礼包"。"当看到分发给火炬手的衣服、帽子、鞋和手套时，内心更加激动。怀着紧张而激动的心情，赶紧试试这些装备。"在火炬手驻地，按照北京奥组委的要求，火炬手需仔细学习火炬传递过程的注意事项，包括火炬基本介绍、传递礼仪、火炬传递过程中可能出现的紧急情况应对等，从而确保火炬传递活动的顺利进行。

"万国园林"是北京世园公园冬残奥会火炬传递的主题。2022年3月3日，钟景作为第40棒火炬手在北京世园公园正式开启北京2022年冬残奥会火炬传递活动。当日12时，每十位火炬手一组跟随火炬手车队进入北京世园公园。约13时，所有在世园公园参加火炬传递的火炬手领取冬残奥会火炬，并准备、自由熟悉火炬传递的跑步步伐和步数以及火炬传递的手势和姿势等。经过约一小时的准备与等待，14时北京世园公园冬残奥会火炬传递正式开始。每位火炬手的火炬传递和接力时间平均为1分钟。在上一棒火炬手快到之时，由火炬护卫队人员帮忙打开火炬上的燃气开关。约14：40时，北京2022年冬残奥会火炬准时传递到北京航空航天大学钟景老师手里。"手握火炬，走到路中央，和上一棒火炬手按照预定的手势交接。"随着第40棒火炬的点燃，钟景正式开始北京世园公园第40棒火炬传递。钟景说道："当火炬之火被点燃、火炬被顺利交接之时，大脑一片空白，在两位护卫队员的护卫下，迈着坚实的脚步，正式开启北京2022年冬残奥会火炬传递。"钟景说道。大约1分钟之后，把火炬传递给下一棒火炬手。由此，钟景圆满完成北京2022年冬残奥会火炬传递活动。

"对于一名高校青年教师和青年科研工作者来说，这是一次奥运之火与教育之情的交融，是一次奥运精神与科研精神的碰撞。回想着整个火炬传递过程中每一个脚步，必将激励我在教育和科研工作中砥砺前行，奋发向上，一步一个脚印，为研发具有自主知识产权的磁纳米粒子成像技术和装备而不懈努力。"

■ 北京2022年冬残奥会火炬手钟景在传递火炬

素材提供：

钟景，北航仪器科学与光电工程学院副教授、博士生导师。

李海涛：奋斗的青春，在冬奥中尽情绽放

北京航空航天大学的李海涛，是一名2018级的本科生，一年半前，他开始接触冬奥志愿者的相关工作。最近这半年，他几乎天天"和时间赛跑"，在学校里组织志愿者参加各种冬奥文化宣传活动及相关培训，以勤勉的态度践行着志愿精神，赢得了师生们的信任。在北京冬奥会和冬残奥会期间，他在延庆赛区国家高山滑雪中心担任志愿者助理，协助志愿者经理完成志愿者管理工作。

2020年9月，刚进入大三的李海涛加入学校的志愿者工作部，刚进入部门的他便组织启动了北航冬奥会志愿者报名工作，而这也是他与冬奥的第一次相遇。

作为一名志愿经历较为丰富的大学生，李海涛曾参加过中华人民共和国成立70周年和中国共产党成立100周年庆祝活动服务保障工

■ 李海涛在国家高山滑雪中心

作，积累了一定经验。作为志愿者骨干，前期的选拔面试、通用培训和实地踏勘和各类冬奥文化宣传活动中都能看到他的身影——选拔面试时，他协调冬奥组委和志愿者的时间，根据实际情况安排面试场地等具体信息；通用培训中，他联系红十字会的教师开展急救培训，组织同学签到签退，并点对点地督促每一位同学完成IKM和英孚平台的学习；场馆踏勘时，他为同学们联系车辆，向场馆上报到访信息，并在踏勘过程中组织同学们有序参观。同时，他还参与组织了出征仪式、动员大会、冬奥知识竞赛、初心征文比赛、冬奥歌曲竞赛等十余项冬奥文化宣传活动。这个过程中，他也感受到同学们对参与冬奥志愿服务的热情。"志愿者的很多工作是比较琐碎的，比如物资保障、信息报送等，一开始可能会觉得杂乱无章，要有一个熟能生巧的过程。"李海涛如是说。

由于志愿者助理工作的特殊性，开赛前他就忙碌了起来，选购、定制志

与国同航　筑梦冬奥
——北京航空航天大学服务保障北京2022年冬奥会和冬残奥会纪实

■ 李海涛参与建党百年志愿活动

愿者保障物资，布置志愿者之家，核实发放志愿者的注册卡和防疫物资，做好公文流转、信息报送；收集、统计志愿者的疫情防控信息、健康状况；核实、汇总各场馆人员信息。除此之外，他主动与志愿者交流，倾听大家的意见和建议，尽最大努力地为每位志愿者提供帮助，被大家称作"24小时在线的客服"。

在最近两年，李海涛和北航冬奥志愿者服务队共同成长，从技术志愿者、住宿志愿者、到赛会志愿者、机动志愿者……随着目睹北航冬奥志愿者队伍日益壮大，他心中对冬奥服务的热情与信心也越发澎湃；他将这种炽热的情感，随同关于冬奥的梦想，一起融入所从事的每一项最微小的工作。看着Excel表格里翻来覆去念了无数遍的几百个人名，看着一张张照片里不畏风雪朝气蓬勃的笑脸，看着长长的物资清单和丰富的活动方案，他真切感受到了北航志愿者对服务冬奥的满腔热情，也感受到了北航对圆满完成冬奥服务的坚定。

上岗期间，为了让参加冬奥志愿服务的志愿者感受到大家庭的温暖，李海涛和团队成员们一方面要尽力为大家排忧解难；另一方面还要想方设法激励大家，让所有人保持志愿服务的热情和干劲。李海涛和伙伴们悉心布置志愿者之家10余项休闲解压活动，结合志愿者服务条件、服务周期、工作需求等客观条件，制定20余个版本激励保障物资清单，累计选购、定制、运送、发放物资50余项2万余件；他们对场馆反复进行了踏勘，了解了18个领域，30多个点位，200多名志愿者的工作条件和工作特点，并在每个人的生日时为大家送去生日祝福和礼物。在志愿者之家，他们组织策划了春节、元宵节等8类主题活动。看

■ 李海涛在国家高山滑雪中心踏勘

着志愿者之家充满浓浓的节日气氛和欢声笑语，处处洋溢着志愿者们青春的笑脸，李海涛的心里也暖暖的。除此之外，他连续45天每日汇总跟进场馆320名志愿者服务、防疫、用餐、后勤保障等各项基本情况，坚持在零下30摄氏度的天气里巡岗为志愿者送去保障物资，为志愿者以昂扬饱满

■ 李海涛在国家高山滑雪中心分发物资

的精神状态高质量服务冬奥会和冬残奥会保驾护航。在学校层面，他具体落实"一人一策"学业支持方案，启动"学业护航"计划，组成"一对一"学业帮扶小组，通过录课、线上缓考、线上体育等方式解决志愿服务与学业的冲突，累计协调180余名志愿者500余次课程保障，全力做好"志愿者的志愿者"。他说："在国家高山滑雪中心的工作比较辛苦，但总体来讲很顺利，我觉得这得益于我积累了很多重大活动的志愿服务经验。"

完成一天的工作后，李海涛回到驻地。在这里，他会组织召开场馆业务领域组和北航志愿服务组的组长会议，并将问题向不同的业务领域反馈。他也会走访各个宿舍了解志愿者的心理状态，以朋友的身份来为志愿者们加油打气。

■ 李海涛在人民大会堂领奖

李海涛很热爱自己的这份工作，每天都在被志愿者的温暖事迹感动着。

　　李海涛时刻都做好服务大家的准备，他喜欢被志愿者们需要的感觉，乐于为志愿者解决各种问题，看到他们眼角的笑容他一整天都会充满力量，让每一名志愿者找到志愿服务的意义，就是他所承担的工作的意义。在冬奥会中，他让自己变得更加优秀的同时，也让自己变得更加温暖。北京冬奥会和冬残奥会已落下帷幕，但志愿者精神如一颗火种，留在我们每个人心间，温暖每一个终将过去的冬天，照亮全世界一起向未来的路。

　　因为在服务期间的优异表现，李海涛获评"北京冬奥会、冬残奥会突出贡献个人"。北京冬奥精神已潜移默化地渗入他的灵魂深处，化为普遍的价值信仰和行为习惯，成为大学生成才的精神动力。在"后冬奥时代"，他将从自身专业所学出发，在学习、工作、生活中，延续北京冬奥精神，讲好冬奥故事，为中华民族的伟大复兴贡献自己的一份力量。

素材提供：

李海涛，国家高山滑雪中心志愿者工作助理、电子信息工程学院2018级本科生。

张颜：一家三口赴冬奥，与国同航向未来

2022年2月4日，首都北京成为首个"双奥之城"，中国代表团的奥运健儿们最终以历史最好成绩排名第三，为这场家门口的世界体育赛事画上了完美句号。遥想第一位参加奥运的中国人刘长春，身后只有腐朽无能摇摇欲坠的清政府，孤身远渡重洋，如今这场冬奥会无论是美轮美奂的开幕式还是整个奥运赛程都展现出了祖国强大包容性和凝聚力，无一不让世界惊叹，让国人自豪。而作为新时代青年的大学生们，也用自己的力量为这场举世盛会增添了别样的精彩，北京航空航天大学飞行学院的2020级本科生张颜就是其中一员。

"双奥之家"齐聚"双奥之城"

在冬奥会和冬残奥会期间，张颜作为国家高山滑雪中心反兴奋剂专业志愿者参与了七十多天的冬奥旅程，但她与奥运的缘分却是由来已久。张颜从小成长在"奥运家庭"，父母都曾是2008年北京奥运会的工作人员。她还记得那年暑假，床头整整齐齐地摆着五个代表"北京欢迎你"的小福娃，引来无数小伙伴羡慕的目光。不仅如此，年仅六岁的她现场观看了奥运开幕式，小小的心灵被开幕式"击缶而歌"的表演深深震撼和吸引，就此埋下了一颗为世界展现中国青年风貌的理想种子。2015年，北京冬奥会申奥成功的那一刻她欢呼雀跃和父母相拥庆祝，一家三口定下了齐聚冬奥之约，就此张颜便开始将服务北京2022年冬奥会作为自己的青春理想而不断努力。

2020年的冬天，张颜同时面临着高考大关和疫情暴发的不安，但当国家开展冬奥志愿者招募时，她还是报名了。虽然先后经历了两次落选，但是这并没有浇灭她的奥运热情，而是成了鞭策她不断提升自身价值的动力。经过长达两年半的努力，张颜如愿以偿拿到了自己心仪的录取通知书——北京航空航天大学。在校期间，她利用业余时间加入了北航蓝天志愿者协会与院学生会，参加了许多志愿服务和学生工作积累经验。

功夫不负有心人，经过她的不懈努力，终于在一次补充选拔中成为光荣的

■ 张颜一家三口出征前合照

冬奥会志愿者。在进入闭环之前的春节，张颜还收到了来自学校领导和老师的亲切慰问，大家一起和她贴春联、包饺子，一起吃年夜饭，并且给已经在闭环工作了三个月的父亲打了一则视频通话，和他共同分享这个别样的、温暖的、有意义的虎年春节。这让和父母分别70多天的张颜不再感到不安，而是充满了感激。她和同样作为冬奥工作人员的父母在"双奥之城"续写了"双奥家庭"的故事，"一家三口奋战冬奥"的事迹也成了志愿者群体中的典型代表，受到央视国际频道环球新闻、北京卫视等多家主流媒体宣传报道。

逐梦冰雪共创美好未来

张颜参加的反兴奋剂工作具有距离运动员最近、工作环境最冷、疫情风险最高、保密性最强、纪律性最强的特点，这份岗位的主要工作是负责通知指定运动员进行兴奋剂检测，并陪同该运动员在赛后第一时间来到兴奋剂检查站报到。这一过程看似简单，但陪护员们却会在实际工作中遇到各类异常情况。运动员没有随身携带注册卡，需要陪护员陪同下山；运动员在媒体混合采访区里接受采访，进入视野盲区时陪护员无法及时跟上；同队的运动员换上了统一的国家队服，陪护员难以从人群中准确分辨特定运动员，如此种种。

负责这项工作的志愿者们需要在海拔1500多米的比赛终点区待命，每天都要面临严寒的气候，零下20摄氏度的体感温度是他们的工作常态，更艰难的是很多时候往往志愿者冒着风雪上山等了一天，最后却收到比赛延期的消息。寒冷的气温会让很多日常看起来再简单不过的事情变得很困难。因为天气太冷，山上无法进行与其他场馆统一的无纸化兴奋剂检查通知系统，没有任何电子

■ 张颜在雪道上进行陪护工作

产品能够在寒风中长时间正常运行，包括手机和手表，所以每位陪护员都要带着一个夹板垫着写字。在一次比赛中全体志愿者在暴雪中整整坚守了三个小时，帽子上的雪已经冻成了冰，身上也覆满了雪花，却仍然坚持完成了整场比赛的陪护任务。

张颜作为一名北航学子、未来的女飞行员，在冬奥志愿工作中也将严肃认真的纪律意识和勇往直前的意志品质表现得淋漓尽致。2月13日，来自沙特阿拉伯的参赛运动员法伊克因为延庆突降暴雪，能见度严重不足，与陪护员在大雪中失联了。身为唯一的滑雪陪护员，已经结束工作的张颜立刻返回赛场，在大雪中寻找了两个小时，终于找到了这名参赛选手。代表所有海湾国家首次出战冬奥会的运动员法伊克·阿比迪为张颜认真负责的精神感动不已，将一枚由沙特国徽与奥运五环组成的徽章送给了张颜。这枚徽章便是张颜作为志愿者共享冰雪荣光的冬奥记忆，是对她勇于追逐冬奥梦想的肯定，更是超越了国籍、地域、种族等桎梏的奥林匹克精神的最佳体现。

■ 沙特运动员赠予张颜的徽章

世界聚集感谢全体雪花

一场冬奥会，让张颜从面对海拔2000米的山顶与几乎垂直的雪道时的惴惴不安到成功解锁了国家高山滑雪中心15条雪道，从穿着厚厚的防护服呼吸不畅到比赛时期挂着五六斤的装备也能健步如飞，从一个普普通通的大二学生到志愿者代表，还结识了许多五湖四海的朋友。冬奥之旅对她而言不仅是一次体验和历练，更是从小埋下的种子终于开花结果，少年理想绿树成荫，苦心孤诣未被辜负。张颜作为志愿者的代表，展现出了冬奥会全体志愿者认真亲切的付出和顽强拼搏的精神。当作为冬奥会志愿者代表站上鸟巢主会场的颁奖台面对世界聚光灯时，她感到无比自豪。世界的掌声为中国青年而响起，世界的目光为中国力量而赞叹！

从1919年痛失青岛的悲愤交加到如今"双奥之城"红旗漫卷的自信，这一百年是见证了中国从弱到强、从贫到富的一百年；从计划经济时代的米票、布票到现在奥运村中的无人餐厅和智能机器人，这一百年是凝聚了中国人民勤劳智慧、坚韧勇敢的一百年。美国广播公司在对比两届奥运会时评论道："2008年夏季奥运会是一场壮观的盛会，是中国的首秀，也是这个迅速崛起的大国向世界招手的机会。近14年后，差异就像冬天和夏天的区别一样鲜明。2022年冬奥会的主办国不只是崛起——中国已经崛起，对自己作为一个经济和政治大国在世界的地位充满信心。"《彭博商业周刊》写道："与2008年夏季奥运会在北京举行时相比，这个国家更富有、更自信、更有底气。北京冬奥会的成功举办，折射出更加坚实的文化自信，诠释着新时代中国的从容姿态。一个更自信、更从容的大国已经站在世界舞台。"如果问中国人自己冬奥会和14年前的夏季奥运会有什么不同，那一定是在这十几年里中国人民的心态发生了翻天覆地的变化，尤其是在抗击新冠疫情的战役中，中国老百姓再一次深刻感受了我们的制度优势，无论是经济上、文化上、体制上人民群众都充满了对党和国家的信任，这种自信前所未有，只是从奥运这样一个面向世界的窗口上展现给了世界。

■ 张颜参加冬残奥会闭幕式致敬志愿者环节

纯洁的冰雪，激情的约会。从2008年到2022年，从北京夏奥会到北京冬奥会，新一代青年成长在中国的飞速发展时期，亲眼见证了祖国追寻奥林匹克梦想的足迹，他们的青春足迹始终与实现国家富强、民族振兴、人民幸福的梦想相伴。而每一个中国人积极参与奥林匹克运动，坚持不懈弘扬奥林匹克精神和冬奥会的成功举办都在赛场内外向世界展示了充满活力、充满自信、充满希望的中国，更让世界看到了中国的大国担当与风范，让世界感受到新时代中国发展的坚实脚步。世界会记住在冰雪中蓬勃昂扬的中国力量，也会记得在场馆中热情服务的中国青年，新青年正在迎着时代的朝阳，舒展新生的枝蔓和叶脉，以一种更加繁茂的姿态传递真、善、美的色彩，这不仅是志愿者的责任，更是祖国青年的担当。在不久的将来，更多的有志青年将投身于祖国的建设，用全心全意为人民的高度政治责任感和实际行动来书写对党、对人民忠诚的告白，在党中央的领导下绘就更加壮阔的奋进画卷，无愧于青春赋予的激情，坚定信仰，不忘初心，为开创中华民族下一个更富强、更伟大、更光辉的一百年奉献自己的一份力量！

■ 张颜参加冬奥会、冬残奥会表彰大会

素材提供：
张颜，国家高山滑雪中心反兴奋剂志愿者、飞行学院2020级本科生。

舒婧焱、唐紫云：迎八方宾朋，展中华文化

——国际奥委会主席巴赫要把什么带回办公室？

2022年2月6日至10日，国际奥委会主席巴赫先后四次来到延庆赛区国家高山滑雪中心。在首个比赛日的赛前，国际奥委会主席巴赫在大家庭休息室与志愿者亲切交流。

交流过程中，北京航空航天大学志愿者舒婧焱作为志愿者代表，向巴赫赠送了精心准备的中国特色剪纸，巴赫对剪纸表示赞赏，并向志愿者赠送心形奥运五环徽章，对志愿者群体的服务工作表示高度赞扬。

剪纸由北京航空航天大学志愿者唐紫云设计并制作完成，包含冬奥、高山滑雪、虎年春节等多种元素。

精剪巧裁，传承千古文化

得知巴赫要来的消息，志愿者们都非常激动。外语专业的舒婧焱和设计专业的唐紫云特别想送巴赫一份能够体现中国传统文化的礼物，以此来表达志愿者们对他的欢迎。作为设计专业的学生，唐紫云一直致力于研究如何用艺术作品展示中国传统文化，于是她想到，如果可以用剪纸呈现虎年春节与冬奥元素，一定是非常好的呈现方式。

■ 唐紫云在制作剪纸

"在构思设计上，这个礼物既传承了中国传统的虎年元素，寓意着吉祥与迎新；又创新融合了冬奥会的现代设计元素，寄托着活力和运动精神。在象征着喜庆和美好的红色纸面上，我选择了冬奥会会徽与经典的布老虎纹样支撑视觉重心，可爱的冰墩墩与雪容融则围绕在两侧，画面最下方是代表国家高

山滑雪中心的高山滑雪项目的标志。"唐紫云说道。

在制作的过程中，唐紫云遇到的第一个困难是制作材料的寻找不易，她是闭环内的志愿者，而高山滑雪中心场馆的材料十分有限。在众多志愿者之家伙伴们的热心帮助下，才集齐了剪刀、刻刀等制作材料。经过一下午和一晚上的制作，她完成了作品。制作完毕后，她说："丰富的视觉内容构成了一幅其乐融融的团圆景象，剪纸通过多种元素的巧妙组合诉说着中国精神与奥运精神，这也是作为志愿者通过青春力量为冬奥盛会送上最真诚的祝福！"

以礼待宾，赠送精美剪纸

作为国家高山滑雪中心礼宾助理，也就是"世界望向中国的窗口"，舒婧焱主要负责为闭环内奥林匹克及残奥大家庭成员等国内外贵宾提供礼宾服务。冬奥会及残奥会期间，她先后接待大家庭成员及国内、国际贵宾2000余人，累计服务时长近450小时，展现了一位礼宾志愿者的良好风貌。

2022年2月5日，开岗位例会时，舒婧焱得知国际奥委会主席巴赫第二天将到访观看比赛，当时她的内心十分激动和期待，因为能与巴赫主席近距离交流的机会非常难得。作为北航人、外语人，舒婧焱始终明白，在外宾接待工作中，除了做到恰当得体，还应该努力展现中国青年的良好精神风貌，传扬中国文化的独特魅力。因为礼宾志愿者不仅是文化交流的使者，更是热情、自信的中国形象。又恰逢春节，如果能让巴赫先生体会到中国的"年味"，那也是传递中国对世界友好情谊的独特方式。于是舒婧焱便与好朋友唐紫云商量了一下，决定为他送上含有"小老虎""冬奥会""高山滑雪"等元素的中国特色剪纸。此外，舒婧焱还临时学习了一些德语来问候巴赫先生。

2月6日，也就是国家高山滑雪中心的首个比赛日，在见到巴赫前，舒婧焱想象过他可能是一个有距离感，难以接近的人，所以期待的同时也很紧张。但巴赫一到休息室，就很热情地与志愿者们打招呼；看到志愿者手持防疫提示牌时，还伸出大拇

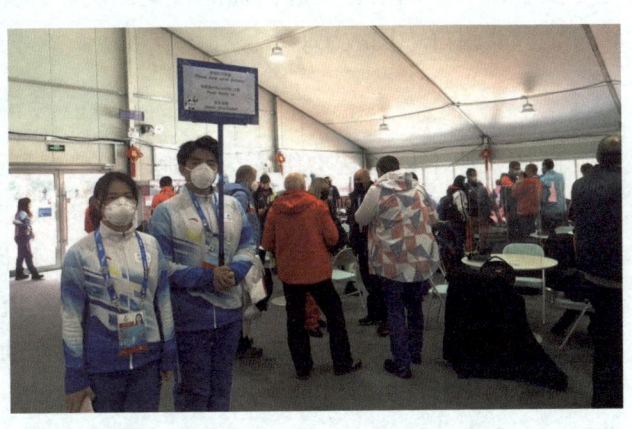

■ 舒婧焱（左一）与同伴手持防疫提示牌在门口迎接巴赫

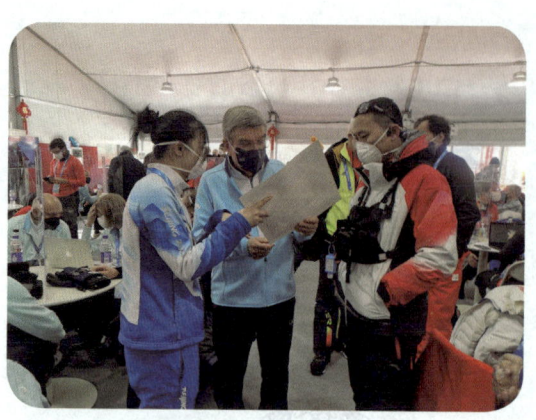

■ 舒婧焱向巴赫赠送中国特色剪纸

■ 巴赫与工作人员及志愿者合影

指点赞,那一刻,舒婧焱内心原本的担心和害怕都烟消云散了。

为巴赫送上剪纸时,舒婧焱向其解释了剪纸的含义,并致以新春祝福。"巴赫先生真的非常和蔼,他很耐心地听我解释了剪纸的含义。接过剪纸后,除了表示喜爱,他还说自己会好好收藏,并将这份剪纸放在自己的办公室里!"舒婧焱说自己感到非常荣幸,"巴赫先生还表达了对我们志愿者的认可和赞美,他说:'你们真的很棒!这将是你们一生中最难忘的一次经历。也正是因为有了你们,这届冬奥会才变得更加成功。'之后,他还主动喊来自己的摄影师,邀请我们一起合影,并送给我们徽章"。舒婧焱备受鼓舞,她切身感受到国际奥委会主席巴赫对志愿者们的关心和重视,也越发领悟到这次志愿工作的难得与可贵,领悟到自己在这个冰雪世界中作为一朵雪花的价值与意义。经历了这个高光时刻之后,舒婧焱更加坚定了要在服务中用语言架起沟通的桥梁的决心,并用自己的能力和担当向更多国家的外宾讲好中国故事。

美美与共,团结世界情谊

舒婧焱原本以为送剪纸那天是她唯一一次见到巴赫的机会,但后来巴赫又来了三次。最后一次来时,巴赫主动走到礼宾志愿者身边,对大家说这是他最后一次来了,并打趣道,"我来了太多次了,怕你们觉得我烦"。听到这句话时,志愿者们觉得他十分亲切、可爱。和巴赫交流时,舒婧焱时常觉得他既像大家的长辈,也像大家的朋友。也是和巴赫的互动让舒婧焱明白,在这里,志愿者和外宾之间可以平等地交流,没有距离,她说:"虽然他们是肤色不同、面孔不同的贵宾,但我们都是'世界大家庭'的一分子,我们也可以是朋友。"

后来，因为把外宾们当作"朋友"，所以礼宾志愿者们开始邀请他们挑战"亚洲蹲""翻花绳"、手绘多语言版"你好"，送给他们"兔儿爷""刺绣"作品……尽可能地向远道而来的国际友人展现中国青年的热情、友好与能力，积极地与他们交流互动。

其实在一开始，得知要服务上千余外宾时，舒婧焱担心过他们会不会不好相处，因为与他们之间还是存在着沟通障碍和文化差异的，所以她难免有些紧张。但很快她就打消了这个顾虑。因为服务过程中，舒婧焱听到不少外宾用中文亲切地说"你好"和"谢谢"。他们会主动邀请志愿者合影、询问志愿者如何用中文说"新年快乐""冬奥"，也会请求拿走休息室里的中国结和吉祥物海报……舒婧焱体会到他们对中华文化非常好奇，对中国和北京冬奥非常喜爱。外宾的认可让舒婧焱明白和坚信志愿者眼中的微笑是温暖而有力量的，"世界大家庭"会真正地一起向未来。

■ 礼宾志愿者向外宾展示"翻花绳"

此外，舒婧焱时常能在服务中体会到"更团结"的信念感，在她看来，是奥林匹克体育精神联结了大家心中最纯粹的友谊与善意，这无关身份地位的高低，也无关国家力量的强弱。在大家庭休息室里，她看到来自全世界各国的人们欢聚一堂，他们快乐、舒适地观赏比赛、互相交流，享受着纯粹的竞技乐趣。在这里，

■ 舒婧焱与希腊奥委会主席卡普拉洛斯合影

国界似乎变得模糊，无论什么国家的运动员夺得奖牌，所有人都会为他们欢呼鼓掌；无论语言是否相通，大家都会合影畅谈。舒婧焱深深地被这种跨越国界和民族的友谊所打动，她说："残奥会中国选手获奖时，各个国家的外宾也会对我们表达祝贺，与我们一同分享喜悦。我深刻感受到，奥运会是世界的庆典，是国家与城市的荣誉，更是一场平等与爱的连接。在这里，跨越国界和一切障碍，我们同属一个奥林匹克大家庭，我们都是'更团结'的一分子。"

■ 大家庭成员与礼宾志愿者、餐饮工作人员亲切合影

　　北京冬奥会完美收官，但雪花的温暖永不落幕。冬奥结束之后，舒婧焱成了北航"冬奥同航"宣讲团的一员，同时也是小组组长。5月，她带领组员们走进各个班级，以"礼遇八方宾朋，团结世界情谊"为主题，向广大北航师生讲述了冬奥故事，与同伴们结合经历诠释了"一起向未来"和"更团结"的世界展望，在行动中学习和贯彻"胸怀大局、自信开放、迎难而上、追求卓越、共创未来"的北京冬奥精神。他们共同绘制了一张中国青年自信、开放的名片，在交流和互动中诠释着人类命运共同体的真谛。各美其美，美人之美，美美与共，天下大同。

结语

　　有朋自远方来，不亦乐乎。唐紫云用一刀一纸，在传承创新中"剪"出了中国的文化自信；舒婧焱则用浓浓的中国情"讲"出了中国的热情好客，向世界展示了中国青年奋发向上的精神风貌。国际奥委会主席巴赫及大家庭成员对志愿者的重视、关心和认可，以及雪山之巅的温暖故事会永远留在冬奥志愿者们的心间，也会鼓励更多人参与到志愿服务中，将"奉献之火"永远燃烧，用切实行动讲好中国故事。

素材提供：

舒婧焱，国家高山滑雪中心场馆礼宾志愿者、外国语学院2019级本科生；

唐紫云，国家高山滑雪中心场馆通信中心志愿者、新媒体艺术与设计学院2019级本科生。

团结聚力

❄❄❄

"更快、更高、更强——更团结",运动员如此,北航人亦如是。在奥林匹克格言的感召下,北航师生凝心聚力,用拼搏与汗水书写追梦故事。六年培训磨一身过硬本领、预先吸取"平昌经验"未雨绸缪、作为"双奥人"继续发光发热……北航人不打无准备之仗!最早上岗最长坚守、远离赛场远隔家乡、保护学生保障流程……北航人不畏困难必打胜仗!一个个岗位见证了北航师生传递的激情和梦想、书写的奋斗和团结、展示的勇气和力量!

李广玉：志愿者最爱的"亲兄长"，"雪飞燕"最早的"螺丝钉"

在国家高山滑雪中心，有这样一位干部，面对冬奥重任，他克服重重困难毅然挂职，成为"雪飞燕"最早的"螺丝钉"；在冬奥、冬残奥赛场上，有这样一位老师，面对复杂情况，他全面布局积极联络，系统筹划了一堂冬奥思政大课；在海陀山顶，有这样一位兄长，面对呼啸的风雪，他暖心贴心送温馨，带领弟弟妹妹们共同书写了"冬奥会皇冠上的明珠"的志愿故事。

他就是北京航空航天大学守锷书院执行院长、志愿者最爱的"亲兄长"、"雪飞燕"最早的"螺丝钉"、国家高山滑雪中心志愿者经理——李广玉。他燃烧自己，温暖大家，和320朵"小雪花"共同演绎了一首荡气回肠的志愿者青春之歌。

迎难而上，扛起冬奥铁肩重任

国家高山滑雪中心作为北京冬奥会和冬残奥会新建场馆，位于延庆赛区核心区北区，承办高山滑雪全部竞赛项目，是海拔最高、气温最低、占地最广、参赛国最多、服务时间跨度最长的比赛场馆，保障任务困难多、挑战大。2022年的这个冬天，这里诞生了11枚冬奥金牌，30枚冬残奥金牌。

开赛前习近平总书记指出，"能够参加北京冬奥会、冬残奥会的志愿服务工作，是人生难得的机会"。2020年冬季，这样的机会出现在了李广玉的生命中。

面对非常有挑战的高山滑雪场馆，尽管他膝盖有旧伤、两个孩子年幼需要照顾、爱人腿部受伤照顾不及；尽管延庆和昌平相距甚远，只有周末才能回家，思念与牵挂只能隔着手机屏幕传递；尽管守锷书院500名师生，各种事务繁杂需要他及时处理，难得的周末在沙航办公室度过成了常态；尽管全球疫情肆虐，近500名运动员来自80多个国家，环内环外联动防疫任务复杂而艰巨……面对重重困难，李广玉说："冬奥是世界顶级赛事，我和大多数志愿者都是第一次站在世界的舞台上为国效力，我们代表的是国家青年的形象。"他深知

与国同航 筑梦冬奥
——北京航空航天大学服务保障北京2022年冬奥会和冬残奥会纪实

■ 李广玉在出征仪式上发言

这是一份光荣而神圣的使命，迎难而上，扛起冬奥铁肩重任，是他对冬奥使命的郑重承诺。

李广玉老师成为"雪飞燕"最早上岗的"螺丝钉"，见证了海陀之巅的日新月异，陪伴着国家高山滑雪中心一路走来。

这场冬奥着实不易，延庆赛区从无路、无水、无电、无通信的"四无"山区，最终在小海陀建成了"雪飞燕""雪游龙"这惊艳世界的一流场馆。冬奥是庞大的系统工程，高山滑雪中心32个领域运行顺畅，靠的是制度保障，更是相互补台。高山国家队冬奥"全项目参赛"和冬残奥3金9银7铜取得历史最佳，运动员奋力拼搏、永不言败、挑战自我、超越极限的体育精神令志愿者动容。面对奥密克戎的严峻形势，我国依然发出"一起向未来"的热诚邀请，给出了环内环外联动防疫的中国方案。

面对这场史无前例的冬奥会，李广玉认真组织场馆赛会志愿者招募选拔，经过21场面试，遴选出320朵"雪飞燕""小雪花"，他们来自首都8所高校、三军仪仗队等11家单位，他们分布在场馆18个领域、31个岗位。李广玉成为国家高山滑雪中心志愿者的"亲兄长"，赛事期间和弟弟妹妹们一起闭环奋斗77天。冬奥志愿服务疫情防控"零感染"，只有中国可以做到，这里有奉献更有担当。

勇往直前，筹划冬奥思政大课

北京2022年冬奥会和冬残奥会作为弘扬奥林匹克精神和体育精神的重要载体，不仅是"更快、更高、更强、更团结"的奥林匹克格言的鲜活体现，也是运动员坚韧不拔、永不言败坚强意志的真实写照，更是当代青年淬炼思想的成长进步熔炉。

李广玉作为一名拥有15年学生工作经验的资深辅导员，时刻以习近平总书记系列重要讲话精神武装头脑、指导实践，系统化、创新化组织冬奥志愿服务工作，打造了高山志愿服务工作"一个亮点，三个特色"，以思想政治工作凝心聚力，以高山文化建设传播奥运精神，以讲好高山志愿故事打造冬奥志愿者的青春名片。

他打造了党建思政特色活动，组织志愿者学习习近平总书记关于冬奥和志愿服务系列重要讲话精神；收到21份来自高山冰雪之巅的入党申请书，为150名高山入党积极分子志愿者出具第一季度考察意见；组织志愿者党团活动，同国家高山滑雪队、冬奥火炬手、NTO老师交流思想，邀请付丽莎老师讲思政课，与中农大、中石大开展共建联谊活动；开展征文摄影比赛，评选出获奖征文作品43项，获奖摄影作品280项。

他凝练了高山特色文化，从"高山同心"系列专属标识，到节日纪念品3个大类26个款式的设计制作，到"场馆—高校—主流媒体"三位一体立体声，国家高山滑雪中心形成了网格式中国文化传播体系。编制《志愿者工作手册》镌刻志愿者专属印记，精心打造37期《高山志愿日报》讲述中国故事，联动高校团学媒体实现320名志愿者全部岗位100%覆盖，志愿者系列文稿、优质VLOG等成为"顶流"。

■ 李广玉老师给志愿者讲思政课

他将兄长般特别的爱给了每一名志愿者，确保志愿者暖心、安心、全身心投入工作，高质量地圆满完成赛会志愿服务保障工作。他带领团队实地勘探高山两个结束区18个领域、30多个点位志愿者的工作条件，切实针对需求开展保障工作，个性化解决志愿者的问题。他立足高山特色、紧扣节日主题，开展"我在闭环过大年""志愿者共度元宵节"等激励活动10余项，让志愿者在外的第一个春节充满了家的温馨。他为所有过生日的志愿者设计了"1+2+3"的专属生日激励体系，打造了学业支持协调"一人一策"，心理解压咨询24小时在线，全方位温暖陪伴、保驾护航

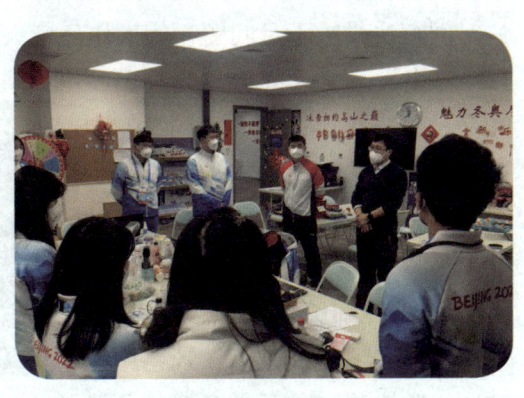
■ 在辅导员每日早例会上部署工作

志愿者。

他创立了冬奥"辅导员—组长—志愿者"三级思政工作体系，在志愿者中选拔一批冬奥辅导员，点对点沟通覆盖全部业务领域，确保岗位人员、物资保障、思想动态反馈全联通。他冲锋在前，担当在先，每天最早到达志愿者之家，为每一位志愿者的成长保驾护航，排忧解难。

他用兄长的臂膀为志愿者构筑起港湾，用老师的谆谆教诲构建起冬奥大思政课堂，正如他欣慰地说："冬奥这堂生动的思政大课，让同学们从家庭中备受呵护的孩子化身为风雪中坚毅前行的勇士，从校园中不谙世事的大学生蜕变为冬奥中独当一面的志愿者，这是汗水浇灌的成果，这是奉献铸就的成长。"

雪花绽放，空天梦激荡高山情

李广玉老师带领志愿者们用实际行动诠释着志愿者不畏严寒的顽强拼搏精神，让奥运精神在志愿者身上闪闪发光。"可爱""热情有活力""青春的朝气"……奥组委、媒体、观众不断贴给志愿者的标签，见证着志愿者们的优秀与卓越。

■ 在缆车上抓紧时间帮助志愿者解决困难

面对艰苦的工作条件，李广玉老师的关怀，是志愿者们坚守岗位的信念灯塔。交通志愿者在大风恶劣天气下主动留守引导，临危请缨解决拥堵，他会深入同学们工作的集装箱第一时间解决供暖不足问题，让工作环境天气冷人心不冷；缆车志愿者最早凌晨4:30时出发，全天守候担当高山"咽喉命脉"守护员，他会和同学们一起坚守到最后一刻，让末班岗位人少温暖不少；公共卫生志愿者日出时分登上海拔2198米山顶检查水质条件，他会细心叮嘱嘘寒问暖，让工作岗位遥远心与心距离不远；风雪中睫毛结冰、脸庞冻红、手掌开裂、鼻梁勒

■ 了解缆车志愿者工作情况

伤、衣服打湿，他会将各种物资送至每一名有需要的志愿者，让他们以苦为乐内心甘甜……志愿者们在洗礼与磨砺中为冬奥盛会贡献青春力量，李广玉老师以坚忍执着和细致体贴点燃志愿者心中温暖的信念火光。

　　面对世界上组织难度最大的雪上竞赛项目，李广玉老师的鼓励，是志愿者攻坚克难的不竭动力。由于高山滑雪项目竞赛场地分布广，场馆协调负责程度高，李广玉老师鼓励场馆管理志愿者化解复杂，勇于创新，扎实做好信息传达，同学们高峰时连续工作超12小时，一个频道一分钟内处理3条消息，编写程序代码提高工作效率；由于天气条件给高山滑雪项目带来的赛事安排不确定性极强，突发复杂因素为志愿服务保障团队带来艰巨考验，李广玉老师要求技术志愿者耐心细心，应变得当，同学们经常一天之内在2个结束区面对3场比赛，全天不间断工作……带领大家以顽强拼搏的奥运精神在平凡岗位上执着坚守神圣使命，又快又准、密切配合，助力每一项赛事完美运行，为冬奥贡献青春力量，是李广玉老师的崇高追求。

■ 李广玉（左三）和团队成员在扫雪

　　高山志愿者成为纷飞雪花中最温暖的那道光，同学们用热情的服务和真诚的微笑感染了全场，让多次来访的国际奥委会主席巴赫、国际残奥委会主席帕森斯等连连称赞。志愿者工作助理李海涛作为全国大学生冬奥志愿者代表在人民大会堂从总理手中接过大红的"北京冬奥会、冬残奥会突出贡献个人"证书；反兴奋剂志愿者张颜作为6名志愿者代表之一，在冬残奥会闭幕式上接受运动员感谢，高举双手向全世界致意；高山礼宾志愿者舒婧焱将志愿者们精心准备的绛红色剪纸赠送给国际奥委会主席巴赫，收获连连感谢"这将是你们一生中最难忘的一次经历"。

如果说温暖的天霁蓝是一道靓丽的"雪飞燕"风景线，那么李广玉作为志愿者的"亲兄长"，就是那蓝天中飞得最高最远，为大家遮风挡雨的"领头雁"。

后记

在这场冬奥盛会中，志愿者的"天霁蓝"点燃了"冰雪白"，"青春梦"激荡着"高山情"。这是一条连接世界的青春纽带，也是我国青年助力中国梦的行动写照。李广玉和"雪飞燕"志愿者用热情和微笑，奋力讲好青春强国故事，努力上好冬奥思政大课，向全世界呈现了高山精神，展示了青春风采，讲述了强国故事。他们就是冬奥"最温暖的那道光"！

冬奥和冬残奥期间，《人民日报》、新华社、中央电视台、《光明日报》、北京2022年冬奥会官方网站、《北京日报》等主流媒体刊发高山志愿者相关报道115篇，海陀之巅的冬奥明珠故事画上了圆满的句号。

如今，李广玉老师和全体冬奥志愿者，正带着北京冬奥精神的宝贵财富，在新的征途上继续前行。

素材提供：

李广玉，国家高山滑雪中心志愿者经理、北航学院守锷书院执行院长。

张志辉：精准抵离信息，助力运行决策
——为实现冬奥会"好来快走"的抵离目标奋斗五年

2022年6月22日是张志辉到北京冬奥组委办理离职手续的日子，也是他在北京冬奥组委工作的最后一天。自2017年6月8日首次踏入北京冬奥组委首钢办公园区，不经意间他在此奋战了整整5个年头，5年的冬奥之旅就此就结束了。5年来，他从一名普通干部，一步一个脚印，逐渐成长为抵离业务领域行家里手，先后担任对外联络部综合处副处长、抵离处副处长和抵离中心抵离信息处处长。2020年6月被评为"北京冬奥组委优秀共产党员"；2022年4月被北京市委、市政府、北京冬奥组委授予"北京冬奥会、冬残奥会北京市先进个人"称号。

■ 张志辉荣获2022年冬奥会、冬残奥会北京市先进个人荣誉称号

远渡重洋，万里求索，平昌冬奥经验圆满带回北京

曾任2008年北京夏季奥运会机场场馆运行团队人事经理的张志辉，算是老奥运人。虽然他参与了2008年夏季奥运会抵离筹办工作，但是对于冬奥会的抵离筹办工作依然是新人。2017年11月至2018年3月，北京冬奥组委抓住韩国平昌举办2018年冬奥会和冬残奥会的有利契机，挑选了41名业务骨干到平昌冬奥组委开展为期1~4个月的顶岗实习。张志辉就在这41名种子选手之中，被派往韩国仁川机场抵离运行团队，担任抵离运行副经理。

张志辉的工作地点在仁川国际机场T1航站楼，负责代表团抵达时迎送、信息录入登记、交通安排,代表团离开时的送机、物流工作等。出发之前,张志辉收集了近百个抵离相关问题,希望能够在平昌实习期间获得答案,为北京冬奥组委科学办赛提供依据。1月31日航班降落到仁川机场,为了准确了解利益相关方的抵离流程,他抓住自己和同事仁川机场入境的时机,边入境边拍照,亲身体会和记录仁川机场的利益相关方抵达流程。

报到的第一周恰好是平昌冬奥会抵达高峰,张志辉必须强迫自己克服语言障碍,迅速融入团队,时刻观察和学习机场运行经验。每天5:30起床,坐近2个小时的公交和地铁,8时准时到达岗位,18时下班,跟同事在机场职工食堂吃完泡面(对于张志辉来说,机场职工食堂的韩餐不仅贵,而且非常难吃,反而是韩国的泡面非常对他的胃口。直到回到北京后,他还经常说"我可能在韩国把一辈子要吃的泡面都吃完了"),再坐车回到驻地就差不多21时,写完每日运行报告就差不多22:30了。每天忙碌近17个小时,每天就像陀螺一样穿梭在巨大的航站楼里,"不停地说话,不停地走路,不停地拍照"就是他的工作状态,微信运动中每天超过2万步是标配。更重要的是他带回了机场抵离的重要图片资料,尤其是仁川机场大规模行李抵达时的珍贵照片,为北京冬奥会抵离运行设计提供了第一手资料。

■ 张志辉在韩国平昌冬奥会仁川机场工作

张志辉在仁川机场整整工作了31天,忙碌了近500个小时,第一次在异国他乡过春节。回到北京时,他的鬓角已染霜。这31天中,他完成了18篇机场抵离运行日报和1篇顶岗实习总结报告,详细记录了仁川机场抵离高峰的应对措施,特别是大规模运动器材抵离机场的保障经验,为北京冬奥会机场抵离规划和流程设计提供了十分宝贵的资料，获得北京冬奥组委领导的高度认可和赞扬。同时，韩国同事对他的工作态度和责任心频频竖起大拇指，都毫无保留地向他传授经验和教训。他不仅收获了近一个旅行箱的机场运行资料，更是收获到了韩国人的信任和友谊。

■ 张志辉在韩国平昌冬奥会办公室和同事合影

从无到有，追求卓越，精益求精建设抵离信息系统

开发和运行抵离信息系统是国际奥委会要求北京冬奥组委完成的规定性动作。这项工作原本是冬奥会筹办过程的常规工作，一般并不引人注意。然而，2020年初席卷全世界的新型冠状病毒疫情彻底打乱了北京冬奥会和冬残奥会的筹办进程。在坚持"外防输入，内防反弹"疫情防控总方针下，如何做好北京冬奥会和冬残奥会利益相关方抵离工作成为所有冬奥人心头之重。要想做好抵离服务保障工作，利益相关方抵离信息准确是必备的条件，但是历届奥运会的经验是抵离信息的准确率仅能达到60%左右。

■ 北京2022年冬奥会和冬残奥会抵离信息系统

经过多方调研，张志辉及其团队发现与利益相关方抵离信息相关的数据分别归属于北京冬奥组委、国家移民局、海关总署、首都机场集团公司、北京市政府以及有关航司等多个单位，各种数据都孤立地存储着。为了打破信息孤岛，实现网络互联、信息数据互认，确保提高抵离信息的准确率，张志辉带领

抵离信息系统开发团队直面挑战，在最短时间内经过仔细论证，废掉原定设计开发路线，确定新的开发路线和时间安排，此时距离抵离信息系统的正式上线运行时间仅剩三个月。

■ 张志辉指导团队成员开展工作

从方案获得批准之日起，张志辉带领团队就进入了7×24小时的工作状态。白天，他要跟各相关单位开线上协调会，沟通协调系统互联数据互认的具体方案和细节。晚上，他要跟中航信开发团队商量技术路线、UI设计等，甚至亲手画出系统不同用户的登录界面图，方便工程师们加快开发进度。同时，他还要亲自撰写抵离信息系统的英文手册和模板使用说明，审校系统界面上的每个英文单词的准确性。他经常跟开发团队说的一句话就是："冬奥标准就是最高标准，国际最高标准！"

经过近百天的不懈奋斗，抵离信息系统如期上线运行，并于2021年10月开始保障北京冬奥会测试赛。随着赛时的逐渐临近，赛时抵离保障流程和方案逐渐清晰，抵离信息的保障需求进一步明朗，张志辉带领开发团队进一步对抵离信息系统性能和功能进行优化，终于在2021年12月7日凌晨抵离信息系统进入赛时就绪状态。

正式上线后，抵离信息系统及其相关政策、手册、说明等资料受到北京冬奥会组委领导的高度认可，获得各利益相关方责任组织、国际奥委会和国际残奥委会的肯定好评。784家境外机构开通了数据输入账号，超过200多家保障单位或业务领域开通数据查询账号。以利益相关方输

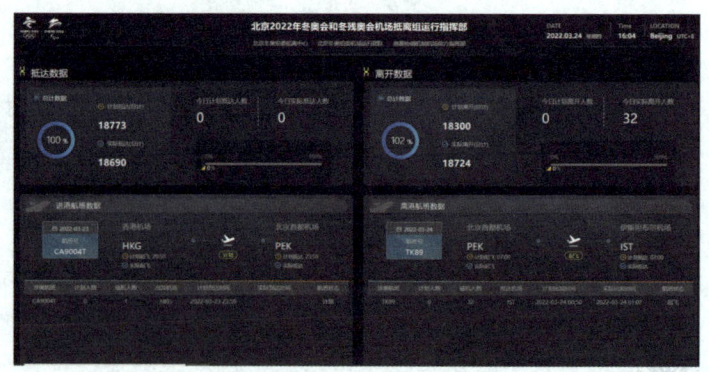

■ 北京2022年冬奥会和冬残奥会抵离运行指挥系统

入的抵离信息为基础，通过数据专线与航班动态、航易行等民航运输相关生产运行系统互联互通；与注册系统、数据交换平台、冬奥通等委内相关信息管理系统互联互通；利用大数据运算和互联网云技术进行数据运算、共享互认，构建实现信息数据高效收集、有效整合、分析挖掘、统一发布等核心数据处理发布系统，形成以抵离信息系统为核心，冬奥通抵离模块、主运行中心显示调度大屏、机场抵离指挥部显示大屏等为外延的赛时抵离信息发布平台系统，为各保障单位、各业务领域提供了及时、精准的抵离信息。

勇于担当，敢打敢拼，抵离信息工作创造奥运纪录

2021年11月，按照北京冬奥组委场馆化工作安排，张志辉被委派到北京冬奥会和冬残奥会抵离运行最前线——北京冬奥组委机场运行团队担任北京冬奥组委机场运行团队的抵离信息经理，统筹负责赛时委内外抵离信息管理工作。

由于机场团队成立较晚，一切几乎都是一穷二白，连最起码的办公场地都是临时找顺义区政府协调的。办公室虽然解决了，但组委会的专用网络又需要等待。疫情情况下，没有网络连视频会都开不了，就别说测试优化抵离信息系统。他一边协调顺义空港商务中心提供普通互联网接入口，一边

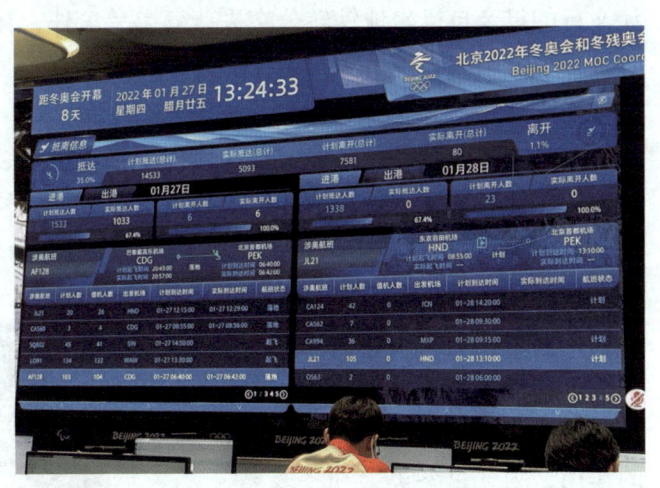

■ 北京2022年冬奥会和冬残奥会抵离运行指挥系统

协调组委会技术部抓紧搭建专用网络。在赛前两个月，他不仅要克服机场疫情防控带来的挑战，还要协调委内外相关单位解决办公、通信、网络、数据、系统运行诸多方面的重重难关。更重要的是，他还要同时进行机场团队抵离信息小组的团队建设，不仅要培训新入职的实习生、志愿者，还要编制赛时值班计划、工作规范等。经历千难万险，终于在2021年12月7日凌晨，抵离信息系统进入赛时就绪状态，抵离信息小组进入战时状态。

1月4日，北京冬奥会赛前一个月，抵离运行进入赛前小闭环阶段，疫情防控和科学决策急需精准抵离数据支持。张志辉带领抵离信息小组挺身而出，

■ 张志辉在一线指挥抵离工作留影

主动作为，舍小家顾大家、舍小我顾大我，带领抵离信息团队，以跑秒计时的状态、压线冲刺的干劲、求真务实的精神，近80天不分昼夜坚守在岗位。80天来，他几乎吃住在办公室，想念11岁的女儿时就打个视频电话，经常匆匆挂掉后直奔会场。特别是年近70岁的母亲春节期间摔伤胳膊，他只能通过视频电话询问母亲的状况，一遍遍嘱咐家人要悉心照料。实在没有办法时，他只好让文盲的母亲自己坐地铁转公交去燕郊弟弟家住，让弟弟带母亲去医院看病，可谁曾想母亲因为疫情被封控在燕郊，持续了几个月。再多的困难丝毫没有减弱他逆流而上的勇气、担当作为的决心，从1月4日小闭环开始，到3月17日抵离信息系统关闭服务，80多个日日夜夜，张志辉带领抵离信息工作团队，严密监控抵离信息系统运行，精准校验抵离信息数据，科学前瞻的数据分析预测报告，以创奥运史纪录的准确率（经管理的数据准确率为100%）为各保障单位提供实时、精准的信息支持，为高层领导科学决策提供重要数据支撑，为确保实现"好来快走"的抵离工作目标发挥了不可或缺的作用，为北京冬奥会和冬残奥会抵离工作赢得中央高层领导赞扬和国际奥委会、国际残奥委会的积极评价作出重要贡献。2022年4月，他被北京市委、市政府、北京冬奥组委评为"北京冬奥会、冬残奥会北京市先进个人"。

■ 张志辉宣读志愿者名单并感谢志愿者

3月13日，机场团队抵离信息小组举办了志愿者总结表彰会，会上张志辉一一读出30名志愿者的名字，以此表达了对志愿者的感谢，对志愿者们的辛苦付出表示肯定，并对大家共同交出了100%准确率的信息保障工作答卷感到骄傲自豪。他说，在这两个月中，抵离信息团队在堆满杂物的会议室里从无到有、把不可能变成可能，这是我们共同的骄傲。最后他用1919年26岁的青年毛泽东在《湘江评论》的创刊词与志愿者共勉："天下者，我们的天下；国家者，我们的国家；社会者，我们的社会；我们不说，谁说？我们不干，谁干？"

■ 北京冬奥组委机场运行团队抵离信息小组合影

素材提供：
张志辉，北京冬奥组委抵离中心抵离信息处处长、北航国际交流合作处副处长。

李鹏：海陀之巅圆双奥梦想，冰雪飞燕展青春华章

从2008年到2022年，从骄阳似火到冰雪洁白，从星空船到"雪飞燕"，从福娃临门到墩墩斗舞，从"北京欢迎你"到"一起向未来"，变化的是岁月流逝，不变的是激情与梦想。

感谢北京，一个古老而又年轻的城市；感恩冬奥，一场圆梦而又启航的盛事。

在冰晶洁白的海陀之巅，有这样一位年轻的身影：他奔波于山麓山谷，热情地服务每一位冬奥成员，激活团队核心活力；他用脚步丈量每一个点位，周到细致为观众提供温馨服务，打造最温暖的"赛会门面"；他心里装着学生，选培管用谋划思政大课，风吹雪落送温暖，科研学业勤关心，做学生的"知心大哥"。

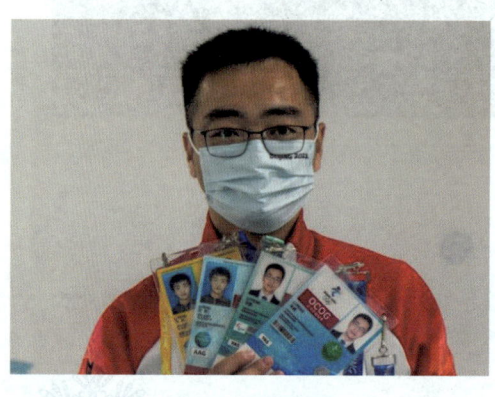

■ 集齐2008年奥运会和2022年冬奥会四张工作证

他，就是国家高山滑雪中心人事副经理、赛事服务副经理、环外志愿者负责人、精彩"双奥"人李鹏。他带领团队，让志愿蓝在"雪飞燕"展翅，让青春梦在高山激荡。

迎战冰雪，建好"最强战队"

作为场馆人事副经理，初到岗位时青涩不知如何下手，他虚心请教，潜心学习，在短短一周内学习了6本岗位教材，对人事工作有了初步的认识，展现了过硬的工作作风。

他知人善用尽其才，配齐配强场馆团队。他配合领导，发挥在辅导员岗位积累的团队配置经验，根据岗位要求合理配置人员，力争实现集各方之智、聚

各界之力，多渠道选取优秀工作人员，对各类人员用人所长，确保团队人员配置的科学性、合理性。例如，P1人员理论知识和赛事经验丰富，主要负责运行计划编制、修订及赛时运行牵头抓总；P2人员具有与属地联系紧密的先天优势，主要负责与属地的对接、协调和配合工作；赛时实习生有活力、学习能力强，主要负责运行计划深化、赛时运行督察督办和总结分析资料可视化等工作，通过将各类人员合理编组、有效整合，发挥出"1+1+1>3"的效果。

他适时调整巧安排，精细校正人员计划。按照"简约、安全、精彩"的办赛要求，李鹏和他的团队统筹全盘进行人员调配，明晰场馆运行团队、属地外围保障团队和场馆业主间的工作界面及职责分工，开展多轮次交叉审核，精心编制人员计划。期间，通过精准分析各岗位的高低峰运行时间，实现资源共享和人员互补，在某些岗位出现临时人员短缺后，通盘调度人力资源进行补充，确保人力资源能够合理高效使用，最终实现"任务导向、优化整合，一方主战、八方支援"。

他坚持党建引领促合力，守正创新争先锋。为激发团队活力，李鹏和人事团队深入开展"党员示范引领、争当冬奥先锋"党员先锋岗活动，以业务领域为单位设置党员先锋岗，负责提供信息提示、防疫要求、班车通勤、安全防范、环境卫生等服务，固化模式、每周轮换、常态运行。"小闭环"期间在重点区域和节点增加党员先锋岗，加强提示引导，避免闭环内外人员交叉，党员干部冲在一线、先锋作用发挥明显。赛时持续开展党员先锋岗活动，验证卡口、防疫督查、维持秩序、巡查环境、免费理发，让党员先锋旗在高山始终高高飘扬。

他关心关爱擅激励，团队活力展风采。冬奥会、冬残奥会期间，随着时间推移，工作人员身体和精神负荷不断加重。李鹏和人事团队，充分发挥高效运行机制作用，落实赛时暖心关怀主题活动。

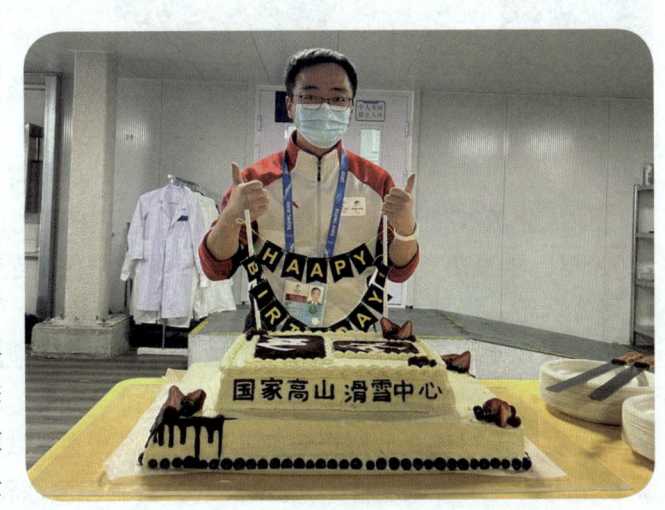

■ 为冬奥期间过生日的同事准备生日蛋糕

悉心编辑制作工作人员手册，提供竞赛组织、闭环管理、衣食住行、沟通联络等有效信息，作为口袋书和工具册。住宿酒店开设宣传栏，展示工作风采。策划组织"长城脚下过大年"除夕活动，送出高山的新春祝福。以各业务领域为单位，开展谈心谈话、健康排查等工作，疏解压力、增强斗志。通过开展系列关心关爱活动，同心同向、凝心聚力打造一支讲团结、恳拼搏、能奉献的先锋团队。

彰显风采，做好"赛会门面"

赛事服务是以观众为主体的利益相关方，在做好疫情防控常态下提供检票验票、观众客流管理、前院引导服务、环外公共部位前后院间通行控制、移动服务、信息与失物招领、观赛服务保障、运行支持等工作，努力营造安全有序、专业便利、友好祥和的观赛环境和赛场氛围，被誉为"赛会的门面"。而高山滑雪赛事服务志愿者，成为"冬奥会皇冠明珠上最温暖的光"。

2008年，李鹏作为观众服务的志愿者，努力做北京最靓丽的"名片"；2022年，他以管理员的身份再次投身这项充满挑战的工作。从2020年底选派成为赛事服务副经理，他便开始了认真地筹备。

■ 迎接观众的到来

海陀山地形复杂，海拔高，气温低，风力大，而赛事服务的主要工作岗位又在室外，分别在竞技结束区和竞速结束区，场地大、流线长、同时从下车点到观赛坐席垂直落差大，特别是疫情防疫条件下，很多既有方案无法实现，这使得赛事服务的工作难度极高，工作极具挑战。

他优化流线细琢磨，健全机制强保证。国家高山滑雪中心两个结束区相距6公里，垂直落差400米，每个结束区同样条件复杂，例如竞速结束区从下车点到公众席，需要攀爬楼梯300多级，且地形狭长，不利于点位安排。李鹏从2020年底开始，先后制作点位分布图6个版本，实地踏勘20余次，用双脚一步一步丈量点位，细致讨论商讨点位人员安排。同时，将"关口"提前、将"服务"提质，撰写观众分析报告解析观众特点，在正式开赛前，在竞速结束区和竞技结束区两个区域进行了3场全要素、全流程演练和压力测试。

他采用一半志愿者扮演观众，一半志愿者上岗服务的方式，用最特殊、最极端的情况进行模拟对抗演练，优化完善了4大类34项147个场景的应急事件预案，用最完备的方案进行应对，用压力测试来做好基础准备，为后面的赛事服务打下良好的基础。

他注重培训建队伍，专业服务立新功。赛事服务是场馆志愿者人数最多的领域，李鹏和他的团队注重团队建设，提升专业服务水平。李鹏2021年2月参加测试活动，完成了《国家高山滑雪中心相约北京高山滑雪邀请赛赛事服务领域工作报告》，并撰写了《国家高山滑雪中心竞速结束区通行控制工作规范》。2021年9月正式组建了主管团队，组织了9次专场培训研讨。2022年1月组织志愿者分批次进入场馆开展实地踏勘，熟悉工作环境，明确工作任务。志愿者到岗后，开展全流程全点位全要素演练和压力测试3次。

为切实提高团队管理水平，进一步使志愿服务标准化、形成"一办法四制度"，另外他还为团队编写每日赛事服务运行时刻表，精确至分钟级，每日根据工作实际情况对下一个比赛日的计划进行动态优化调整，确保高效开展工作。

■ 李鹏为志愿者讲解点位安排

他营造氛围巧心思，暖心服务赢掌声。高山滑雪中心因特殊的气候地理条件给观赛带来客观上的不便利，李鹏带领团队精心设计，在300余阶楼梯沿线上布置"冰墩墩""雪容融"小彩旗，台阶上还印有趣味引导标识，为观众设置"取暖区"满足不同观众的取暖需求。在看台上，他组织志愿者们带领观众跳"热身操"营造热情的观赛氛围，暖心的设计，温暖了前来观赛的观众朋友，其中志愿者与冰墩墩斗舞视频走红全网，被人民网、冬奥组委官网、《北京日报》等数十家主流媒体报道，全网阅读量超过4000万，赛事服务志愿蓝，成了"冬奥会皇冠明珠上最温暖的光"。

2月6日，国家高山滑雪中心开赛第一天就遇到了极端情况，比赛由于天气原因两次推迟直到最后取消，比赛调整至2月7日，一天三赛，两个结束区，两次转场，开局迎大考，极大程度上考验了李鹏和团队的风险应对能力。调整应对，耐心劝导，播放赛事，协调餐饮，很好地缓解了观众由于等待产生的焦虑情绪，整个过程实现零失误、零拖延、全保障。7日三赛，两班次同部署，用最饱满的热情高质量完成了保障工作，得到了广大观众们的一致好评。

2月13日，海陀山大雪纷飞，李鹏和他的志愿者迅速整装上阵，扫雪铲冰，清理流线，铺上防滑地垫，清洁看台座椅，并为一位小女孩提供助行服务，受到热情感谢。天气寒冷，大雪漫天，但是志愿者们用热情的服务温暖了每一位观众的心，在冰天雪地里，冰雪白与志愿蓝相互掩映，形成了一道最温暖的风景线。在第三方开展的观众满意度评价中，志愿者服务评分5.00分，满分！

凝心聚力，讲好"思政大课"

冬奥会和冬残奥会不仅仅是体育盛事，更是国之大事，把青春风采在祖国需要的地方展现，把个人成长融入国家发展。在参与冬奥会筹举办的一年多时间里，李鹏时刻牢记习近平总书记系列重要讲话精神，以思想政治工作凝心聚力，讲好高山故事。

■ 李鹏向志愿者部领导汇报工作

他以高山故事讲解思政大课。从无路、无水、无电、无通信的"四无"山区，从骡队参与运输建设原材料，到运用无人机技术为索道穿线，小海陀山旧貌换新颜，如今成为国际一流的高山滑雪赛场，小海陀山的变迁正是中国筹办冬奥会的一个缩影。7条雪道全长9.2公里，最大垂直落差达900米，最大坡度接近70%；在高寒环境下工作；身旁是数百米深的悬崖……世界上数一数二的建设和维护都是丰富的思政故事。通过踏勘参观，细数山路十八弯，李鹏让学生感受到国之伟大。

他以传统佳节讲解思政大课。冬奥、冬残奥赛时又时逢春节、元宵节等传统佳节，李鹏和他的赛事服务团队多措并举打造有温度、有热情、有乐趣的工作团队，暖心呵护广大志愿者，用情激励广大志愿者，让志愿者们感受到温暖。在新年、元宵节等传统佳节拍摄视频，志愿者透过视频表达自己的新年愿望、对家人的祝愿、对冬奥的祝福和对祖国的爱意，每一个镜头都是对青春最好的纪念，体验别样"冬奥年"，进而激发广大志愿者服务热情和工作积极性，争做"主人翁"。

他以体育精神讲解思政大课。中国冰雪运动过去"冰强雪弱"，2018年平昌冬奥会，中国队仅有2名队员取得高山滑雪项目参赛资格；如今"冰强雪壮"，中国高山滑雪队成功实现了北京冬奥会11个小项"全项目参赛"的目标，更在残奥比赛中争金夺银，敢于拼搏、永不放弃的体育精神让人振奋。李鹏和志愿者从中国运动员的顽强拼搏中品读中华民族矢志不移、勇毅向前的"中国精神"。

他以团结合作讲解思政大课。在奥密克戎毒株仍在不断传播的严峻形势下，北京冬奥会全球参与并如期举行，展现了中国坚守人类团结、韧性和国际合作的大国担当，体现了集中力量办大事的制度优势。高山滑雪是2022年冬奥会参赛国家最多的体育项目，李鹏在过程中也策划了五湖四海庆冬奥专栏，来自乌克兰的吉尼斯、赤道几内亚的森迪、中国香港的胡炯、中国台湾的叶怡君，还有东道主中国北京延庆的赵天一，对志愿服务怀有共同的初心和信念让我们更加理解团结的内涵。

他以绿色共享讲解思政大课。高山巍峨，云海隐现，雪道逶迤。小海陀山稀有的低海拔高山草甸得到了修复，物种丰富的山林构成赛道边的风景，野生的中华斑羚依然在山边活动。雪季过后，融化的雪水和雨水将通过雪道两侧的排水渠汇流至下游塘坝内，转化成为赛道绿化和下个雪季的造雪用水……"雪飞燕"与小海陀山融为一体、相得益彰，将"山林场馆、生态冬奥"的理念体现得淋漓尽致。

他以丰富形式讲解思政大课。他带领团队制作赛事服务志愿者专属刊物——《志存高燕》13期，形成专属志愿者的"朋友圈"，拍摄15个VLOG。中央电视台、人民网等主流媒体报道典型事迹人物10余人，新闻、视频报道60余次，更是荣登冬奥会、冬残奥会闭幕致谢视频。

■ 李鹏工作照

后记

高山滑雪是"冬奥会皇冠上的明珠"，是速度与技巧的集合，是力量与激情的碰撞。曾经的海陀山银装素裹迎八方来宾，纯洁的冰雪、激情的约会，呐喊和欢呼在这里起伏，激情和热血在这里流淌，信念和信仰在这里诞生，毅力和勇气在这里更强！

冬奥，是夏奥的延续，是激情的释放，是志愿的传承。筑梦冬奥，燃动青春。从2008年夏奥，到2022年冬奥，李鹏圆满完成了组织交给的任务，兑现了"冬奥有我，请党放心"的誓言，为举办一届"简约、安全、精彩"的冬奥盛会，保障两个奥运同样精彩，贡献了青春力量！

素材提供：

李鹏，国家高山滑雪中心人事副经理、赛事服务副经理、北航校团委副书记、仪器科学与光电工程学院分团委书记。

丁瑞云、杨姿楚、蒋茁、魏茜：
风雪中来自志愿者"妈妈"的温暖

国家高山滑雪中心是所有冬奥场馆中海拔最高、条件最为艰苦、气候最为寒冷的场馆，来自北航、清华等8所高校的320名大学生志愿者们坚守于此。在长达70天的冬奥会及冬残奥会闭环服务保障工作中，有四位如妈妈般的老师守护着同学们的身心健康，给予无微不至的贴心爱护与温暖。

丁瑞云：用妈妈的爱守护冰墩墩和雪容融

丁瑞云，北京航空航天大学团委副书记，北航冬奥会志愿者带队教师，国家高山滑雪中心的一名志愿者工作助理。作为北航最早参与冬奥会志愿服务工作的人员之一，长达三年全程参与北航冬奥会志愿服务工作。

从志愿者宣传动员、招募选拔到培训踏勘、上岗服务，从物资保障、活动设计到学业支持、党团建设，带领团队采购发放激励保障物资50余种2万余件，配备4000份健康药品及防疫物资，开展6次心理团体辅导并全程开通咨询专线，志愿者事迹登上主流媒体报道230余次，赛时先后组织参与党团建设、节日联欢、生日祝福等主题活动20余项。闭环内工作服务70天，足迹遍布国家高山滑雪中心和志愿者驻地，被大家亲切地称为志愿者"妈妈"。

她与奥运会的缘分始于2008年，当时作为一名大三的学生，满怀热情报名了北京奥运会志愿服务，成为一名情绪引导志愿者。然而很遗憾，由于岗位调整，她最终没有真正踏上奥运会的赛场，但这颗服务奥运的种子已经

■ 丁瑞云服务保障北京冬奥会和冬残奥会

深深地埋在心里。14年后，她再一次参加冬奥会的志愿服务保障，作为一名志愿者"妈妈"，和大家一起奔赴这场冰雪之约。

在出征前，她和自己三岁多的孩子有一个小故事，一个关于"保护冰墩墩和雪容融"的故事。孩子因为要和妈妈分开三个月，非常不舍，便问妈妈为什么不能一起过年，她告诉孩子：妈妈要去保护冰墩墩和雪容融，等保护完冰墩墩和雪容融，妈妈就会回到他身边。丁瑞云说，她口中的"冰墩墩"和"雪容融"，就是我们北航的每一个志愿者，从开始冬奥的那一刻起，她就是他们的"妈妈"，她要保护好她的"孩子们"。在长达50天的志愿服务中，她几乎每天都是6时起床前往工作场馆，结束场馆服务抵达驻地之后再和学校的专班团队开会，解决沟通大家服务中的各种问题，凌晨1时才能结束一天的工作。走遍了高山的每一个志愿者服务岗位，走进每一个志愿者驻地的宿舍，为大家送去御寒的暖贴，带去充饥的食物，备上运动的器材；关心关注每一位志愿者的身心健康，学业情况，服务状态；定期和大家谈心交流，让所有的孩子们高高兴兴服务冬奥，平平安安返回北航，这就是她与自己的"冬奥约定"。

参加冬奥志愿服务已不是她第一次参与大型志愿服务带队工作，她曾带队参与了建国70周年、建党100周年、"一带一路"国际合作高峰论坛、北京世园会等志愿服务保障工作。在这些大型志愿服务活动中，她始终谨记立德树人的使命，带领和引导学生志愿者们胸怀"国之大者"、上好"大思政课"，努力成为中国道路最坚定的执行者，中国自信最有力的践行者，中国文化最生动的传播者。

杨姿楚：助奥助残的别样生日

杨姿楚，北京航空航天大学团委副书记，是志愿者"妈妈"们中最年长的一位。作为一名已在北航工作近15年的老团干，在北京冬奥会前期，她一直坚守在志愿服务专班后勤保障组组长的岗位上，上下协调、内外奔忙，同时要联系保障留校的39名机动志愿者。直到冬残奥会开幕前夕，前方传来残奥环内志愿者亟须补充的消息，杨姿楚主动请缨，毅然决定带领28名"枕戈待旦"的机动志愿者上山支援冬残奥随车服务工作。

事实上，做出这个决定是极其艰难的。杨姿楚的儿子体质先天不足，经常生病，又刚上小学一年级，还处在幼小衔接适应期；她的爱人在中央国家机关任职，也参与冬奥会、冬残奥会的服务保障，工作繁忙；她的父母、公婆均已年近七旬，接连因脑部神经、肠息肉等疾病入院治疗……"咱家有困

■ 杨姿楚带领交通设施随车志愿者迎接运动员

难,别人也有困难。我是志愿服务专班后勤保障组组长,而且一直对接机动志愿者,孩子们跟我已经比较熟悉了,这个时候我应该顶上!"在与家里沟通时,杨姿楚说得斩钉截铁;她爱人沉默了一会儿,坚定地说:"你放心去吧,家里有我!"

进入赛会闭环后,为了增加人手、减轻学生负担,杨姿楚没把自己当成带队老师,而是与28名志愿者一起排班,每日三班倒全员上岗。因为交通设施随车志愿者全程需要在车上服务,不属于任何一个场馆,所以没有可供他们休息的"志愿者之家",经常是在户外或者车上等候。每天都会有一班志愿者要在凌晨5时乘坐早班车奔赴服务岗位;团队也会时常接到临时任务或者新增任务,来不及休息。另外,随车志愿者因为需要近距离服务运动员,感染风险也比较大,非常不易。在这种情况下,杨姿楚一方面要做好自己的志愿岗位工作;另一方面还要当好临时"妈妈",从生活、工作、防疫等各个方面关心关爱她的学生们。有志愿者下岗回来晚了,找杨老师让餐厅留饭;有志愿者需要协调补考时间,找杨老师跟教务处协调沟通;有志愿者穿脱防护服不规范,被杨老师留在餐厅手把手带着练习;志愿者们缺任何物资,都找杨老师就好……杨老师还在驻地运用自身专业特长组织志愿者们开展集体舞活动、组织同学们团建学习、庆祝女生节,给团队里过生日的同学送上生日惊喜。志愿者师浩然说:"当意识到大家结束了一天的工作后齐刷刷聚在餐厅,是为我庆祝生日的那一刻，真是又惊喜又感动。因为我的生日总是和开学撞在一块，从小就没有如此郑重地过过；告别故乡的亲人和朋友来到大学之后，生日更只能是隔着屏幕的问候与祝福，也很久没有吃到属于自己的生日蛋糕，没有听过大家为我唱生日歌了。非常感谢杨老师安排的这个惊喜，让我可以在冬残奥会志愿服务期间留下这样一段温馨而别致的回忆！此次志愿服务也是我在新的一岁里迎接的第一项任务和挑战，也祝愿所有的伙伴们都可以在志愿服务中收获属于自己的成长与蜕变！"

当然，这段冬残奥志愿服务的经历也给予了杨姿楚很多，她的同事和"小雪花"陪她度过了一个别样的40岁生日。"这个生日，虽然没有家人的陪伴，但我与北航志愿者孩子们在一起；这个生日，虽然没有美味大餐，但我与大伙儿一起品味着奉献的快乐；这个生日，虽然看不到北京城里美丽的春色，但我们一起见证了国家走向未来的磅礴。这个生日，注定让我终生难忘！"

蒋茁：18年志愿情怀浇筑的冰雪之缘

■ 蒋茁在国家高山滑雪中心志愿服务留影

蒋茁，现任发展规划部战略规划科科长，作为北航志愿者带队教师之一出征冬奥，是学校行政机关唯一参加冬奥志愿服务的教师志愿者。谈到这段难忘而宝贵的经历，蒋茁说："这是一段别样的缘分，长达18年的志愿服务之缘，18个月宝宝的冬奥之缘，共同交织出海陀之巅这场美丽的冰雪之缘。"

蒋茁自2004年起长期从事志愿服务工作，在"志愿北京"平台的注册时间为2007年1月，是最早一批入驻平台的"骨灰级"志愿者。她在学生时代就活跃在学校志愿服务战线上，担任学校青年志愿者指导中心部长、校团委文体部副部长（挂职）等职务，作为团中央中国青年志愿者扶贫接力计划第九届研究生支教团的成员，赴贵州省遵义市湄潭县开展为期一年的志愿服务工作，成为湄潭县"春晖使者"。工作之后，她根据社会需要，积极参加社区和学校防疫工作；她发挥自身文艺特长，长期致力于音乐艺术普及推广。她在各项志愿服务中持续发光发热。

18年的志愿服务经历和长期从事团学工作积累的情怀，使得她在2020年初，就以社会来源身份报名了冬奥志愿服务，报名场馆为主媒体中心。2020年夏季，获悉北航集中组织师生报名，她又填上了北航报名邀请码。2020年末，随着李广玉等3名同志到国家高山滑雪中心担任挂职干部，她将报名岗位意愿调整到高山。最终经过层层选拔，她再次穿上青年志愿者服装，成为一名光荣的"雪飞燕"志愿者。

很多朋友会问，家里宝宝这么小，闭环这么久真的可以吗？蒋茜轻松地说："宝宝虽然只有18个月，当他还在妈妈肚子里时，妈妈一边做社区志愿者、一边报名参加冬奥；当他出生之际，妈妈成功入选冬奥志愿者；当他周岁之后，妈妈在高山的风雪中服务冬奥。'冬奥宝宝'长大后一定会为妈妈感到骄傲的。"

圆梦的喜悦和奉献的担当，让蒋茜在冬奥服务期间放弃轮岗，全勤坚守，一天无休。她会在志愿者受伤的第一时间出现在现场带来爱的力量，她会在同学们思想出现波动的时候送上温柔的鼓励，她会在同学们遇到困难的时候及时伸出双手，她会在每一位同学生日当天发出温馨问候。她全力讲冬奥育情怀，做好志愿者党团思政、考核评优、疫情防控、排班值日和心理关爱等工作，通过手写入党申请迎冬奥、总书记冬奥系列讲话学习等系列活动讲好冬奥"大思政课"。她用心感受美传播爱，选树了200名高山志愿之星，组织了征文比赛和摄影比赛，用成百上千份美丽的图片和故事为同学们留下美好的纪念和回忆。

用汗水浇筑收获的喜悦，用奋斗书写靓丽的青春，用行动践行立德树人使命，用忠诚诠释"空天报国"。她和同学们共同演绎了海陀之巅的冬奥故事。这是一段奇妙的冰雪之缘！

魏茜：用心守护，让每一朵小雪花都闪亮

魏茜，化学学院团委书记，是北航冬奥志愿者带队教师之一，也是冬奥专班宣传组负责老师。参与冬奥保障，是她对那个2008年带着奥运梦来到北京求学的自己的承诺，是她对北航428位志愿者"让每一朵小雪花都闪亮"的承诺，也是她对2岁宝宝"去守护更多哥哥姐姐，和他们一起向未来"的承诺。

奥运梦的小火苗化作带队闭环的坚守。在学校需要教师入驻闭环时，她坚定地说"我可以！"因为深知那个梦想小火苗对成长的激励，她带着团队一点一滴打磨出"航小奥"和"高山同心"系列标识，一稿又一稿修改完成了全部文创作品和激励物品的设计，形成了北航专属的冬奥文化，为每一位志愿者播

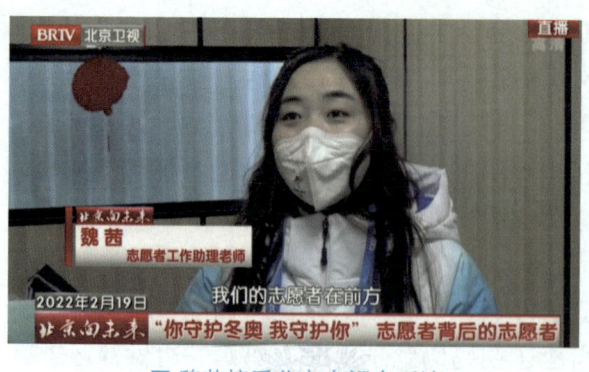

■ 魏茜接受北京电视台采访

撒专属于自己的奥运星火。

对学生的时时牵挂,凝聚成志愿者故事的精彩呈现。闭环服务的70天,在海拔2198米的小海陀山,在零下30摄氏度的天气里,她和团队每天奔波于18个领域30多个点位,记录下每一位志愿者服务的点点滴滴。她把讲好北航人的冬奥故事作为使命,用230条主流媒体新闻报道、40条阅读量总计超过25万的"冬奥同航"系列专题推送,24期冬奥志愿日报、13期冬残奥志愿日报,践行了"让每一朵小雪花都闪亮"的承诺,让每一个志愿者的付出与坚守都被看见,北航人的志愿故事在各大主流媒体得以呈现。

■ 志愿者"妈妈"重温入党誓词

而年轻妈妈心底里的那份柔软,更是化作对志愿者的悉心关爱。每天奔走于各个点位,她会帮孩子们提前准备好热水,让他们吃上热乎的早餐;在风雪中不断叮嘱孩子们注意保暖,帮他们整理好衣物、戴好面屏;逐字逐句地修改孩子们的稿件,只为让他们的故事能够被更多人看见。提及为什么要离开自己的孩子,来守护志愿者,她说:"我们的志愿者也都是十八九岁,他们也是孩子啊，在这里能够给他们一些关怀，我想他们的爸爸妈妈、亲人也能够更放心一些吧。这也是我和2岁宝宝'去守护更多哥哥姐姐，和他们一起向未来'的承诺。"

结语

你们守护冬奥，我们来守护你们。

这段特殊的如妈妈般的师生情缘，将成为高山上最珍贵的回忆，也将拼凑出北京冬奥会的冬日暖阳。

志愿者"妈妈"们已经回归到北航校园，奋战在各自的工作岗位上，她们依然用妈妈的爱悉心呵护着同学们成长成才，在工作生活中弘扬北京冬奥精神，践行共产党员誓言。

一起向未来！

素材提供：
丁瑞云，国家高山滑雪中心志愿者工作助理、北航校团委副书记；
杨姿楚，国家高山滑雪中心志愿者工作助理、北航校团委副书记；
蒋茁，国家高山滑雪中心志愿者工作助理、北航发展规划部战略规划科科长；
魏茜，国家高山滑雪中心志愿者工作助理、北航化学学院分团委书记。

孙晓川、张洋、史晓锋：四海英才助力冬奥赛场，技术官员护航高山明珠

北京2022年冬奥盛会既是运动健儿超越自我的赛场，也是增进中外了解、传播奥林匹克精神的舞台。正如国际奥林匹克委员会主席所说："这是一届真正无与伦比的冬奥会"，"北京冬奥会是'更快、更高、更强、更团结'的奥林匹克精神最生动具象的体现"。

北京冬奥会和冬残奥会赛事精彩纷呈，赛事组织、场馆赛道和服务保障工作也是备受赞誉，这一切都离不开一群人的默默付出。他们不站在聚光灯下和领奖台上，却用自己的热情与坚守，为"精彩、非凡、卓越"的奥运盛会贡献出不可或缺的支持，他们就是保障赛事顺利进行的国家技术官员（NTO）。

预筹谋，十年磨砺剑指冬奥

冬奥会和冬残奥会一级的国际赛事，裁判员主要分为两类。一类是ITO（International Technical Official），即国际技术官员，负责主要的裁判工作；国际技术官员主要由国际雪联选派，必须是在国际雪联注册的国际雪联级裁判员。另一类是NTO（National Technical Official），即国家技术官员，负责辅助类的裁判工作，是赛事技术代表、竞赛官员、裁判员、计量官员的总称。

北京冬奥会申办成功后，第一时间明确了自主培养冬奥专业人才团队的思路。组委会经过六年培训和层层选拔，确定了286名国际技术官员和1879名国家技术官员。

被誉为"冬奥会皇冠上的明珠"的高山滑雪项目，是危险性最高、组织难度最强、报名参赛人数最多、复杂程度最大的冬季体育项目之一。陡峭多变的赛道和坚硬光滑的冰状雪考验着运动员的心理素质和技术水平，同时也对技术官员的雪上能力提出了极大的挑战。

成为高山滑雪项目的NTO要经过严格的培训和选拔，不仅要具备丰富的专业知识和极强的实践能力，而且要外语水平达标。经过层层选拔和严格审核，

北京航空航天大学有三位教师凭借过硬的综合实力,被冬奥组委选派为北京2022年冬奥会和冬残奥会的国家技术官员,与来自世界和国内的精英一起为高山滑雪项目保驾护航。

孙晓川,北京航空航天大学体育部教师,北京2022年冬奥会和冬残奥会的国家技术官员,2007年开始参与首都高校和全国的高山滑雪教练和裁判工作,并在2013年获得高山滑雪国家级裁判称号。担任北京2022年冬奥会高山滑雪比赛技术赛段长职务,主要负责技术赛道制作、维护、抢修,制造冰状雪更换旗门杆和旗门布,以及安装和拆除防护网等保证比赛按国际雪联标准顺利进行的赛道工作。其中制造冰状雪开创了国内NTO首次参与冰状雪制造的先河。

■ NTO 孙晓川老师在工作中

张洋,北京航空航天大学体育部教师,北京2022年冬奥会国家技术官员,主要负责对速度赛道工作人员装备物资的保障,极端条件下处理突发事件,如技术代表人员受伤后的跟进等管理工作。

■ NTO 张洋老师在工作中

史晓锋,北京航空航天大学电子信息工程学院教师,北京2022年冬奥会和冬残奥会的国家技术官员。在北京冬奥会期间担任高山滑雪技术竞赛项目的旗门设计及快速反应团队主管助理,北京冬残奥会期间担任准入控制团队主管。承担准入控制、赛道设置、清雪平整、北斗测绘定位、数据分析管理等任务,执行竞赛规程,协调配合赛事进程,完成任务规划、团队部署、人员培训、装备管理等工作,保障赛事和训练的有序和安全运行。

■ NTO 史晓锋老师在工作中

平险阻，迎难而上鏖战冰川冰雪

高山滑雪是所有冬奥会比赛项目中运动员报名参赛人数最多的项目，影响力最大，并具有极强的观赏性，被誉为"冬奥会皇冠上的明珠"。高山滑雪场地海拔高，气温低，风速大，工作时间长，环境恶劣，气温零下20多摄氏度是常态。比赛场地垂直落差大，线路长，赛道陡峭，还有专门制作的冰状雪，危险时刻存在。为保障各国运动员顺利完成比赛，全体NTO们在高寒、高危、高强度的客观条件下承担着赛事服务的各项准备工作，更是肩负着保障赛事顺利完成的责任和使命。

在此次北京冬奥会上，赛场准入控制机制，是绝大多数NTO首次接触的工作，赛场准入控制是保障赛事期间场地不受到破坏，各类人员安全地在赛道上有序工作、训练、比赛的准许进入赛道的保障机制。2月9日，竞技赛道首次迎来了女子大回转比赛，当天小海陀山上体感温度最低达到了零下30摄氏度，阵风时速近20米/秒，镜面般的冰状雪赛道上几乎难以站立。史晓锋老师从7:30进入冰河赛道的准入控制起点岗位，配合旗门设计、仲裁检查、OBS转播、教练员和运动员视察线路、试滑员出发、封闭线路、运动员滑行、赛道平整等各项赛事任务，不吃不喝不上厕所，坚守阵地8小时，连续作战两轮比赛，保障了竞赛场地首场比赛顺利完赛，为后续准控工作积累了宝贵的经验。

2月13日，男子大回转的比赛遭遇了强降雪天气，部分赛道积雪达到150毫米，这对竞技赛区的NTO们构成了极大的考验。高山滑雪比赛最怕下雪，因为下雪以后，积雪会干扰运动员的滑行，造成潜在的危险，为了保护冰状雪赛道不受到损坏，不能使用大型机械作业。因此清雪工作主要靠人工完成，工作量极为繁重，而且赛道坡度陡峭，危险性高，工作难度极大。但是NTO们全员参与，没有丝毫的犹豫，全力以赴在赛道上进行高强度的人工清雪作业。在零下20多摄氏度的降雪天气条件下，眉毛和睫毛上都结了冰，厚厚的雪服却都被汗水湿透，雪服的外面凝结了一层冰雪铠甲。很多NTO在赛道滑倒，但只要没有受伤，就会爬起来继续工作。其实每一名NTO都已经做好了战斗减员的准备，但是为了比赛按时进行，NTO们拼了！推雪组的NTO们更是辛苦，正式比赛期间，他们需要在短暂的时间间隔内迅速进入雪道，将运动员滑行线路上的浮雪推出，确保赛道的平整光洁，让运动员们可以安全通过完成比赛。在暴雪之中，NTO整齐划一、技术娴熟的"集体推雪"成了"雪飞燕"最靓丽的风景。

比赛日时间安排得极为紧凑，NTO们没有中午吃饭时间，就在山上以干面包充饥；天气寒冷，体能透支，长时间高强度工作，几乎让所有人都到达了极限，大家在比赛的间隙，围坐在一起，高唱《我和我的祖国》，嘹亮的歌声响彻海陀山巅，强烈使命感激发着每一个人的斗志。

最终在大家共同努力下，男子大回转比赛在恶劣的天气条件下成功完赛，我们完成了不可能的任务，技术官员团结协作的品质、吃苦耐劳的精神，以及顶尖水平的工作成果得到了国内外技术专家和运动员们的一致好评，竞赛项目NTO团队得到了国际雪联的高度赞赏，同时也赢得了各国代表队的尊重。

迎难而上、苦干实干、坚韧不拔、知重负重，这是NTO团队的基本素养，面对困难，NTO斗志昂扬，面对挑战，NTO百折不挠，为了冬奥的举办成功，NTO义无反顾，勇往直前。

■ 赛道 NTO 工作团队与技术代表合影

承赛事，专业团队追求卓越

冰状雪是冬奥会高山滑雪比赛的规则要求。是为了保证比赛选手能够在同等条件下公平地进行竞赛。冰状雪赛道分为竞速和竞技两种，分别采用不同的制作方法。完成的冰状雪道，近似于冰面，必须满足国际雪联要求的标准，可谓是"雪中贵族"。

与大众雪场的雪道不同，这种硬度极高的雪道需要通过注水及长时间板结后，再由人工反复推平直至形成光滑的雪道。冰状雪赛道不易被破坏，在运动员高速转弯的情况下还能保证雪道表面平整光滑，确保世界顶级运动员不论何时出场，雪道的状态都处于相对完美状态，以确保比赛的公平性。

冰状雪的关键在于对雪的密度的把控，自然雪的密度在0.05到0.15克每立方厘米，非常松软。而冰状雪的密度是自然雪的5到13倍，却只有冰密度的72%。从微观上看，这是因为人造冰状雪主要以六棱柱小冰晶组成，比自然雪的结构简单。自然雪是六角对称结构，结构更复杂，空隙更大。如果雪花密度太小，雪质会过于松软，一些飞跃性质的动作都可能让运动员陷入雪地；如果雪花密度过大，赛道就会很难发生弹性形变，滑雪可能就会变成滑冰。

能否打造出优质的冰状雪赛道是竞赛顺利开展的关键，2010年的温哥华冬奥会因雪道的质量问题出现比赛延期。为了保证整条赛道的一致性，NTO们以厘米为单位悉心打造冰状雪赛道，以一丝不苟的态度确保冬奥高山滑雪赛道的卓越品质。手臂粗的注水管加上水的压力需要多人合力才能控制好浇注位置，每个工作点位注水大约10秒，保证注入雪下40厘米深雪层。然后移动10厘米，进入下一个点位。注完水后用压雪机压平，冰冻后再用人工将雪道推平。将近1100米的竞技赛道就是这样一点一点精心制作出来的。而3000米的竞速赛道，是将雪道像犁地一样翻起，再用水浇注在上面，注完水后用压雪机压平，冰冻后再用人工将雪道推平。这样制作的雪道，倒不如说是"雪雕"更为准确，孙晓川老师作为赛段长全程参与了竞技赛道的雕刻过程。

■ 竞技赛道冰状雪制作过程中

在冰状雪赛道制作的过程中，NTO们要穿着冰爪在陡峭的坡面上长时间完成注水和雪面作业，其工作难度、危险性、工程量和工作强度都是常人难以想象的，由于注水作业是在零下10多摄氏度的低温环境下进行，NTO们的鞋和裤子常常被打湿，然后冻成冰壳，再被打湿，再冻成冰壳，如此往复，不知道经过了多少次的重复，刚开始大家的脚冻得疼，慢慢地脚麻了，再后来脚木了，逐渐失去知觉，裤脚上也挂着层层的冰凌，嘎吱作响。尽管如此，没有人退缩，更没有人因为艰苦敷衍了事，降低造雪的质量。要打造最好的冬奥赛道，就需要超出常人的努力和坚持，追求卓越是北京冬奥精神，更是NTO团队精益求精的专业素养。

昂精神，奥运军团自信开放

在北京2022年冬奥会上，中国代表团派出177名运动员参赛，参赛小项占全部109个小项的95%以上，构成了史上规模最大、项目最全的中国冬奥军团，其中在35个小项上实现了参赛"零的突破"。

2015年前，高山滑雪滑降和超级大回转训练在中国还是空白，徐铭甫成为我国冰雪运动历史上首位参加冬奥会高山滑雪滑降比赛并完赛的中国选手，虽然相比顶级运动员还有不小的差距，但这次完赛，是一次历史性的胜利。在结束男子滑降比赛后，国际奥委会主席巴赫送给徐铭甫一块签名手表，并表示：中国运动员完成滑降的比赛很不容易，希望后面的比赛更加努力。这块手表不是奖牌，却有奖牌的深意，这是对冬奥拼搏者的激励。在冬奥男子大回转比赛中，中国运动员首次出战冰河赛道，因为难度大，意外滑倒，但是他没有放弃，站起来，不惜消耗大量体能逆坡上行，补过了遗漏的旗门，坚持完成后续比赛，成为我国第一个在男子大回转比赛中成功完赛的运动员。

在北京2022年冬残奥会上，残奥运动员自尊、自强、自信、自立，敢于挑战，不畏困难，坚持不懈，勇往直前的精神激励着赛场内外的每一个人。面对国际顶级的赛事，身体缺憾的他们，无论是身体上的，还是心理上的，都承受着巨大的压力，但是他们不惧高难度赛道，自信开放地迎接挑战，无论是坐姿、站姿还是视障运动员，无论是否取得奖牌，只要是来到了冬残奥会的赛场上，都是属于他们人生的高光时刻。

在冬残奥的赛场上，有这样的一幕让人特别动容。通常，健全运动员在过旗门的时候，会用雪杖或是护肘撞开旗门杆，以便获得最佳的滑行线路。但是残奥运动员无法完成健全运动员相同的动作，但是，作为顶尖运动员，他们并不会因此放弃最佳的滑行路线。于是，他们选择了一种决绝的姿态，用自己的身体撞向旗门杆，从而达到与健全运动员同等优异的滑行线路。细心的观众不难发现，在残奥运动员过旗门的照片或是镜头里，他们无一例外地露出痛苦的表情。甚至有的运动员在通过终点后，会抱住肩膀，蜷缩身体，仿佛受了重伤

■ 残奥运动员比赛中

■ 残奥运动员赛前准备中

一般。这是因为当以90km/h的速度冲击旗门杆的感觉，丝毫不亚于鞭子狠狠地抽打在肉体上的痛楚，所以每次过旗门对于冬残奥运动员来说，都是一次伴随剧痛的鞭挞，但是我们所看到的是：没有畏缩，而是义无反顾地冲锋。勇于拼搏，不畏艰险。冬残奥健儿以实际行动向世人证明：身虽残，意恒坚，心若在，必向前。他们以自强不息、顽强拼搏的意志品质，挑战和超越人类的极限，激荡生命的最强音。

作为直接服务赛事的NTO，我们在赛场上亲眼见证了运动健儿的拼搏，这些为中国冰雪运动发展创造历史的运动员们，即便没有获得奖牌，也一样值得被铭记，他们为中国冰雪运动奠定了自信的第一块基石。

集经验，技术官员共创未来

国际雪车联合会主席伊沃·费里亚尼曾说："最大的奥运遗产并不是场馆设施，而是参与其中的人。"在原本冰雪力量薄弱的中国组建一支国家技术官员团队，成了一项骄傲的工作。"我们与北京冬奥组委合作的第一个项目就是建立NTO团队，他们真的是从零开始的。2月21日之后我们都将离开北京，什么会留下？正是这些NTO们。我们很快会为下一项比赛再次回到中国，那时他们就要担起重任。奥运会只是开始，并不是结束。"

北京2022年冬奥会是全球范围内践行《奥林匹克2020议程》的第一届奥运会，是人类历史上第一次把可持续性融入申办、筹办到举办奥运的全过程。专业赛事团队的培养和锻炼是可持续性的重要组成部分。国际奥委会连续5年在官方刊物上推广北京冬奥组委人才培养工作经验，认为"人才培养是北京2022年的奠基石"。冬奥会的举办，培养了一批冰雪运动专业技术团队，他们将在赛后持续规范引导大众参与冰雪运动。

本届冬奥会及冬残奥会，近2000名NTO直接参与了各类赛事的组织和运营工作，为赛会提供了有效的保障。各雪上赛场NTO的优秀表现受到了国际奥组委、国际残奥组委以及国际雪联官员的高度赞扬。这是国内第一批训练有素而且具备国际顶级大赛实战经验的队伍，为未来国内承办更多雪上世界杯乃至世锦赛赛事奠定了坚实的基础。用高山滑雪技术代表的话说："NTO队伍将是北京冬奥会和冬残奥会最重要的遗产！"

高山滑雪项目竞赛长曾感慨地说："通过冬奥会上的团结协作，NTO团队已经拥有了强大的凝聚力，成为高山滑雪优质的人才储备力量。如果未来中国还要举办世界级的滑雪赛事，这支团队一定会再次体现它无与伦比的价值。作为NTO的一员，我们不仅在奋斗中收获了成功的喜悦，也在奋斗中收获了丰厚的精神财富，更是在国家大赛中收获了弥足珍贵的经验，将助力我国冰雪事业发展到一个新的高度。"

■ 全国高校 NTO 合影

担使命，不忘初心胸怀大局

北京冬奥会正值中国传统节日——春节，本该是与父母家人团聚的日子，但NTO们放弃了假期，远离都市春节的喧闹和喜庆。2022年1月21日，肩负着重托和责任的400多名中国NTO集结报到，毅然进入闭环管理，进驻北京延庆国家高山滑雪中心，投入紧张的备战工作。所有人舍小家为大家，为确保冬奥会圆满成功，严格遵守竞赛纪律。

赛事期间，NTO们3:30起床、早餐，4时出发，坐一个多小时班车到高山滑雪中心。随后，坐半小时缆车，换乘三段缆车到竞技NTO办公室，在2198米海拔的山上、零下二三十摄氏度的严寒中开始一天的工作，一直到傍晚结束。

高山滑雪的赛道工作异常艰苦和危险，奥运竞技赛道坡度较陡，NTO们要克服冰状雪的超高难度，更要保持注意力长时间高度集中，规避各种风险。孙晓川老师在赛道造雪的工作中，险些被意外滑倒的NTO高速冲撞，惊得大家一身的冷汗；史晓锋老师的队友在一次执行任务中不慎摔伤，造成手臂骨折。在整个赛事期间，先后十余名NTO因为伤病，不得不遗憾退出。常常是高强度工作时出透一身汗，一旦停下来，很快就冻透了，彻骨的寒冷仿佛冻穿了骨髓，小海陀山的寒冷只有经历过的人才能体会到。

长时间的睡眠不足和疲劳积累对每一个人都是挑战，从1月21日报到至3月13日全部比赛结束，这种工作节奏持续50天，对体能储备是极大考验。加之疫情防控的要求，除了吃饭，其他时间都严格戴N95防护口罩，脸上留下深深的印痕，鼻梁上的皮肤也磨破了，干活的时候经常喘不过气来。没有人叫苦叫累，大家始终保持积极乐观的状态，高效高质完成承担的工作。

■ 国家高山滑雪中心全体竞技NTO合影

作为国家技术官员服务冬奥会和冬残奥会是人生中十分重要的经历。一起工作的NTO战友来自五湖四海、各行各业，都是非常优秀的人，其中很多人在各自工作领域已经取得了登峰造极的成就。他们中有世界冠军、全国冠军、省市冠军更是数不胜数，有国家科技进步奖、国家技术发明奖、五一劳动奖章等国家级奖励的获得者，有司局级领导、校长、教授、博导，还有企业董事长、俱乐部的主席、专业队的领队等。来到冬奥赛场上，大家隐去了自己的光环，胸怀大局，不计较名利得失，没有丝毫的怨言，做着基础平凡的工作，默默地承担起各项赛事任务，以实际行动践行着国家技术官员的使命。

在北京2022年冬奥会的闭幕式上，当国际奥委会主席在致辞中说道："冬奥村独具匠心、场馆令人叹为观止，组织工作非凡卓越""谢谢！中国！"的时候，从未喊过苦累的NTO兄弟们，巾帼不让须眉的NTO姐妹们，在这一刻集体破防了，没有什么比这样的肯定更让人激动。这是NTO的自豪！这是中国的骄傲！

结语

北京冬奥会虽已落幕，但此次冬奥上的所见、所闻、所感令人难以忘怀。作为国家技术官员参与北京冬奥会和冬残奥会高山滑雪比赛项目的服务工作，这是一种终生难忘的体验和经历。这段难忘的经历将继续激励我们前行，我们会秉持国家技术官员的责任担当，助力中国的高山滑雪运动发展到新的高度，将冬奥精神融入自己的本职工作，为国家贡献出自己的最大力量。

素材提供：
孙晓川，国家高山滑雪中心国家技术官员NTO、北航体育部教师；
张洋，国家高山滑雪中心国家技术官员NTO、北航体育部副部长；
史晓锋，国家高山滑雪中心国家技术官员NTO、北航电子信息工程学院研究员。

王宇阳：生逢其时，使命在肩，我为冬奥之约绘上学联色彩

王宇阳，中共党员，国际通用工程学院2018级本科生，2021—2022年度北京市学生联合会驻会执行主席，曾任北航校学生会主席团成员等十余项社会工作职务。

冬奥期间任职于北京团市委冬奥专班，后借调至城市志愿者指挥部、开闭幕式服务保障指挥部的人员集散协调组，配合完成筹备期冲刺阶段组织管理工作、开闭幕式人员集散专项工作、北京市冬奥先进集体和先进个人评优表彰工作等。

"作为自2016年后再次回到北京学联驻会平台的北航人，于建党百年、建团百年与建校70周年之际，生逢其时、使命在肩；更是有缘亲临这无与伦比的冬奥盛会，与广大志愿者及工作人员们一道，携手并肩、同舟共济，见证了历史，也收获了记忆。"

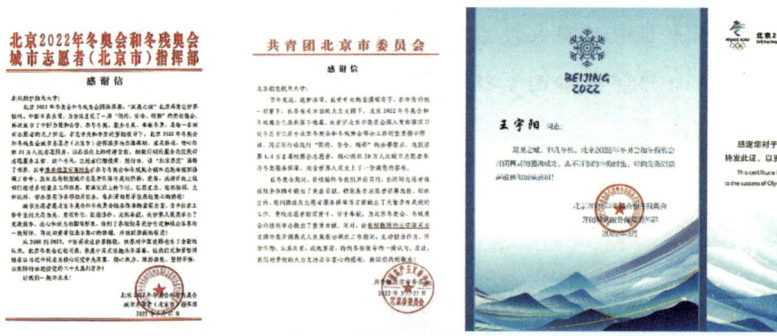

■ 王宇阳的部分感谢信及证书

好聚好散——开闭幕式服务保障，有我

北京2022年冬奥会和冬残奥会的开闭幕式可谓是艳惊四座：别具匠心的环节、精妙绝伦的设计、美轮美奂的画面……有着广迎天下的豪情万丈，也有着

折柳惜别的柔情似水，不失底蕴的同时无不展现出了一个东方大国的风度和气度；伴随着与国荣焉的澎湃与呼之欲出的激情，发出了与新时代同频共振的感召，共同描摹奔赴未来的大好蓝图。

1月下旬，王宇阳以工作人员身份就职于开闭幕式服务保障指挥部的人员集散协调组，有幸深度参与了冬奥开闭幕式相关工作的同时，也真正融入指挥部大家庭中。

观众的集结疏散看似是个小事，可实则涉及远端集结、安全排查、路线规划、交通调度、医疗救助、警力协调、场馆运营、双环分离、停车落客、引导入场、身份核验、进场落座等10余项繁杂的工作。如何在新冠肺炎疫情的管控要求下、在冬天寒冷的气候条件下，确保每场仪式中，来自20多个区域、不同行业、不同需求的

■ 王宇阳在指挥调度中心处理相关工作

数万名观众与400余次车辆，在短时间内分批陆续抵达国家体育场周围；进而在避免出现车辆拥堵和人员拥挤的情况下，高效地引导庞大的人群和车辆有序停车落客，且准时进场落座观演，都是他们在这段时间中遇到的困难挑战。

仪式前期，宇阳与老师同事们会同属地管理单位共同完成集散场所的规划建设，反复推演路线、不断优化流程。仪式中期，全组工作人员在临时改建的前线指挥站内，与志愿者们同甘共苦，两三个餐包便是一天的伙食；他一手持手台向总指挥部汇报流程推进情况，一手记录着各远端集结点的观众集散信息，一边与市交通委对接首都实时路况，一边还时不时需电联处理临时事件。仪式后期也不能

■ 人员集散协调组全员合照

忘了总结复盘，及时做好下一场仪式的各项筹备工作。

统一部署、高效落实，人员集散组向世界展示了国家强大有力的后方保障，彰显了良好的中国形象。

用心用情——先进代表推报表彰，有我

自3月底开闭幕式服务保障指挥部解散后，宇阳回归冬奥专班接手的第一件事便是2022年冬奥会、冬残奥会北京市先进集体和先进个人的推报评优工作。据冬奥领导小组整体工作安排，该奖项的评优节奏短平且快；仅三天时间就需要完成从通知下发至材料上报的系列工作。这对于刚结束专项工作、还未及时休息调整的他来说，可是个不小的挑战。

拿到推报任务的当天上午，他便结合上级相关工作指示与各院校志愿服务情况，加紧制定名额分配并起草撰写文件。待通知下发后，接二连三的电联咨询便蜂拥而至，清晨至深夜、白昼到黄昏，座机、手机与微信仿佛被"轰炸"了一般：刚离座伸个懒腰一个电话便打了进来，食堂吃口饭回来未读消息便弹窗不断；可能有些困倦，可能有些烦躁，但他依然任劳任怨，统一口径、规范话术，严谨认真地为60余所院校一遍遍解读人选条件与推报要求。邮件一封封地发来、纸件一个个地寄来，在同事的帮助下，他们分工明确，逐步推进信息的收集汇总工作：填写有误的需再次报送、信息不一致的需二次核查、材料缺失的需联络重寄……凌晨2时他们依然在办公室里封装着档案，直至全口径范围内的各校推报材料均清点齐全并校对无误。

■ 北京市冬奥总结表彰大会团市委参会人员合影

清明节假期首日，在堵了近两小时车程的情况下，宇阳将所有报送材料安全完整地送至北京冬奥组委，并与志愿者部和人力社保局的老师们进行了二次分类整理，为市委的报批做最后准备。且不提后续的新媒体宣传，单就逐一对接获奖个人进行奖金发放相关的收集统计和北京市冬奥总结表彰大会的选派组织工作，依然在前方等待着他。

"用心用情做好本职、切实贯彻服务宗旨，是评奖评优工作的一把标尺。纵使充满着不易，但我依然要努力在广大青年学子中，选树典型、表彰先进，为带动全社会形成向上向善的榜样学习氛围贡献自己的一份力。"宇阳说道。

有声有色——学联特色品牌活动，有我

2月5日下午，北京学联携手河北学联，邀请全英学联、全俄学联等海外学联组织参与，成功举办"共享冰雪盛会 共创美好未来"——海内外青年学子共话"冬奥缘"主题活动。12位来自世界各地的青年学子作为主讲人依次发言，有参与赛会服务的志愿者、有提供科技保障的研究者、有助力文化推广的设计者、也有一直期盼冬奥开幕的运动爱好者；他们通过精彩的发言向观众讲述了与北京冬奥的特殊情结和对冬奥盛会的热切期待。活动最后，《文明》杂志社社长娄晓琪以生动、精彩的讲解，带领与会同学们共同领略了奥林匹克文化的独特魅力和丰富内涵。

为丰富在北京、延庆、张家口三个赛区、十二类岗位上辛勤工作的1.4万名首都高校师生志愿者们的生活，"同心云相聚，驻地'家'年华"冬奥志愿者暖心系列活动完美策划并如期启动。2月21日下午，首场活动于北京共青团新媒体中央厨房演播间与青春北京和北京学联的各大直播平台上顺利开展；青联委员缪杰、杜江、王凯和伊丽媛老师分别讲述了各自的冬奥缘分，并用自己独特的方式表达了对志愿者们的赞美；奥运冠军任子威也应邀接受采访，用成长历程与夺金经历为志愿者们送去了感动和温暖；各岗位的师生志愿者们也分享了他们的冬奥故事，为观众们展现了志愿者们别样的冬奥生活。

为充分发挥冬奥志愿服务优势资源，传播冬奥知识、弘扬奥林匹克精神，在冬奥会圆满结束、冬残奥会即将盛大开幕之际，"共情冬奥·共话未来"系列主题宣讲活动正式启动。3月1日下午，北京师范大学"我和我的冬奥故事"青春宣讲团受邀走进北京学校通州校区，为全校师生带来了一场生动有趣的冬奥主题队课，并获圆满成功。为激发带动全市中小学生关注

■ "同心云相聚，驻地'家'年华"活动演播现场

北京冬奥、参与冰雪运动，他们还与北京赛区的12所驻地主责高校对接，经主题要求与录制需求沟通，以志愿者岗位服务经历为载体，为广大中小学生带来了十余场精彩丰富的"冬奥云队课"。

■ 北京学联与青春北京交流座谈

此外，北京学联于冬奥期间不间断收集整合各院校新闻报道，通过公众号与视频号平台转载数十篇专题推送及视频，并以团内专项信息等形式上报至团市委书记处与市委市政府，获上级单位高度评价与领导们的一致认可，为弘扬冬奥精神、推广冬奥产品、营造冬奥氛围等工作贡献了不可磨灭的中坚力量。

犹记得，自1月21日起，北京市设立了近240公里的奥运专用车道；开闭幕式当天，部分地铁站点临时停运、公交路线调整运营；连同各部委办局的协助运作，以及无数志愿者们的辛勤付出，还有广大市民的积极配合……这一切都是在为冬奥服务，为我们国家能够实实在在地把握这个来之不易的机会而努力。北京学联的他们只是沧海一粟，整个冬奥的顺利举办是广大人民的共同发力，这才造就了一段空前的辉煌。

"我们是奥林匹克的见证者，更是体育竞技精神的践行者。能亲身参与这一盛事，本身就是一种成功。"他们上下同欲、勠力同心，努力向世界展示，伟大的国家、伟大的人民群众是如何同各国人民一道，克服各种困难挑战，再一次共创了一场载入史册的奥运盛会、再一次共享了奥林匹克的荣光！

"再次感谢组织的充分信任和肯定，感谢一路上无数贵人友人们的大力提携和无私帮助，让我能有幸位列其中、得以全身心投入国家重大活动的服务保障；无比自豪的同时，也深感责任重大。"宇阳说："凡是过往，皆为序章；行而不辍，未来可期！"

生逢其时，使命在肩。下个起点，再会！

素材提供：

王宇阳，团市委冬奥专班借调干部、北京2022年冬奥会和冬残奥会开闭幕式服务保障指挥部借调干部、北京市学生联合会驻会执行主席、国际通用工程学院2018级本科生。

科技助奥

❋❋❋

习近平总书记强调,举办北京冬奥会、冬残奥会"要突出科技、智慧、绿色、节俭特色"。北京冬奥精彩非凡,离不开科技创新支撑。在筹办过程中,由北航科研团队引领的创新技术贯穿各方面各环节:因为科技,运动健儿科学训练、不断突破,摘得世界金牌;因为科技,赛事急救保障团队枕戈待旦、高效响应;因为科技,残疾人圆梦火炬传递,开启自信未来;因为科技,聚焦工作场景需求,眼镜起雾等困扰迎刃而解;因为科技,"一张票"技术研发,提升办赛观赛体验……自主创新永无止境,冰雪传奇再创新篇,这些都是北航共赴冰雪之约、助力"国之大者"的生动注脚。

柯鹏团队：中国队金牌背后的北航力量

柯鹏，北航交通科学与工程学院副教授，获2020年"全国体育事业突出贡献奖"，2021年受聘国家体育总局冬运中心"中国冰雪科学家"，2020—2021赛季科医服务先进个人。科技助力工作事迹和成果被新华社、央视新闻频道、中国教育频道等多家主流媒体宣传报道，有力支持高山滑雪、速度滑冰、短道速滑和自由式滑雪空中技巧等项目的训练比赛策略制定及训练应用。在习近平总书记视察时（2021年首都体育馆和2022年二七基地），2次圆满完成了现场当面汇报备战科技工作任务，表现优秀。

■ 柯鹏副教授（右五）带领团队在二七国家冰雪训练科研基地开展测试

在北京冬奥会上中国冰雪健儿勇夺9枚金牌，首次进入金牌榜前3名，成绩令世人瞩目，举国欢庆。但是在申冬奥成功之初，我国冰雪运动竞技水平还很落后，近几届冬奥会都处在十几名的水平，近一半项目从没取得过冬奥参赛资格。"参赛也要出彩"是国家重大需求，给国家队提出了巨大挑战。科技助力就成了国家队补齐训练短板的重要抓手之一，体育总局发挥举国体制优势，组织了由6名院士领衔的70多家单位共计1600多名专业技术人员的攻关团队，柯鹏团队有幸参与其中，倍感自豪，北航也入选"中国冰雪科技联合攻关单位"。

义无反顾挑重担

回首2019年初，中国奥林匹克委员会奥运备战办公室的同志辗转多人，很偶然地联系到柯鹏副教授，询问能否为国家集训队做些关于高山滑雪方面的研究。柯鹏团队迅速调研国内外研究现状后，发现研究难度确实很大，滑雪地形路线复杂，人体动作多变，雪板与雪面相互作用机理不清。但是，备战冬奥会是国家需要，是"国之大者"，柯鹏团队当胸怀大局，迎难而上。基于人机与环境工程和航空器适航领域的科研积累，他们提出了一条可行的技术路线，全力苦干半年后终于拿到了实践中可用的结果。深入研究发现，高山滑雪运动和飞机飞行或空投装备时的力学原理非常相似，比如雪板在雪面上滑动的过程与装备在机舱里向外滑动的过程类似，运动员在空中滑翔部分则契合装备空降过程。基于相似性，套用航空领域数学模型可计算理想状态下运动员滑行仿真轨迹，并预测理论上的滑行时间，后比照训练过程中的实测轨迹和数据，得出分析报告，可以为运动员、教练员提供配速优化、姿态调整等建议方案。这个思路的提出和技术问题的解决，得到了体育总局对柯鹏团队能力的高度认可，也开启了柯鹏团队深度介入科技备战的历程，更多的结合点慢慢都找到了，包括：

1. 应用人机与环境工程的总体思路构建冬奥备战科学训练体系；
2. 应用空降空投系统动力学建模与仿真技术研究冰雪运动滑行过程；
3. 应用飞行员人体动力学仿真技术来研究冰雪运动中的人体响应和损伤风险；
4. 利用飞行器座舱热载荷与环境控制技术来研究滑冰场馆冰面温度及其影响，保障高质量训练场地；
5. 应用航空航天器能量分配和轨迹优化技术开展冰雪运动路线优化和配速优化；
6. 利用电动飞机和模型飞机的涵道风扇推进技术研制冰雪运动中的超速训练装置。

航空助力结硕果

面向短道速滑、速度滑冰、越野滑雪和自由式滑雪等项目的实际需求，柯

感谢信

北京航空航天大学：

在党中央、国务院的坚强领导下，在全国人民的大力支持下，中国体育代表团在北京第24届冬季奥林匹克运动会上，勇夺9枚金牌、4枚银牌、2枚铜牌，取得了我国参加冬奥会的历史最好成绩，实现了运动成绩和精神文明双丰收，完成了北京冬奥会既定参赛任务。党中央、国务院2月20日贺电指出，代表团为祖国和人民赢得了荣誉，为成功举办北京冬奥会作出了重大贡献，为全党全国各族人民在全面建设社会主义现代化国家新征程上凝心聚力、团结奋斗注入了精神力量。

中国体育代表团优异成绩的取得，是深入贯彻落实习近平总书记关于发展冰雪运动、筹备办好北京冬奥会系列重要指示精神的结果，是广大冰雪健儿刻苦训练、顽强拼搏的结果，也是举国体制优势充分彰显，社会各行各业众志成城、凝心聚力的结果。

在推动我国冰雪运动发展、圆满完成北京冬奥会训练备战参赛任务过程中，贵单位以高度的政治责任感和历史使命感，勇于担当、尽职尽责、倾力相助，为实现"全项目参赛""参赛出彩"提供了有力保障，发挥了重要作用，作出了积极贡献！在此，谨向贵单位致以崇高的敬意，表示衷心的感谢！

北京冬奥会已经落下帷幕，中国冰雪运动发展永不止步。相信贵单位将一如既往关注中国冰雪，继续给予大力支持和帮助。让我们共同努力、再接再厉，为提升我国冰雪运动综合实力，为巩固和扩大"带动三亿人参与冰雪运动"成果，为建设体育强国、健康中国，为实现中华民族伟大复兴的中国梦不懈奋斗！

国家体育总局冬季运动管理中心
2022年2月21日

■ 国家体育总局冬运中心对北京航空航天大学的感谢信

鹏团队系统研究了影响冰雪运动竞技表现的多因素耦合作用机制和提升途径，提出了大量滑行姿态、路线、配速、冰场参数及辅助训练的建议，研发了多种辅助训练测试装置，改进提升了全国十余块训练冰场的质量，为多个项目夺金提供了有力支持。冬运中心感谢信肯定了北航："为实现'全项目参赛''参赛出彩'提供了有力保障，发挥了重要作用，作出了积极贡献！"

柯鹏作为唯一的副教授，与多位国家重点研发计划项目首席等资深专家一起受聘为"中国冰雪科学家"，并两次在习近平总书记视察时当面汇报科技备战工作。受邀参加了北京冬奥会、冬残奥会总结表彰大会，现场聆听了总书记对北京冬奥精神的诠释。总书记对科技工作的重视，对高水平科技自立自强的期望，言犹在耳，催人奋进！

心怀家国育英才

柯鹏团队的成绩归功于学校和学院的大力支持和帮助，校领导的亲切鼓励和指导，坚定了他们迎难而上，开展学科交叉研究的信心；归功于来自航空学院、生医学院、空环学院、动力学院和材料学院的合作团队，在他们遇到难题时所提供的慷慨无私的指导和帮助；归功于柯鹏团队的老师和研究生，大家日夜兼程奋战在一线拼搏奉献。张艺鸣和朱启航同学从2021年10月起就跟柯鹏老师一起加入速滑国家集训队，全程封闭直到赛后隔离期结束；张远书、倪旭和邓文豪等同学曾在2021年初北京最冷的三九寒天，跟柯鹏老师一起每日往返沙河校区和首都体育馆，参与迎接总书记视察的筹备工作；刘畅飞等同学在疫情最严重的时候，跟柯鹏老师一起穿防疫隔离服坚持开展现场测试。师生们的

■ 柯鹏团队研究生在沙河校区主楼前合影

不懈努力，展现了北航青年勇于担当的新时代精神。冬运中心也给予了高度评价，感谢信中肯定北航"师生表现出了优秀的科学素养和系统观念，无私的奉献精神和严谨求实的工作作风"。

课题组研究生张艺鸣同学说："自从来到柯鹏老师团队之后，便一直致力于冬奥冰雪项目的研究，并于2021年10月受邀加入中国速度滑冰国家队，为其提供科技保障工作。我们团队将航空航天的专业知识与'冰上飞'的滑冰项目相结合，从冰场的外界环境到运动员的机体供能，将影响成绩的全部因素纳入考虑，用最科学的方法找出最完美的姿态，帮助中国速滑在'最快的冰'上'飞'得更快。很荣幸能够以科技助力冬奥的北航人和国家队的一分子的身份参与这座'双奥之城'举办的国际盛会，在这期间我切身体会到运动员的每一份坚持和拼搏，见证了中国速滑的历史性突破，这将是我一生中最难忘且无与伦比的青春记忆。在未来，我们团队也会继续发挥自身的特长与专业优势，为我国冰雪事业的长远发展贡献科技力量。"

■ 课题组研究生张艺鸣参加冬奥赛事及冬奥会闭幕式

■ 课题组研究生李叶青在法国交换学习时线上进行备战冬奥数据分析工作

课题组研究生李叶青同学说："作为柯老师团队的一员，我主要参与短道速滑/速度滑冰项目的研究，负责收集整理每日运动员反馈的信息，采用神经网络模型对训练及比赛数据进一步分析，配合团队成员运用能量模型模拟运动员的真实运动情况，从而提出优化建议。每一块奖牌的背后都饱含运动员的汗水和泪水，也凝聚着无数人的心血。当看到运动员们在'科研赋能'后展现出的点滴进步，团队的每一位成员都感到十分欣喜并更加充满动力。柯老师曾说'只有对于细节的精准把控，才能使运动员决胜于细微'。在柯老师的带领下，团队成员为短距离运动员成绩如何提升0.1秒而潜心钻研。当见证运动员高亭宇打破奥运会纪录，夺得属于中国男子速度滑冰的首枚冬奥会金牌时，我心潮澎湃。非常荣幸能随团队成员一起为中国冰雪贡献出微薄之力，我将牢记北京冬奥精神和北航精神，激励自己不断前行。"

课题组研究生朱启航同学说："2021年10月，我们团队受邀前往二七基地为速度滑冰国家队提供科技保障工作。我们团队用航空科技的知识，致力于帮助运动员们滑得更'舒服'，滑得更'细腻'，滑得更'科学'。从肌肤直观感受到的温湿度，到肉眼可见的速度路

■ 课题组研究生朱启航前往天安门宣誓出征

径，以及肉眼不可见的能量消耗，从表象到本质展开全方位的研究工作。期间，最让我印象深刻的是，我与速滑队员们一起前往天安门出征宣誓冬奥，当我们齐声高喊誓言的那一刻，我感受到我个人的'航空梦'与选手的'冬奥梦'融为了

一体，汇聚成举国上下的同一个'中国梦'。如果说用航空科技让冰雪运动'聪明'起来是对'知行合一'的证明，那么在未来以余生之所学肩负时代重任，以青春之我建设青春之中国就是对此最好的践行。"

再接再厉向未来

北京冬奥会是一场冰雪运动的盛会，也是一次精神的升华。作为航空航天人，能借用来自航空的灵感为国家队冬奥训练作贡献，柯鹏团队成员们备感荣幸和自豪，并将继续秉承"空天报国"的北航精神，开拓"人机环融合、体工医交叉"的创新研究，助力巴黎备战，回馈航空国防。柯鹏团队将牢记总书记嘱托和北京冬奥精神内涵，珍惜荣誉、再接再厉，为实现中华民族伟大复兴的中国梦贡献北航力量！

素材提供：

柯鹏，北航交通科学与工程学院飞行器适航工程系原系主任、副教授、博士生导师。

刘虎团队：发挥跨界科技优势，助力撑起冬奥空中坚盾

从千米高山之巅飞驰滑下，在数十米高的跳台上纵身起跳，空中做出高难度技术动作……惊险刺激的冬奥会雪上项目也伴随着运动员较高的受伤风险，航空应急救援的力量不可或缺。

"北医三院延庆院区，这里是国家高山滑雪中心，有运动员受伤，已启动直升机转运……"2022年2月10日上午，北京冬奥会高山滑雪男子全能滑降比赛中，一名瑞士籍运动员受伤，左前臂开放性骨折，北京市红十字会999急救中心航空救援队员到达现场施救。伴随着直升机的轰鸣声，仅用8分钟，载着伤员的直升机就平稳地落在北医三院延庆院区停机坪，比用地面救护车节约了30多分钟，为抢救伤员赢得了宝贵时间，这就是北京冬奥航空救援团队的力量。

赛场内的奥运健儿们不断勇创佳绩，而赛场外承担直升机医疗救援保障任务的北京市红十字会999急救中心，以及承担航空应急任务的应急管理部大庆航空救援支队，时刻坚守在第一线，为本届冬奥会的胜利举办构建了牢固的空中保障。作为两支航空救援队伍的技术支持力量之一，北京航空航天大学航空科学与工程学院飞机系主任刘虎教授团队，同样是枕戈待旦，以独特的方式为本次冬奥会贡献着自己的力量。

■ 北京市红十字会999急救中心和应急管理部航空救援支队分别保障冬奥场区内外环

航空应急，潜心钻研十二年磨一剑

刘虎教授团队是一个研究飞机设计的团队，怎么会参与冬奥保障呢？这一切要从飞机设计软件说起。从2000年相对独立的飞机概念方案设计软件，到具有一定开放能力的集成化飞机总体设计系统，再到更具全面性的飞机总体数字化设计平台，最后到"面向运行的设计"，基于场景的"飞行器+虚拟世界"模式已成为飞机总体设计的重要支持技术。这项技术目前应用较广泛的领域包括军事方面的联合作战，民用方面的航空应急等，而刘虎教授团队能够参与冬奥保障也是基于在航空应急方面的深耕与积累。

2008年，中国汶川发生了里氏8.0级地震，数万国民的生命停留在那一瞬间。在地震救灾和灾后重建期间，党和政府实施了新中国成立以来规模最大、持续时间最长、成果最为显著的航空应急救援行动。军民航飞行近万架次，转移数万名群众，空运数万吨应急物资。地震后，由中国航空学会策划，北航刘大响院士等专家发起，27位院士联名向党中央提交了《关于建立国家航空应急救援体系的建议》，其中包括钟群鹏院士、高镇同院士、李椿萱院士、王浚院士、陈懋章院士等多位北航教授专家。

北航人始终把服务国家作为最高追求，在航空应急救援这一安邦利民的重要领域不仅是顶层推动者，更是躬身力行者。刘虎教授团队从2010年起就持续开展航空应急救援领域的科研探索与攻关，在体系的顶层规划支持、装备研制、辅助决策和人员训练方面形成了"四位一体"的研究成果。

■ 刘虎教授团队12年持续科研探索与攻关形成"四位一体"研究成果

枕戈待旦，科技助力冬奥应急保障

冬奥航空应急救援保障的需求分为赛场内环和外环。赛场内环保障由北京市红十字会999急救中心承担，主要负责闭环内的航空医疗救援保障任务。根据国际奥委会要求，比赛时要确保直升机5分钟内到达赛道进行救援，在15分钟内将危重患者转运到距离最近的有救治能力的综合医院，这就要求每一个细节都要精确到秒、反复演练。赛场外环的保障由应急管理部大庆航空救援支队负责，执行冬奥会核心区域空中巡护、缆车索道救援、森林防火灭火、地震和雪崩救援等航空应急救援任务。

"凡事预则立"，两支保障队伍有着共同的技术支持需求——事前预案，事中指挥，事后复盘。针对这个需求，刘虎教授团队依托"虚拟现实技术与系统"国家重点实验室和"航空器先进设计技术"工业和信息化部重点实验室，将航空与虚拟现实（VR）技术融合，研发了"冬奥航空救援预案推演与验证系统"，并基于系统持续开展应急预案制定与验证等研究和应用。

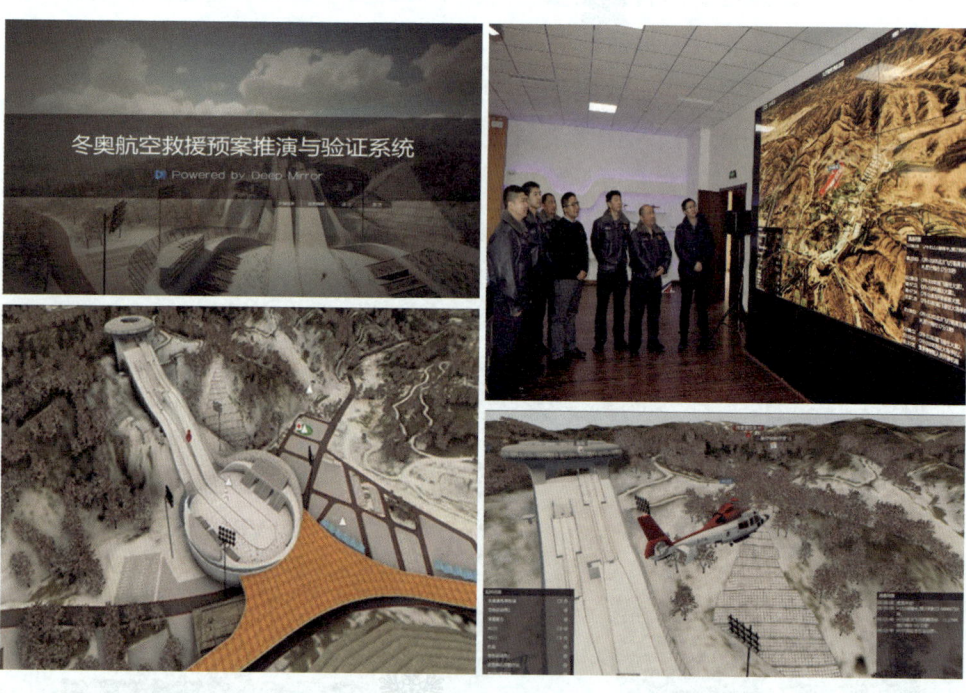

■ 冬奥航空救援预案推演与验证系统

系统构建了1.6万平方千米的三维虚拟场景，涵盖北京延庆和张家口崇礼5个主要赛场、3家冬奥会定点医院、11个起降点及医疗站停机坪，以及2个机队

3种型号的7架直升机模型。借助该系统，团队与北京市999急救中心副院长马圣奎、大庆航空救援支队队长王兴坤等一线专家一起完成了8种典型救援模式下的20多种任务情况的预案研究，形成了150多页研究报告，并且对2月7日和2月10日的两次空中转运任务第一时间进行了全流程复盘。

成果的背后是由刘虎和田永亮两位教师，曹嘉、孙逸凡、周岳、沈小棚、李佳和杨泽廷等研究生及软件工程师近20人团队的共同辛勤付出。从接到任务开始，团队成员在历时数月的科研攻关中持续奋战。尤其是随着冬奥临近，团队更是不分寒假不分春节，一直工作到大年夜当晚，仅休整了一天，在大年初二就又投入研究。为了确认一个数据细节、建立一种计算模型、理清一种可能的任务场景，团队成员需要反复讨论与查证，在不断地迭代中优化系统、改进想定、推进研究。

驻防一线，把论文写在祖国大地上

冬奥会正式开幕后，团队的学生负责人博士研究生曹嘉带领团队成员硕士研究生孙逸凡、大四保研学生杨璐和张欣驻防在冬奥会和冬残奥会航空应急救援前方指挥所，跟随应急管理部大庆航空救援支队共同战备一线和开展研究，充分体现北航人的"空天报国"精神和"把论文写在祖国大地上"的责任担当。

驻防期间，同学们和一线的指挥官、飞行员以及特勤人员共同工作和生活，共同留下了众多难忘回忆。每天7:30，为了不让同学们错过饭点，救援指挥部的姚磊部长会叫大家一起去食堂吃早餐，这也让驻防同学们初到战备一线的陌生感一扫而空，很快地融入了集体生活。

此外，驻防同学们每天都会和指挥官以及飞行员在指挥中心使用团队开发的预案推演和验证系统推演各种危险情况下的预案，复盘历史救援案例。因为时刻处于战备状态，同学们每天在低于零下10摄氏度的寒风中和机务人员一起完成直升机的保障作业，参与特勤人员的野外救援训练，实际演练各种危险场景下的救援流程，不断修正系统

■ 刘虎教授、博士研究生曹嘉和一线指挥官使用开发系统推演预案

的模型和数据，力求能在最需要的时候做到万无一失。

　　元宵节，同学们和一线救援队伍一起吃火锅、猜灯谜，既有获奖的喜悦时刻，也有表演才艺的欢乐瞬间。"葫芦娃，葫芦娃，一根藤上七朵花……"唱着这首童年熟悉儿歌的大哥皮肤黝黑，脸上时刻透露着爽朗的笑容。他是一名经验丰富的中国森林消防队员，在扑灭森林大火的任务中多次出生入死。饭后闲聊，他说到他的战友牺牲在一线时，脸上露出了沉重的表情。2019年3月30日四川凉山森林大火牺牲的30个年轻生命，2021年5月10日坠入洱海的直升机上的4名机组人员……当同学们问到已经飞了超过20个年头的王兴坤支队长还想继续飞下去吗？他说道："只要国家需要我，只要我身体能够允许，我就还想一直飞下去。"他们不愧是习近平总书记说的"对党忠诚、纪律严明、赴汤蹈火、竭诚为民，在人民群众最需要的时候冲锋在前，救民于水火，助民于危难，给人民以力量，为维护人民群众生命财产安全而英勇奋斗"的一支铁军！

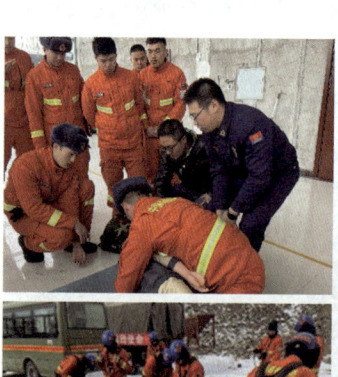

■ 一线驻防工作和生活

　　在一线驻防的日子里，同学们不只是获取了很多一线的专业知识和数据，更重要的是被一线队伍这种奉献精神所感动和鼓舞，也更加坚定他们"空天报国"的信念。冬奥会结束后团队也收到了应急管理部航空救援支队赠送的锦旗"科技助力，保障冬奥，航空应急，报国争先"，这既是对团队成果的有力肯定，也是对团队的鞭策鼓励。

■ 团队获赠应急管理部航空救援支队锦旗

结语

  冬奥会虽然圆满结束，但是"胸怀大局、自信开放、迎难而上、追求卓越、共创未来"的北京冬奥精神始终鼓舞着团队的每一个人。正如冬奥组委直升机救援协调组王蕊组长所说，"北航团队针对本次冬奥会航空医疗救援保障任务，和我们一起紧密协作，开发的虚拟仿真系统和完成的一系列预案研究，为我们科学制定救援预案、优化救援流程提供了重要的支持。我们相信与北航的联合研究成果，将为后奥运时代的赛事直升机救援保障提供有力支撑"。无论是密林烈焰，还是大海怒涛，刘虎教授团队都会尽力为一线力量作出贡献；无论直升机，还是固定翼，团队都会尽力为设计研制部门提供支持。

  航空拯救生命，北航不负使命！

作者简介：
曹嘉，北航航空科学与工程学院2021级博士研究生。

帅梅团队：以梦为马，蝶变今朝，每一"度"皆是温暖的守护

慢慢飘落的每一片雪花都是独一无二的惊喜，每一片雪花也更值得被看见，保护雪花的方式是让其"盛开"，而不是阻碍其"绽放"。科技是一种能力，向善是一种选择，通过科技的力量，相信落日余晖下终迎黎明曙光。

■ 科技冬奥，助力前行

拨动时间的指针，将时间追溯到多年以前。一个偶然的机会，北京航空航天大学帅梅教授及团队接触到一位脊髓损伤患者，她从骨科术后转到康复科，在康复科用了一周时间才学会从病床上坐起，借助轮椅和辅具用了一个月时间才实现转移和活动，她艰难的康复历程令人心酸。

"我希望能够站起来，不想坐着看世界"，简短的话语，却包含了万千，有彷徨，有无奈，更有期待。她的这一番话，也深深触动了帅梅教授，由此，让"重症肢体残障人士从轮椅上走起来"的想法应运而生，也一直激励着帅梅团队开始在运动康复领域研发外骨骼产品。

时至今日，北京航空航天大学帅梅教授的"梦想之种"也终于在康复领域的土壤中生根开花，跃身成为中国外骨骼机器人治疗解决方案提供商及顶尖康复机器人持续原创引领者，开创了国内外骨骼康复机器人行业及其创新的临床应用方向，处于外骨骼机器人国际并跑或领跑地位，还改变了截瘫、偏瘫、脑瘫等重大恶性疾病几乎无法康复的困境，成为"三瘫"治疗新手段。

■ 帅梅教授指导团队机器人研发工作

以匠心致初心，北航科技筑梦冬残奥会

帅梅教授团队一直以来都不忘初心，在科技创新的路上砥砺前行。就在北京2022年冬残奥会筹备阶段，帅梅教授团队接到了一个严峻的考验——多机器人跨域火炬传递技术研究与系统示范应用项目，承担为冬残奥会火炬手定制外骨骼设备，并用于火炬汇集与火炬传递两项任务。时间紧，任务重，帅梅教授团队深知此项目的重要性，这不仅仅是一份信任，更是一份责任。

帅梅教授接到这个项目后，立即召开团队紧急会议，熬夜挑灯商讨项目需求，并基于杨淑亭与邵海朋两位火炬手的现状进行分析，制定出第一版可执行方案，这一讨论便持续了12小时之久。由帅梅教授作指导，从需求到技术，再从技术到外观设计。散会时，帅梅教授借着星光为团队成员留下了"争分夺秒，且行且思"八字要领。

但在实际执行中，还是存在很多难点。北京冬残奥会火炬手杨淑亭与邵海朋的身体情况完全不同，这意味着帅梅团队将面临诸多难点攻克工作，其中包括人机交互的技术与应用、感知行走意图的Ai技术与应用，以及可行性适应性训练、平衡性调节等。

寻常处见功力，细微处见真章。得益于帅梅团队在康复领域沉淀的核心技术、精益的研发能力、丰富的开发经验，以"患者思维"出发，顺利地突破技术壁垒，全面应用于冬残奥外骨骼机器人之上，解决上述难题，"方寸之间"融合了帅梅教授团队的专业匠心与领先科技水平。

虽然帅梅团队解决了核心难题，但是还需要在细微之处精雕细琢。就火炬手身体状况而言，即便是助力设备，穿在身上也会增加负担，因此还需要在满足功能需求的前提下减小设备重量。

帅梅教授团队在外骨骼机器人的腿部部件、关节电机的设计、选型上花费很大的精力。经过多次反复核算与实验，前后经过数十次大的方案变更、近百次小细节调整，最终才设计出满足要求的内部架构，继而实现功能与轻量化的完美均衡。而接下来则需要进行高负荷的样机装配及测试工作。

样机装配时，帅梅教授团队也是压力重重，样机加工装配时间紧任务重，需要设想各种设备故障及突发事件风险，并逐一排查解决。正因如此，团队经常加班到凌晨，技术人员与康复师轮流上阵，一边为火炬手训练，一边调整设备各项参数及结构，进行装配和调试，不放过任何细节和故障隐患，常常累得康复师和技术人员胳膊都抬不起来。

最后，则是对设备重塑外观，帅梅团队遵循"以简驭繁、少即是多"的设计理念，融入"奥运、活力、科技、时尚"等内涵，迎合冬残奥会精神，采用"冰刀"式外观设计理念的外骨骼机器人应运而生。同时，帅梅团队于平常事物中萃取超凡脱俗的力量，为外骨骼机器人增添色彩元素，在光谱中截取特定饱和度色调，将"奥运红"融入外骨骼机器人之上，科技感、"奥运感"跃然眼前。

帅梅教授团队经过无数个日夜的奋战，反复地推敲、打磨、调试，终于将符合、适配冬残奥会火炬手的外骨骼机器人制作完成。去山顶的路虽然艰辛，但山顶的风景值得你去努力，这一刻帅梅团队更加期待两位冬残奥会火炬手穿上大艾外骨骼机器人直立完成火炬汇集、传递火炬的时刻，这是一份骄傲，是一份荣誉，更是当初追梦赤子心圆梦的一份见证。

源于"平凡"成于"非凡"，最美"90后"火炬手圆梦冬残奥会

冬残奥会火炬传递最后一日，现场一位"90后"选手穿戴外骨骼机器人直立行走传递火炬的画面令人印象深刻，被誉为最美"90后"火炬手，她就是获得"全国脱贫攻坚先进个人""全国三八红旗手""中国青年五四奖章"等荣誉，连续4年4次受到习近平总书记接见的杨淑亭女士，她是新时代女性的杰出代表。

杨淑亭出生在湖南省城步苗族自治县的一个小山村，18岁那年，一场交通意外彻底粉碎了她的梦想。"胸椎爆裂、高位截瘫"，对于杨淑亭和她的家庭，医生给出的诊断无异于晴天霹雳。轮椅禁锢不住顽强向上的灵魂，她以十年如

一日的励志精神为自己赢得了荣誉与鲜花。

由于杨淑亭女士是胸7-胸8节段的高位截瘫患者，无法站立且十多年一直依靠轮椅活动，所以身体状态较为羸弱，而且上肢力量不足，还患有直立性低血压。

为此，帅梅教授团队连夜为其制定详细的改善方案，通过大艾外骨骼机器人艾康设备进行初步身体适应性训练，以改善身体状态。在阳光大艾康复中心进行适应性训练期间，帅梅教授团队记录着这个乐观女孩的训练历程，按照帅梅团队的训练方案，杨淑亭克服了上肢力量不足、直立性低血压等问题，身体得到了明显的改善，也见证着她自强不息、为梦前行的勇气。

■ 杨淑亭穿戴大艾外骨骼机器人直立行走完成冬残奥会火炬传递

而接下来便是需要进行艾动冬残奥会版外骨骼机器人的适应性训练。经过帅梅教授细致入微的精调、测试，最终一款完美匹配火炬手火炬传递的艾动冬残奥会版外骨骼机器人调试完毕。帅梅教授团队结合杨淑亭身体现状，在步态上做了特殊的技术处理，专为其定制的仿人步态技术可最大限度地实现人机交互配合这一目标，以自然行走步态、真实行走方式，实现"更优雅、更漂亮"的行走。

小小身躯里蕴藏着巨大能量。适应性训练过程伴随着汗水和疼痛，许多次工作人员劝杨淑亭歇一歇，但她还是想坚持多练一会儿，甚至于帅梅教授团队已经准备了应急预案，以防她在现场不能完整走下来。

火炬传递时，杨淑亭穿戴大艾外骨骼机器人艾动，以优雅之姿迈步向前，每一步都充满着令人震撼的力量，直到走完火炬传递的最后一步，大家原本的担忧一扫而空，由衷敬佩这位有着巾帼不让须眉的勇气与担当的女孩。

以"双奥之城"的暖，以火炬之光，呈现盛世光亮，被照亮温暖着的杨淑亭感动地说："今天

■ 杨淑亭穿戴大艾外骨骼机器人直立行走完成冬残奥会火炬传递

传递的不仅是火炬，更是和平和希望，勇气和力量，希望这团火苗能照亮我今后的人生，如同今天传递火炬一样，走好每一步，走稳每一步，勇往直前！"

科技让"无碍"更有爱，Ai外骨骼机器人精彩亮相冬残奥会

在天坛公园祈年殿，9处火种汇聚生成北京2022年冬残奥会官方火种。仪式上，点燃火种台的9位代表中，一位穿戴大艾Ai外骨骼机器人的火种汇集选手吸引了全场的瞩目，他就是曾经打破"机器人行走马拉松世界纪录"的——邵海朋。

■ 邵海朋穿戴全新一代大艾Ai外骨骼机器人——"九天之火"汇集

2017年，邵海朋因高空坠落导致截瘫，双下肢失去行走功能，只能借助轮椅出行。面对不幸，邵海朋表现出坚韧而积极乐观的品格，一直坚持使用帅梅教授团队的大艾外骨骼机器人康复训练。

不向命运屈服，勇敢挑战极限。2018年，邵海朋参加"科技助残"穿越"一带一路"机器人行走马拉松公益挑战赛，穿戴外骨骼康复机器人，累计用26小时行走42.22公里，打破了国外15天完成外骨骼机器人行走马拉松的世界纪录。

有人说，生存和梦想，总会此消彼长，而在邵海朋身上，无论是生活还是梦想，他都保持着热爱。邵海朋通过不断努力，已经可以不穿戴外骨骼机器人而通过拐杖辅助行走。但仅依靠拐杖，存在行走吃力、步态不规则、低效等问题，且行走速度无法满足在规定时间内到达指定火炬汇集地点的要求。

面对这种情况，帅梅团队综合邵海朋现状，进行深入分析考量，为其全新研发了一款大艾Ai外骨骼机器人，搭载先进的Ai算法和传感网络技术，可实现针对运动能力不足的人群，实时判断使用者的运动意图，精准识别使用者腰部、腿部等多部位的细节变化，并基此作出步态反应，辅助其"随心而动"，实现快走、慢走任意切换。

此外，火炬汇集现场场地路面不平整，且存在坡度。该设备还可以根据地面特征和周边地形环境变化，提供匹配其自身能力的运动助力，帮助使用者调

整肌肉发力和掌控步态姿势，还能实现上下楼梯、上下坡等较为复杂的动作，助力邵海朋更稳健、更踏实、更自然高效地站立行走，以踏浪之姿和自由之态，完成火炬汇集。

邵海朋以这种方式向人们传递"科技改变生活、让不可能变为可能"的理念，激励更多残障人士勇敢面对生活，不抛弃、不放弃，始终胸怀独立自主生活的愿望。

结语

北京航空航天大学帅梅教授团队所研发的大艾外骨骼机器人作为中国致力于改善残障人士生活的领先者，被选为2022年冬残奥会火炬传递及火炬汇集代表，向全世界彰显中国科技带给残障人士的改变，体现我国机器人技术对社会发展的重大贡献。

■ 杨淑亭与帅梅教授合影

有些鸟儿注定是关不住的，它的每一片羽毛都闪耀着自由的光辉。北京航空航天大学帅梅教授团队通过不断地研发，致力于完成当初的梦。团队希望通过科技创新，让残障人士感受科技的温度，也让残障人士改变看世界的角度，托起折翼天使的羽翼，助力其勇敢自信前行。目前大艾机器人已在全国治疗患者超万例，训练超百万人次，造福千万个家庭，使其重归美好生活。

梦想，并非遥不可及。

素材提供：

帅梅，北京航空航天大学生物医学与工程学院教授、北京大艾机器人科技有限公司董事长；

刘航，北京大艾机器人研发部。

作者简介：

宋伟华，北京大艾机器人市场部；

林爽雨，北京大艾机器人市场部。

张德远团队：拨云见日，仿生科技助力冬奥服务

国家高山滑雪中心，位于北京市延庆北部小海陀山南麓区域。这里海拔高，气温低，户外体感温度最低时可达到零下35摄氏度。高寒、高强度的赛事保障不仅考验着志愿者们精神和身体的极限，也给赛事服务带来了不小的挑战。冬奥会期间，由于防疫要求，志愿者等工作人员需要佩戴口罩开展服务，在低温环境中，佩戴眼镜极易发生起雾结霜，严重影响工作效率，并且给疫情防控带来很大困难。从实际问题出发，张德远教授领衔的北航仿生与微纳系统研究所为国家高山滑雪中心研制出一种高效智能的防雾防结霜眼镜组件，并在冬奥会举办期间为志愿者们的服务保驾护航。

冬奥疫情，雾气迷人眼

为保证参赛、与会人员的健康安全，保证防疫举措高效到位，保障北京冬奥会的圆满举办，为参赛各方带来最好的比赛观感，在冬奥会开幕之前，有一批志愿者提前进入场地，穿戴上专业的滑雪设备等提前踏上雪场，进行现场演练测试并发现各类问题。通过这次现场测试，诸多保障问题得到有效反馈。其中，眼镜起雾结霜问题引起了志愿者们的注意。为疫情防控需要，在平时的交流生活中，大家必须按要求佩戴口罩，防止飞沫感染。而对于长期佩戴眼镜的人们来说，戴眼镜和戴口罩可谓两者不可兼得，尤其是冬季寒冷天气，人们呼

■ 前期现场测试中，志愿者的眼镜起雾结霜

吸产生的水雾凝结在镜片上很快就会变成难以处理的冻霜，严重影响志愿者的服务工作。

怎样才能在寒冷天气避免眼镜起雾结霜呢？国家高山滑雪中心的志愿者们搜寻了市场上已有的各种产品进行测试，但是效果都不尽如人意，市面上产品的使用时长和效果都有很大的提升空间。北航守锷书院执行院长李广玉老师作为国家高山滑雪中心志愿者经理，第一时间联系到张德远教授（北航守锷书院院长，仿生与微纳系统研究所所长），张教授说："眼镜起雾结霜现象和我团队做的航空领域防冰研究是相通的，我们可以把相关技术转化应用到眼镜防雾上。"就这样，北航守锷书院"院长联动"，一拍即合，立即开展实验验证。

张德远教授召集博士研究生李泽明与本科生柳曜宇、张菁玘、姜欣、刘声振、杨文菁等人探究眼镜的界面防雾防结霜问题，最终提出了一种解决方案——仿生电热防雾策略。在确定了这一解决方案后，张德远教授与李广玉老师一起指导团队成员开展实验验证和样机制作等工作。在研究的过程中，两位老师积极鼓励团队成员开启"头脑风暴"创新实践，并提供研究所的实验平台作为支撑条件，希望大家能够解决眼镜起雾结霜这一实际问题，为冬奥会的志愿服务贡献自己的力量。

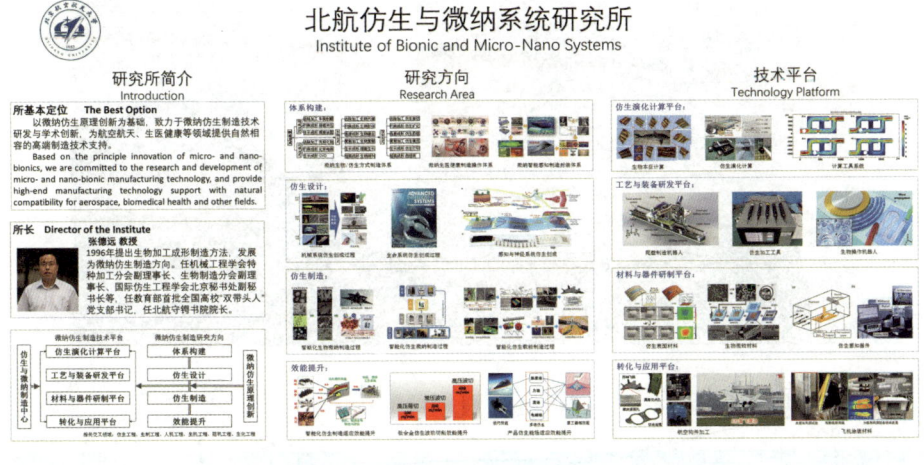

■ 北航仿生与微纳系统研究所

问道求索，创新寻突破

通过前期调研，团队成员得知市场上眼镜镜片防起雾的产品大多为防雾喷雾或眼镜擦布，这类产品在低温条件下极易失效，并且维持时间较短，很难保证冬奥赛场环境条件下的长期使用，此外这类产品大多含有一定量具有潜在危害性的化学试剂，并不是志愿者的最佳选择。所以研究初期，团队为产品定下的目标，就是尽量做到形式简单化，并且拥有可靠防雾能力。

自然界中的生物为了生存，经过亿万年的进化优化，造就了适应环境、延续生命的本领。如蝉翼、荷叶等生物表面为规则的微纳米结构，能够有效防止水雾凝结。因此，师法自然，制备微纳米结构、设计特殊的表界面是解决眼镜结雾结霜问题的最有效途径。然而，没有事情是一帆风顺的。为了尽可能做到产品的轻便可穿戴，研究初期团队尝试过眼镜贴片等形式，但是在中间实验期间又因为种种缺陷被一一否定。贴片的形式走不通，喷雾和擦布的形式又过于复杂，还有什么选择是曾经遗漏的呢？通过对防雾防结霜原理的研究，团队人员认识到实现效用的作用机理。一方面在于改变镜片的表面微观结构，让水雾难以依附到上面；另一方面就是改变表面温度，减少水雾的凝结。结合仿生与微纳系统研究所在仿生界面机理已做出的各种研究的基础上，团队决定尝试"两手抓"：既改变镜片表面结构，让生成的水珠难以凝结到镜片上，又适当升温减少水雾的生成。最终，这支"本硕博攻关团队"将仿生表面制造结合电热效应，创新性地设计了一种仿生防结雾眼镜夹片，低能高效地实现眼镜的防

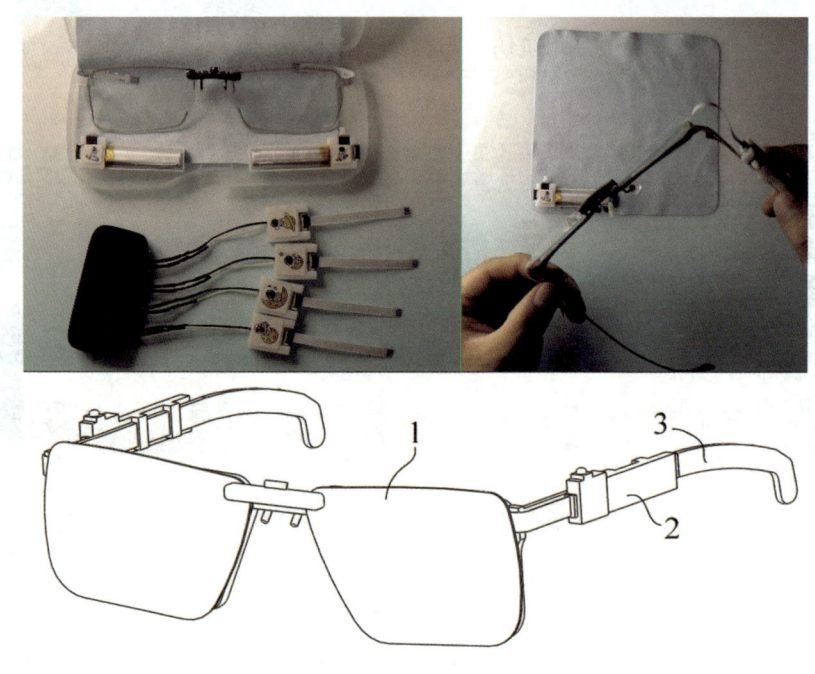

■ 一种高效智能的防雾防结霜眼镜组件

雾防结霜功能。

经过三个月的奋斗，团队成员终于设计制造出样机产品——一种高效智能的防雾防结霜眼镜组件。与此同时，团队第一时间联系到北京周边冷库，进行低温防雾试验。功夫不负有心人，样机在低温冷库模拟真实环境中防雾效果明显。试验结果可以证明，防雾防结霜眼镜夹片不仅方便佩戴，而且实现了可靠防雾，这也为解决冬奥会志愿者眼镜起雾结霜问题提供了解决方案。

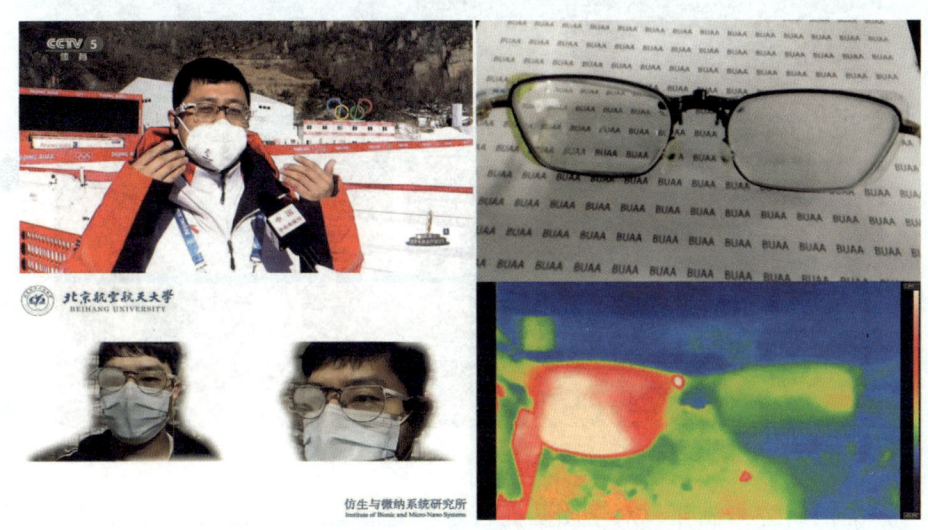

■ 防雾防结霜试验验证

回顾研究攻关的时光，团队成员查阅各种书籍，修改各种参数，一遍遍反复实验，不停歇总结经验，为最终做出产品付诸心血并不断改善。样机的实现，凝聚的不仅是科研的创新头脑和投入的辛勤劳作，更是团队成员凝结一心，努力为实现自身价值、创造科研成果做出的不懈努力。

助力冬奥，青年展风采

从接到北京冬奥会国家高山滑雪中心的委托函，到团队成功完成样机研究制造，三个月的时间里，团队成员为圆满完成任务，不断创新，总结经验，尽自己最大的努力，直面各类挑战，助力实现科技冬奥的圆满目标。

在经过模拟环境和冷库的现实实验后，样机的防雾防结霜功能得到验证。最终，高山滑雪中心委托团队制造200套产品，投入冬奥会志愿服务工作中。当时正值春节前夕，为了成功实现委托，团队全员参与制造，并肩协作，合理分工，主动放弃假期时间。在短短的10天时间内，这支不到10人的队伍夜以继日，成功完成了200余套产品的制作。这些产品搭载着团队成员们辛勤的劳动和殷切的希望，最终成功到达志愿者的手中，产品的优良性能得到志愿者的一致好评。2022年2月2日，央视专题新闻报道国家高山滑雪中心的防雾防结霜眼镜夹片，每一位团队成员对此都感到无比的自豪与骄傲。

■ 团队成员合影

产品的研究与制作，对于团队而言是项时间紧、分量大的使命。然而，经过努力和分工，团队成员出色地完成了这项艰巨任务。默默奉献、无畏付出、保驾护航、坚守前进，这是团队的骄傲，也是北航人爱国奉献、敢为人先、团结拼搏、担当实干精神的生动诠释。

值得一提的是，研制团队中有5名本科生。他们为了熟练使用实验仪器，尽快完成产品研制，每天利用课余时间，全身心投入到实验室中参与产品研发。研究期间，他们不仅同步跟进了实验项目进展，同时也努力完成课业任务。在他们身上，不仅能看到年轻一代参与科研的活力和拼劲，也能看到国家科研进步的希望与前景。在高水平教学和新时代熏陶的双重培育下，年轻的活力与希望正逐步成长，祖国未来的科研前景可期。

回望防雾防结霜眼镜夹片的研发过程，张德远教授作为指导老师，定期与团队成员交流讨论，解决团队成员遇到的问题，鼓励大家交叉创新。并且研发全程，张老师拿出自己的科研经费支持团队工作。张老师经常鼓励大家说："能为冬奥会奉献自己的力量，是作为一名北航人的职责所在，也是一名共产党员的职责所在。"作为一名优秀的科研工作者，除了强劲的学术能力，张老师更有着甘为人梯的精神、培育青年的能力。张老师的日常科研、教学活动均以学生为主体，大胆激发学生们的创新能力。于学生而言，张老师不仅是能带领研发的导师，更是开创思路的智者。在张老师的带领下，学生们勇于创新，敢于挑战，向一个又一个难题发起冲锋。

结语

虽然北京冬奥会已经圆满落幕，但那些奋斗的日子早已化成记忆中最美的冬日景象，永远记载在每一位团队成员的心中，而这些美好记忆也必将会鼓舞团队不断向前，继续致力于微纳仿生制造技术研发与学术创新，为航空航天、生医健康等领域提供自然相容的高端制造技术，发扬北航"空天报国"精神，为祖国的建设和服务人民的事业发光发热！

作者简介：
李泽明，机械工程及自动化学院2019级博士研究生；
张菁玘，机械工程及自动化学院2020级本科生。

曹先彬团队:"一张票"直达冬奥,赴约冰雪体育盛宴

北京2022年冬奥会是全球首次三赛区联动的冬季冰雪体育盛会。正如习近平总书记所说:"办好北京冬奥会、冬残奥会是党和国家的一件大事,是我们对国际社会的庄严承诺,做好北京冬奥会、冬残奥会筹办工作使命光荣、意义重大。"冬奥盛会期间,为涉奥人员和观众提供一流的奥运交通服务,是保障冬奥会成功举办的重要环节,事关交通行业形象与国家形象。

本届冬奥会和冬残奥会举办地横跨两地三赛区,交通组织复杂,交通服务保障周期长、要求高,在保障综合交通系统正常运转的基础上提供一体化、智慧化的出行服务,实现北京冬奥会出行"一张票",更是展示科技冬奥成效、引领时代发展、提升人民获得感幸福感的重要举措。

面向这一国家重大战略需求,国家重点研发计划"科技冬奥"重点专项——北京冬奥会综合交通出行"一张票"关键技术(后称"一张票")项目,通过信息技术手段统筹安排北京、延庆、张家口赛区及周边交通资源,突破综合交通一体化智慧出行的发展瓶颈。在项目负责人张军院士带领下,项目组曹先彬教授、杜文博教授等老师和同学紧密围绕不断变化的新冠疫情、交通组织政策,接连应对了来自系统研发、应用示范等多方面挑战。三年执行期间,项目组老师和同学紧密团结进行技术攻关,齐心协力克服多方困难,促成了项目所研成果应用落地,以科技手段助力冬奥会智慧观赛、绿色出行,为冬奥会的圆满举办提供了闭环内外交通保障。

"一股劲"完成技术攻关

在"一张票"项目中,北航作为项目承担单位及冬奥会出行行为机理研究及保障能力评估课题的牵头单位,承担的不单单是一项科研任务,更是一份责任使命,是以交通科技成果为冬奥会交通出行保障添砖加瓦的时代机遇。

在负责人张军院士的带领和团队老师的组织下,项目组人员从一开始就拧

成一股劲,从具体实施方案论证到综合交通一体化出行保障系统框架设计,从开发综合交通服务供给能力一体化评估系统到搭建半实物仿真环境,从每一次的技术研讨会议到每一份会议纪要,项目组人员始终从全局处着想,在细节处发挥自己的主观能动性。零下30摄氏度的延庆高山实地考察,凌晨5时的实验和测试,一份份需求分析和实现方案、功能不断完善的系统,都曾见证大家和项目共同的成长。

研发期间,面向北京冬奥会综合交通一体化保障目标,项目组重点攻关了冬奥会综合交通需求精准辨识、跨交通方式运力资源调控、动态联程出行路径规划、电子客票统一二维码互认鉴权等关键技术难题。项目组研制的北京冬奥会综合交通一体化出行保障系统由半实物仿真系统搭配前端网页和客户端小程序组成,能够提供集路径规划、出行引导、票务预订、验票乘车于一体的智能交通出行服务。2021年9月,项目组阶段性技术成果在第二十四届中国北京国际科技产业博览会中亮相,引起了与会嘉宾的广泛关注与热烈反响。

■ 项目组同学在科博会展览讲解半实物仿真系统

"合抱之木,始于毫末",项目组全体成员三年来在项目中发挥自己的点滴作用,秉承和发挥北航工程师的精神,迎难而上突破关键技术攻关,脚踏实地完成核心系统开发,为"相约北京"系列冬奥测试赛和正赛中的应用示范奠定技术基础。

"一颗心"合力变中求进

2020年伊始,新型冠状病毒肺炎疫情突然来袭。受疫情形势动态变化影响,北京冬奥会办赛充满不确定性,冬奥会期间的交通政策、观众政策迟迟难以敲定,导致难以落实项目任务书中要求的交通运行保障服务,项目的一系列技术成果可能在冬奥会期间面临"英雄无用武之地"的困境。

面对这些不确定因素，项目组决定继续严格按照既定目标进行技术攻关，同时综合研判疫情防控状态下冬奥会相关人群出行的新需求，为冬奥会期间交通出行提供全面的交通运行保障。不能确定综合交通运行组织形式，那就考虑最全面的冬奥会相关交通方式，精益求精打磨技术成果；难以估计冬奥会期间的出行人群类型和观众流量，那就按照最复杂、最大规模的交通出行需求，一丝不苟提升保障效果；无法通过大规模的测试赛验证项目成果，那就在测试活动期间全面开展项目技术成果应用测试，千锤百炼只为万无一失。

2021年9月，北京冬奥会疫情防控政策最终敲定。"赛时闭环管理"，即闭环内使用冬奥会专用交通系统，为相关人群提供"点对点"地面交通运输，观众政策"调整为定向组织观众现场观赛"。项目组及时响应北京冬奥会疫情防控政策，积极与冬奥组委和属地交通管理部门等相关单位对接，明确交通保障需求，集中研发力量全力完成最后的技术攻关，保证项目技术成果按时上线，提升冬奥会正赛期间的闭环内外交通保障服务水平。

项目组在技术攻关过程中坚持以练备战，在疫情防控政策允许范围内深度参与"相约北京"系列冬季体育赛事的交通保障工作，对项目系列技术成果进行全面的应用测试。在2021年2月延庆赛区测试活动、2021年4月北京赛区测试活动、2021年12月三赛区测试活动期间，曹先彬老师带领项目组相关成员制定测试方案，驻守测试活动现场，利用"一张票"项目多模式交通出行方案推荐、交通票务数据交换共享等关键技术成果为工

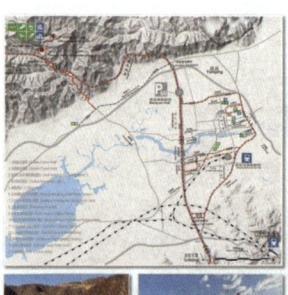

■ 项目组参与"相约北京"冬季体育系列赛事三赛区测试活动

作人员提供便捷的综合交通出行服务。项目组成员深度参与延庆赛区交通运行规划和运行状态监测，为赛区内闭环运行的班车发布信息服务，确保测试活动顺利完成。经过多次应用测试，"一张票"项目的多项技术与系统成果不断迭代优化，出色地完成了测试活动期间的交通运行保障工作。

有了这些实地提供技术支撑与运行保障的经验，项目组相信"一张票"能够顺利完成冬奥会期间综合交通出行一体化保障任务。随着冬奥会临近，项目组成员越发期待"一张票"同各国冰雪运动健儿一起赴约这场冰雪体育盛宴，在赛时大展身手。

"一张票"助力精彩冬奥

冬奥会期间，"一张票"项目成果在支付宝和12306APP内上线，向冬奥相关人群和社会公众开放。"一张票"顺利应用于北京冬奥会跨赛区交通保障中，为出行者提供智慧、高效、便捷的跨赛区交通服务，辅助提升综合交通出行体验，助力冬奥会交通保障工作平稳运行。

"一张票"为冬奥相关人群与体验者提供了便捷的三赛区综合交通出行服务。"一张票"项目动态联程出行路径规划技术涵盖京张高铁、三赛区公共交通等多种交通方式，能够跨越不同交通工具进行路径规划，从而实现智慧出行引导，无须出行者自己查询各种交通方式的时刻表逐一匹配，让原本复杂烦琐的跨城出行方案规划变得简单轻松。出行者只需在手机上动动手指，输入出发地和目的地、出发或到达时间等出行需求，"一张票"动态联程出行路径规划技术便会将所有可行的出行方案呈现在出行者眼前，并优先推荐省时、省事的最佳方案。同时，得益于"一张票"项目交通票务数据交换共享关键技术，原来相互独立且繁杂的多种交通方式购票流程也被简化，在冬奥会期间只需使用项目系统客户端程序，就能够实现"一张票"乘坐多种交通方式。

■ 项目组配合延庆交通局进行赛事交通服务保障工作

在冬奥会期间"点对点地面专线运输"交通保障组织方式的背景下，项目组利用运力资源动态适配与应急管控技术等关键技术成果，在闭环内积极配合延庆交通局进行交通运行状态监测及应急管控，重点监测了国家雪车雪橇中心三号路、场馆周边、酒店周边、保障车辆停车场周边等重要路段，提高了冬奥会雪车、雪橇、钢架雪车及高山滑雪比赛项目的交通运行保障水平，为交通运行管理者的科学决策提供技术支撑。

"一张票"项目构建了服务奥运人群并惠及所有民众的服务保障体系，在冬奥会期间出色地完成了赛时综合交通运行一体化保障任务。冬奥会之后，项目也将持续服务于京冀人民的冰雪运动需求，继续融合冰雪运动相关的活动信息、场馆运营信息、周边交通信息和防疫信息，在考虑疫情不确定性的同时提供体验冰雪运动和便捷交通出行的一体化服务，推动区域智能交通和冰雪产业的联动发展。相信项目所沉淀的"一张票"服务模式将继续探索面向全社会推广，发挥奥运遗产的最大价值。

结语

科技强国，交通先行。在北京冬奥会这场新时代的重大体育与科技的盛会中，"一张票"项目组不负重托、不辱使命。面临新冠肺炎疫情影响、冰雪天气等多重不确定性因素，面对技术攻关和应用示范中前所未有之困难、风险、挑战，项目组不忘初心、坚持三年如一日，密切追踪最新政策，积极协调联动各部门，勇于攀登科技高峰，最终成功为北京冬奥会交通运行提供保障，用智慧交通前沿科技成果助力精彩冬奥。

一代人有一代人的使命，一代人有一代人的担当。对项目组的师生来说，参与到科技冬奥专项中，为这项国家伟大事业共同努力，在专业方向寻求研究突破的同时，能够服务国家重大战略需求，是生逢百年盛世"交通人"的一大幸事，也是新时代北航人爱国奉献、担当重任的精神传承。

作者简介：

刘妍，北京冬奥会综合交通出行"一张票"关键技术项目组成员、电子信息工程学院、未来空天技术学院/高等理工学院2019级博士研究生；

杨政智，北京冬奥会综合交通出行"一张票"关键技术项目组成员、电子信息工程学院2020级博士研究生。

周绍栋：科技助奥，志愿同航

——与北京冬奥的冰雪奇缘

在北航读博的时光里，刚巧赶上了北京冬奥会。在这段永远铭记的历程里，交通科学与工程学院的博士生周绍栋以科研工作者的身份参与了冬奥科研课题，又以志愿者的角色服务于奥运赛场，实现了独一无二的双向助力，两翼齐飞！

也许是缘分使然，他与冬奥的约定如期而至。正如散文《爱》中说："于千万

■ 周绍栋在国家高山滑雪中心

年之中，时间的无涯的荒野里，没有早一步，也没有晚一步，刚巧赶上了。"从二七厂冰雪训练基地里用科技助力，与之结缘；到国家高山滑雪中心投身冬奥志愿，倾情圆梦。生活在波澜壮阔的时代，不早不晚，阳光正好，微风不燥，刚好遇见，在世界瞩目的奥林匹克盛会里，与时代同行，与国同航，留下一段冰雪奇缘的梦幻旅程。

这一份飞跃时间海的神奇缘分是他最骄傲的遇见。

奥运情怀　源自清澈的爱

从小，在周绍栋的心中就埋下了一颗热爱奥林匹克，热爱竞技体育的种子。这颗种子萌生于自身性格上的阳光，浇灌着清澈的爱，承载着运动的激情，生根萌芽，破土而出。

这一份奥林匹克的情怀源自体育赛事中对中国队那一份最纯粹的支持与热爱，是奥运会赛场上的民族自豪与骄傲。每一次比赛，他都会和家人在电视前拿着小国旗，穿上中国红的衣服，期待着中国健儿登场。比赛紧张激烈时，手心里会捏着汗。夺金时刻，即使在电视机旁也会欢呼雀跃。平时生活里，只要身边有中国队的体育比赛，就会约朋友带上一面国旗走进球场，用实际行动为

受到那份热烈、震撼与感动。

千秋伟业,风华正茂。有机会拥抱广阔的时代,见证光辉历史,是一种恰逢其时的幸运。

科技筑梦　助力训练保障

没想到的是,与北京冬奥的奇妙缘分在赛事开幕前提前开始了,那是一项导师的冬奥科研课题。

■ 参加庆祝中国共产党成立100周年"伟大征程"文艺演出服务保障工作

2021年3月的一个下午,博士导师张辉教授把周绍栋和师弟聂畅一起叫到办公室,郑重地说:"交给你们一项光荣的任务。"随后,安排他俩和柯鹏老师团队一起去短道速滑国家队的训练场馆完成一项科研课题。这是一项通过高精传感器辅助测量短道速滑冰面状态的研究课题,通过对训练场馆冰面状态的评估为场馆保障提供数据支撑,助力短道速滑国家队。

在二七厂冰雪项目训练基地的场馆里,有一面巨大的五星红旗,在那里工作令人心潮澎湃,不置身其中也许很难理解这种参与的神圣与骄傲。他们非常珍惜如此难能可贵的机会,尽可能地结合自己所学专业知识,借助前期计算、推导、实验方案设计等准备工作,在现场迅速投入了工作。为了保证测量的严谨、准确和全面,他们调整设备参数反复测量,认真记录分析实验数据,不辜负这项"光荣的任务"。正是这样的参与,让他接触冬奥,以一种特殊的方式结缘中国冰雪运动。

2021年的最后一天,作为同时活跃在冬奥科研课题和志愿服务冬奥一线的典型青年代表,他受到了央视的采访报道,并在当年最后一期《新闻联播》播出。画面一经传播,他自己的微信消息就"爆炸"了,数不清的亲人和朋友同一时间向他送来祝福。从未曾敢奢望或想象能成为这样的幸运儿,在那一刻,他心中无尽的喜悦和感恩无以言表,更深刻地感受到这

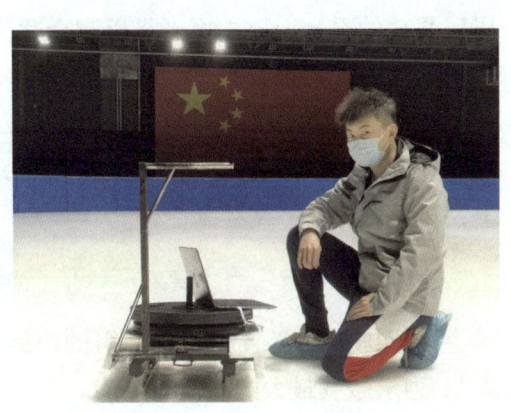
■ 周绍栋在二七基地参与冬奥科研课题

种通过科研工作为国而战、使命光荣的意义与价值。

冬奥志愿　终达心之所愿

2022年1月底，经过了数次的志愿者培训、考核、踏勘、动员和前期准备，北航的冬奥志愿者们终于到达了延庆的国家高山滑雪中心。

穿上靓丽的"天霁蓝"志愿者制服，以赛事服务志愿者的身份第一次踏进冬奥赛场。那一刻，盼望已久的热切，终于穿越七年的期待和高海拔的低温寒冷，变成一腔热血。依山而建的国家高山滑雪中心以天为景、以山为台，白雪赛道在山间勾勒，奥林匹克五环在景中矗立，巍峨的高山与纯净的白雪相映成趣，红色的奥运景观与各国国旗交相辉映，光荣与骄傲，憧憬与激情，油然而生。

■ 用镜头记录精彩

北京2022年冬奥会上，周绍栋的工作是在国家高山滑雪中心赛事服务领域运行支持岗位，承担对志愿者的宣传激励。每天经常需要拿着相机穿梭在场馆的各个角落，用镜头捕捉赛场和志愿者们服务的瞬间，把冬奥的故事一点一滴记录下来。

一天的辛苦拍摄后，回到驻地，打开储存卡整理素材，回顾一天的影像：去小海陀山的路上，大巴迎着朝阳和霞光，斑驳的光线透过车窗掠过志愿者熟睡的脸庞；彩旗簇拥的观众流线上，络绎不绝的观众迎着志愿者微笑的眼眸；层层叠叠的看台上，志愿者带着观众欢快舞动的节奏，洋溢着热烈的气氛；工作部署区，是大家时而紧张忙碌、时而轻松惬意的一幕幕场景……

赛事服务工作点位上，每一名志愿者是牢牢扎实的"螺丝钉"，勤于职守，毫不懈怠。大家都怀揣着无比炙热的心情，敬畏地坚守在平凡的服务岗位上，传递着热情、友善和光芒。

高山赛场　讲好冬奥故事

周绍栋担任赛事服务宣传组的小组长。他坚信，唯有热爱才能"赋能于人"，力求激发最大的热情与潜能。

宣传小组的伙伴们都能忠于自己内心坚定的信仰与那份宝石般璀璨的热

爱、爱己所爱、坚守内心。他们彼此保持着那一份天然单纯的情感，尽之所能，倾之所想，最大程度地发挥自己文字、摄影、短视频等方面的热情和技能特长，并付出了自己全部的心血。有一分光，发一分热。虽然宣传工作十分辛苦，常常需要加班写稿、修图和剪辑，但因为保持本真热爱，却能快乐地享受"两个奥运"全过程，累并快乐着。

在大家共同努力下，宣传组一起完成了赛事服务工作部署区的布置和装饰，组织策划特刊《志存高燕》的设计排版、文稿和编辑等，共同承担赛时的摄影摄像、视频剪辑和制作，积极对外投稿，报送新闻素材。寥寥几人撑起的报刊美观精致，行云流水，一气呵成又细节丰满。他们用文字传递"雪飞燕"的生动故事，用镜头记录了冬奥会高山滑雪比赛的台前幕后，把温馨的记忆与感怀留作永恒，也通过媒体的网络传播向全世界展示高山赛场志愿者最佳的精神面貌。

所有志愿者"战友"共同的辛勤付出和努力，成就了美轮美奂的无数瞬间。他们拍摄的镜头素材连续数日登上《新闻联播》的播出画面，这是最独特的认可与赞誉。他们剪辑制作的VLOG一次又一次被新华社、央视、冬奥组委、《北京日报》等媒体关注转载，成为团队的荣耀。赛事服务团队中20余名志愿者10多个镜头登上北京冬奥会和冬残奥会闭幕式的致敬志愿者的短片，通过电视镜头传播给全世界。赛事服务的先进志愿者典型和团队新闻报道数十次登上全国各类媒体……

正是国家高山滑雪中心所有赛事服务志愿者所传递的热情、阳光、友善和一份热爱，让高山滑雪赛事服务的团队一次又一次亮相镜头、冲上热搜，通过全国媒体的报道让高山上的冬奥故事被更多人看到，成为"冬奥会皇冠明珠上最温暖的光"。

心怀感恩　挚谢岁月与共

巍巍的高山上，小雪花悄悄地绽放。不论是漫天大雪中的暖心迎接，还是高海拔极低温下的看台服务，日月星辰，朝升夕落。小海陀山见证了志愿者在冬奥上的芬芳岁月和热血青春。

每当周绍栋走在国家高山滑雪中心的步行流线上，以观众一样的视角体验阶梯两侧志愿者"战友"的服务时，常常看到他们的脸上洋溢的微笑，挥手间浸染的真诚，寒风抵不住"钉"在点位上的坚持，大雪阻挡不了志愿者们用心传递的爱。在用相机记录身边小伙伴的同时，他也常被伙伴们感动。所有赛事服务志愿者在岗位上的真诚、阳光与温暖,时时刻刻激励着他,带给他无限前进的力量。所有"战友"的信任、支持与帮助,也让他在纯洁的冰雪里收获了最单纯、真挚的友谊。

所有人共同创造了一场精彩绝伦、无与伦比的奥运盛会。"每一个不曾起舞的日子,都是对生命的辜负",他倍加珍惜奥运里的一分一秒,与梦共舞,不负韶光。

时光如梭,岁月与共,属于冬奥会高光记忆将永远封存,新的征程正在路上。虽时光易逝,但高山有情。愿未来豪情依旧,不负初心热爱。

■ 国家高山滑雪中心热情洋溢的志愿者伙伴们

素材提供:

周绍栋,国家高山滑雪赛事服务志愿者、交通科学与工程学院2018级博士研究生。

执着坚守

❄❄❄

　　"奥林匹克运动会是运动员的盛会，也是志愿者的盛会。"全校428名志愿者以最好的状态为冬奥会、冬残奥会提供了暖心的服务，向全世界展现了北航人的精神风貌。每当问到志愿者们的冬奥经历，他们无一例外眼里闪光：有用专业知识助力场馆运行的"程序员"，有冒着风雪挺立岗位的"螺丝钉"，还有与冰墩墩"热舞"带动观众的"气氛组"……志愿者在每一个岗位上坚守，用每一个"小我"发光发热，燃烧了一片片雪花。条件艰苦犹未悔，愿为冰雪盛会奉献属于自己的青春力量！

赛事服务志愿者：
赛会的门面，最温暖的一道光

在北京航空航天大学志愿者大家庭里，赛事服务领域的志愿者人数最多。因为赛事服务志愿者的工作主要集中在比赛场馆前院，直接服务于前来观看比赛的观众，所以又被称为"赛会的门面（The Face of the Games）"。

2008年北京夏奥会，志愿者的微笑是北京最靓丽的"名片"。北京2022年冬奥会，高山滑雪项目被誉为"皇冠上的明珠"。作为"赛会门面"的赛事服务志愿者，便成为"冬奥会皇冠明珠上最温暖的光"。

来自北京航空航天大学的两位赛事经理李鹏老师、张承阳老师和40余名北航青年志愿者，在赛事服务经理曹润葛老师的带领下与北京化工大学志愿者共同组成了64人的赛事服务团队，相聚海陀山下，团结协作、倾情奉献，将最温暖人心的服务贯穿于每一处细节，用平凡而动人的坚守为北京成为"双奥之城"倾注青春力量！

■ 国家高山滑雪中心赛事服务志愿者在场馆摆出"EVS"

赛时高度可见的岗位

赛事服务（Event Service）简称EVS，主要任务是为以观众为服务对象的各利益相关方提供全方位的信息、帮助与服务，力求通过热情周到的服务，为赛事的顺利进行提供有力的支持与保障，努力创造安全有序、专业便利、友好祥和的观赛环境和赛场氛围。

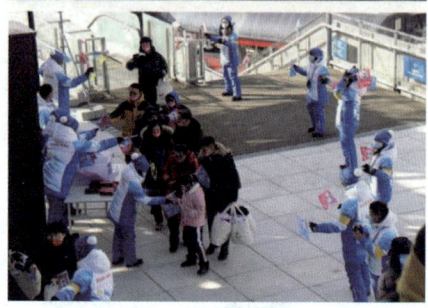

■ 岗位上迎接观众客流的志愿者

赛事服务的志愿者们分布在检票验票、观众客流管理、前院引导服务、环外公共部位前后院间通行控制、移动服务、信息与失物招领、观赛服务保障、运行支持等工作。从观众步入场馆的流线微笑迎接，到热闹欢快的场馆看台带着观众营造热烈氛围，再到信息咨询、观赛保障、运行支持等，赛事服务志愿者服务于观众的方方面面，工作点位多、服务区域广、工作时间长，事无巨细，充满挑战。作为赛会门面，每天正式上岗服务之前都会有仪容仪表的检查，大家也会互相加油打气，以高昂饱满的热情迎接远道而来的观众。

服务的主体和工作性质决定了赛事服务志愿者是一个在冬奥会赛时高度可见的志愿者团队。在历届奥运会中，EVS志愿者一般占到赛会志愿者总体的20%~25%。志愿者的举手投足、一点一滴都向所有奥林匹克大家庭的

■ 看台上志愿者带动观众一起跳热身舞

客人展示着中国青年的精神面貌。当电视转播镜头扫过观众看台时,也会把他们的形象通过一场场高山滑雪比赛传播给全世界的观众。

在比赛现场,除了当地的中国观众,时常也会有很多来自驻华使馆的外国客人前来观赛。志愿者不仅要礼貌热情,还要掌握岗位必备的技能知识和该场馆总体运行情况,更要具备较强的沟通、协调、组织、应变、抗压能力。作为奥运赛事中高度可见的志愿者,他们是北航的代言,是北京的"名片",是中国青年的代表。面对使命和责任、压力与挑战,赛服志愿者们坚守岗位、辛勤付出,出色完成各种任务,向世界展示了能力出众、蓬勃向上的中国青年形象。

有战斗力的坚实团队

赛事服务的志愿者们时刻以高标准、严要求开展各项工作,打造了一个基础坚实,有本领、有战斗力、有温度的赛事服务团队。

入选的志愿者都经历了多轮严格的笔试、面试、体测、心理测试等环节,力求选拔一批政治可靠、素质过硬的赛事服务志愿者。团队组建后,陆续组织开展了9场专场培训研讨,组织全员培训4次,重点围绕疫情防控、工作职责、服务内容、岗位分布、岗位职责、点位部署、仪容仪表、行为举止规范等多方面全方位入手开展赛事服务工作岗位培训。志愿者到岗前,还陆续组织志愿者分批次进入场馆开展2次实地踏勘,组织助残知识专题培训2次,目的是让志愿者们尽早熟悉工作环境,明确工作任务,把服务全流程每一个细节把握好、做到位,做到极致。

■ 赛事服务志愿者在场馆组织培训和例会

为了应对情况复杂多变的高山赛事，赛事服务团队在正式开赛前，在竞速结束区和竞技结束区两个区域进行了3场全要素、全流程演练和压力测试。一半志愿者扮演观众；另一半志愿者上岗服务，用最特殊、最极端的情况进行模拟演练，优化完善了4大类34项147个场景的应急事件预案，用最完备的方案进行应对，用压力测试来做好基础准备，为后面正式比赛日的志愿服务打下良好的基础。

 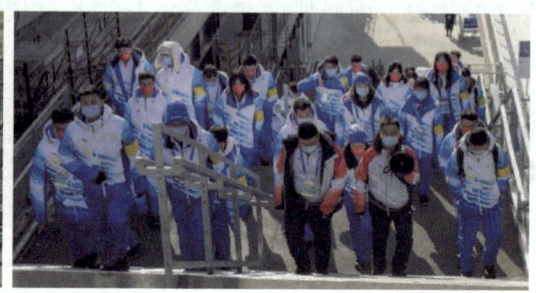

■ 赛事服务志愿者模拟演练与踏勘

为力求科学、精准、高效完成赛事服务工作，赛事服务团队编写了每日赛事服务运行时刻表，精确至分钟级，并且根据每日工作实际完成情况对下一个比赛日的计划进行动态优化调整。

从开赛第一天起，赛事服务志愿者妥善应对了比赛推迟、改期、临时加赛、一天之内三场赛事、大雪漫道等一系列特殊情况，零失误护航比赛顺利完成，使观众安全有序离场。事实证明，延庆高山场馆的赛事服务志愿者团队是一支可靠的、战斗力强的、素质过硬的队伍。

直面挑战用专业护航

海陀山地形复杂，海拔高，气温低，风力大，而赛事服务的主要工作岗位又在室外，这使得工作难度极高，工作极具挑战。

2月6日，国家高山滑雪中心开赛第一天就遇到了极端情况，观众从阪泉综合服务中心已经前往国家高山滑雪中心，比赛由于天气原因两次推迟直到最后取消。团队果断启动应急预案，做好观众服务保障工作。室外观赛天气寒冷，志愿者发挥自身特长带领观众在看台上跳起"热身操"抵御寒冷。比赛第二次推迟后，志愿者有序引导观众前往取暖区休息，团队紧急联系礼宾、赞助企业服务等业务领域为观众增加休息区域；场馆统一安排，沟通餐饮服务为观众提供应急餐包，加大热饮供给，引导观众在遵守疫情防控要求的前提下饮水就餐；调配电视，为观众播放冬奥赛事，缓解等待产生的焦虑情绪；协调场馆外观众组织方就近停入场馆群停车场，供餐供热饮，等候进一步通知。在得到比赛取消的通知后，又迅速协调交通业务领域及时调配车辆，志愿者在5分钟内全员上岗，护送观众安全地沿十层楼梯到落客区乘车离开，整个过程零失误、零拖延、全保障。

■ 志愿者积极应对服务观众过程中的各项挑战

2月7日原定有两个单元比赛，6日晚临时通知将取消的6日比赛增加到7日。一天三场比赛，竞速竞技两个结束区，观众涉及两次转场，这给赛事服务带来了巨大挑战。6日晚赛事服务团队连夜调整工作部署，将队伍分成两班次，同时在两个区域开展工作，安排志愿者随观众车辆转场并提供服务。一天三场比赛，竞技到竞速再到竞技，两个区域的来回奔波，极大程度上考验了赛事服务团队的风险应对能力，大家顶住压力，用最饱满的热情高质量完成了保障工作，得到了广大观众的一致好评。

大雪纷飞里默默坚守

2月13日，海陀山被大雪笼罩，也给赛事服务保障工作带来更大的挑战。由于大雪漫道，上山路被持续的降雪阻断，志愿者们平时四五十分钟的车程花费了近两个小时才艰难到达工作区域。

志愿者们到达后，迅速整装上阵，坚守岗位，在大雪中迎接观众的到来。雪花飞扬，团队配合清废、设施、安保、交通等相关领域迅速开展扫雪铲冰工作，清理观众流线，铺上防滑地垫，清洁看台座椅。帽子、衣服上满是雪花，志愿者们仍热情高涨，干劲不减。为保障路上的观众顺利上山，协调清废、交通业务领域密切配合，扫雪车开路保障观众进出场馆，车辆停靠上落客区等候退场。为观众提供了雨衣、彩旗、简易环保装饰墨镜等观赛物资，致力于给观众带来更好的观赛体验。

观众入场时,每一名志愿者都坚守在风雪中的岗位,在飘落的雪花中传递着热情和温暖。看台上,志愿者在雪中带着观众跳"热身操",为赛场上的运动员营造最热烈的氛围,展示出东道主的热情好客。天气寒冷,志愿者们呼出的热气透过口罩在睫毛上结了一层霜,但大家依旧热情不减,斗志昂扬。

■ 大雪中的赛事服务志愿者

期间,有一位行动不便的小女孩,志愿者第一时间提供助行服务,协助她穿好雨衣,遮挡风雪,小女孩的家人备受感动,向志愿者们不断致谢。天气寒冷,大雪漫天,但是志愿者们用热情的服务温暖着每一位观众的心,在冰天雪地里,冰雪白与志愿蓝相互掩映,形成了一道最温暖、最靓丽的风景线。

温馨赛场的幕后细节

前院客流管理客流A组的志愿者上岗前都要在志愿者之家讨论赛事日程和工作内容。为了观众流线上的广播提醒做到极致,小组在微信群里积极讨论中英双语的广播稿内容,反复讨论修改后才定稿录制,确保服务语言和动作的规范。

客流B组的志愿者依据运行计划,对比赛日当天的演练场景进行交互式讨论和推演,根据应急预案提出应急决策及现场处置方法,帮助大家掌握应急预案的职责和程序,以提升协同配合。王淇说:"在这里练就了职业本能——跟陌生人对视就想打招呼、看见镜头就想挥手、挥起手来就想说'欢迎来到国家高山滑雪中心'。就像一个勋章,承载着全部的骄傲与美好。"

运行支持小组作为"大管家",把"节约办奥"的理念牢记在心,在工作中每一项物资都要在确保够用的同时做到绝不浪费。比赛最后一天,百余箱物资消耗和库存总数分毫不差,因为工作有序,节省出了一箱箱物资,真正践行了绿色办奥、节俭办奥。

宣传小组的志愿者白天在场馆拍摄,下班后要整理素材剪辑视频。他们各自发挥自己的才能:姜海洋创作《雪花之眸》;热爱剪辑的黎丽创作了多个VLOG,被冬奥组委直接转发;王俊瀚和张欣慧用自己的相机拍摄了无数的新闻图片,记录下一个又一个精彩感人瞬间。

■ 分布在各个岗位的赛事服务志愿者

信息与失物招领组每天在信息亭手绘带有冰墩墩的比赛信息提示,细致温馨;观赛服务保障组保障了观众取暖,更暖热了人心;看台引导组用洋溢的青春带领全场舞动,当好东道主,为世界喝彩;"快乐冲浪"客流C组在赛场服务中创意无限、活泼热情、传递友爱;凝心聚力、同力协契的防疫监督组悉心守护,一丝不苟……赛场幕后所有赛事服务志愿者共同生动刻画出一个炽热真情、担当有为、闪闪发光的青年形象。

不是一个人在战斗

来自北航的赛事经理张承阳老师和李鹏老师在冬奥会和冬残奥会期间与志愿者小伙伴们始终陪伴在一起共同战斗。他们提前半年就入驻了场馆，为志愿者们之后顺利入驻提供各类保障。

国家高山滑雪中心赛事服务团队大家庭成员来自五湖四海：来自乌克兰的吉尼斯，赤道几内亚的森迪，中国香港的胡炯、台湾的叶怡君、新疆的阿里米热，还有东道主北京延庆的赵天一。来自不同国家、不同地区的志愿者朋友，奋斗在不同的工作岗位上，但都对志愿服务怀有共同的初心和信念，这些先进的典型形成了良好的示范引领作用，在团队内形成了更加热情、更加积极的工作氛围，志愿蓝在海陀山绽放出别样的风采。

赛事服务团队为志愿者准备雪镜、保温杯、工具包等保障物资；团队提前收集志愿者的照片，做成爱心相框，布置工作部署区，营造温暖、快乐的工作环境，使每一位志愿者都感受到家一般的温暖；为每一位志愿者拍摄专属定妆照并打印，让大家亲手写上祝福的话，将照片贴在白板上；大家以组为单位组织合影留念，留下了最美好的冬奥记忆；在新年、元宵节等传统佳节拍摄视频，志愿者透过视频表达自己的新年愿望、对家人的祝愿、对冬奥的祝福和对祖国的爱意，每一个镜头都是对青春最好的纪念；制作赛事服务志愿者专属刊物《志存高燕》，打造专属志愿者的"朋友圈"，大家在这里分享照片，分享心得，每日的工作感想都在《志存高燕》刊物上得到记录，每一期都是志愿者的专属回忆；为志愿者过生日，送上暖心贺卡和礼物，2月11日冬奥组委志愿

■ 赛事服务志愿者合影

者部副部长莅临检查指导赛事服务工作，为两位过生日的志愿者送上暖心祝福，使志愿者们在寒冷的冬天也能感受到如春的暖意。赛事服务团队通过一系列暖心的呵护，打造了一支有温度、有深度的志愿队伍，让青春之花在"雪飞燕"上绽放，为每一位青年志愿者留下专属的青春回忆。

青春热血成为一道光

赛事服务团队用热血青春践行了扎扎实实的服务，他们服务了比赛日19天，21场31个单元的比赛，其中冬奥会期间服务比赛日12天，11场19个单元比赛；接待观众2000余人次，其中冬奥会期间接待观众1300余人次；接待车辆80余辆次，其中冬奥会期间接待车辆60余辆次；通行控制3000余人次，其中冬奥会期间通行控制1800余人次；服务总时长1.6万余小时，其中冬奥会期间服务总时长1万余小时；攀登台阶300余万级，相当于攀登了47个珠穆朗玛峰的高度，其中冬奥会期间攀登台阶240余万级，相当于攀登了38个珠穆朗玛峰的高度。

国家高山滑雪中心赛事服务团队工作动态和志愿者典型事迹被中央电视台、《人民日报》、北京冬奥组委、《北京日报》、《北京青年报》等主流媒体报道60余次。涌现出了一批先进典型。其中志愿者徐天然与冰墩墩"斗舞"视频走红全网，被人民网、冬奥组委官网、《北京日报》等数十家主流媒体报道，全网阅读量超过4000万。

在北京冬奥会和冬残奥会闭幕式上的致敬志愿者短片中出现了高山滑雪赛

■ 登上北京2022年冬奥会与冬残奥会闭幕式致敬志愿者短片的赛事服务志愿者

事服务团队的十多个镜头，20余名赛事服务的志愿者都幸运地找到了自己在闭幕式致敬短片的画面。镜头里，他们有的在大雪里用最动人的微笑迎接观众，有的在往返奔波的大巴上迎着星辰小憩，有的在紧张忙碌的岗位上工作，有的在顺利结束一天的工作后紧紧拥抱……一幕幕动人的画面，通过闭幕式呈现给全世界的观众，展现出中国青年的卓越风采。

国家高山滑雪中心赛事服务团队圆满完成了冬奥会和冬残奥会赛事服务工作，真正体现了"奉献、友爱、互助、进步"的志愿服务精神，践行了"冬奥有我，请党放心"的铮铮誓言，志愿蓝展翅"雪飞燕"，青春梦激荡高山情，在国之大事中展青春风采，在举世瞩目的盛会里扬奥运精神，成了"冬奥会皇冠明珠上最温暖的光"！

素材提供：
国家高山滑雪中心赛事服务团队。

作者简介：
李鹏，国家高山滑雪中心赛事服务副经理、北航校团委副书记、仪器科学与光电工程学院分团委书记；

周绍栋，国家高山滑雪中心赛事服务志愿者、交通科学与工程学院2018级博士研究生；

王俊瀚，国家高山滑雪中心赛事服务志愿者、生物与医学工程学院2019级本科生。

与国同航 筑梦冬奥
——北京航空航天大学服务保障北京2022年冬奥会和冬残奥会纪实

■ 周绍栋经常走进赛场为中国队加油

中国队加油呐喊。奥林匹克的纯粹，竞技体育的热烈，朴素的民族情感，就是这份情怀的初心。

2015年7月31日，北京申奥这一天，热爱体育的他肯定不会缺席电视现场直播。巴赫先生宣布2022年冬奥会的举办城市"BEIJING"时，令人激动万分。北京，成为全球第一个"双奥之都"。

国人期待已久的冬奥终于到来，他立即在社交朋友圈里写道："BEIJING！等了好久！就在这一刻！加油，祝贺，七年后见！"那时他想，七年后，一定要去北京到现场为中国队加油，在家门口看冬奥，见证历史一刻。

从那一刻起，北京2022年冬奥会成为漫长岁月里最神圣的期待。但那时的他，无论如何也不会想到，未来他会与奥运有着一段因缘分而惊艳时光的难忘经历。

逐梦冬奥　奔赴七年之约

2019年12月，北京冬奥会赛会志愿者全球招募的活动一经启动，周绍栋便第一时间从官方渠道报名申请。埋藏在内心已久的小梦想，终于在那一刻踏上征程。

2021年3月，通过前期填报的学校专属邀请码，收到了面试通知。他清楚，这是他离奥运最接近，甚至可能是唯一的一次机会。童年时期的梦想终于有机会实现，怎可轻易错过。他早早地就开始为答辩做准备，细抠考核过程的每一个细节，三分钟的面试凝聚了他近半个月的精心打磨和反复练习。功夫不负有心人，终于突破层层选拔，成了拟录取的志愿者。

在作为储备志愿者期间，恰逢建党百年。他荣幸地以志愿者的身份参与一次神秘任务——庆祝中国共产党成立100周年"伟大征程"文艺演出的服务保障，现场见证了这场举世瞩目的庆祝大典。鸟巢里，一幕幕画卷般的史诗表演在舞台上生动演绎，成千上万的演员歌舞优雅，光与影璀璨交织，礼花在体育场上空轰鸣，交汇着亿万中国人的骄傲与祝福。只有身临其中，才能真切地感

缆车交通志愿者：风雪中的无悔坚守

执着坚守

在国家高山滑雪中心，无论是热闹的比赛日还是冷清的残奥转换期，总会有一群"小雪花"默默守护着场馆的运行。他们披星而来，戴月而归，即使睫毛结冰、脸庞冻红、手掌开裂、鼻梁勒伤、衣服打湿，也仍然用专业细致的服务和饱满的精神状态，让外国运动员感受到中国青年的热情好客和文明有礼，他们就是缆车志愿者和交通志愿者。

缆车志愿者：高山之巅的"螺丝钉"

"请您出示证件，有序排队。"

清晨4:30时，国家高山滑雪中心体育领域缆车志愿者们便从驻地前往国家高山滑雪中心，开始一天的志愿工作。核查证件、维持秩序是他们每天都要完成的重复但重要的工作。

缆车志愿者团队由16名同学组成，年级分布在本科一年级至硕士二年级，

■ 缆车志愿者上岗时的国家高山滑雪中心

共有中共党员7名，共青团员9名，他们于1月28日正式上岗服务，在近70天的闭环管理中高质量完成了赛事服务保障工作，为举办一届简约、安全、精彩的奥运盛会贡献了青春力量。

缆车是国家高山滑雪中心的交通大动脉，是前往训练场、赛场等地的必经之路。缆车志愿者们每天都会与上千名运动员、工作人员、媒体记者打交道，使用中英文双语协助解决问路、失物招领等事宜，在体感温度近零下30摄氏度的室外工作近10小时。看似小小的岗位在高山场馆运行中却起到了似螺丝钉般的关键作用。

上山下山的高峰期，缆车入口往往会排起长队。缆车志愿者们在保证运动员优先通行权的同时，向在寒风中等候的工作人员做好解释与引导工作。看着似长龙般的队伍慢慢消减，他们心中的成就感油然而生。

志愿者刘海菲说："日常的脖套、面罩、雷锋帽以及厚重的保暖服装，让自己活像一个行走的'冰墩墩'，也在一定程度上阻碍了情感的沟通。可是，每当我想到我们是高山缆车团队的门面，肩负着保卫'雪飞燕风筝线'的重任时，就尽可能在保持社交距离的前提下，用活泼可爱的肢体语言和高声的问候来传递工作热情。希望我的努力能够给每一位乘坐缆车的朋友带去一整天的好心情！"

■ 缆车志愿者在工作岗位上

在工作间隙，缆车志愿者们会与各国运动员、媒体记者交换徽章，他们很喜欢带有冰墩墩或者中国元素的款式。一枚枚小小的徽章，在一次次交换中，将奥林匹克文化传播得更远。

对冬奥的热爱，也让缆车志愿者们不断精进服务本领。他们认为，与其站在岗位单纯地查验引导，不如用热情给客人带去温暖与活力，于是便有了索道旁一句句微笑的问候。为了让外国运动员有宾至如归的感觉，他们苦练英语、法语、德语、韩语等多国日常用语，根据运动员的着装以及雪板的不同，区分他们的国籍，并不失时机地送上问候。

志愿者刘铭说："当他们听到自己国家的语言时都十分惊喜，透过口罩面屏，我看到了他们眉眼间的笑意与友善。温暖的互动，传递了礼貌和热情，也收获了理解和尊重，更让我体会到工作的价值与意义，享受到服务的美好与乐趣。"

志不求易者成，事不避难者进。这个岗位虽然辛苦，但是值得。缆车志愿者们的付出，获得了奥组委、场馆运行团队的一致的认可，他们的事迹也受到了广泛报道。

北京2022年冬残奥会闭幕式现场播放的主题短片中，出现了青年志愿者董新哲、吴嘉欣在工作中的忙碌身影。夏守月接受新华社"相约北京"冬奥开幕式24小时全球直播采访，介绍工作情况，表达对开幕式的期待。吕子良受邀与央视新闻直播连线，介绍大雪纷飞中志愿服务如何展开，受到网友的好评和感谢。夏守月、刘子涵接受新华社

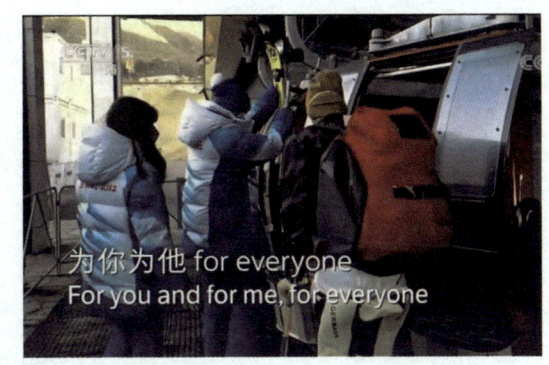

■ 缆车志愿者工作场景出现在冬残奥会闭幕式志愿者短片

"第1视点"采访分享开幕式观看感受，刘海菲、吴嘉欣接受北京卫视采访介绍工作情况，分享服务收获。吕子良参加北京学联主办的海内外青年学子共话"冬奥缘"主题活动，作为延庆赛区志愿者代表发言。此外，他们的服务事迹还被北京冬奥组委官网、学习强国平台、北京学联视频号等报道。

缆车志愿者们生动讲述了中国青年故事，让"奉献、友爱、互助、进步"的志愿精神深入人心。志愿者吕子良说："通过志愿服务，亲身参与、见证这一段历史，胜过千百次课堂的学习。我们在艰苦的岗位上全心付出、赢得赞誉，展示风采、锻炼成长，收获快乐、提升自我。我们会继续作为文化、友谊、团结的使者，牢记初心、续燃热忱，让青春在不懈奋斗中绽放绚丽之花。"

交通志愿者："迎接朝阳、送走落日"

"打蜡房已到岗""集散四已到岗""竞技三层已到岗"……每天早上和中午交接班的时间，交通志愿者的群聊里都是一句句到岗信息和一张张打卡合照。与其他领域的志愿者有所不同，交通志愿者们分散在国家高山滑雪中心的各个班车场站，距离较远，条件比较艰苦。

国家高山滑雪中心交通领域志愿者主要分为上下车引导助理和交通服务助理两个岗位，是维持场馆交通正常运转、乘车人员有序流通的重要保障。高山

交通领域共有志愿者45人,其中北航志愿者27名,包含26名上下车引导助理和1名交通服务助理,是高山交通志愿者的核心力量之一。

他们来自不同的家乡、不同的院系、不同的年级:有为祖国贡献青春力量的退役士兵、有学习与实践兼优的沈元奖章获得者、有多次服务重大活动的星级志愿者,还有擅长花滑单板的冰雪健将……"是服务冬奥的志愿精神让我们一同相遇在交通大家庭。在这里,我们拥有共同的名字:我们是冬奥志愿者!我们是交通领域志愿者!我们将携手攻坚,共享荣誉!共度冬奥和冬残奥这两个多月的志愿时光。"

■ 交通志愿者在班车场站提供服务

作为交通领域中与班车场站距离最近的志愿者,上下车引导助理需要在高山的各个班车点位服务,核查乘车人员与班车类型是否对应,并为乘坐各类班车的奥林匹克大家庭成员、运动员、OBS、媒体等工作人员和技术官员提供班车时刻查询、流线引导等服务。

"只要有班车,就有我们志愿者!"不论是赛事还是训练,只要有班车运行,就需要志愿者协助引导。

"迎接朝阳、送走落日"可以说是交通志愿者的最佳标签。交通领域的服务地点在室外,天冷风大,条件比较艰苦,且服务对象多为外籍人员,防疫压力较大。每天5:30,早班的志愿者们就开启了新一天的工作,哪怕是春节期间,他们也一直坚守在室外为前来训练的运动员和技术官员提供交通引导服务。除了服务地点在室外,服务的点位相距也较远。上下车引导助理在闭环内外共有7个工作点位,分布在整个高山场馆。

青春奉献,与国同航。每一位北航交通志愿者都怀着对服务冬奥的满腔热情,始终坚守在岗位,在海陀山上留下自己温暖的笑脸,共同描绘冬奥最靓丽的名片。

2月5日16:30临近下班时间,高山上的风越吹越烈。考虑到乘客

■ 残奥会期间交通志愿者辅助操作无障碍福祉车

安全问题，工作人员暂时停运了A线缆车。随着时间的流逝，风力有增无减，乘车处囤积了大量排队的中外涉赛人员，且人群中慢慢产生了焦躁情绪，本想乘坐缆车的人员因不愿等待也转而前往班车乘车点位。

这个时候正值交通领域志愿者换班离岗，交通组集散四层点位的志愿者也在人群中。虽然归心似箭，但见此情形，他们退出了队列来到各自的班车点位，主动承担起这一临时的交通引导任务。有不少外国媒体官员不清楚突发情况，较为焦急，他们用英文尽力安抚他们的情绪，同时联系交通领域经理协调班车数量。随着聚集人员越来越多，他们也加快步伐和语速交流安抚大家，很好地维持了现场秩序。最后，通过工作人员与志愿者的共同努力，有序安排了所有人的车辆。一个小时之内，缆车停运带来的拥堵得到了解决。交通志愿者们也乘坐18时的晚班车回到了驻地。

遇到突发状况，缆车停运，整个高山场馆的运动员、技术官员和工作人员的交通工具只剩下场馆班车。交通志愿者们始终铭记自己引导交通、服务上下车的职责，主动站出来解决问题。对于这次经历，他们没有一丝抱怨，反而都认为这次的突发事件增加了他们的经验和以后处理问题的底气。"这次突发事件中我们发现了责任的意义和付出的喜悦，我们交通组的各位同学一起留下来'加班'引导，成为高山滑雪中心集散四层最后走的一批人。"虽然长时间奔波并且饱受寒冷，但那一刻大家的焦急、负责、耐心解释、尽心交流成了我们

■ 交通志愿者与业务经理们的大合照

心中最温暖的回忆，我们知道我们可以扛起责任，成为一片燃烧的雪花，不畏严寒，奉献赤诚，用奋斗见证国家之大事。"傍晚的"雪飞燕"寒风刺骨，但他们的行动温暖了场馆的每一个人。

结语

习近平总书记曾说，实现中国梦是一场历史接力赛，当代青年要在实现民族复兴的赛道上奋勇争先。缆车志愿者和交通志愿者们有理想、敢担当、能吃苦、肯奋斗，坚守在平凡的服务岗位上，历经磨砺和洗礼，汇聚微光，温暖世界，让青春风采在冬奥盛会尽情绽放。未来，他们将作为北京冬奥精神的传承者和生动践行者，投身于各项学习科研工作，到新时代新天地中去施展抱负、建功立业，争当伟大理想的追梦人，争做伟大事业的生力军，让青春在祖国和人民最需要的地方绽放绚丽之花！

作者简介：

吕子良，国家高山滑雪中心体育领域缆车引导志愿者、自动化科学与电气工程学院2018级本科生；

朱兆鹏，国家高山滑雪中心交通领域上下车引导志愿者、机械工程及自动化学院2019级本科生。

阪泉综合服务中心志愿者：
离赛事最远，离观众最近

阪泉闭环内的工作不似闭环外一样机动灵活。在这里需要配合整个赛区闭环的正常运行和监管，每个人都需要顶住场馆运行带来的一切风险和挑战。本篇将讲述阪泉闭环内最坚强团结的志愿者队伍——交通领域志愿者。

初来乍到　敢于开拓　勇于创新

1月27日，交通领域闭环内志愿者们初次抵达阪泉综合服务中心闭环内工作区。初晨5时的稀星笼罩着这片荒芜且单调的交通场站，志愿者们并未意识到他们将投身于怎样的工作。直到7时多，忙碌的领域经理王警官抱着四五个手台走进志愿者休息室来问候大家。

"总的来说就是把人送进安检，把安检过的人送上班车。"这么一句极简的工作安排属实是让志愿者们犯了难。但是这个延庆赛区的远端安检站、交通换乘站——阪泉闭环内也才在当日启用，许多信息就连经理也知之甚少。什么人要过安检？去"高山"、"车橇"、高铁站坐哪趟班车？中间哪站下车？有很多外籍乘客，英语并不流利怎么办？都成了在初次上岗服务中困住了志愿者们的难题。

当晚组长安康决定针对这些直接关系到我们工作重点的问题在组内展开大讨论，共同寻求解决方案。最终形成一套初步工作方案：

1. 专人专岗，边工作边探究岗位工作的细节和各式情况处理办法；

2. 与人方便，整理冬奥通APP本赛区每日车次信息，并制作双语时刻表张贴在站牌处；

3. 团结队伍，既要做好同事，也要做好朋友——集体讨论工作中遇到的问题，商议解决办法。日常生活互相关心帮助。

本着这样的原则，交通领域志愿者队伍在短短三天内彻底梳理清晰了所有工作细节，不仅制作了处置不同情况下的处置方案逻辑流程图——用高效的工

执着坚守

■ 志愿者张文良正在为旅客查询当日车次信息

作为团队争取到了充足的轮休机会，还检查出了交通站牌上的错误并汇报经理。团队氛围十分融洽，虽然短短相识几日，但一同度过了欢快的除夕夜，与亲人异地分隔的情绪也被热烈的友谊冲散。整个团队以极佳的精神状态投身于服务工作，直到2月4日冬奥会开幕式当天。

迎接挑战　无人退缩　坚守岗位

在冬奥会开幕式当日，据消息大批媒体从业者下午前往北京赛区报道开幕式现场，并将在凌晨1~3时间返回阪泉场站换乘班车。作为交通服务保障工作"桥头堡"的志愿者们意识到：我们晚班小组将在23时下班返回驻地，如此结束疲惫的一天是我们最熟悉的节奏。但这样将无法保障这些媒体从业者，能够正确有序登上前往各自酒店的换乘班车。如果有的人上错了车，或者错过了班车，尤其是语言交流不便的外籍人士，将不得不在延庆寒冷的深夜受冻，直到第二天早晨的班车发出。因此，在领域经理的指引和志愿者领域的批准下，交通领域志愿者组织起9人的党员团员先锋队，向阪泉综合服务中心志愿者领域递交了留岗申请书——我们本职工作结束后，主动坚持留守岗位至凌晨3时，以保障该时段内落客阪泉的各位乘客正确换乘班车。

当夜，寒风凛冽，为了避免不必要的冻伤，一小时的轮换岗调整为半小时轮换；女生全部进入办公室负责电台值守和机动派遣。跨赛区班车从凌晨1时开始陆续到达阪泉场站，虽然隔着结霜的面屏和眼镜，但志愿者们看到了乘客们在下车后见到志愿者时不由自主地欣喜，甚至在候车时主动和志愿者们分享起这次开幕式美妙绝伦的表演。对于情况不

■ 拍摄于当日返程通勤车上

太好的乘客，我们主动提供"暖宝宝"帮助御寒。直到将所有乘客送上返程的班车，志愿者们才从岗位撤下，收拾东西准备返回驻地。

学会包容　广结益友　共创未来

当经过一段组织与磨合期后，阪泉交通领域闭环内志愿者团队进入平稳运行期——各点位各岗位时时有人在、事事有人做；没有无谓的人员冗余和闲散聚集，有的是规律的轮休和融洽欢乐的氛围。此际，我们迎来了阪泉的"过路客"——NOC助理志愿者。他们是各国代表团的随队志愿者，当代表团离开机场，进入延庆赛区，首抵阪泉接受安检时，NOC助理志愿者需要前来接应，随车共赴冬奥村。

但现实情况是，阪泉场站的闭环内只有两栋拥挤的小办公建筑——没有预先为NOC助理志愿者们规划休息区域，甚至有人曾在安检棚前站立等候了两个多小时才随队返村。为了帮助这些志愿者的伙伴们，发扬共创未来的北京冬奥精神，交通领域志愿者决定完善自己的休息室建设，将它彻底改造为小"志愿者之家"，欢迎路过的志愿者们前来休息娱乐。

■ 精心装饰改造过的"志愿者之家"

其实，"志愿者之家"的概念起于志愿者领域；但阪泉综合服务中心的志愿者领域设置在闭环外，环内人员力量最充足的交通领域便担起了这份"额外的职责"。从冬奥开赛到冬奥会正式闭幕，许多代表团的随队志愿者造访过我们的"志愿者之家"。在受到热情而周到的欢迎后，逐渐在NOC助理团队内达成了一种共识——"到阪泉，先找志愿者之家。"

甚至更令人惊喜的是，组长安康在冬奥结束后参加北京冬奥会表彰大会时，偶遇了北京体育大学的一位曾经造访过阪泉的NOC助理志愿者。两人共同回忆了在阪泉的趣闻，并表示有机会大家一定再相聚一次。

■ 阪泉志愿者（左）与 NOC 助理志愿者（右）

责任在肩　使命当先　舍己为公

在冬奥闭幕式和冬残奥开幕式的两个时间节点，阪泉闭环内的志愿者们获得了充分的现场观看名额。但是，当日下午涉及本赛区多个场馆、大批人员的跨赛区流动，交通服务的组织与保障工作迎来了难度的最高峰。且更意外的现实情况是，由于班车全部被借调用于跨赛区运输，首都安全管控，跨赛区高铁停运。当日下午，一切的跨赛区服务都将停止。彼时，有跨赛区需求的乘客都将不得不等候次日凌晨的第一班车。

志愿者组长安康突然意识到，如果他们志愿者全部前往鸟巢，场馆仅余的P类和C类工作者甚至无法和外籍人士顺利交流，更何谈帮忙解决他们的交通服务需求了。因此，深思熟虑后，他决定放弃现场观看名额，留守在场馆，以保障任何错过跨赛区班车的乘客。

闭幕式的下午，伙伴们已然登车准备前往国家体育场。他手持对讲、配合

■ 阪泉闭环内全体志愿者

经理指挥司机在安检棚前有序落客，避免安检通道人员拥挤。疏导工作结束，目送载着亲爱的志愿者伙伴们的班车离开场站后，便匆匆回到班车场站，继续日常班车换乘引导工作。

深夜，最后一辆班车驶离场站。"今日安检前疏导和班车场站工作顺利完成，暂未发现任何工作问题。明日风大，盯紧站牌以免吹倒。"写完每日工作总结，他也乘车返回了驻地。看着伙伴们在鸟巢拍下的一张张合照，欣喜于领域工作没有缺漏、伙伴们也收获了绝佳的现场体验，这对他而言已经是最大的满足。

阪泉综合服务中心的闭环内，就是在这样日复一日的勤勉服务中，保障了每一位路过的观众/乘客。虽然他们不直接服务于赛事本身，但观众和乘客便是他们的全部。服务好、保障好场馆的闭环运行，阪泉的每一片"小雪花"都闪烁着耀眼的光芒。

作者简介：
安康，阪泉交通环内志愿者、交通学院2019级本科生。

场馆通信中心志愿者：
助力"雪飞燕""最强大脑"高效运转

场馆通信中心是整个场馆运行的信息流转中枢，直接服务于场馆指挥室核心大脑，为场馆运行团队提供赛时的信息服务和最直接且便捷有效的通讯支持，同时保持与主调度中心的联络沟通，保证信息的上传与下达。

冬奥、冬残奥期间，国家高山滑雪中心场馆通信中心14名志愿者共上岗42天，累计服务5000余小时。他们以饱满的热情、专业的服务助力"雪飞燕""最强大脑"高效运转。

监听记录协调，做好"隐形守护"

"VCC收到，完毕。"时钟刚过12时，闫晓莉的午饭第三次被打断。松开按键，放下话筒，紧接着开始飞快地敲击键盘起来。在10分钟内，她接连记录了观众车辆的当前位置、医疗站运行情况，还整理好了重要事件的全流程时间线报告。而这并不是她第一次忙成这样，"进入赛时，这其实是常有的事。这就是我们场馆通信中心（VCC）志愿者的日常"。

7个小时前，14名肩负同样职责的VCC志愿者就已起床，向黑夜中的场馆进发。消毒、开机、拿起话筒，全领域早点名开始。在一声声的"VCC呼叫"和一句句的"运行准备就绪"中，远山的晨曦悄然破晓，沉睡的场馆开始醒来。

无论是否比赛，千百个独立而互相关联的工作都在有序进行。VCC志愿者们的工作，就是监听应答各组通话，将这些或大或小的消息如实记录、整理，并将必要的消息及时告知整个场馆。这项工作有多重要？运动员从山顶出发后，如果不及时通报，山下就有可能出现危险。搭载观众的车辆到哪里了？如果消息传得不准，服务观众的领域就会受到影响。

2月7日，三位贵宾同时前往国家高山滑雪中心。在场馆通信中心，志愿者们的工作顿时忙碌了起来。车队过延庆界、进小海陀山、到休息室，均被志愿者们详细记录，再通过组呼的方式传递给整个场馆，协调赛事服务、礼宾、交通、安保等业务领域准备接洽。与此同时，每一个时间节点、事件细节，都详细地记在每天的重要事件记录里，在必要时随时进行复盘。

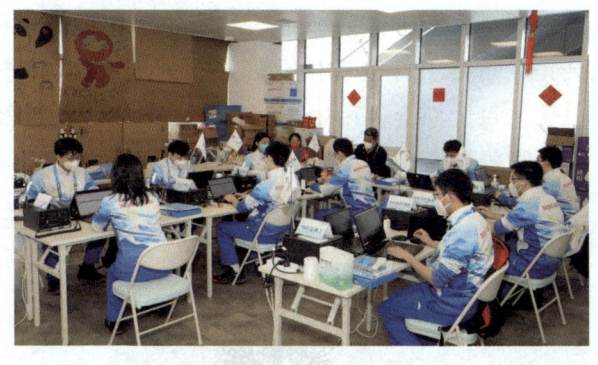
■ 场馆通信中心志愿者在工作中（摄影：段学锋）

VCC精益求精的努力让复杂的信息流安然有序，也是整个场馆运行团队配合的有力保证。"谁找了谁？谁知道什么？谁还不知道？我们就像开了'全局视角'一样，俯瞰着整个场馆"，刘靖雨说。

2月19日9时，距离比赛计划开始时间还有不到30分钟，由于风力骤增缆车暂停了运行。"VCC，有12人滞留竞速需转场竞技，请协调交通"，反兴奋剂领域向VCC发出了请求。作为信息流转中枢，协调各业务领域的请求也是VCC的重要职责之一。在和交通领域协调确定转场方案后，刘谕笑眉第一时间向各领域通报："请有转场需求的人员到集散四层乘坐摆渡车。"随着风力持续较强，当日比赛推迟。用餐方案更改、班车运行变化等一系列后续调整都经由VCC转达到各个领域。

VCC的志愿者们时刻守在集群设备前，尽管远离赛场，但通过电台保障场馆有序运行。这是一支"只闻其声，不见其人"的队伍，虽然没有实质性的交付物出现，但是给大家提供了一个强大的信息后盾。虽然神秘，但不可或缺，在岗位上做好场馆的"隐形守护者"。

专业融入热爱，助力"最强大脑"

VCC志愿者张瑞哲除了每日的日常监听记录和信息播报外，还负责统计整理每日的通话记录。

当日通话数据统计对VCC来说非常重要，例如VCC向全体通告的信息能体现出场馆运行过程中的重要时间节点和决策，各领域向VCC汇报的关键信息能反映出不同领域的运行状况，VCC汇总的与医疗、竞赛等领域相关的重要事件简报能提取出今日工作的典型事件。对当日所有的通话记录进行分析统计，能立体地刻画出场馆运行状态，也便于场馆复盘今日运行出现的问题。

但是，VCC作为一个信息集中和传递的枢纽，繁忙时的记录量能达到700余条，重要事件近10件。如果在多个Excel中进行人工筛选比对，最后再汇总总数，每天都会占用半小时左右的时间，并且经常出现誊写失误导致的时间浪费，准确性有所欠缺。

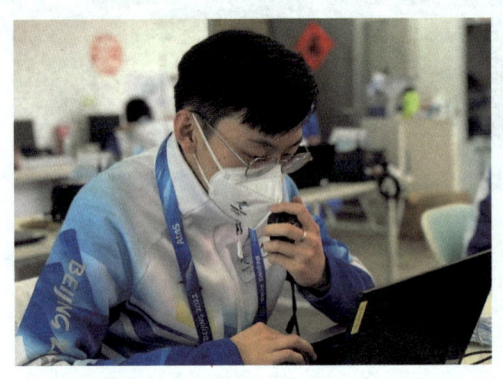
■ 张瑞哲在组呼信息

张瑞哲是来自计算机学院的一名本科生。他利用在学校里学习的各种知识，趁休班时封装了一份数据处理脚本，可以直接从通话记录单中整理出当天的通话统计数据，包括当天的有效数据、VCC的通告量、VCC参与协调的信息量、各领域汇报的关键节点量、重要事件信息占比等数据；同时还能自动生成图表和文字简报，可以直接上报。

这份脚本的加入让每日汇总整理数据的时间缩短到了5分钟，大大提高了VCC的工作效率，同时提高了统计数据的实时性，场馆主任层和延庆场馆群可以实时获得准确、详细、全面的数据统计信息。

北京2022年冬奥会和冬残奥会期间，张瑞哲共统计分析了7000余条通话数据，生成简报35份，事迹被央视新闻、《北京青年报》等媒体报道。"我觉得虽然我的脚本技术含量比不上其他专业的科技团队，但这也是万千志愿者力量中的一朵小雪花，无数燃烧的雪花一起助力科技冬奥，构建冰雪盛会。"

积累巩固经验，筑牢"坚实屏障"

■ 江浩林、解天一和两位经理

江浩林和解天一在2021年2月"相约北京"系列冬季体育赛事延庆赛区测试活动中就已经参与过VCC的工作，充分熟悉了岗位工作内容和具体要求，对岗位服务进行充分测试，积累丰富经验。同时策划拍摄了岗位培训视频，产出丰厚成果，为正赛的服务打下良好基础。

在冬奥和冬残奥的志愿服务中他们担任场馆管理领域组长,落实学校及场馆各项通知和要求,协助经理完成培训,确定各项重点工作任务的分工和排班。用最快的速度带领志愿者们熟悉岗位工作,进入赛时状态。与志愿者领域和延庆场馆群VCC对接,总结整理报送各类材料,同时完成好志愿者的管理工作。

在VCC负责的通话组中,运行和竞赛管理是两个最核心最繁忙的频道,因此也经常交由他们两人负责。

江浩林主要负责运行频道,最高一次单日记录了130余条有效信息,保障贵宾、观众、转场等各类客户群和重要事件的信息支持。他还负责联络场馆群和主调度中心,竞赛、医疗等重要事件及时上报。当有同学需要暂时离开岗位时,他通过备用设备协助完成监听记录任务,因此也经常同时负责多个频道。多次根据经理安排执行副经理的岗位职责,统筹办公室全部工作,解决各领域的协调需求,整理汇报重要事件。

在重要竞赛日或者预计通话量较大的日期,解天一通常会担起监听记录竞赛管理频道的重任,准确、及时传达了每一次竞赛日程变更等重要事件的信息,对频道里几个业务领域工作人员的声音、手台编号以及一些赛道上的术语

■ 场馆通信中心团队(摄影:段学锋)

了然于心。此外，他还负责志愿者健康监测、办公室防疫消杀、宣传材料报送等任务，全方位服务志愿者。

岗位服务中，他们充分发挥经验优势，保障场馆通信中心时刻高效运行。每当非比赛日人员大规模轮休时，他们也主动上岗值守，保障通信中心日常工作，筑牢坚实屏障。岗位服务外，他们做好志愿者后勤保障，协调各项问题，把VCC志愿者团队建设成了一支团结向上、敢打敢拼、勇于创新的志愿者队伍。

结语

音传文递助冬梦，虎迎燕飞锦航程。这就是场馆通信中心志愿者，众多领域中的普通一岗。即使整日坐在办公室里，VCC从来不是一座孤岛。在电波里，每个人都能感受到万千怀着同样的信念的劳动者围绕在自己的身旁，为着同一个护航冬奥的目标共同努力。正如场馆主任所讲，这将是他们一辈子的荣耀。

作者简介：

江浩林，国家高山滑雪中心场馆通信中心志愿者、网络空间安全学院2019级本科生；

张瑞哲，国家高山滑雪中心场馆通信中心志愿者、计算机学院2019级本科生；

刘靖雨，国家高山滑雪中心场馆通信中心志愿者、生物与医学工程学院2018级本科生。

延庆场馆群指挥中心通信中心志愿者：
记录每一份不平凡的坚守

在延庆场馆群指挥中心（简称：群指）一共有14名志愿者，他们在这里担任场馆通信中心助理，是所有场馆中北航志愿者率唯一达到100%的志愿者团体。群指位于国家高山滑雪中心、雪车雪橇中心、冬奥村等领域中间的核心位置，远离赛场、运动员和观众，因此延庆场馆群通信中心团队是一支"只闻其声，不见其人"的队伍。

在这里的北航青年志愿者们，团结协作、日复一日坚守着，不忘初心，用最饱满的热情，协助群指进行通讯方面的工作，为整个延庆场馆群的运转默默提供支持。他们的工作，保障了延庆赛区场馆群的高效运转，更是记载了每一份不平凡的坚守。

■ 延庆场馆群指挥中心团队

幕后的守护者

场馆通信中心（Venue Communications Centre）简称VCC，主要任务是为场馆团队成员和领导层提供一些信息服务以及集群支持，同时也会保持和调度中心与外围团队的联络，保证信息的横向传达和上下的沟通。而延庆场馆群指挥中心与交通、安保、后勤、人员管理等所有的业务领域进行对接，VCC作为场馆群的通信中心，是整个场馆运行的信息流转中枢，是整个延庆场馆群的"大脑"。

■ 延庆场馆群指挥中心现场

群指作为冬奥会的幕后场馆，并不像"雪飞燕"与"雪游龙"那样婀娜多姿，也不像冬奥村那样群英荟萃；它的灯火没有冬奥村明亮，它的客流也没有阪泉综合服务中心密集。它不举办比赛、不接待观众；它隐居于"雪游龙"下，不能面对媒体的聚光灯；它埋名在冬奥村旁，不能领略运动员的风采。

由于工作场馆及岗位的特殊性，通信中心的北航青年志愿者们的工作需要每天全天候在岗，时刻掌握延庆赛区所有场馆的动向、跟进所有赛事的进程。监听整个延庆场馆群的通话并做好记录，在各个业务领域之间形成联系，帮助各个业务领域做好对接工作。群指的志愿者们在幕后保障信息及时高效流转，保障各项进程的正常进行。

伴着高山起床，陪着车橇睡觉

场馆群通信中心相当于延庆赛区各场馆的大管家，除了提供信息给需要的团队外，通信中心还会广播公共信息，包括下雪、大雾、道路结冰，无障碍观众观赛、班车晚点等。因此，群指的VCC志愿者们需要对公共信息、比赛信息、餐饮提供、班车情况、天气、交通、雪道清雪、运动员有无受伤等各领域信息进行监听、协调和记录。"眼观六路知全貌，耳听八方揽大局"是场馆群通信中心志愿者们工作的写照。

由于大管家的身份，无论是否有比赛，各个部门的工作都需要通信中心的帮助有序地运转，群指场馆通信中心助理团队的志愿者们服务比赛日27天、非比赛日19天，共46天。其中冬奥会期间服务比赛日17天、冬残奥会服务比赛日10天。他们保障了整个延庆赛区3个大项（雪车、雪橇和高山滑雪）、4个分项（雪车、钢架雪车、雪橇和高山滑雪）、21个小项比赛的正常进行。服务总时长4000余小时，其中赛时服务总时长2700余小时，非赛时总时长2500余小时。攀爬山路近2500公里，相当于绕故宫走730圈。

  志愿者们每天7:40前到达指挥中心，开始一天的早点名，"场馆群VCC开始早点名"，而赛时国家雪车雪橇中心的晚上一直有比赛，经常会到23时。因此志愿者们每日需要伴着高山起床、陪着车橇睡觉，14名志愿者分成了两班，每班7人，每天有一小时进行交接班，早班的志愿者把未处理的信息、遇到的情况做一个交接，晚班的同学就会根据交接内容来继续完善这些事情。

  日复一日、披星戴月，志愿者们默默坚守着。志愿者吴私说："无论多苦多累，我们都会时刻牢记自己是冬奥青年先锋队，是肩负着重大任务的志愿者。"群指的志愿者们不怕苦、敢吃苦，让青春之花在小海陀山上绽放生姿。

■ 延庆场馆群指挥中心志愿者在上下班路上

■ 志愿者与经理合影

勠力同心，众擎易举

"一刻也不能停，一步也不能错，一天也误不起"，这个标语就在指挥中心的墙上，也是对群指的VCC志愿者们的鞭策，每一次回复，每一次记录，每一次组呼都需要志愿者们全神贯注认真对待。看似都是一些"鸡毛蒜皮"的小事，但是正是这些信息的高效流转，正是各个部门的一件件小事，保障了比赛的正常进行，这背后是群指通信中心团队无数的努力。志愿者们是工作中的主力，他们的工作面临着各种各样的困难与挑战，但是却也充满了温暖与感动，因为并不是一个人在战斗。

群指通信中心的韦延经理、曹希烨副经理、李仙培和陈思泉两位主管全天在岗，和志愿者们一起战斗，也为志愿者们准备了丰富的物资和精彩的活动。群指的各位工作人员和领导也对志愿者小伙伴们时刻关怀，并兢兢业业、以身作则，完成好每日的工作。

延庆场馆群VCC志愿者只有14人，来自北航12个不同的学院，从大二到博四。他们因为同一个梦想相聚在这里，都是为了北京冬奥会顺利举行，一起奋战的"战友"和伙伴同心同向、共同努力，都为了给世界奉献一届"简约、安全、精彩"的奥运盛会。

群指的VCC志愿者的工作不能马虎，也容不得马虎，志愿者们必须认真对待每一条自己记录、发出的信息，对所有人负责。志愿者周金林说："大到运动员受伤调度直升机救援，小到每天的人员到岗情况、比赛和训练的起止时间，各种信息的传递使我感觉到岗位的关键性和重要性，也要求我们在工作期间要时刻保持专注。"

■ 志愿者通信使用的手台

他们每个人需要分管好几个手台，有些时候这些手台会一起响，很多信息是航班号、车牌号这类不能出错的信息，但是可能完全听不清楚。这种情况下需要志愿者分清楚这些信息分别来自哪个场馆哪个业务领域的事，然后按照轻重缓急程度给这些信息的优先级排一个序，然后分别处理清楚，必要的情况下及时报送领导。生活中琐事的烦恼，志愿者小伙伴们相互排忧解难；工作上的难题，更是少不了大家同心协力、共同解决。大家都认识到：勠力同心，众擎易举！

记录着每一份不平凡的守护

2月13日，一场不寻常的大雪笼罩了小海陀山，延庆赛区的所有道路上都穿上了银色的大衣。但是这看似美丽的冰雪，却隐藏着巨大的隐患。志愿者们早上打开群指的通信监听记录单时，发现了一份来自深夜零点的对话。

■ 志愿者在扫雪

场馆与场馆之间、场馆与冬奥村之间的联络线几乎都是有坡度的，本来就不好走，大雪天气，积雪凝结成冰，势必会更影响到行车速度，甚至威胁到行车安全。为了尽可能减小恶劣天气对赛程的影响，群指深夜零点立即向清废领域下达了指令：立刻开始融雪剂播撒工作，保证道路畅通。结果就是，当志愿者们清晨来到赛区后，只看见了道路上的融雪剂与车辙的痕迹，残存的积雪也正在慢慢被"消化"。在所有场馆关闭、冬奥村进入沉睡的时候，还有一些团队在运转、在为冬奥守护。但是大雪在不停地下，群指的VCC志愿者除了留一部分人员坚守岗位，其他的志愿者热情高涨，帮助国家雪车雪橇中心的人员扫雪开路。制服上的"BEIJING 2022"并不只是装饰和点缀，更是祖国和人民托付给志愿者们的一份责任。天气虽然冰冷，但是志愿者们的心是火热的；手脚虽然冻到红肿，但是大家都在为了守护好冬奥这一场盛事努力。

群指通信中心团队，他们为场馆团队和决策层提供即时的信息服务和最直接、便捷、有效的集群通信支持；同时保持与调度中心和外围团队的联络沟通，保证信息的上传下达。场馆、赛事服务、清废、设施、安保、交通、后勤等各个领域的通话志愿者们都需要监听记录，志愿者们每一条记录的信息，虽然琐碎，但是这都保存了幕后工作者们守护过冬奥、服务过冬奥的证据。志愿者们的每一条记录，都是一份不平凡的守护。

在冬奥会及冬残奥会期间，志愿者们总计记录近2000条信息，形成了包括监听记录单等的20余万字文字材料和约5000张照片，并协助进行了总结、分类、归档工作，工作成果得到了场馆领导、经理、主管的多层认可和广泛肯定。志愿者李春怡说："感觉我们每个人都像一个小小的螺丝钉，所有人相互配合、认真地在自己的岗位上做好自己的工作，共同保障了这样一场盛大的冬奥盛会。"志愿者们和每一个北京冬奥会、冬残奥会的参与者，在世界沸腾的时间里，默默地为这场冰雪上的盛宴保驾护航！

五星红旗的荣耀

2022年2月11日晚，中国运动员闫文港在男子钢架雪车比赛中摘得铜牌，这是整个冬奥期间五星红旗唯一一次在延庆赛区的颁奖仪式高高飘扬，也是中国钢架雪车项目在奥运会上奖牌零的突破。出成绩的那一刻，每一位在指挥中心的工作人员都洋溢着幸福的笑容。虽然在做幕后工作，不能亲身到一墙之隔的国家雪车雪橇中心目睹这枚铜牌的诞生，但是每一位志愿者都在自己的岗位上保障着每一场比赛的顺利进行，都是亲历者和见证者。

延庆赛区虽然并没有产生特别多的奖牌，但是作为在延庆赛区的志愿者，我们依然在大屏幕上、在手台中、在文档里为中国运动员的每一次滑行、每一次跳跃、每一次完成比赛欢欣鼓舞。正是由于他们的顽强拼搏，中国的冰雪运动才能实现由弱到强，未来的国际赛场上飘扬的五星红旗一定会越来越多。"雪飞燕"和"雪游龙"的赛道是运动员的战场，那么对志愿者来说，使用的手台和记录的文档就是我们的战场。运动员在他们的战场上创造了奇迹，那么我们也在我们的战场上作出不平凡的贡献。

怀揣热忱，做好冬奥文化的传播者

场馆通信中心助理志愿者中有宣传技能的小伙伴积极记录服务期间岗位和日常精彩瞬间，共拍摄9个VLOG。其中李晨曦同学制作的"走进延庆场馆群通信中心之志愿者群体"VLOG获《北京日报》《北京青年报》等主流媒体报道，"离别"VLOG获《北京日报》等主流媒体报道。北京冬奥组委官网、文明延庆、北京延庆、九派新闻等媒体也分别对延庆场馆群通信中心进行了报道。

此外，志愿者们积极记录工作精彩瞬间，顾爽同学的文章《持盈久成　底气升腾——记我在延庆场馆群指挥中心作通信助理的日子》在3月11日《延庆

文艺副刊

2022年3月11日

冬奥村絮语

散文　张恕

持盈久成　底气升腾
——记我在延庆场馆群指挥中心作通信助理的日子

随笔　颢奂

献礼北京2022年冬奥会"阅读《妫川文集》读后感"征文大赛启事

■ 3月11日在《延庆报》刊发的文章《持盈久成　底气升腾——记我在延庆场馆群指挥中心做通信助理的日子》

报》刊发。志愿者李港、周金林在北航和中国农大学生党支部联合开展主题党日活动中，结合冬奥会志愿工作经历，分享了自己的心得与感悟，为大家分享了在志愿工作中的感人的瞬间和难忘的故事，获得北京航空航天大学新闻网、中国农业大学新闻网报道。

结语

冬奥梦和中国梦精彩交织，这份荣光属于每一个中国人。延庆场馆群通信中心的每个志愿者圆满完成了各项工作，他们都是奉献、友爱、互助、进步的践行者，是奥林匹克精神的传播者。大家会永远记得这个有奥林匹克的冬天。未来，志愿者们将继续怀揣热忱，在平凡的生活、学习、科研、工作中全力以赴，创造不平凡的精彩人生。他们将不忘初心、重任在肩，继续做好冬奥文化、中国文化的传播者；心系祖国，志存高远，脚踏实地，为祖国和人民贡献青春和力量！

作者简介：

刘天天，延庆场馆群指挥中心通信中心志愿者、交通科学与工程学院2021级硕士生；

李港，延庆场馆群指挥中心通信中心志愿者、交通科学与工程学院及未来空天技术学院/高等理工学院2018级博士研究生；

李晨曦，延庆场馆群指挥中心通信中心志愿者、外国语学院2019级本科生。

公共卫生志愿者：
闭环办奥下的公共卫生答卷

志愿者的微笑是北京最好的名片，尽管隔着一方口罩，看不清彼此的样貌，但你澄净的眼神依然传递着冬日的光芒和青春的热度。

——致冬奥时的我们

顺利举办即成功

北京冬奥会是我国在重要历史节点举办的一场标志性盛会。自2015年申办冬奥成功以来，各条战线上的奉献者以"一刻也不能停，一步也不能错，一天也误不起"的状态蹄疾步稳地进行场馆交通建设、文化产业创新、冰雪科技攻关、大众体育推广，我们看见一座座巧夺天工的场馆拔地而起、京张高铁快速联通、全民冰雪热情一浪高过一浪。

2020年初突如其来的新冠肺炎疫情让各国间交流顿时减速停滞，给各行各业造成了不小的冲击，也给北京冬奥会的筹办增加了一些不确定因素。

"坚定信心，同舟共济，科学防治，精准施策"，坚持"动态清零"总方针，党中央的决策指示精神给全国应对疫情考验注入了强大信心。特别是在冬奥会开幕前夕，习近平总书记第五次实地考察了解北京2022年冬奥会、冬残奥会筹办备赛工作情况并指出："顺利举办即成功，就是实实在在把奥运会办好，而且真正体现出我们讲的绿色、安全、简约，就是精彩的，就是成功的。"

大国之诺，重于千钧，冰雪之约，共创未来。北京冬奥会和冬残奥会是新冠疫情发生以来首个如期举办的国际综合性体育盛会，让北京成为首座"双奥之城"，也为全球抗疫和举办国际重大活动提供了有益经验。

疫情应对的金牌

习近平总书记在北京冬奥会和冬残奥会总结表彰大会上指出，广大医疗防疫人员筑起牢不可破的安全屏障，守护了参赛各方健康。有外国运动员表示："如果疫情应对也有金牌，中国应该得到一枚。"

作为公共卫生助理，梁晨迪、彭光圣、邹锐阳、吴洸宇四位志愿者为以自己的实际行动为这枚宝贵的金牌增添了光彩而感到自豪。

闭环办奥，守护安全

为了保证赛会安全顺利进行，国际奥委会、国际残奥委会和北京冬奥组委共同编定了《北京2022年冬奥会和冬残奥会防疫手册》，对各国家地区运动员、随队官员入境参赛，对国际奥委会、国际残奥委会、国际单项体育联合会、境外媒体记者等利益相关方入境工作做了详细的规定，将以上人员以及与他们接触的人员都限定在一个闭环内，最大限度减少人员流线交叉和活动聚集。连小萨马兰奇都表示，北京冬奥会的防疫措施安全、有效，其闭环内可能是"世界上最安全的地方"。

公共卫生，防患未然

公共卫生助理岗位的四个小伙伴来自生物医学、化学等专业，在工作中他们发挥所长，帮助筑牢安全防疫的第一道防线，也对公共卫生事业的专业性、普惠性、重要性有了更加深刻的认识。

当人员发生伤病时，需要找临床医生诊疗，而日常生活中有关健康的方方面面大都属于公共卫生的管理范围。公共卫生需要应对可能给人体带来疾病的种种威胁，包括防止食品、空气、水源等受到污染。特别是新冠肺炎病毒暴发以来，以病原体阻隔与消杀为主的防疫工作成了重中之重。作为一名公共卫生工作者，系统地了解防护口罩、手套与防护服的穿脱流程，学习规范的洗手方法，懂得如何对受病原体侵染的地方进行有效合理的消毒都是工作的一部分。公共卫生事业的目的就是以最小的代价不影响生产，同时保证疫情防控高效高质。医生救了一个个病患伤员，而公共卫生则通过预防疾病，帮助了千千万万可能受到疫情和卫生污染威胁的普通人。

防疫培训，全员必修

戴口罩、勤洗手、保持安全社交距离，这是每名场馆人员必须时刻遵守的防疫规定，每个人都是自身健康的第一责任人。

公共卫生助理志愿者们初到岗位的第一课就是做好个人防护，从戴口罩、洗手法、佩戴隔离面屏到在场馆的特别注意事项，每一项内容都包含着许多细节要点。在保护他人的同时首先要保护自己,公共卫生志愿者要做安全防疫上的示范和表率。

在到岗的最初几天里,四个小伙伴随经理老师前往反兴奋剂、缆车引导等业务领域开展培训,陆续做到了各领域全员覆盖。来自生物医学与工程学院的邹锐阳同学还走上讲台,用工科和医学的专业背景,生动细致地解释个人防护的原理与意义,课程深受工作人员和志愿者的好评。有一位缆车引导助理志愿者就在学习了如何正确佩戴口罩后,第二天上岗时发朋友圈说"口罩不戴紧,睫毛真的会结冰"。

管理物资,检查消杀

防疫物资是最直接的保护屏障,公共卫生助理组长梁晨迪每天都要细致地核对防疫物资台账,协助整理人员健康异常情况与密接人员信息,清点口罩、防护服、隔离衣、手部消毒液、季铵盐消毒喷雾、医疗垃圾袋等各种防疫物资,确保按需按时发放。一个多月的时间里,原来堆满大半个房间的各类防疫物资墙被逐渐"拆除",有效地护卫了高山场馆工作人员零感染。

高山滑雪项目参赛国家众多,参赛人员来源复杂,活动在餐厅、休息室、媒体中心等各个点位,此外还有几乎无处不在的电梯、楼梯、卫生间、缆车等设施。因而,每天及时对场馆进行环境核酸采样和消杀非常重要。

在场馆其他领域人员都基本下山之后,专业消毒人员会穿着防护服作业。来自化学专业的彭光圣同学也积极发挥专业特长,承担起及时与消毒方做好沟通联络的工作。现场进行检查,确保应消的区域消毒到位,按照规范的浓度配制消毒液,及时正确填写消毒记录单,准确无误地核算面积。

■ 志愿者彭光圣检查核对消毒记录

现场巡查,监测水质

每当有比赛的时候,看台上往往人头攒动,尤其是各国参赛队员举着国旗欢呼,随着背景音乐跳动。这个时候公共卫生助理志愿者就要全员上阵,帮助维护秩序,提醒大家戴好口罩,避免密集。

要求场馆中每个人都严格执行防疫规定并不会一帆风顺，不是每个人都愿意时刻戴着N95口罩在呼吸阻力下工作，也不是每群聚集的人员都会听从劝阻而保持社交距离。有当面戴好口罩而下次遇见又不戴口罩的试滑员，有听到人们对防疫措施过于严格的议论，也会有制止拍照取证的外籍技术官员。组长梁晨迪选择的对策是提高自己的沟通能力，用大家可以接受的方式贯彻防疫规定，对不理解的人们尽量讲明白防疫手段的科学道理。在认识到勤洗手和戴口罩对于防疫的作用后，绝大多数的参赛人员和工作人员都会积极响应。见到德国和奥地利的运动员先说："Guten Tag！"而见到西班牙、哥伦比亚和厄瓜多尔的运动员则讲："Hola！"一句他们的家乡话可能就会带来好感而使得他们更容易配合工作。

除此之外，国家高山滑雪中心是海拔最高的场馆，点位分散，来馆人员众多，用水需求大，来自山下的洁净水需要经过多级泵站才能送达相对高度在1000米范围内的各个区域。为了保证日常用水安全和空调机组运转正常，志愿者吴洸宇每两天就要对场馆中的8个生活用水及新风空调机房检查一次，用专业设备分析臭氧和余氯含量，同时监督场馆各处是否认真执行防疫规定、防疫物资配备是否齐全。

■ 志愿者吴洸宇检测生活用水卫生情况

公共卫生助理们走过了场馆每一个休息室、观赛区、媒体工作间、供水站、消毒间和隔离室，成了最熟悉场馆地图和流线的志愿者，每日步数1.8万步以上是常态。凭借对场馆路线的熟悉，梁晨迪和邹锐阳同学也多次在工作之余为中外观赛贵宾和记者指路，找到前往奥林匹克大家庭休息室和媒体工作间的路线。彭光圣同学在一次日常消毒巡查中，恰好路过中间平台区，遇到一位外国友人将捡到的手机放心地交到了自己手中。而彭同学也第一时间发布失物招领信息，很快联系到了竞技结束区的中方裁判员，并顺利物归原主。

"燃烧的雪花"

冬奥会不仅是运动员的盛会，也是志愿者的盛会。祖国提供了难得的平台和充分的保障，而志愿者们在开放中学习，在交流中进步，在延庆书写下精彩的故事，留下难忘的记忆。

雪地里的温暖

这个冬天，在延庆的郊野，各种形态、规模的雪都有一见，雪势最大的时候，雪深可以及膝，远近高低白茫茫一片。在和工作人员一同清理积雪的过程中，虽然风雪交加，但汗水还是很快就浸透了衣衫，不一会儿便在每个人头上凝结了一层冰晶。眼镜被雪与雾蒙挡，可大家的工作热情依然没有丝毫减退。志愿者吴洸宇在没有戴手套的情况下，紧

■ 志愿者邹锐阳参与清雪

握雪铲，一锹一锹将积雪铲上平车，努力工作使他在零下20摄氏度的环境中依然双手发烫，扎了木刺也浑然不觉。清雪过程中很多工作人员的口罩被汗水或水汽凝结打湿，这会让N95口罩失去静电吸附能力，无法实现有效的防护。于是公共卫生部门取出一批备用N95口罩，分发给每一个参与清雪工作的志愿者和工作人员，提醒他们及时更换。经过两个小时的奋战，终于将集散广场恢复到了雪前的通行状态，国家高山滑雪中心重新正常运转，静静等待比赛的到来。

赛场上的感动

在看台上值守的时候，志愿者们见证了中国选手取得残奥高山滑雪金牌历史性的突破。现场观众专注地看着各国运动员的发挥，并在其冲过终点线后报以风暴式的欢呼和掌声。在险峻的赛道上，他们有的视力障碍，有的肢体残障，但都在用心飞翔。他们的勇敢、速度、力量与美丽值得更多的赞美和致敬。这是常人都难以挑战的赛场，但他们做到了——向世界证明着尽管方式不同却与健全人一样，大家都可以在这个世界上优雅地起舞。

冬奥后的集结号

在冬残奥会结束后的隔离期间，吉林遭遇新冠疫情冲击，日增新感染病例一度达千例以上，前线物资告急，而刚刚完成冬奥保障的每个志愿者手中都多少有一些防疫物资留存。校团委老师号召大家进行募捐，支援抗疫一线。公共卫生助理志愿者"N95小分队"闻令而动，齐装上阵，开始进行当初分发防疫物资的反向操作，蓝天志愿者协会的同学还精心撰写了倡议书并设计了捐赠加油贴纸，上面写着"共盼万家灯火阑珊夜 祓濯清川一起向未来"。

与国同航 筑梦冬奥
——北京航空航天大学服务保障北京2022年冬奥会和冬残奥会纪实

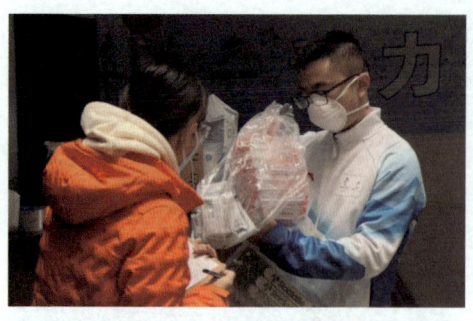
■ 志愿者梁晨迪登记回收防疫物资捐赠

一大早，口罩、消毒液、消毒湿巾、面屏、隔离衣等物资成盒成箱地从同学们手中汇集过来，经过逐件登记、分类清点、打包封装、贴上祝福标签，希望来自冬奥的力量能够帮助吉林早日战胜疫情。捐赠过程中大家非常踊跃，甚至外校的同学也加入进来，最后足足封装了48箱。

海陀负雪，银装素裹。
飞燕凌空，轻盈袅娜。
御雪乘风，回翔以落。
精彩冬奥，缘聚万国。

工作期间，每当从缆车上向外望去，群山起伏，青青黛黛，云霭缭绕，天空湛蓝。平滑的雪道上运动员与技术人员流畅地滑行，游走出一条条优美的弧线，好像不是在滑雪，而是在迎风飞翔一般。

■ 国家高山滑雪中心公共卫生助理志愿者合照

冬奥精彩已成过往，冬奥精神恢宏传扬。志愿者们在"雪飞燕"用心书写下守卫安全的公共卫生答卷，也将继续珍藏感动，不懈奋斗，一起向未来。

素材提供：
梁晨迪，国家高山滑雪中心公共卫生志愿者、生物与医学工程学院2021级博士研究生；
彭光圣，国家高山滑雪中心公共卫生志愿者、化学学院2020级硕士研究生；
邹锐阳，国家高山滑雪中心公共卫生志愿者、生物与医学工程学院2018级本科生；
吴洸宇，国家高山滑雪中心公共卫生志愿者、电子信息工程学院2019级本科生。

残奥整合志愿者：
做好残奥服务的"顾问"

国家高山滑雪中心同时承办了冬奥会和冬残奥会的高山滑雪项目，其中，残奥高山滑雪项目将产生30块金牌，是北京2022年冬残奥会金牌数最多的竞赛项目。作为一个所处环境极端、运行保障复杂的场馆，如何做好两项赛事的顺利转换，如何展现国际化的无障碍环境，如何为特殊需求人群提供更加人性化的服务……都是残奥整合领域需要考虑的问题。作为残奥整合领域"唯二"的志愿者，邓凯莎、李一夫也承担了一部分"顾问"的工作。从刚上岗时不知道残奥整合要干什么的"小白"，到业务娴熟的残奥"顾问"。此次冬奥志愿之行，他们有着许多收获和体会。

夯实基础，学习残疾人服务知识

第一天乘坐缆车上山时，残奥整合领域的刘杰经理在介绍场馆的整体情况之余，就表达了希望志愿者们能在这次冬奥、冬残奥的志愿服务中树立残疾人服务理念，学习正确的残疾人服务知识的愿景。

除了讲授基本的残疾人知识和残疾人服务礼仪，刘经理还重点向他们介绍了现在社会公众场合存在的风险隐患。无论是路上被"拦腰折断"的盲道，还是被止车石阻挡的人行道，抑或是未设置明显指示牌的地面低洼处，都会给残疾人的出行带来极大的不便。一桩桩悲剧的发生令他们痛心无比，也在心中逐渐埋下了要做好残疾人服务的种子。

■ 国家高山滑雪中心公共卫生助理志愿者合照

与"讲授""培训"相比，刘经理更愿意将这一过程称为"分享"或"介绍"，对此他曾解释道，这是因为他认为自己所掌握的内容远不及能给他人讲课的程度，更多只是一个交流讨论、加深印象的过程。这样重视细节的表达方式深深影响了两位志愿者，在后期向志愿者小伙伴们介绍的时候也一直保持一种分享讨论的态度，来更好地向大家传播残疾人知识。

"纸上得来终觉浅，绝知此事要躬行。"在经理的指导下，他们借助轮椅和眼罩对肢体障碍和视力障碍的人进行了模拟演练，这些实际体验也让他们对残障人士想要正常出行的艰难以及无障碍设施的必要性有了更加深刻的理解。健全人眼中一个不起眼的间隙对使用轮椅的人来说就会是一道不可跨越的鸿沟，而盲道上一个没盖严的井盖对视力障碍人士来说就会是一个危及性命的"陷阱"。两位志愿者认识到，努力提高冬奥场馆的无障碍化建设和个性化服务质量，是他们工作的意义所在。

残疾人服务基础知识的学习为他们打下了坚实的理论基础，对肢体障碍和视力障碍人士的模拟演练则使两位志愿者感同身受于他们的不易，与其他领域的对接交流也让他们了解了场馆的运行机制、清楚了自己的工作职责和工作意义之所在。当时的他们无比荣幸也充满期待，热情地做好每一件事，也憧憬着为举办一届精彩、非凡、卓越的奥运盛会贡献自己的力量。

注重细节，参与无障碍流线巡查

虽然大部分时间两位志愿者的工作都是在温暖的办公室内，但室外的无障碍流线巡查也是他们工作很重要的一部分。

高山场馆落差较大地形复杂，对于无障碍设施的挑战与考验也更大，如果在无障碍设施方面忽略了一些细节，对于残疾人来说，可能就是很大的障碍甚至是安全隐患。因此，作为残奥整合志愿者，他们需要对场馆内每一条无障碍流线进行巡查和测试，确保每一处无障碍设施的安全和便捷。

经过前期的学习和观察，两位志愿者掌握了场馆内各条无障碍流线的路线起止、爬升下降、配套设施等内容，也清楚了其中哪些细节是需要他们去关注的。接下来，他们就需要带着残奥整合的"独特眼光"，一遍一遍地对场馆流线进行巡查。

在冬奥会赛时，他们会重点关注观众流线是否顺畅，运动员流线存在哪些问题等，并做记录和汇总，方便转换期进行相关问题的整改。针对其中一些比较棘手的问题，他们也会与经理一起讨论解决方案。比如，由于疫情原因，场馆被分为了环内和环外两个区域，而当初场馆在设计流线时并没有考虑闭环管理将无障碍资源分割在环内外的情况，造成了部分无障碍流线跨环的情况，为防疫增加了风险。他们与经理仔细讨论了这件事的解决方案，并与相关业务领域对接协调，对无障碍流线进行了修改和完善。

高山场馆气候多变，降雪和升温等天气因素都可能导致地面湿滑等情况，而他们必须确保无障碍流线以及配套服务都能够适应各种天气。还记得有一天，山上下了特别大的雪，不一会就堆积得没过了脚踝。一名观众小朋友在观赛途中扭伤了脚，坐着阪泉服务中心提供的轮椅来到了场馆。当时李一夫恰好在附近进行雪天的流线巡查，对轮椅的敏感让他远远地就发现了这个小朋友。于是他赶紧拿出手机，对志愿者服务这位小朋友的过程进行了记录。李一夫说，当时他并没有意识到，录下的这些视频，竟然成了无障碍服务培训和无障碍流线改进的典型案例和重要素材。

■ 残奥整合志愿者坐上轮椅测试无障碍流线

经理常对他们说，要站在服务对象的角度去思考问题。在巡查过程中，不仅要用眼睛看，有时候还需要坐上轮椅亲身体验才能更全面地发现问题。"当你们真正坐上轮椅去进行测试时才会发现，平时十分容易跨过的台阶可能就是轮椅使用者一道难以翻越的大山，平时觉得十分安全的坡道对于轮椅使用者可能就意味着挑战与危险。对于我们残奥整合志愿者来说，轮椅就好像我们的'放大镜'，让我们发现了一处处潜在的风险。同时，这样的体验也更能使我们真真切切地感受到残疾朋友生活上的不便，以及无障碍环境的重要意义。"当谈到巡察的体会时，邓凯莎这样说。

在一遍遍的流线巡查过程中，两位志愿者见证了国家高山滑雪中心点点滴滴的变化，也对它产生了特殊的感情。"特别是在冬奥到冬残奥的转换期，当我们看着之前整合的转换内容一项项落实，看着赛时发现的相关问题一个个被解决，就好像看着自己的孩子一点一滴地成长一样。"李一夫说。

在岗40余天，他们共进行无障碍流线巡查10余次，整理相关问题52处，提出解决方案38个，与29个业务领域进行对接。他们不仅见证和助力了"雪飞燕"的成长，也在一次次的巡查和整合之中得到了锻炼和成长。

学以致用，传播残疾人服务理念

与冬奥会相比，冬残奥会的运动员均为残疾人，贵宾、观众、记者等人群中的残疾人比例也会大幅上升。因此，向志愿者们进行残疾人服务知识和服务礼仪的分享也是他们在转换期和冬残奥会初期的主要工作之一。

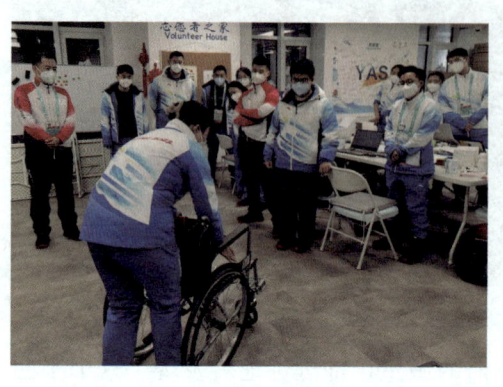
■ 向志愿者们开展残疾人服务培训

对于不同岗位的志愿者，他们采取了不同的分享方案。例如VCC、志愿者业务领域的志愿者因为不会直接服务于残疾人，与他们的交流更多是科普、体验式的，了解轮椅的使用以及遇到各类残障人士时该如何帮助引导即可。而对于身处服务残疾贵宾的一线的礼宾领域志愿者，则需要掌握更为得体的服务礼仪，在贵宾休息室内，他们向志愿者们介绍了遇到轮椅、拐杖使用者的帮助事宜以及视力障碍人士的引导方法。同时，他们邀请几位志愿者作为代表体验了从休息室推动轮椅到观众看台的全过程。体验结束后几位志愿者纷纷感慨乘坐轮椅出行的不易，也表示在这一过程中也发现了硬件设施和志愿者服务中可能存在的漏洞，在后续将尽快改进。

在培训过程中有一类很特殊的志愿者——在冬残奥期间"临危受命"的交通设施团队助理志愿者。一方面因为他们的主要工作内容是在福祉车上为轮椅运动员提供帮助，要求的残疾人服务知识更为专业；另一方面因为他们冬奥期间并没有上岗，对于整体的业务流程可能不太熟悉。对于这种情况，残奥整合

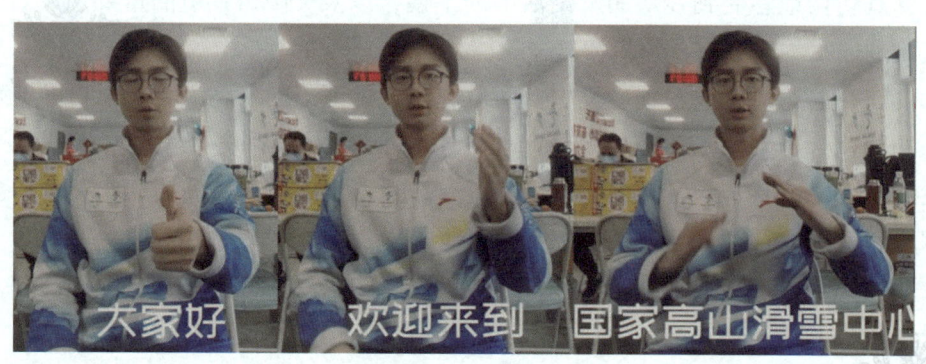
■ 录制手语教学视频

志愿者们在原先准备的志愿者冬残奥相关知识分享幻灯片的基础上进行修改完善，最终形成了包括冬残奥会基础知识、冬残奥会常见风险、残疾人服务礼仪三部分45页的幻灯片进行分析，获得了志愿者小伙伴们的一致好评。

创新知识载体是提高知识传播效率的一项有效手段。在利用互联网便捷地学习各种残疾人服务知识的同时，两位志愿者也希望能够利用各种新媒体平台进行残奥知识和残疾人服务知识的普及。他们制作岗位介绍推送，录制手语教学视频、日常工作VLOG等，并借助公众号、bilibili、视频号等平台进行推广和宣传，也取得了不错的效果。这些素材同时也成为他们在岗位上的美好回忆，留给离开场馆之后的他们观看和回味。

结语

虽然冬残奥会已经过去了一些时日，但残疾人服务的种子已然在他们心中深深扎根。在日常生活中，他们会时刻关注公共场所的无障碍通道是否被遮挡，会在路上碰到轮椅使用者时思考他是否需要帮助，也会自豪地向身边人讲解正确的残疾人服务礼仪……冬残奥服务"顾问"的身份也将一直伴随着、引领着他们前进。

素材提供：

邓凯莎，国家高山滑雪中心残奥整合志愿者、生物与医学工程学院2019级本科生；

李一夫，国家高山滑雪中心残奥整合志愿者、生物与医学工程学院2020级本科生。

住宿志愿者：满天群星璀璨，闪烁志愿之光

北航冬奥住宿志愿者，全称利益相关方签约酒店住宿助理，主要工作是作为翻译帮助外宾在签约酒店内与各个部门进行沟通交流。

作为直接服务外宾的志愿者，住宿志愿者可能是冬奥会志愿者当中防疫危险系数最大的工种之一。与此同时，他们也是工作内容最繁杂，工作时间最弹性，接触人员成分最丰富的志愿者工种之一。

来自北航的28名住宿志愿者，分布在10家签约酒店，以不同的相遇与相似的经历，共同编织出了关于这个不平凡冬天的美妙回忆。

"第一张名片"，迎接八方来客

作为全球盛会，北京冬奥会以开放的怀抱迎接世界宾客的到来。当外宾不远千里飞到北京，结束了一路的舟车劳顿后，收到的第一声问候就来自住宿志愿者。在某种意义上，他们就是北京2022年冬奥会志愿者给八方来宾的"第一张名片"。因此，他们也以极高的标准要求自己，尽自己所能，做好这"第一张名片"，争取给每一位外宾留下美好的第一印象。

然而现实往往并不如想象中来的美好，当独自一人服务中银酒店的曹李培迎向他接待的第一对外宾时，还没等他发出问候，外宾便开始质问为什么要等在门外将近10分钟才能进入酒店。曹李培一边尝试安抚外宾的情绪，一边带着他们办理入住的手续。直到将客人顺利送到房间，关上房门的那一刻，他才想起准备了许久的开场白一句都没有用上。

当然，小小的"惊吓"并不多见，志愿服务给住宿志愿者们带来的更多还是触动心弦的惊喜。服务于夏都会议中心的张涵婷和滕雨衫在晚班服务的间隙，想要活动活动腿脚，于是在廊道内开始打起了北航体育课必修项目之一的太极拳。正在这时，一位下楼吃饭的法国客人经过廊道发现了她们，便兴冲冲地跑过来想要加入其中。虽然三个人的动作可能并不标准，虽然戴着口罩让他们看不清彼此的面容，但是从他们眼角的笑意、围观的外国友人们的赞叹和笑声中可以看得出来他们乐在其中。文化与文化之间的交流，人与

人距离的拉近就在这未曾设想的日常瞬间悄然发生。

作为北航外国语学院的一名学生，服务于万豪酒店的陈晓璐十分荣幸地承担了代表驻店小组向国际奥委会主席巴赫先生赠送礼物以及为两者之间搭建沟通的桥梁的工作。巴赫先生的善良幽默与绅士风度给她留下了深刻的印象，当她送出"明小兵"，并向巴赫先生介绍其所蕴含的中国特色文化时，巴赫先生向她表达了感谢，整个过程奇妙而欢乐。当原先住在酒店内的美国一家四口因身体原因需要转出时，陈晓璐代表延庆冬奥村为他们送行并赠送礼物。得知一同转移的还有一位两岁的小宝宝时，驻店

■ 住宿志愿者张涵婷、滕雨衫教外宾打太极

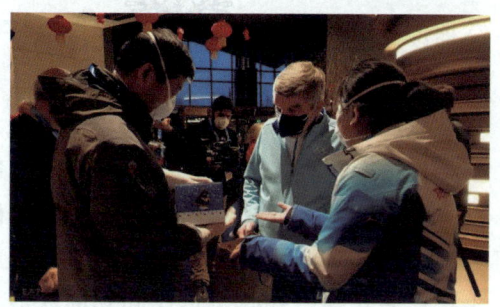
■ 住宿志愿者陈晓璐接待巴赫先生

小组与陈晓璐还一同准备了种类丰富的儿童礼物作为临别赠礼，希望他们早日康复。外宾对于中方送出的礼物心怀感激，也十分配合转出的流程。双方都在用自己的方式传递着内心的美好与温暖，无声的暖意就在寒冷的冬夜里蔓延。

相似的故事在不同的签约酒店内上演，相似的温暖在不同的人群中传递。"作为北京冬奥的'第一张名片'，我们很幸运能够近距离感受到世界人民和谐共处团结友爱的氛围。而我们也将用自己的真诚热情，去服务每一位参与冬奥的外国友人，迎接八方来客。"服务于辉煌酒店的王睿明如是说。

时刻准备着，服务不分早晚

住宿志愿者的工作当然不仅仅在于做翻译，在不同的酒店里，他们因地制宜，时刻准备着根据实际需求为外宾、签约酒店和驻店保障小组提供各式各样的服务。

在客人入住的高峰期，服务于新华酒店的李想平均每天需要工作到凌晨2时之后才有机会回房间休息，一天总睡眠时间不超过5小时。白天接待完入住的外宾之后，她的工作才算是刚刚开始。整理昨天的流调信息和各类报表只能算是热身，和各国的领队以及新冠联络官沟通，才是每天她最耗精力的工

■ 住宿志愿者李想在工作中

作。领队需要和李想沟通，确认当天的交通安排以及酒店的服务信息，当和每一位领队都沟通完毕后，已经接近了午饭的时间。与新冠联络官的交流则更加耗时，一封封邮件写满了她的辛苦与不易，从防疫政策解释到客房服务细节，事无巨细都需要她来沟通把握。直到将最后的一封邮件发送出去，一看时间，又是凌晨2:30。

这边李想刚刚睡下，她的战友邵光耀却又一次被闹钟叫醒。凌晨3时的延庆更显得寒意逼人，冷风将他的睡意吹散，只留下服务的热情。原来是一部分外宾已经顺利完成了自己的冬奥任务，即将踏上归途。但是复杂的交通系统使得他们晕头转向，有时还会上错班车。为了确保每一位宾客能够顺利返程，邵光耀需要在酒店和停车场之间来回往返，引导外宾找到他们应该搭乘的车辆。等到与所有的外宾都挥手告别，已经过去了一个小时。回到房间，困意再次将他捕获，入睡前他设定了6:50的闹钟，一个翻身进入梦乡。

除了随叫随到的工作状态，坚守岗位也是志愿者们的常态。服务于夏都会议中心的刘瀚文作为签约酒店的住宿志愿者组长，主动承担了值守大堂的任务。除了原先计划内的简单指引与翻译工作外，酒店内外宾遇到的几乎所有问题，都需要他参与解决。他每天就坐在大堂内最明显的位置上，等待着外宾们带着各种各样的问题向他寻求解决方案，许多时候，哪怕不是他所负责领域的问题，他还是会尽自己所能满足客人们的需求。当了解到许多客人没有办法获得每日的交通安排时，他主动找到酒店管理方，将一台大电视摆放在大堂的位置实时更新交通信息，解决了困扰客人的问题。

服务于凯悦酒店的陈炜具有较为丰富的宣传工作经验，他因地制宜结合自身优势，联合志愿者和工作人员共同组成了"战地记者团"，记录和展示奋战冬奥会过程中保障小组及酒店工作人员的闪光点滴。从保障组组长，到核酸采样人员；从先进事迹宣传到春节氛围报道；从凌晨3:30到24时，他带领团员们用文字和相片记录工作中的点点滴滴，从多角度呈现酒店服务保障人员的工作风貌，将温暖与奉献精神隔空传递。

住宿志愿者的工作内容繁多而又琐碎，工作时间较长却不固定。但是身为冬奥志愿者，身为一名北航人，他们没有一个人选择放弃或懈怠。在志愿服务的过程中，每一个人都时刻准备着。

散作满天星，孤独却不孤单

住宿志愿者与其他志愿者最大的不同之一，便是岗位和驻地一体，28个人分布在10个不同的签约酒店内，各个酒店的人数不尽相同。但他们"聚是一团火，散是满天星"，哪怕独自一人，依旧坚守岗位，用自己的服务照亮他人。

赵相成服务的西大庄科服务中心距离北航最远，位于海陀山脚下，举目远眺便是"雪游龙"。当他拉着行李独自从班车走向酒店时，他明白接下来的一个多月他将独自在这里度过。赵相成主要负责接送外宾、收集客人的用车信息以及帮助区域经理完成简报。刚开始时，陌生的环境，繁杂的工作，独自奋战的他感到了巨大的工作压力，生怕自己一个人忙不

■ 住宿志愿者赵相成与外宾合影

过来。但是随着时间的推移，工作逐渐得心应手，他也慢慢意识到自己并不孤单。虽然酒店内服务的志愿者只有他一个人，但是服务保障小组的哥哥姐姐们都给予了他无微不至的关心；而他所服务的外宾们也十分的友善热情，身处其中，他不再感到孤单，取而代之的是满怀的温暖。

服务于文成酒店的徐婧雨等人在服务的初期常常因为各种问题影响心情，加之工作内容繁杂，使得她们产生了一定的身心压力。但是四个姑娘常常相互倾诉，相互鼓励，艰苦的环境反而锤炼出了最坚固的"革命友谊"。在一次突发事故的处理中，志愿者们与保障组一起从凌晨4时奋战到天亮，工作中的相互体谅与默契配合迅速地拉近了彼此之间的距离，她们也逐渐融入这个大集体，孤独感消融于无形。

志愿者们除了与保障组的同事们在工作中日渐熟悉，也经常会通过线上群聊的方式与其他志愿者分享一天的喜怒哀乐，志愿者组长曹李培还收集了各个签约酒店志愿者的视频，由梁小湛剪辑成片，最终发布在北京学联的视频号上。虽然不能见面，但是住宿志愿者们的心是连在一块的。为了任务，他们不得不分离，但正如满天的星辰，虽然距离遥远，却在照亮身旁的同时，彼此呼

应，驱除寒冷与孤单。

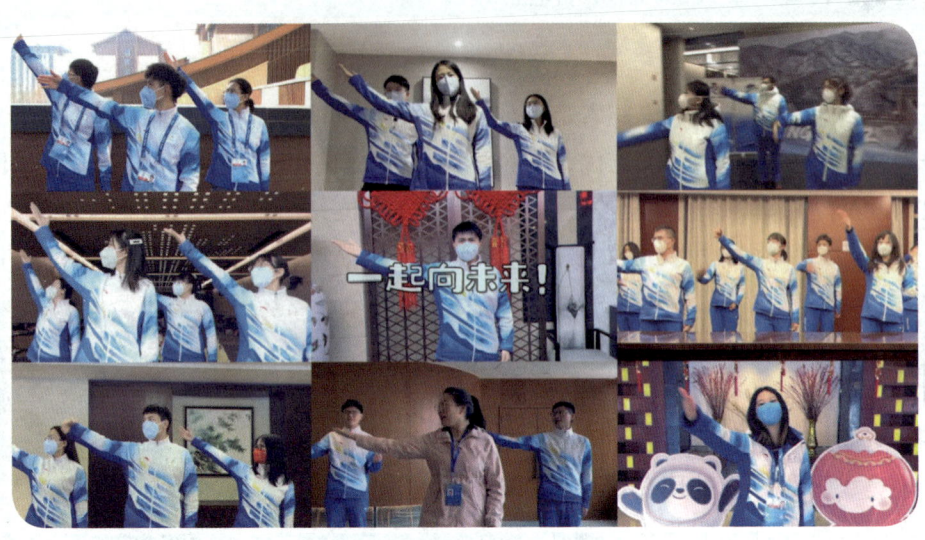

■ 住宿志愿者工作视频截图

迈步新征程，冬奥精神长存

北京冬奥志愿服务工作结束了，但是因为冬奥所结下的深情厚谊不会结束；北京冬奥志愿者的身份褪去了，新时代中国特色社会主义接班人的身份不会褪去。通过这次冬奥志愿服务，28位住宿志愿者更加深刻地认识到祖国的强大与强大背后默默奉献的千千万万普通人。他们可能身着防护服一站就是6个小时，可能将手机放在床头随时准备服务，可能在茫茫的大雪天里想尽办法铲出一条通路，可能在寒风中默默守望直到天明……而这28人也是他们中的一分子。

胸怀大局、自信开放、迎难而上、追求卓越、共创未来。20个字的冬奥精神将申奥成功7年来的奋斗与付出提炼升华，而它也将永远被北航冬奥志愿者铭记，携手并肩迈向建设富强、民主、文明、和谐、美丽的祖国的新征程！

作者简介：
曹李培，住宿志愿者、仪器科学与光电工程学院2021级博士研究生。

机动志愿者：无悔坚守，时刻准备
——校园中的志愿者冬奥故事

在北京2022年冬奥会志愿服务期间，有一支力量没有出现在志愿服务的一线，而是坚守在学校中，期盼等待上岗服务，为上岗的志愿者们保驾护航。这支团队就是机动志愿者。

"各位机动志愿者，在2月4日赛会开始前21天不能离京，自2月4日冬奥会开幕至3月13日冬残奥会闭幕，需在京随时准备为北京赛区和延庆赛区应急上岗，请大家随时做好上岗准备。"作为北京2022年冬奥会和冬残奥会志愿者重要储备力量，北航39名机动志愿者从1月14日起，开启了在校园中的冬奥故事。

校园坚守，物资保障助力服务

北航39名机动志愿者共来自17个学院，冬奥将他们凝聚在一起。在等待上岗的日子里，他们作为北航志愿者后方的重要力量，协助冬奥专班后勤保障组的老师肩负起了前方志愿者保障的重要任务。欢送志愿者出征、收取物资、整理装箱、运送快递……他们在北京冬奥会机动储备期间以"志愿者的志愿者"的方式参与志愿服务，并在这样的服务中找到了后方等待坚守的意义。

过年前，学校为400余名志愿者家长准备了精美的新年礼物和一封感谢信，为了全国各地的北航志愿者家长都能在新年前收到这份暖心的礼物，组长苏雨晨同学组织6名志愿者一起寄送新年礼物。那一天恰巧遇到了北京年前最大的一场雪，校园内寒冷且寂静，大家都不想离开宿舍，更不想在雪中搬运物资，但如果推迟寄送，一些地区的志愿者家庭很可能无法在过年前及时收到这一份温暖。7名同学没有人因为天气糟糕而有怨言，大家齐心协力搬出物资，在雪水中艰难拖着板车前行。这是他们第一次见面，在齐心协力中逐渐变得熟悉，从学业、生活到对于上岗的期待，越来越多的交流对话掩盖了雪地上的静寂。在路上，戴了手套的同学主动分一只给其他同学，眼镜蒙了一层霜就摘掉继续前行，汗水和雪水一起流进眼睛，本不远的路走出了漫长的感觉。大家明白，志愿者们无法回家过年，我们就是连接他们和父母间传递温情的纽带，其中也包括我们的亲友,这是我们机动储备的工作和责任,更是我们的幸福。

■ 大雪中寄送志愿者家庭新年礼物

1月28日,最后一批出征的志愿者踏上了岗位,苏雨晨、杨时雨等同学分别在两个校区帮忙运送物资,欢送志愿者出征,和大家告别。从这一天起,校园内只有机动志愿者还在坚守,期盼着属于他们自己的出征。

在冬奥服务期间,由于场馆不能接收快递,志愿者激励物资和生活物资需要邮寄到学校,再由学校负责消杀之后运送到志愿者驻地。在学校坚守期间,苏雨晨他们最常去的地方就是快递站和校门口,大多数是每类几百件的激励物资,有时可能要往返几趟才能全部取回。除此之外,前方志愿者在服务期间会出现手机、眼镜等损坏,以及需要补充一些生活物品,也都需要邮到学校,由他们进行整理运送。由于物资众多,在每次确定运送日期前,都需要三四天的时间清点,并根据环内环外分装打包。在冬奥期间,机动志愿者一共完成了近50箱物资的整理运送,当然在整理物资时,他们也一直会羡慕前方服务的志愿者们有这么精美的徽章和如此周全的保障,在时间的流逝中更加迫切地想要上岗服务。

■ 整理志愿者部分生活物资和激励物资

冬奥会闭幕后，第一批环外志愿者即将返回，在沙河学生公寓进行健康监测，校团委杨姿楚老师带领杨时雨、马文清等成员在沙河校区提前布置志愿者健康监测的房间，细心、用心、真心地迎接志愿者们回到温馨的校园。

机动志愿者秦海岩说："作为冬奥会机动志愿者，从冬奥会开幕就一直期待着能够和大家一起战斗，只要有上岗服务、保障冬奥顺利进行的需要，我们的坚守就是值得的。服务冬奥，我们时刻准备着。"在留校坚守的日子里，随着时间一天天过去，大家对于上岗服务每一天都更加期待，也因为一度没有上岗的消息而产生怀疑和失落。但是等待就是他们独特的责任和使命，协助进行志愿者后勤保障工作就是他们的志愿服务。无悔坚守，时刻准备，他们相信等待也是一种贡献。

一路相随，团队陪伴消散孤独

对于每一位机动志愿者而言，这都是一个相对孤独的假期和春节，他们都是第一次没有回家过年，朋友、同学都早已离校，宿舍只有自己一个人；校园、食堂、图书馆也冷冷清清。他们经常在朋友圈看到志愿者朋友晒出的上岗体验，而自己是否能上岗也尚不可知，而这时的他们彼此还非常陌生，分散在两个校园的各个角落。因此孤独、羡慕、担忧成了情绪的主旋律。

在志愿者们陆续出征后，马上就迎来了除夕，对于大家而言，此时此刻陪伴在校园的只有机动志愿者伙伴了，那时大家问组长苏雨晨最多的问题就是"我们有机会在一起过年吗"。此时他们还不知道，校团委的领导和老师们正在精心安排这一切。除夕前一天，校团委庄岩书记和高文琪老师带着新年礼物分别到各个宿舍楼下看望大家，给大家信心，给大家加油打气。新年礼物是为每一名志愿者定制的红围巾、马甲、充电宝，还有一箱常温酸奶。收到温暖的同时，他们也见到并且认识了同公寓的志愿者朋友；除夕夜，庄岩书记和杨姿

■ 共进年夜饭，一起过大年

楚老师与大家一起在教工食堂吃饺子和年夜饭，一起过大年。那天是他们第一次相聚在一起，由于很多人素未谋面，开始大家非常安静、甚至有些许尴尬。随着自我介绍，大家认识了彼此，也找到了越来越多的共同话题。饭后大家一起打桌游，看春晚，这个除夕夜终于有了久违的热闹，大家也迅速熟悉，成了彼此特殊的家人。

新年过去马上就是冬奥会的开幕，2月4日对于他们而言，也是一个特殊的日子，从这一天起机动上岗的任务正式开启，他们每一天都可能会得到新的任务，启程上岗。当晚，两个校区的机动志愿者分别相聚在一起观看冬奥会开幕式，已经在现场观看过开幕式彩排的他们再次被深深震撼。"在这场冰雪之约中，每一位参与其中的人员都是一颗火苗，汇聚成了在雪花中央微微闪烁，却在每个人心中熊熊燃烧的奥运圣火。作为机动志愿者，我们虽然还没有真正服务冬奥赛场，但同样是在为冬奥坚守和付出，和大家一样拥抱纯洁的冰雪，共赴激情的约会，期待和志愿者朋友们团聚的那一天！"这是他们所有人的心声。

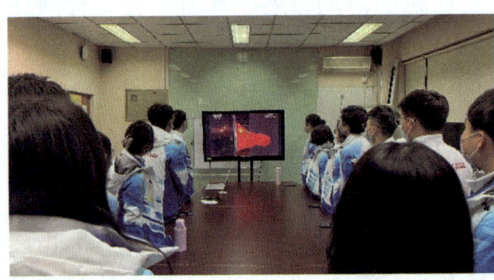 

■ 两校区机动志愿者一同观看冬奥会开幕式

时间一天一天过去，还是没有等来上岗的消息，但是在学校坚守的时光里，他们收获了珍贵的友谊；在物资运送保障的工作之余，他们还会一起打羽毛球、闹元宵；期间所有过生日的同学都会在生日当天上午收到团委老师寄送的生日蛋糕和电子贺卡……学校的关爱和团队成员的互相陪伴，让每个人心中原本的孤独一点点消散，支撑着彼此等待和坚持下去。

不负期待，披挂出征奔赴一线

从2月4日起，经历了20天的等待之后，24日他们终于等来了近期即将上岗的消息，虽然没有确定服务赛区和具体岗位，但是大家的心里的石头终于落下了。但是具体哪天上岗，去哪里上岗，环内还是环外，服务对象是谁等一系列问题，也引发了大家的关心和期待。

2月25日，他们得到了确定的岗位——交通设施随车志愿者，服务残疾人运动员上下车以及轮椅的固定工作，并在停车场进行了无障碍福祉车的使用培训。来自日本的技术人员详细地为大家讲解操作和注意事项，每位志愿者都完成了上下车平台的操作。在两组同学进行全流程模拟的训练时，大家针对出现的问题进行分析和优化，一起寻找最高效的方式，争取在正式服务中快速、准确、高效完成任务。在交流和训练中，大家在互相配合中确定了自己的搭档，每个人也都在用智慧提高团队的效率，增进彼此的默契。

遗憾的是，由于即将开学，11位伙伴由于课业压力、科研任务和就业工作等原因，最终选择了退出。没有能正式上岗成了他们最大的遗憾，但他们从未后悔在学校和大家一起坚守的这段冬奥岁月。

2月28日开学当天，在同学们上完开学的第一节课后，他们终于等到了属于自己的出征。由杨姿楚老师带领28名志愿者从两个校区出发奔赴延庆赛区，作为交通设施团队助理，进行残疾人运动员随车服务。整装待发坐在大巴车上的那一刻，属于他们的一线服务旅途就此开启，他们将在高山TA车站为轮椅运动员保驾护航，与自强不息的运动员们留下一段段感人故事。

■ 机动志愿者光荣出征

结语

冬奥的后方坚守是对每一名机动志愿者的考验，而他们也在一个月的守候与等待中成了彼此特殊的亲人，在后勤保障的工作中找寻到了身为"志愿者的志愿者"的意义。他们破茧成蝶，将冬奥会的遗憾和坚守转化为决心与热情踏上冬残奥会的志愿服务征程。作为最团结的志愿服务团队之一，作为最直接服务残疾人运动员的志愿者，他们在冬残奥会中展现了热情、尊重的中国"名片"，也通过服务的残疾人运动员的经历和故事感受到了残奥精神与生命的价值，圆满完成了冬残奥会志愿服务，为这样一段不平凡的经历画上了一个完美的句号。

作者简介：
苏雨晨，冬奥会机动志愿者、电子信息工程学院2020级本科生。

交通设施随车志愿者：
随车服务风雨坚守，温暖残奥携手同行

"各位机动志愿者，2月4日冬奥开幕，我们也将从2月4日至3月13日随时准备无条件应急上岗，希望大家合理安排自己的生活和学习，随时做好上岗准备。"

这是属于机动志愿者特殊的工作通知。与其他在冬奥一线辛苦工作的志愿者们不同，他们在冬奥会期间一直坚守在校内，作为"志愿者的志愿者"为其他上岗志愿者的后勤物资补给运送保驾护航。与此同时，随着冬奥会的结束，冬残奥会渐渐走近，机动志愿者们也一直在等待着、期盼着自己能够迎来赴一线上岗服务那一天。

临危受命，从校园走进闭环

2月24日召开的机动志愿者线上会议为他们的坚守等待带来了转折点，会上明确机动志愿者近期就将要上岗服务，但具体的到岗时间、岗位信息和驻地信息仍然没有完全确定。机动志愿者们近一个月在后方的坚守与等待终于要画上句号，但上岗的通知却为他们带来了更多的未知与困惑：岗位需要哪些知识和技能？防疫措施如何保障？新学期的课程如何协调？驻地的住宿条件如何？这些大大小小的问题接踵而至，萦绕在每位志愿者心中。

2月25日下午，机动志愿者们在团委杨姿楚老师的带领下前往大运村公交站，接受奥组委特别安排的无障碍福祉车乘客安全服务培训。与此同时，他们也终于确定了自己的新身份——交通设施随车志愿者。

在日本技术员的指导下，志愿者们认真学习福祉车上各个设备的使用方法，许多人还亲自坐上轮椅演练，尝试以残疾人的角度思考乘车过程中可能遇到的各种问题，模拟在服务过程中可能出现的各种情况。这场培训是交通设施随车志愿者们的第一次岗位技能训练，也是他们对残疾人群体进一步了解的过程。经过半天的培训，虽然志愿者们对于车辆设备的操作还不能称得上熟练，但却在培训过程中切实体会着残疾人日常生活与健全人的差别，锻炼着志愿者

们在服务残疾人时的业务能力与共情能力。

■ 志愿者们聆听技术员讲解

■ 志愿者们亲自尝试操作福祉车

与此同时，学校与奥组委各部门也在积极协调明确交通设施随车志愿者们的服务范围和住宿地点，团委后勤保障组的老师紧急为志愿者们安排核酸检测，准备防疫物资和药品，购置生活用品，协调课程安排……有了"中国速度"的加持，志愿者们终于在2月28日春季学期开学的第一天，踏上了前往驻地的大巴车，开启了属于他们的冬残奥会志愿服务旅程。

3月1日5:30时，交通设施随车志愿者的第一班岗在夜色中离开驻地，前往延庆冬奥村TA停车场。从车上一下来，清晨的寒风瞬间灌满了他们的身体，在北京城区逐渐回暖的三月，延庆的凌晨依然如深冬一样冷峻。由于刚刚正式上岗，志愿者们暂时还没有固定的志愿者休息室，他们只能临时到车辆调度室的小帐篷里取暖。顺着蜿蜒的2号路向海陀山上望去，除了隐约的山的轮廓只能看到一片充满未知的夜色。

太阳慢慢从远山后升起，气温渐暖后，志愿者们跟随车队队长上山熟悉了福祉车的运营路线，也第一次看到了盘踞在小海陀山上壮观的"雪飞燕"——国家高山滑雪中心。那里有与他们同为志愿者的老师、同学和朋友，虽然因疫情防控的纪律要求暂时不能相聚，但远远望去仍会有一种温暖的归属感涌上每位志愿者心头。

风雨无阻，以真心服务残奥

随着志愿服务的进行，交通设施随车志愿者们也在逐渐适应上岗服务的工作与生活节奏，但在真正为乘车运动员提供服务的过程中仍然会显得有些拘谨。与此同时，属于他们的第一次"大考"——开幕式随车服务，也悄然而至。

开幕式当天，所有参加观礼的轮椅运动员都需要乘车前往鸟巢，这对交通设施随车志愿者整个团队的沟通能力和服务水平来说都是个不小的挑战。提前降下升降平台，协助轮椅运动员走上平台，提醒运动员扶好扶手，引导运动员在车内停好并拉紧刹车，安装好轮椅固定器和安全带，提醒运动员拉紧安全带……培训中的步骤在志愿者们的脑海中一遍又一遍循环播放。但仍有相当一部分志愿者是第一次面对运动员实战，他们在操作设备的过程中还是会因紧张而略显生疏，固定器装错了卡槽，安全带扣错了位置……偶尔出现的小插曲让他们显得有些手忙脚乱。

 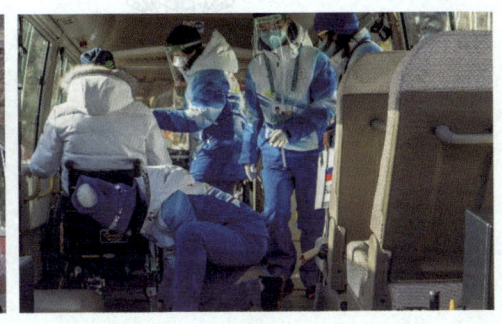

■ 志愿者们操作福祉车为运动员提供服务

不过运动员们似乎并不在意志愿者们的"笨拙"。他们会向周围的志愿者开心地挥手打招呼或比出大拇指，同时说着带有不同口音的"你好"与"谢谢"；他们会倏地冲上升降平台，在车内熟练地转向，最后停在合适的位置上。虽然戴着口罩，却分明可以从运动员们的眼角看见那洋溢着的热烈与期待。仿佛就在一瞬间，志愿者与运动员之间一堵无形的墙被打破了。国家、语言、文化的隔阂不再存在，彼此之间分享着当下的快乐，期待着一场属于全体残疾人，更属于全人类盛会的开幕。

■ 参加开幕式的运动员们热情洋溢

经过开幕式服务的洗礼,交通设施随车志愿者们仿佛被打通任督二脉一般,对上岗服务的方方面面都应对得更加得心应手。他们开始在面屏上绘制自己喜欢的图案,在休息时与其他岗位的志愿者一起踢毽子,在结束一天的工作后和远处的大山挥手再见……他们开始享受早班才能看到的满天星辰,享受G索道别致的风景,享受半夜修图时的欢笑……他们在妇女节时为所有女生送上祝福,也为同一天过生日的杨老师在视频中藏下惊喜。他们终于也拥有了一个属于自己的"心灵志愿者之家",如家人般享受着一起工作的每个瞬间。

除此之外,志愿者与运动员们也愈发熟络,无论是在随车服务过程中,还是在休息期间,他们都会和运动员们打招呼、交流,和运动员们聊心情、聊比赛、聊文化……交通设施随车志愿者不仅是为运动员们乘车服务的志愿者,更是一双中国拥抱世界的手,他们透过运动员们了解各国的风土人情,也同运动员们分享着中国的点点滴滴。

天下大同,与四方携手筑梦

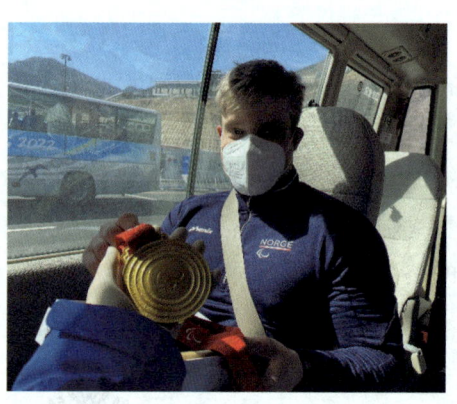

■ 挪威运动员耶斯佩尔·彼得森

送机这天,志愿者们遇到了挪威运动员耶斯佩尔·彼得森。他在冬残奥会期间共获得了四枚金牌和一枚银牌。一起合影过后,彼得森的一句:"Do you wanna see the gold medal?"让在场的几位志愿者都怔住了。彼得森拿起装着五枚奖牌的提包,取出一枚金牌放在一位志愿者手上。他看着金牌,目光中透着无言的自豪。彼得森并不是一个善于言辞的人,但志愿者们在与他相处的过程中能感受到他散发的自信与能量。

"四枚金牌和一枚银牌,这是一位轮椅运动员需要付出多少时间,流过多少汗水泪水,忍受多少痛苦才能达到的成就啊!"一位志愿者在自己的总结中这样写道。

与彼得森刚好相反,墨西哥运动员贝拉斯克斯是个活泼、快乐的人,他在乘车前会像个孩子一样自己操控着轮椅在停车场绕来绕去,面对镜头比出各种夸张的表情。但贝拉斯克斯的履历却震撼着每位志愿者:他已经33岁,参加过四届冬残奥会,曾在比赛中因摔伤而足足昏迷了三天,本届冬残奥会中参加的项目也因未完赛而遗憾离场……

闭幕式前一天,墨西哥代表团便要离开中国了。临上车前,贝拉斯克斯依旧面带着微笑和身边的人们打趣,他与每位志愿者击拳致意,不断地说:"You are the best! Thank you for everything! 谢谢!"直到车辆开出停车场,他都一直在向志愿者们微笑着挥手。命运给予贝拉斯克斯一个又一个沉重打击,但他却依旧热爱着体育,热爱着生活,热爱着世界,并展示着他的热爱。

■ 墨西哥运动员贝拉斯克斯

彼得森和贝拉斯克斯像是整个冬残奥会的缩影,来自各国的残疾运动员都克服了常人无法想象的困难来到冬残奥会的赛场上,他们并不把残疾当作是一种缺陷,而是作为自己生命的一部分去接纳和珍惜。残疾人运动员们并不需要志愿者事无巨细的帮助,而更需要对他们追求梦想的权利的尊重与认可。这也正是"非必要不帮助"这一服务残疾人时的特殊准则的核心与精髓。

结语

在冬残奥会期间,残疾人运动员们在白色雪道上用雪板写下"更高、更快、更强、更团结"的奥林匹克格言。赛场之外的交通设施随车志愿者也有幸见证了运动员们挑战自我,追逐梦想的动人瞬间。

与此同时,在短短十余天的志愿服务期间,每位志愿者都从最初的紧张生疏逐步走向了如今的默契从容,他们以真心接纳彼此,以双手拥抱世界,在初春的阳光下,与运动员们共同编制起了一个完整的"人类命运共同体"。

作者简介:
龙亿舟,交通设施随车志愿者、软件学院2020级本科生。

姜海洋、张智博：镜头背后的雪花之眸

姜海洋和张智博是北航软件学院大三本科生，在刚刚过去满是冬奥冰雪激情的冬天里，他们作为冬残奥高山滑雪赛事服务岗位的志愿者，亲身经历了这场盛事。用镜头记录下了美好的点点滴滴，登上了央视新闻和各类视频平台，为志愿者们这段冬残奥会的经历留下了难忘的回忆。

志愿者工作中的感动

■ 张智博在工作中

刚开始工作的时候，张智博是高山滑雪竞技项目电子仲裁系统助理，负责配合国际雪联的裁判进行成绩认定和仲裁工作，盯着屏幕上的直播信号和屏幕下方跳动的时间码，按下按钮在时间轴上精确地打上一个个标记。每当运动员通过每一个旗门时，他为他们感到无比紧张，当运动员出现失误标记为未完成时，也会为他们感到遗憾可惜。后来由于工作需要，在经历了多次调整岗位后，张智博承担了部分竞速项目的终点手动计时工作，负责辅助手记成绩。在最近的距离内见证着每一位运动员呼啸而过冲过终点线的瞬间，见证着一块块奖牌的诞生，根据仪表上的信息推算运动员的成绩，他和OMEGA的staff共同为每一位运动员的亮眼成绩欢呼喝彩。伴随着一声声"ATTENTION！"和运动员从坡顶呼啸而过掀起的一片片雪花，伴随着仪器上手记和电记的不到0.01秒的差距，staff竖起大拇指说："Great job！"他获得了极大的成就感和满足感。

姜海洋在赛事服务团队中的主要工作是看台服务，当他怀着憧憬和希望进行赛前培训时，简单几个动作，固定的点位为他一上来便浇了一盆冷水，他不禁觉得这份工作有些太过于简单和单调。但直到第一天观众的到来，热情的节奏、运动员们拼搏的身影和赛场的欢呼驱散了冰雪的寒冷，随着比赛

的进行现场的氛围逐渐迈向高潮，他渐渐全身心地融入这场冰雪盛事中，决心以最饱满的热情向运动员和全世界的友人展现我们青春洋溢，充满热情的一面。

大概是春节前夕，一次从场馆回驻地的路上。当时刚结束完一天的培训和演练，一天的劳累和大巴车的摇晃

■ 姜海洋在赛事服务指挥部

让他有些难受。突然车子畅通无阻地开动了起来，红蓝色的闪光驱散了他的疲惫。透过满是水汽的玻璃，他看到了在前方，一辆警车正为大巴车开道，而两旁所有社会车辆都在为他们让行。那一刻，作为志愿者的他感受到：除了志愿者们，还有很多其他岗位的工作者们凝聚站在一起，为冬奥会的顺利举办保驾护航，更有整个社会的齐心协力和国家强有力的保障。千万亿万国人共同的力量，从那一刻他便坚信，只要万众一心一定可以将冬奥圆满举办。

在春节（除夕）那天，志愿者们白天依旧在场馆进行赛前培训和演练，然后晚上回到驻地，和大家一起包饺子、写春联、看春晚。和家人一起过春节的往年不同，这是一个"集体年"，他们有一个共同的美丽称号——志愿者，志愿者们在为共同的举国盛事作出自己力所能及的贡献。正如那晚的联欢歌会上，有位"意外登台"的志愿者唱的《精忠报国》一样，虽然没有烟花、家人在身

■ 志愿者演唱《精忠报国》时全场掌声雷动

边,但正如歌词中所唱——"我愿守土复开疆,堂堂中国要让四方,来贺",姜海洋相信这便是志愿者们的付出是值得的意义所在。

拿起相机,聚焦雪花之眸

■ 张智博在为同学们拍摄合影

在从闭环内移出的隔离过程中,张智博拿起相机,记录下移出区同学每天的生活。尽管仍然站在镜头之后,但是和公务摄影以及新闻摄影不同,在这个过程中他本身也融入了画面场景之中,融入这样一场奥运盛会中去。

另外,由于本职工作对专注力要求较高,以及内容版权保护的要求,在大部分时间内,他都不能将相机带上雪道和工作岗位,因此错过了很多感人或暖心的瞬间。

2月13日,延庆天降大雪,"燕山雪花大如席",比赛暂时推迟,张智博得以雪中闲游。在竞速结束区,他在雪花的飞舞中记录下了闭环内志愿者的身影。坚守岗位的缆车志愿者、来去匆匆的成绩分发打印和媒体服务志愿者、在雪中起舞的体育展示志愿者和NTO……纷飞的大雪将天地连为一体,伴随着雪花的落下,从天空到雪道的灰度构成了绝美的渐变。

在冬奥会的最后一场比赛结束之后,志愿者们即将和场馆告别。在冬奥会结束后,张智博因承担科研任务的需要,无法继续服务冬残奥会,因此对于他来说,这也是对国家高山滑雪中心的告别。他和竞技结束区的技术部志愿者们一起,走遍了整个场馆,从出发区到雪道到缆车再到看台,他按动快门,将每个个体的冬奥瞬间,融合成北航的集体记忆。

在从闭环内移出的过程中,他在移出区接着记录下同学们的学习生活,拍摄了30余小时的视频素材以及600余张活动照片。21天的移出区生活中,团委老师们和延庆区有关部门的领导们高度关注着志愿者的精神生活,举办了10余场精心策划的活动:"兔儿爷"北京传统文化体验、棋牌比赛、手绘体验、冬奥运动员对话……

3月18日,在雾气氤氲的清晨,他们作为第一批闭环内志愿者回到了北航,张智博记录下了返回学校途中的风景和同学们的喜悦。冬奥之旅也暂告一段落。庄书记热情地迎接了志愿者们"返航",欢迎志愿者们重回校园。4月6

日,最后一批志愿者返航。张智博也和"航小萱"的同学们一起,按动快门记录下了无数感人的瞬间。

冬奥会和冬残奥会结束了,正如流星划过长空,虽无法听到苍穹的共鸣,但张智博同学用镜头记录下了这些星火闪耀的瞬间。

在站好自己岗位的休息之余,姜海洋利用自己的摄影爱好,用镜头去记录,为宣传组提供素材。在冬奥期间,他累计拍摄了近万张照片,600多条视频。其中大部分是团队中的志愿者们工作的瞬间以及生活、风景。在一开始,他记录的初衷仅仅是为这段美好岁月留下一份美好的回忆,但随着工作的进行,他发现了我记录下的画面有着更深层次的价值——

■ 姜海洋在拍摄宣传素材中

照片本身不能解释任何事物,而是不倦地邀请你去推论、猜测和幻想。
——苏珊·桑塔格《论摄影》

在按下快门定格下的一个个瞬间中,姜海洋逐渐发现并意识到,自己在亲身经历一场盛事,而他这个个体正作为一个亲历者、记录者。这是一个在疫情、国际形势复杂等艰苦条件下,在党凝聚人民万众一心行动力下的伟大盛事。

而在赛时志愿服务中,姜海洋的镜头里是对志愿者们在寒风大雪里坚守的敬意。因为是和大家一起站在零下10多摄氏度的户外进行工作,所以他更能体会到大家工作的不易,也更贴近真实的环境,切身体会到了观众的热情、运动员的顽强拼搏和冬奥的氛围。姜海洋喜欢用特写镜头,聚焦想表达的点,比如

■ 满面霜花坚守岗位的志愿者

落在睫毛上的雪花,志愿者们在雪中推着行动不便的观众小朋友缓缓前行、在雪中一站便是霜雪满头、口罩背后热情的笑颜与传神的双眼。和他们身处在同

与国同航 筑梦冬奥
——北京航空航天大学服务保障北京2022年冬奥会和冬残奥会纪实

■ 志愿者雪中助行行动不便的小朋友

一时空，姜海洋相信按下快门时的感动和敬意已经寄托在作品当中。当大家看到这张照片、这组镜头时，也一定可以或多或少地有种身临其境的感觉。

所以当他和志愿者们在一起观看闭幕式时，致敬志愿者的短片在全世界直播中播出，身边所坐的志愿者朋友们眼眶都已泛起了点点泪花。而当他拍摄的两段镜头出现在其中时，他知道，寄托在其中的心情在向全世界传扬。这些画面，是姜海洋真诚为身边志愿者朋友们谱下的赞歌，是对他们最美"名片"最好的称颂。

冬奥会中的成长

几年前在购买相机时，姜海洋的初衷是想记录生活，拍下美好的风景，但他的父亲却告诉他要多去记录人，因为有人才有一切。而在这场冬奥盛事当中，他突然在实践中领悟了父亲的嘱托，原来记录的意义就是把人的一个个瞬间记录下，用镜头抓取，并用剪辑和镜头语言解读赋予其意义和深刻内涵，让其成为一种精神内核的介质向更多人传扬。

当姜海洋听到《我和你》在最后的闭幕式上响起时，他不禁热泪盈眶。

■ 雪花之眸

2008年感谢志愿者的短片在十四年后的主角变成了他自己，他写在高中作文里要去实现奥运会志愿者的梦想已然实现，当年中国向全世界宣告兼容并包的气概依旧不变。十四年，这是从当时懵懂的孩童到如今即将步入社会成为新一代青年的转变。自豪、感慨、希望等诸多情绪夹杂在一起，他不禁潸然泪下。

他认为自己想要记录，去记录这份付出是值得的，去记录这场坚守是值得的，去记录每一位坚守岗位冬奥志愿者和工作人员都是卓越和伟大的，去记录这万众一心的凝聚力，去记录这场举国盛会，去记录这段无悔青春。

大年初四，在这样一群无怨无悔的年轻人的团队里，姜海洋边看着冬奥会开幕式，边写完了入党申请书。他相信以青春的热情，向先进的党组织靠拢，才可以为祖国和人民贡献更大的力量。

在4月8日的表彰大会上，姜海洋和志愿者们有幸在现场和各行各业冬奥的工作者们一同聆听了习近平总书记的讲话。讲话中那句"伟大事业孕育伟大精神，伟大精神引领伟大事业"便是对他们这段冬奥岁月最好的诠释。而在庆祝中国共产主义青年团成立100周年大会上，习近平总书记也为青年们提出了"用青春的能动力和创造力激荡起民族复兴的澎湃春潮，用青春的智慧和汗水打拼出一个更加美好的中国"的期许。

在谈到对这段冬奥岁月的感悟时，他这样说："我很庆幸生于这样一个伟大的国家，这样一个伟大的时代，在党的领导下克服了一个又一个难关，达成了一个又一个令全世界瞩目的成就。而我们青年更应珍惜这伟大时代赋予的机遇，在磨炼中成长、体悟、弘扬北京冬奥精神，以更加坚定的自信、更加坚决的勇气，向着实现第二个百年奋斗目标奋勇前进，向着实现中华民族伟大复兴的中国梦奋勇前进！"

素材提供：
姜海洋，国家高山滑雪中心赛事服务志愿者、软件学院2019级本科生；
张智博，国家高山滑雪中心技术领域志愿者、软件学院2019级本科生。

曹阳：军装换制服，站岗守高山

■ 曹阳于北京2022年冬奥、冬残奥志愿服务期间服务于国家高山滑雪中心

北京2022年冬奥、冬残奥期间，在国家高山滑雪中心有这样一位志愿者：他是一名党员、一名博士生，也是一名退役军人。他曾在本科期间休学两年服役于武警某部，参与抗洪抢险等任务。虽然他早已脱下军装，但仍能在志愿服务岗位上看到他挺拔的军姿。他和志愿者伙伴们一同坚守在冬奥海拔最高的停车场，在风雪中以细致的服务引导参与冬奥盛会的人员车辆。他就是北京航空航天大学材料科学与工程学院2018级博士研究生、国家高山滑雪中心交通领域志愿者曹阳。

携笔从军梦，躬身践行时

■ 曹阳服役期间于2016年7月参加湖北洪湖抗洪抢险任务

2014—2016年，曹阳休学两年服役于中国人民武装警察8652部队，期间参与海关监管、抗洪抢险及各类演习和日常勤务，荣获"优秀义务兵"两次、嘉奖两次。

2016年7月至8月，我国南方地区普降暴雨，多地受洪涝灾害影响，曹阳所在部队接中央军委和武警总部命令连续机动两昼夜到达革命老区洪湖执行抗洪抢险任务。在异常严峻的抗洪形势下，曹阳和战友们平均每人每天搬运50斤重的沙袋至少60个，算下来就是用麻袋和肩膀将一吨多的沙土变为保护洪湖地区群众安全的防汛堤坝。

那时再过一个多月，曹阳就将面临退伍。但是灾情就是命令，新一轮降雨即将来临，与洪水的斗争才刚刚开始，推迟退伍已是在所难免的事。曹阳这样告诉自己："能在国家和人民最需要的时候冲上一线，是军人至高无上的荣耀。洪湖是革命老区，此时的洪湖需要我们，我们已经叫响了'水进人进，水涨堤高，人在堤在，保卫洪湖'的口号。能在此刻同无数的战友在一线战斗，必将是我军旅生涯乃至人生中最珍贵最美好的回忆。"

退役之后，曹阳不忘军人本色，仍然选择奉献，根据自己的兴趣和特长为社会和学校的各项事业发光发热。

曹阳长期参与志愿服务工作。曾参与第一届"一带一路"国际合作高峰论坛、庆祝中国共产党成立100周年大会、"温暖衣冬"、世界候鸟日活动等志愿服务。在庆祝中国共产党成立100周年大会当天，曹阳作为广场志愿者服务于东黄1区。能坐在最前排服务和观礼，曹阳深知责任重大又倍感荣幸。在庆祝大会开始前，曹阳向所在区域的400余名观

■ 曹阳在2021年7月服务于庆祝中国共产党成立100周年大会

礼嘉宾详细介绍观礼注意事项。为确保所在区域每一名嘉宾都能熟悉事项，曹阳在5处不同位置进行反复讲解。在结束庆祝大会志愿服务时，曹阳收到了北京市退役军人事务局的"七一"节日祝福短信。短信的最后一句话是祝福更是鞭策：初心不改、本色不褪、建功新时代、续写新辉煌。在今后的学习、科研和工作当中，曹阳时刻提醒自己不忘军人本色，牢记使命、敢于担当、勇于冲锋。

曹阳的经历受到了社会和学校的充分认可，曾获"第十二届中国大学生年度人物"入围奖、北京科技大学十大新闻人物、北京科技大学"青年五四奖章"、北京航空航天大学优秀学生干部、优秀团干部、优秀研究生等荣誉，其事迹和相关经历被人民网、《工人日报》《新京报》《荆州日报》等媒体报道，并作为北京市退役大学生事迹演讲团成员，北京科技大学"一带一路"国际合作高峰论坛志愿服务宣讲团成员、十大新闻人物代表、"五四奖章"获得者代表等分享成长历程。

聚万千"雪花",圆"双奥"之梦

北京2022年冬奥、冬残奥让北京成为第一座"双奥之城"。圆梦"双奥",需要万千志愿者"小雪花"们的共同参与,需要志愿者们积极践行"请党放心,强国有我"的铮铮誓言,为冰雪冬奥注入青春之火,彰显青年担当。

通过层层选拔考核,曹阳有幸成为一万余名志愿者中的一员。在经历过军旅生活的历练、庆祝中国共产党成立100周年大会的洗礼后,曹阳又一次见证历史,以志愿者身份参与到冬奥、冬残奥这场盛典中来,在延庆小海陀国家高山滑雪中心为国坚守。

国家高山滑雪中心依托延庆小海陀地区地形建设,海拔高、面积大、气温低,志愿者们戴雷锋帽、穿大棉袄、棉靴子,为场馆正常运转、比赛顺利进行尽职尽责。曹阳所在的岗位在国家高山滑雪中心海拔最高的停车场,和曹阳一同站岗的共有6位志愿者伙伴,岗位体感温度最低可达零下26摄氏度,并时常出现7级以上

■ 曹阳于北京2022年冬奥、冬残奥志愿服务期间引导车辆

大风。工作期间,曹阳需早上5时从驻地出发,高峰时段每天在室外站岗8小时以上,日均引导运动员、官员、工作人员、媒体等人员300余人次,车辆50余车次,帮助人员、车辆等按照流线进出场馆。

曹阳曾在军营里度过了两个新春佳节,今年春节曹阳又一次为国站岗,这是曹阳因任务在异乡度过的第三个春节,只是他已经告别了军营,身上的军装也换成了志愿者制服。除夕那天,大风一度使缆车暂时停运,体感温度降至零下25摄氏度以下,曹阳和岗位的伙伴只能将眼睛露在外面,并不停地来回走动取暖。大风甚至吹丢了曹阳帽子上的小毛球,母亲打电话想问他新年如何过时只能听到周围呼啸的风声。

交通领域志愿者的岗位遍布场馆运行的各个交通枢纽,和很多伙伴一样,曹阳也经历了从刚进入场馆时的兴奋、陌生到后来的轻车熟路,从刚进入岗位时的紧张无措到后来的得心应手。在和伙伴们交流时,曹阳发现有的同学感觉自己的工作和预期有落差。他们原以为能在赛道边为运动员加油鼓劲,实际却

在停车场站岗，因此感到失落。在曹阳看来这些许不适应是可以理解的，因为每个人都想在更大的舞台上作出更多的贡献。

曹阳向那位志愿者伙伴讲起了在上下山途中经常看到的、在岗亭中岿然不动注视着场馆周边情况的执勤战士们。他们有的岗位正对着山，能听到身后人来人往却不能回头；有的背对着赛道，能感受到周围旗帜飘扬却不能一起呐喊助威。因为他们的职责就是注视前方，保护场馆的安全。在部队时老班长常教育大家"革命战士是块砖，哪里需要哪里搬"。曹阳觉得这句话同样适用于志愿者的工作。只有将无数细微的事情做到极致，只有各岗位任务出色完成、岗位之间通力协作，整个冬奥盛会才能圆满举办。

守高山之巅，立青年之志

残奥赛程后半阶段，高山滑雪赛事全部位于曹阳岗位所处区域。很多组员主动放弃调休，申请比赛日全程在岗，确保能第一时间处理岗位上的各种情况，同时也想再多看看大家共同坚守了40多天的岗位。因为在这里，曹阳和志愿者伙伴们曾一起迎接每天升起的朝阳，一起引导进出的人员车辆，一起在零下20多摄氏度的风雪中坚守，一起听着远处赛场上中国队夺冠后奏响的国歌热泪盈眶。

■ 曹阳于北京2022年冬奥、冬残奥志愿服务期间服务于国家高山滑雪中心

作为一名高年级博士生，曹阳参与了国家自然科学基金委等部委主持的多项科研任务，冬奥服务期间曹阳每天回到驻地后仍需跟进科研项目进展。很多人问曹阳为什么在学习和科研压力如此大的情况下，还要用两个多月的时间参与冬奥和冬残奥志愿活动，曹阳的回答是："此次冬奥、冬残奥志愿工作可能是我以学生身份参与的最后一次大型志愿活动了。能服务于如此盛会，是吾辈之幸，更是当代青年之责。"

2022年1月至3月，曹阳和320余名志愿者"小雪花"们，在国家高山滑雪中心共同度过了一个难忘而充满意义的冬天。虽然早已脱下军装，但曹阳仍选择在高山之巅以挺拔的军姿为国站岗，展现当代青年的良好风貌。脱下军装穿上志愿者制服，曹阳始终坚持将党员、退役军人、高校志愿者三种身份融于一身,以坚定的信念、不怕苦累的作风、良好的服务意识、过硬的专业能力坚守岗位,同志愿者伙伴们一起为冬奥、冬残奥贡献青春力量。

守高山之巅,曹阳在冬奥海拔最高的赛场,不畏严寒挑战、勇担急难险重,用当代青年的担当共襄冬奥盛会;立青年之志,曹阳必将继续燃烧炙热的"奉献之火",在新征程上踔厉奋发、笃行不怠,为奋进民族复兴书写更加绚丽的青春篇章!

素材提供:

曹阳,国家高山滑雪中心交通领域志愿者、材料科学与工程学院2018级博士研究生。

徐申展：海陀山下的坚守

京礼高速的海陀收费站是通往延庆赛区两个竞赛场馆和冬奥村的必经之路，阪泉综合服务中心运行团队在这里设置了一个闭环内安检点并配置了相应工作团队。作为临时设立的站点，这里的设施简陋，条件较差，阪泉服务中心的技术志愿者徐申展在这里坚守了42天。不畏艰辛，不惧严寒，他和海陀站的工作团队一起守好了这上山的"最后一道关"。

心怀憧憬赴冬奥

徐申展是北京航空航天大学的一名博士研究生，2008年北京奥运会召开的时候，徐申展还只是一名小学生。那个时候，懵懂的他在电视上看到了奥运志愿者们的身影，在照片上看到了那一片蓝色的海洋，在书报上了解到那张北京最好的名片。一颗志愿服务的种子已经深深埋在他的心中。随着时间的推移，五环旗又来到了伦敦、索契、里约、平昌……年龄渐长的徐申展也逐渐了解了什么是志愿者、什么是志愿服务。在今后成为一名志愿者，便成了他的梦想。

2019年，徐申展参加了庆祝中华人民共和国成立70周年大会群众游行中，作为关键抉择方阵第一排的骨干。他说："走过天安门时，我感受到的是与国同行的光荣。两个多月的训练虽然艰苦，但是能够参与到这样伟大的事业中，让我感受到的是无比的激动和自豪。"正是这样的宝贵经历，让徐申展下定决心，在北京冬奥会到来的时候，一定要成为一名赛会志愿者。同年12月，当北京冬奥组委启动赛会志愿者全球招募的时候，徐申展便第一时间提交了报名申请。

2021年底，经历了多轮面试和选拔，徐申展终于收到了奥组委发来的邮件，在得知自己被拟录用为阪泉综合服务的无线电频率管理助理后，悬在他心中的这块大石头总算是落了地。此时的他，无比期盼着出发上岗的那一天。

艰苦孤独海陀站

1月24日，在经历了一番周折后，徐申展搭乘班车来到了他所服务的岗位——

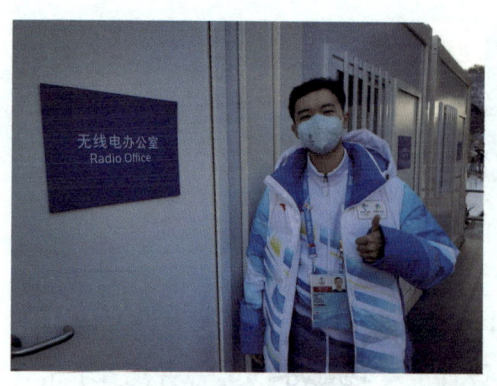
■ 徐申展在海陀站

海陀收费站。根据阪泉技术团队的安排，他虽然是阪泉服务中心的志愿者，但他的岗位却不在阪泉服务区内，而是在其下属的海陀收费站。海陀站是京礼高速的一个出口，位于海陀山脚下，是前往延庆冬奥村以及两个竞赛场馆的必经之路。据徐申展回忆，阪泉综合服务中心的运行团队是在他上岗前不久设置的这个安检点，他也是在上岗前几天才知道自己的工作岗位在这里。

在海陀站，徐申展见到了技术团队的老师，老师向他讲解了技术志愿者的主要工作内容并进行了岗前培训。徐申展坦言道，他曾经一度认为无线电志愿者是一个十分具有挑战性的岗位，需要他坐在控制室中，面对着大屏幕，传递和处理着各种指令。但实际上，无线电志愿者的工作主要是守在安检棚中，帮助场馆安检员查验、识别无线电设备，阻止未授权的设备进入场馆、影响场馆内重要设备正常运行。

除了工作内容之外，徐申展承认，海陀站的工作环境也和他的心理预期有着差距。这里只有一座安检大棚和一排临时的集装箱房，志愿者需要和安保团队的民警共用一间集装箱房作为休息室。这间海陀站"志愿者之家"尽管充斥着浓厚的二手烟和泡面味，但却是唯一能够抵御室外凛冽寒风的地方。此外，海陀站的40余位安保、交通、安检、技术团队工作人员需要共同使用一间设计容量为20人的自降解卫生间。"用上一间干净没有味道的卫生间，是我在很长一段时间中的愿望。"徐申展说道。

在交通方面，由于防疫规定，志愿者们每天往返于场馆和驻地需要搭乘专用的闭环班车，然而在最开始上岗的几天中，并没有从志愿者驻地到海陀站的班车。徐申展说，他第一天到岗也是在阪泉和老师一同乘上了前往其他场馆的车辆，让司机在海陀站临时停车才到的岗位。而到岗之后，技术经理和交通部、延庆场馆群协调了一下午，才为他协调好了返回驻地的车辆：16时从国家高山滑雪中心前往志愿者驻地的班车将会在途经海陀站的时候停车，乘坐它便能返回驻地。害怕错过返回驻地的机会，徐申展16时不到便来到路口等候。第一天上岗低估了寒冷天气的他没有穿棉靴，只穿了普通的运动鞋和薄袜子。冷气从冰冷的地面上渗进鞋里，班车16:30来到路口的时候，徐申展的脚几乎冻得失去了知觉。之后，在技术团队和交通部门的协商下，每天安排了一班往返于高山滑雪中心和志愿者驻地的班车在海陀站停车，用于接送这里的志愿者，但是也出现过司机忘记停车，导致志愿者差点错过上下车机会的情况。

外部的工作条件是艰苦的，这里的志愿者也是孤独的。在赛前，海陀站一共只有两名技术领域的志愿者。在冬奥会开幕后，由于阪泉服务区的工作需要，留守在海陀的志愿者被缩减到了一人。冬奥会、转换期以及冬残奥会的绝大部分时间，都是由徐申展一人孤独地工作在这个岗位上。

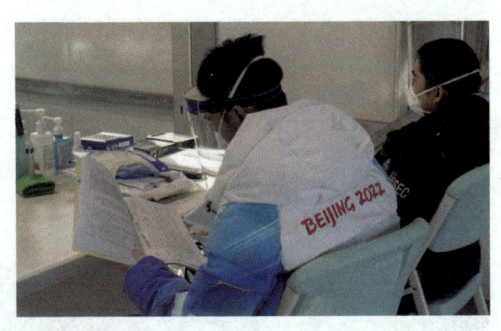
■ 徐申展在工作

技术志愿者们的岗位在安检棚中，这里远离赛场，远离聚光灯，这里的志愿者只能成为在幕后的人。这里的环境孤独且艰苦，这里的工作每天机械而又重复，对于志愿者来说都是不小的挑战。

山高风寒铸忠诚

刚刚到达岗位的时候，尚未退却的新鲜劲和对冬奥的热忱支撑着徐申展在岗的每一天，尽管条件艰苦，但他还是每天工作在海陀站，毫无怨言。后来，在和其他志愿者的交流中，在逐渐感受到海陀站环境的恶劣后，徐申展坦言："我感受到了岗位的参差。"

赛事服务的志愿者们能够近距离接触观众、接触赛场，感受着比赛的热烈氛围；场馆通信中心助理每天承担着相当重要的任务，工作内容十分充实；交通上下车引导的志愿者每天能和各国媒体、转播商等国外友人接触，换到各种各样好看的徽章；"雪游龙"的无线电志愿者甚至登上了央视。"现在看来，当时对于岗位的看法无异于'围城'。"徐申展说道，"在我羡慕其他志愿者们的同时，工作在室外凛冽寒风中的交通引导、缆车引导志愿者们也羡慕我能够工作在室内；通信中心助理们也羡慕技术志愿者相对短的工作时间和较小的工作压力。但是在当时的我看来，海陀站的工作日常就只是每天干坐在安检棚中。"

由于阪泉服务区承担了绝大部分的安检任务，每天经海陀站安检的人只有少数的国内工作人员，携带的无线电设备则更为稀少。久而久之，徐申展也逐渐对这份工作产生了怀疑。他感觉自己并不能够为冬奥作出贡献，每天在这样的岗位中也体现不出自己的价值，工作的热情和斗志也有所下降，他甚至一度萌生退意，想申请离开海陀站，调回阪泉工作。

"那段时间，我的内心其实是十分矛盾的。"海陀站的工作环境是公认的恶劣，每天的工作量也确实很低，感受过志愿者岗位参差的徐申展甚至一度夜不能寐，这份相对枯燥的工作，不像是自己想象中志愿者的工作状态；但是退一步来说，场馆既然设置了海陀站这个岗位，在这里设置了安检棚和安检员，每天也会有人经过这里接受安检，把志愿者撤走只会给海陀站本就人数不充裕的技术团队雪上加霜。

■ 徐申展提供语言服务

转机出现在这样的一天：一辆载着转播商的车辆因为车证权限不足，海陀站交通团队不允许这辆车上山，车上的乘客十分着急，但是由于语言关系，无法有效沟通。徐申展自告奋勇，作为翻译向车上乘客解释交通部门相关政策、告知解决方案，并有效安抚了车上乘客的情绪。之后，交通团队的负责人向他道谢说："你可帮大忙了，没有你的话这可解决不了。"看着远去的车辆，徐申展仿佛有了一种释然的感觉。那是他这么久以来第一次感觉到，虽然只是举手之劳，但是自己也为冬奥会贡献了一份小小的力量，自己在幕后的坚守是有意义的。

徐申展不禁回忆起提交志愿者报名申请的时候，自己成为志愿者的初心，那就是：成为冬奥会万千参与者中的一分子。虽然身在幕后，但是他也能够为赛会贡献

■ 徐申展在海陀站

一份力量。在北航冬奥志愿者临时党支部会上，徐申展说道："作为一位冬奥志愿者，一位北航的同学，一位共产党员，如果因为工作单调而退缩，又如何对得起自己报名时的初心呢？如果因为环境艰苦而退却，又如何对得起'随时准备为党和人民牺牲一切'的铮铮誓言呢？"

既然来到了这个岗位，就把这个岗位的工作干好。怀着这样的心情，徐申展坚守在海陀站的岗位上，并之后多次帮助交通部门解决语言问题，收到了海陀站安保团队的表扬信，并获评阪泉综合服务中心"志愿者之星"。

结语

海陀山的寒风没有令志愿者退缩，反而铸就了忠于职守的志愿者之魂。海陀站的技术志愿者克服诸多外部困难，坚守岗位40余天，在海陀山下书写了自己的故事。怀揣着奥运梦想来到海陀山，这段难忘的经历也将成为徐申展人生中最宝贵的财富。

素材提供：

徐申展，阪泉综合服务区技术领域志愿者、电子信息工程学院2021级博士研究生。

刘心怡：冲过疫情波折，"最后一片雪花"终归航

冬奥会及冬残奥会筹备、召开期间，受新冠疫情影响，一些志愿者的服务之路遇到了重重阻碍。阪泉赛事服务助理、人文社会科学学院的硕士研究生刘心怡就遇到了这样的问题。在赴延庆上岗之前，因所住小区出现确诊病例、实行管控措施，刘心怡被封在社区，面临不知能否参与冬奥会的情况。调整心情后，她报名担任了社区志愿者，在防疫一线贡献自己的力量，并最终抵达海陀山，实现了她多年来服务冬奥的心愿，也收获了阪泉赛事服务全体伙伴的暖心欢迎。

突发新冠，阻隔冬奥梦想

出生于张家口的刘心怡，在北京已经生活了10年。她的家庭里，有四代人都在京张铁路沿线工作。因为自小对冰雪运动和志愿服务抱有热情，又有着京张生活背景，她持续关注着北京冬奥会的筹备工作，在2020年就报名了赛会志愿者，并通过考核。2022年初，刘心怡满心欢喜地准备上岗，但没想到，她与冬奥的这段故事，在正式开始前，就经历了一番难以忘怀的波折。

2022年1月21日，经过重重选拔与培训后的刘心怡，距离原定上岗时间还有一周。清早起来，她突然听闻居住小区因出现阳性病例被临时管控。什么时候能出去？还能否按期到达延庆赛区？甚至，还能否如愿服务冬奥？谁也不知道。她能做的，只有听从安排、每日进行核酸检测，默默等待社区解封。

手足无措但又抱着希望等到了1月24日，社区升级为中风险，实行"14+7"管控，这下，刘心怡的期待彻底落空了。她用颤抖的手打下向学校和场馆的报告，一次次拭去满溢的泪水，并不断安慰自己——服从大局留在家中，为疫情稳定作贡献，也就是为冬奥会顺利召开作贡献了。

那几天，尽管老师、同学和家人们不断鼓励着刘心怡，但失望、悲伤、内疚的情绪还是时时萦绕在她心头。朋友圈里其他志愿者开开心心准备上岗的消

息,她不敢看,却又忍不住点开,幻想着本来近在她眼前、彼时却远在天边的冬奥志愿生活。

重振精神,社区志愿者披挂上阵

1月25日,刘心怡所在的社区开始招募志愿者,承担为居民取药、买药、买菜、送东西等工作。她没有犹豫,即刻报名上岗,想把冬奥服务精神迁移到抗疫前线。

没想到,社区服务也并不简单,琐碎的任务中藏着许多容易疏漏的细节。有的时候,一张医保卡要挂好几个科室的号、取十几种药,同时拿着四五张医保卡也不能搞混;有的时候,一个买菜订单就有三四大包的货物,自行车根本装不下。外出返回居委会的时候,她常常能见到不同居民,听到不同诉求——有探望朋友遭到管控、想递出东西的年轻人,也有着急到医院透析的病人,有孕妇临产要叫急救车,也有老人离世家属却不能送别……近万人的小区,两周多的管控时间,理解和争吵并存,关爱和无奈同在。此时,疫情带来的困难更直观地摆在刘心怡面前,看着电视里冬奥会一天天临近的报道,她更感觉到了国家在新冠疫情风险下举办奥运会的不易。

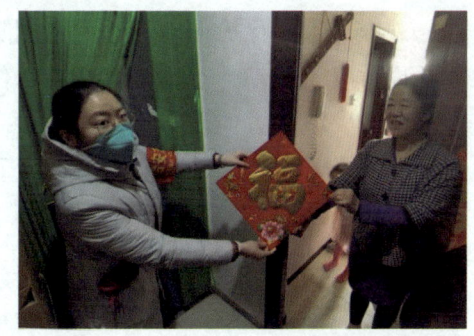
■ 刘心怡在社区做志愿者时为居民送福字

在社区做志愿的同时,刘心怡看到志愿者"小雪花"们陆续奔赴各个岗位,在工作之余一起庆祝春节、共同观看冬奥会开幕式和各项比赛。而她独自在家,更加希望还有机会赶到延庆。

峰回路转,奔赴阪泉收获暖心欢迎

疫情防控形势趋于平稳,小区解封的日子终于到来了。2月6日晚上,紧闭17天的小区大门打开,居民们欢呼着走到街上,比新年到来还要高兴。刘心怡也第一时间向场馆和学校报告了解封的消息——这一次,她的心情既是激动的,也是忐忑的,因为不知会得到怎样的答复。

没想到,场馆经理很快回复刘心怡——只要再按规定做完2次核酸检测,就可以立即上岗。从未预料到归队会如此顺利,她欢欢喜喜地安排核酸检测、收拾行李。伴随她多日的阴霾一扫而空,得知这一消息的家人和朋友们也都为她送上祝福。

2月9日上午，阪泉赛事服务主管、北航博士生黄可义学长让刘心怡提交一份简短的视频，并没有说明用途。她经过反复录制才选定——而此时，她还不知道，场馆的小伙伴们为她准备了一份惊喜。

2月10日下午，刘心怡满怀期待，驱车到达延庆驻地。学校的负责老师和两位主管到酒店门口迎接她，一路把她送到宿舍，刚结束了上午工作的两位舍友也特意等着她到来，热情地帮她安置、熟悉环境。此刻，刘心怡这片迟到的"小雪花"终于归"航"，她的欣喜之情溢于言表。

2月11日6时，天还未亮，刘心怡和大家一起踏上到阪泉的班车。一路上，看着还未开门的店铺，她期待着第一天的工作，没有丝毫睡意。刚一到达，温暖的气氛就打消了她的紧张情绪，经理和志愿者同学们为刘心怡仔细介绍了工作职责、帮她尽快熟悉岗位。7时，朝阳缓缓升起，飞机划过天空留下了印记，观众的大巴徐徐而至，志愿者们随着音乐跳成了一片蓝色的欢乐海洋。刘心怡也被气氛带动，热情地接待着每位检票完毕的观众，提醒他们注意脚下，并指引着安检的方向。早饭完毕，又一拨观众到来，她被换到检票亭前引导，为他们送上了手中印着冰墩墩的小旗子。

午饭后，黄可义学长播放视频《我们的雪花》——它花费4天创作，由包括刘心怡在内的84位阪泉赛事服务志愿者及经理的比心镜头等构成，视频最后，仿照冬奥会开幕式主火炬的形式，每个人的名字被写在一片片小雪花上，汇聚成一片大大的雪花——据说光是大雪花的拼接就花费了伙伴们好几个小时。每位冬奥会志愿者都是一片雪花，阪泉赛事服务大家庭构成的这片大雪花，凝聚了力量，传递了温暖，不落下一个人，不遗漏一点爱。看着为了欢迎她精心制作的视频，听着大家真挚的掌声，刘心怡再次热泪盈眶。她想，这个视频蕴含了无尽的青春活力和温情友谊，不正传播了"更高、更快、更强、更团结"的奥林匹克格言吗？

不遗漏一点爱 迟到的"小雪花"上岗

■ 2月13日《北京日报》的冬奥会刊讲述了这段故事

后来，《我们的雪花》背后的故事吸引了更多人关注，刘心怡和阪泉赛事服务的故事也因此登上了《北京日报》冬奥会刊。

日渐熟悉，不同岗位一样奉献

有了大家的悉心帮助，刘心怡快速熟悉了工作流程，进入了工作状态。接下来的几天，第一次拿着荧光棒上晚班、第一次到安检后的上客区引导、第一次和观众合影、第一次回归宣传组、第一次值守信息亭、第一次撰写会议记录……她在阪泉度过了很多个迟来的"第一次"，也一次又一次地被伙伴们的热心和激情所感染，更加明白了冬奥会与志愿服务的意义，并期待着未来在冬残奥会服务中继续奉献出自己的力量。

休息时，小伙伴们总是拉着刘心怡一起玩耍，帮她解决各种生活上的小问题，共同留下了许多美好回忆。他们迎来了虎年的第一场雪，扫除积雪后堆起了各式各样的雪人，自制的冰墩墩、雪容融展现着非凡的创意；他们庆祝了象征团圆和睦的元宵节，在食堂分享一碗碗红糖姜丝汤圆，温温的热气挡不住甜甜的笑脸。

■ 阪泉赛事服务志愿者工作结束后合影

新的工作日又到来了，朝霞给远方的天空抹上了一层胭脂，雪后的高山仿佛成了沙盘上的景观。年轻的志愿者们肩披阳光走上各自的岗位，刘心怡身在其中，步伐坚定，心存感激。

送别战友，站好冬残奥最后一班岗

■ 刘心怡在送别会上表演快板的场景

奥运服务的日子很忙碌，也过得飞快，转眼间离别已至。

在冬奥会闭幕后，一大批志愿者即将撤离驻地，返回学校隔离。虽然相识不久，但工作中的朝夕相处已经把他们变成了亲密的"战友"。送别会上，歌曲、视频、游戏……各个环节精彩绝伦。许多同学拿出了自己的看家本领，刘心怡也拿出她在北航天笑曲艺团中所学，表演了快板《天安门广场看升旗》。就这样，他们在海陀山下度过了一个难忘的下午，互相诉说着感谢与不舍，很多人红了眼眶。

把昔日"战友"一个一个送上驶离的大巴，抹去眼泪，重整心情，阪泉赛事领域中继续服务冬残奥会的志愿者们肩上的担子更重了。转换期内，大家积极学习、勤奋布置场地，针对冬残奥会的特点着重注意着无障碍通道的维护、残疾观众引导等工作。刘心怡也在转换期中迎来了她的23岁生日，再次收获了驻地与场馆准备的惊喜礼物、暖心长寿面，以及黄可义学长制作的祝福视频。

终于，冬残奥会也如约而至，每位志愿者都打起了十二分精神，热情服务，也因运动员们的坚强而备受鼓舞。

只可惜，时间飞逝，转眼之间，冬残奥会也落下了帷幕。送走最后一波观众的一刹那，刘心怡的泪水夺眶而出。她跟随阪泉赛事服务的每个人，一起认真地再走了一遍场馆，向同伴一一合影告别，约定下次见面的时间。

结语

冬奥虽已结束，但在此学到的志愿服务和奥运精神将永远留存在每个人心中。未来或许依旧会面临挫折，但阪泉赛事伙伴们互相给予的勇气，必将成为指引他们前进之路的明灯。

素材提供：

刘心怡，阪泉综合服务区赛事服务志愿者、人文社会科学学院2021级硕士研究生。

温暖护航

❄❄❄

　　"最美的青春是奉献，送人玫瑰香飘人间。"热情的志愿者温暖了这个冬天，也见证着校内外团队的倾心护航：机关部处院系"全校一盘棋"，校内到校外马不停蹄，携手缔造专属"北航温暖"。在一线，激励保障团队热情燃烧、宣传培训团队发声推广、组织考核团队细心谋划；在后方，驻地专班无私奉献、校内后勤陪伴守护、学业支持协调帮助……学校、场馆、驻地温暖交织、联动融合，汇成一股暖流激荡，让志愿者的这个冬天不再寒冷。

激励保障组："燃烧"的"平方志愿者"

在"志愿者之家"堆满了将近一整面墙的物资，看似与这里轻松愉快的氛围"格格不入"。这些物资中有提供给志愿者加餐的泡面、米饭，有定期下发激励的精美系列徽章，还有为志愿者们参加活动准备的精美奖品。

■ 堆放在"志愿者之家"的部分物资

在冬奥、冬残奥期间，激励保障组共计采购、搬运和分发这类激励保障物资10余批次1.2万余件，他们就是默默"燃烧"、服务所有志愿者的志愿者，被大家亲切地称为"平方志愿者"。

兵马未动，粮草先行

由于闭环管理期间不能收快递，为了让志愿者得到全方位的物资保障，收到心仪的激励物资，激励保障组于2021年11月便开始点对点联系特许生产商，制定了十余个版本、百余项物资的采购清单，并进行预算申报、下单采购、联络商家等工作。

这期间正逢全国掀起了冬奥购物热潮，同时又面临春节厂家休息的情况，导致物资供货紧张、供应周期长等问题。激励保障组骨干关天洋说："所有的特许生产商都需要我们一个个地打电话联系，我们需要确认想要的商品商家是否提供、数量是否足够、价格是否合适、能否按时送达等细节问题，最忙的时候，面前打出来几十页的A4纸，一个下午要接打100多个电话。"

下单结束后，他们悄然松了一口气：复杂的"脑力劳动"终于能告一段落了！本想着和其他志愿者一样，在闭环之前好好出去吃喝玩乐。但是还没休息两天，一条接一条的快递消息让他们意识到了一个更复杂的问题。

"除了累计上万件、成吨重的物资需要我们一箱一箱地接收和清点，更复杂的是由于疫情管控下的闭环管理导致我们需要提前分装和打包好。"激励保障组王广琛苦笑着说。正是因为北航的志愿者们分布在高山、阪泉等多个场馆，每个场馆都有在环内和环外工作的志愿者。简单地说，就是不同场馆志愿者工作的时候是完全分隔开的，而环内和环外的志愿者甚至整个冬奥期间都见不到一面，这就需要把物资准备工作做在前面。

■ 志愿者物资清单

关天洋等成员花了三天时间清点、分装、打包环内环外的物资，仅仅这个过程便花光了十几个大纸箱子，用完了5卷大透明胶带，写干了3支黑色油性笔。为了抢在场馆闭环前将物资送到场馆，正式上岗前关天洋曾三次独自一人跟随货车上山运送物资，成为"高山上最早上岗的志愿者"。

时间和疫情防控的压力让激励保障组成员连续几天都没睡好觉，但为国家高山滑雪中心的500余名志愿者提前准备好保障物资，再忙再累也是值得的！

辛苦一点，温暖一点

把物资送上山之后，八字也还没完成一撇。高山滑雪中心场馆条件特殊，海拔高、气温低，导致台阶多、雪道深，那么多的物资来到山上，从卸车到进楼，需要经过许多台阶和雪道。而这些工作都需要人力完成，把物资运送到"志愿者之家"成了难题。

每次物资送达，激励保障组都几乎全员出动，克服这最后一站的困难。因为人高马大的体格优势，每次接运物资都有王广琛的参与，他对此已经轻车熟路,但还是对刚上山搬运第一趟物资的经历印象深刻。"当时我们拉着几辆小推车下来接物资,一下子看到那几百箱物资人都傻了。每个箱子都特别沉,费了老半天劲放上小推车拉了一段之后一过雪道就翻车。轮子陷进雪里,我们几个人施展了推、拖、拉各种方法才把小推车和物资拔出来。那时候体感温度零下20多摄氏度,我们都出了一身汗!"王广琛说道:"前几天不适应,睡醒一觉起来腰酸背疼,后面也就慢慢适应了,在冬奥会做志愿者也能锻炼身体呢!"

终于把物资运到"志愿者之家"后,领取又成了难事。志愿者们分散在2个结束区共18个业务领域,分散的点位和海拔的落差大大增加了物资分发难度。为减轻志愿者因领取物资而往返的压力,保障志愿者工作休息,激励保障组按照业务领域志愿者人数将物资提前分配打包,由辅导员、组长将激励物资送至各点位,精准分发给每名志愿者。对激励保障组来说,需要把物资分门别类清点好,按照制定好的分发时间表将不同的激励物资分发给业务领域的志愿者们。

在清点分发物资的过程中,由于耐心细致的态度,刘洋岐被组员们亲切地称为"库管"。每每分发物资,"志愿者之家"询问的声音此起彼伏:"洋岐,今天发哪种徽章呀?""洋岐,我们媒体的水杯放哪个箱子里了来着?""洋岐洋岐,来帮我看看这个是不是多的呀?"……激励保障团队时常靠着墙边组成物资分装流水线,从一个袋子出发,陆续装入徽章、文具夹、头饰、贴纸等物资,这么一个简单的动作需要流水线的每个人重复上百次,一坐一个上午就过去了。

除了发放"固定物资",激励保障组也会根据各个岗位志愿者实际情况的不同灵活调整发放策略。关天洋曾用一整天的时间实地踏勘高山滑雪中心两个结束区18个业务领域、30多个点位100多名志愿者的工作条件,以了解他们的实际需求,把志愿者在室内还是在室外工作、站位是否面向雪道、一次上岗时间长短等细节都做了记录,根据不同特点分别配备物资,为缆车等

■ 激励保障组成员在工作

室外领域准备了更多的暖贴和热水壶，为室内的集中休息点提供了行军床，确保志愿者有求必应、各种物资物尽其用。精准保障，暖心关怀，他们多辛苦一点，志愿者们领到物资也必定会温暖一点吧。

温暖家庭，激励不停

冬奥、冬残奥封闭管理时间长，不少志愿者也是第一次在远离家乡、没有家人陪伴的情况下过春节，让志愿者们保持新鲜感和提高融入度便也成为激励保障组开展工作的重要出发点。

为了做到这一点，他们从志愿者之家的布置开始就显出了"别出心裁"。连志愿者们都不知道的是，最开始的"志愿者之家"就是四面白墙的小空间，所有的布置都是激励保障组成员们提前上山布置好的。每一处精巧的布置都能看出他们团队的用心，曹雨涵介绍道："我们特意设计了定制的签名墙、打卡版和亚克力板来布置白墙，美观的工作环境才能让人心情也美丽！"

志愿者之家最受欢迎的"招牌"就是游戏区，狼人杀、三国杀、UNO、德国心脏病等各种棋牌琳琅满目，打地鼠、投壶、飞镖等各种小游戏丰富多彩。这些都是激励保障组成员考虑同学们的愿望、做了充分调研后购买的。曹雨涵说："看到志愿者在这里'打成一片'，在志愿服务的闲暇之余找到了最纯真的快乐，我们真的很开心。"

服务期间，志愿者们一起度过了开闭幕式、春节、元宵节、妇女节等节日和节点，激励保障组每每都会推出精品活动，呼呼号召大家积极参加，给大家留下难忘的冬奥印记。

除夕夜，激励保障组把"简约、安全、精彩"的办赛要求融入节日习俗，推出了新颖的"集奥运三福，迎中国大年"的室外活动。鼓励志愿者出门拜年，并寻找藏于场馆中的"简约福、安全福、精彩福"，并有"集福赢好礼"。超过200名志愿者积极参与，在场馆度过了一个难忘的冬奥年。

■ 激励活动暖人心

元宵节，除了在"志愿者之家"开展猜灯谜系列活动，激励保障组还用最短的时间组织了一场线上和线下相结合的"元宵喜乐会"。活动策划、同时担任主持人的王广琛激动地说道："这就是一场遵守各项防疫规定的联欢。大家都憋坏了，在元宵这个象征团圆的节日里欢聚一堂，倾情展示才艺，真的让我永生难忘。"这场别开生面的元宵喜乐会吸引了超过80%的志愿者自发参与，获得场馆领导老师的一致好评，广泛被各大媒体报道。

志愿者之间以心交心、以情温情最让人难忘。作为"平方志愿者"，他们提前为冬奥期间过生日的80多名志愿者都准备了专属的生日祝福，并邀请他们来到"志愿者之家"接受惊喜。一进门，灯牌亮起，激励保障组成员们簇拥着过生日的"小寿星"，大声唱起了"跟所有的烦恼说拜拜……"近乎所有过生日的志愿者都发自肺腑地发出了真挚的感谢。在远离家乡的地方有一群新认识的朋友们在乎你的生日、为你准备惊喜，这样的生日一定会让人铭记终生吧。

结语

用心保障，用情"燃烧"！这就是激励保障组全员这个冬天为所有志愿者伙伴交出的最好答卷。我们会永远记得，有这样一群"平方志愿者"，在那个寒冷的冬天做着最平凡、也最温暖的服务工作，传递着光和热，助力志愿者们用最饱满的热情和微笑在海陀之巅倾情诠释着"冬奥明珠"的中国故事。

■ 高山初雪当天为志愿者堆"雪墩墩"

作者简介：
王广琛，国家高山滑雪中心志愿者工作助理、交通科学与工程学院2019级本科生。

宣传培训组：让每一片"雪花"都被看到，让志愿在心中树立灯塔

习近平总书记曾寄语广大文艺工作者，用情用力讲好中国故事，向世界展现可信、可爱、可敬的中国形象。在冬奥会和冬残奥会，"讲好高山故事"自宣传团队建设之初，就是团队的核心愿景与目标。若想把故事讲得生动、讲得精彩，就要有受众喜闻乐见、印象深刻的作品。从冬奥测试期到冲刺期，从服务期到宣讲期，北航宣传培训组设计视觉图形、记录微焦故事、编制日报手册，支持每一张冬奥亮丽"名片"发声，打造志愿特色文创，助力冬奥成为思政育人的第二课堂，在志愿者心中树立照亮人生道路的精神灯塔。

系列特色文创凝聚志愿合力，冬奥文化融入全程激励保障

抢眼的冬奥主元素图形，将成为传播冬奥文化、理解志愿理念、感受志愿价值、形成团队凝聚力的关键要素。冬奥宣传团队组织骨干志愿者，融合学校、国家高山滑雪中心及冬奥特色，自主设计出了两套冬奥宣传文创产品。分别用于学校与场馆两种不同宣传场景，为不同志愿者群体提供喜闻乐见的人气LOGO设计。

"航小奥"汇集北航志愿合力。"航小奥"以北航冬奥志愿者为主要形象，将冬奥元素、冰雪元素、北航元素与志愿者精神融为一体，画面背景是初升的

■ 由宣传培训组牵头设计的"冬奥＋北航"主元素——"航小奥"（原版及虎年新春版）

朝阳和国家高山滑雪中心，寓意着北航志愿者将用最饱满的热情服务做好北京2022年冬奥志愿的服务工作，彰显北航学子的青春力量。冬奥恰逢新春，"航小奥"也增添了虎年元素，头戴虎帽，手捧福字中国结，为高山滑雪中心送去一抹新年红、北航蓝，增强了北航志愿者集体归属感和荣誉感。

以"航小奥"形象为基础，北航宣传团队还设计了福字、方仔、徽章、卡包、书签等特色文创周边，包含志愿者纪念品、驻地宣传品、对外展示品3个大类共23个款式，全校428名冬奥志愿者暖心物资全覆盖，驻地足量配发"航小奥"主题条幅、福字。北航元素满满！冬奥元素满满！让志愿者在志愿服务的每一个环节都能感受到学校的专属印记。

■ "航小奥"主题部分暖心物资——帆布包、卡套、U盘、行李贴、徽章

北航冬奥设计品：涂鸦墙

设计者：朱兆鹏、王楚芊、李欣泽、李一舟、何丽雯 文字：吕萌

■ 北京航空航天大学冬奥驻地涂鸦墙设计方案

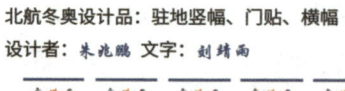

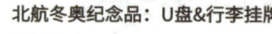

■ "航小奥"主题部分宣传品、物资设计图——驻地竖幅、门贴、横幅等

"高山同心"凝聚场馆志愿者大家庭。"高山同心"融合国家高山滑雪中心各来源单位为核心元素、高山滑雪运动元素，通过一个环形视角的主元素图形进行展示。国家高山滑雪中心志愿者LOGO由宣传培训组牵头自主设计，以高山滑雪运动员卡通形象为中心，融合各来源单位典型元素：北航的北京一号、北化的母校之光、北二外的小鸾、外交学院的和平鸽、清华大学的二校门、国际关系学院的教学楼、北京体育大学的小火狮、中国人民公安大学的警车等。象征着八所高校、三军仪仗队、港澳台侨和社会来源的所有高山志愿者形成团结的志愿者大家庭。宣传团队以"高山同心"为基

高山场馆设计品：打卡框

设计者：何舒扬、游佳怡

高山场馆纪念品：红围巾、红包、徽章

设计者：朱沱鹏

高山场馆设计品：kt手持板

设计者：闫乙涵、谢沛彤

高山场馆设计品：海报

设计者：王瀚洲、闫乙涵、李一舟

高山场馆设计品：志愿者工作手册

设计者：王瀚洲、王楚芊、崔蓓蓓、李欣洋、何舒扬、闫乙涵、李一舟

文字：刘靖雨、吕蓢

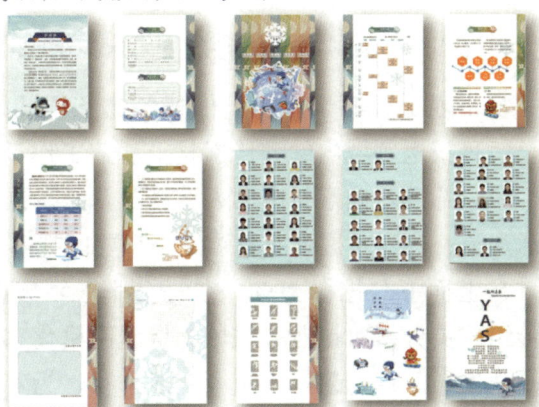

■ 由宣传培训组牵头设计的纪念品、宣传品及《志愿者工作手册》

温暖护航

■ 由宣传培训组牵头设计的高山滑雪中心主元素——"高山同心"

础,还设计制作了主题墙、签名墙、打卡墙、海报、徽章等高山特色宣传品,受到志愿者、工作人员的喜爱,成为高山滑雪中心内喜闻乐见的"志愿者主元素"。

以"航小奥""高山同心"为基础,北航宣传团队设计了场馆宣传品、志愿者工作手册、节日纪念品3个大类26个款式,覆盖延庆赛区500余名志愿者,形成了极富特色的场馆冬奥记忆,进一步提升"冬奥浓度",讲好冬奥故事,让冬奥与北航志愿者拥有了更深的联结感。

"一线一手"支持志愿者持续发声,"三级三面"构筑冬奥故事立体音

北航428名志愿者虽每个人不都是璀璨夺目的英雄,但每个人都会因为自己的小故事而闪闪发光。北航宣传团队希望每一朵"雪花"都被看到,对鲜活个体微观聚焦,发现他们身上无须雕琢的美好。因此北航冬奥宣传团队一起定了个"小目标":主流媒体讲不到的故事,我们来讲;主流媒体看不到的志愿者,我们来让他同样发光。带着这样的初心和使命,宣传团队精心设计故事采编机制,提早布局的媒体宣传矩阵,在冬奥服务期、宣讲期持续输出生动鲜活的志愿故事。北航宣传组成员们分组对接各业务领域,每日深入一线采写志愿者风采,与志愿者"一对一"交流获取一手故事线索,支持北航志愿者通过"三级三面"体系持续发声。

深入业务领域,网格化双向采编机制扎实一线志愿者报道

"自下而上"汇聚感动:依托各业务领域组长、副组长组织架构,安排副组长每日报送领域内的宣传素材,涵盖工作日志、志愿心语以及精选照片视频,汇聚、筛选基础素材中动人、精彩片段。同时与各业务领域副组长保持密切沟通交流,实时掌握各业务领域当日要闻趣事,以便于宣传采写。

"自上而下"挖掘亮点:在每个业务领域设置宣传员基础上,志愿者领域宣传组成员分组对接业务领域,构建网格化宣传体系,保障了一线故事的收集和高效发布。宣传组每日深入一线采写,为每一位志愿者拍摄专属岗位工作照片,记录每个业务领域的工作日常和动人瞬间,撰写每个业务领域的岗位巡

礼,为展现志愿者精神风貌做扎实凝练总结,与业务领域深度合作推出岗位记录VLOG,为各大媒体报道提供了丰富素材。

构建"青年北航—北航官微—主流媒体"三级宣传格局

■ 宣传团队围绕"冬奥志愿者印象"专题采访比利时记者

"青年北航"全覆盖展示志愿人物。"青年北航"持续发布27期"冬奥同航"岗位巡礼,近10篇专题推送,覆盖北航428名志愿者所在全部38个岗位,讲述每一位志愿者的冬奥故事,让"每一朵燃烧的雪花"都被看到,阶段阅读量近4万次,转发量达1800余次,得到师生广泛好评。

"北航官微"精彩刻画志愿群像。"北航官微"深入关键节点,围绕前期踏勘、集结出征、火炬传递、冬奥开幕、科技助奥、巴赫来访、冬奥闭幕等10余项关键事件,推出系列推送展示北航志愿者风采,阅读量累计30万以上,在师生、校友、家长群体中引发强烈反响,北航志愿者坚守岗位、热情服务的群像深入人心。

主流媒体持续讲述冬奥故事。北航宣传团队已在新华社、中央电视台、《光明日报》、北京2022年冬奥会官方网站、《北京日报》等主流媒体刊(播)发正面报道230余篇(次)。"巴赫、小萨马兰奇现场点赞!首都高校志愿者闪耀延庆场馆""一个都不能少!志愿者暖心视频欢迎最后一名'小雪花'上岗""大雪纷飞'雪飞燕'志愿者如一束蓝色的光温暖整个赛场"等一条条生动的视频、

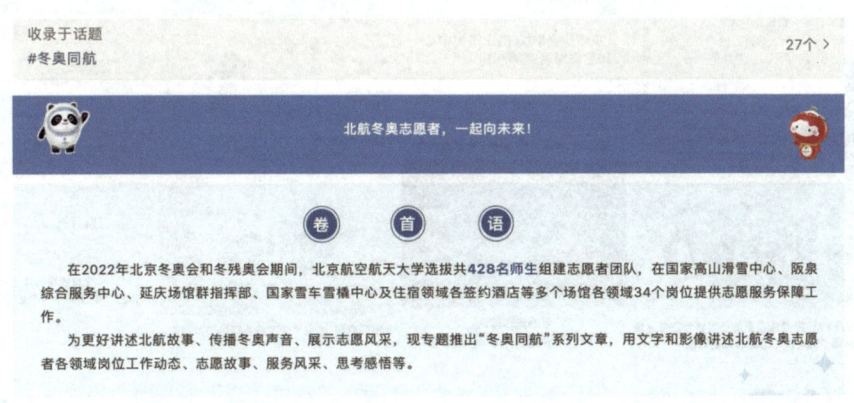
■ "青年北航"持续发布27期"冬奥同航"岗位巡礼

文稿直抵人心，向全世界呈现北航志愿者的善良与温暖，引发社会广泛关注。

■《高山志愿日报》第一期·冬奥版（全 37 期）

"志愿日报"链接"场馆—驻地—高校"三面报送体系，篆刻每日志愿印记。北航冬奥宣传组每日向场馆、驻地、高校三方报送志愿工作重点、亮点、难点。冬奥与冬残奥期间，累计完成37期《高山志愿日报》（冬奥24期，冬残奥13期）共计发布志愿新闻66篇、业务领域巡礼18篇、志愿者与经理故事19篇、志愿心语25篇。展示了全部领域的志愿之星事迹，精彩呈现了志愿者的每日故事，详

■ 北航宣传团队在新华社、中央电视台、《光明日报》、北京2022年冬奥会官方网站、《北京日报》等主流媒体刊（播）发志愿者正面报道230余篇（次）

细记录了志愿者们在志愿服务的每日印记，得到场馆、驻地的高度赞扬。

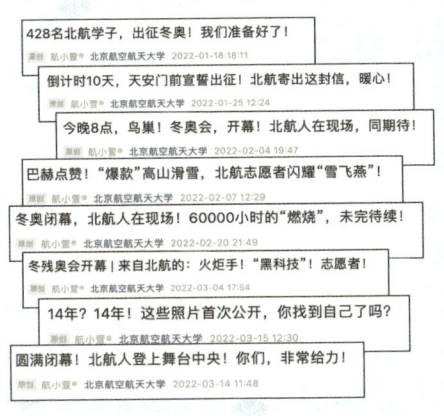

■ "北航官微"刻画志愿群像

■ 宣传培训组正在编辑、校对当日《高山志愿日报》

助力冬奥实践育人，开辟德育第二课堂，树立志愿者心中的精神灯塔

向巴赫赠送特色剪纸、与冰墩墩"斗舞"，志愿者们活泼、热情；在大雪中坚守岗位、屡次找回遗失物品，志愿者认真、有担当；编写程序处理场馆通讯数据、根据专业知识配比消毒剂，志愿者们学以致用。北航冬奥宣传团队用视频与文字记录了志愿者的奉献与成长，为每一位冬奥亲历者留下一笔精神遗产。志愿者是志愿精神的践行者，是高山精神的续写者，奥林匹克精神的见证者。"雪飞燕"志愿者的服务已定格成经典，北航宣传组通过凝练总结一个个细致入微的小故事，让每一位志愿者难忘"冬奥人"的身份。在未来的工作学习中，让冬奥的故事化作永不枯竭的精神源泉，让我们以坚韧与热情渡过一个又一个难关。

作者简介：

王瀚洲，国家高山滑雪中心志愿者工作助理、中法工程师学院2020级硕士研究生。

组织考核组：默默奉献的"中枢系统"

在高山之巅的"雪飞燕"，时常能看到一些特殊的志愿者——他们戴着特制的通行证，顶着零下20多摄氏度的刺骨寒风，穿行在场馆的每一处岗位，他们就是正在巡岗的组织考核组成员。在北京冬奥会和冬残奥会期间，组织考核组认真做好思想政治引领与先进榜样选树工作，持续做好疫情防控与心理关爱工作，让志愿者在服务工作中充分感受到责任感与使命感、荣誉感与成就感，让每一朵"小雪花"在冬奥和冬残奥服务中有所收获。

拔高思想站位，丹心奉献冬奥

国家高山滑雪中心独创"辅导员—组长—志愿者"三级联络体系，点对点沟通体系覆盖18个业务领域，确保岗位人员、物资保障、思想动态反馈全联通，高效提升志愿团队工作水平。

■ 冬奥会志愿者在工作间隙开展党支部学习活动

强化思想建设，夯实冬奥理论基础。在2月4日冬奥会开幕之日，组织场馆各志愿者线上线下联动，学习习近平总书记关于冬奥与志愿服务系列重要讲话精神，开展"同筑冰雪梦，一起向未来"主题党课。2月19日，组织志愿者开展"我的红色奥运征程"主题党日活动,为冬奥会圆满收官、残奥会即将拉开帷幕打牢思想基础。2月27日,组织移出区同学录制"我的冬奥"主题云队课,后续将面向北京市中小学生播放。3月9日,邀请付丽莎老师讲"新时代中国青年的志气、骨气、底气从何而来"主题思政课。3月中旬,组织"两会"精神学习主题支部活动。

强化组织建设,手写入党申请迎冬奥。1月下旬,国家高山滑雪中心志愿者工作助理向全体团员、群众志愿者发出了递交入党申请的倡议书。共收到21名同学来自高山冰雪之巅的入党申请书,唱响了"请党放心,强国有我"的青春承诺。组织辅导员担任临时党支部入党积极分子培养联系人,为入党积极分子志愿者出具第一季度考察意见,留下了来自冬奥的神圣记录。

强化交流研讨,连线交流碰撞思想火花。2月7日,组织高山志愿者与中国工程院院士苏东林教授连线交流分享冬奥体会。2月19日,组织志愿者与NTO老师面对面座谈,围绕冰雪之约中的奉献精神等主题开展了深入交流。2月26日,组织志愿者代表与中国国家高山滑雪队连线,感受顽强拼搏、追求卓越的精神。

■ 志愿者与火炬手、中国工程院院士苏东林教授连线交流

选树先进榜样,激发昂扬斗志

为激发高山志愿者的昂扬斗志,志愿者业务领域构建了系统的选树先进机

■ 第三周"志愿之星"合影

制，努力挖掘优秀志愿者的典型故事，讲好志愿者故事、讲好高山故事、讲好中国故事。

志愿者业务领域制定了《北京2022年冬奥会和冬残奥会国家高山滑雪中心志愿者奖惩办法》，指出国家高山滑雪中心志愿者考核评价体系由赛时总体考核评价和每周考核评价构成。赛时总体评价将依照统一规定组织，每周考核评价以"志愿之星"形式进行。为在广大冬奥会和冬残奥会志愿者中培育和践行社会主义核心价值观，弘扬"奉献、友爱、互助、进步"的志愿精神，发挥优秀志愿者典型的示范引领作用，志愿者领域协同各业务领域，共同评选每周的"志愿之星"。冬奥会、冬残奥会期间共200人次获评"志愿之星"称号，共有37位志愿者获评"志愿者标兵"称号。

为学习贯彻总书记关于冬奥工作系列重要指示精神，充分展现北京冬奥志愿者风采，丰富志愿者生活，记录冬奥会服务期间的精彩瞬间，志愿者业务领域组织了国家高山滑雪中心"我心中的奥林匹克"征文比赛和"冬奥印象，志愿之光"摄影比赛。至截稿日期，共收到来自各业务领域的70位同学的280幅作品。经过初步筛选，有109幅作品进入投票阶段，投票阶段邀请各领域业务经理、志愿者组长担任评委，评定获奖等级。征文比赛两个阶段共收到投稿80篇。系列竞赛活动激发了同学们记录志愿服务生活的热情。

潜心服务同学，温暖汇成合力

志愿者领域始终将志愿者身心健康摆在第一位，将联络关怀体系"横向到边、纵向到底"。精心选拔15位高校辅导员老师担任业务领域联络人，根据各业务领域志愿分工，与18位业务领域志愿者组长和志愿者同学建立"点对点"的沟通体系，工作反馈全联通，无论是岗位需求、人员调整，还是物资配备、安全保障，或是思想动态、心理波动，这套关心联通体系都能快速响应、及时解决。同时设置3个主题党团学习、5个阶段心理服务，坚持全流程、贯通式、多元化关心到位。志愿者业务领域组建了"北京2022年冬奥会和冬残奥会志愿者心理教育专组"，由场馆各业务领域组长构成。组织建立了"冬奥志愿者心理援助工作组"，由积极心理体验中心教师以及专兼职心理咨询师构成。构建了辅导员联络机制，每位辅导员定点联络业务领域，及时为同学们送去关心关爱。加强场馆、驻地联络，心理教育专组每日上报志愿者心理动态台账，提高心理危机识别准确度。

每天19时至21时，心理援助专业组的心理咨询师在线值班，为志愿者提供

"一对一"线上心理咨询，保证全天候全覆盖了解志愿者的工作生活状态。与此同时，在冬奥志愿者赛事服务的不同阶段，组织了"冬奥会志愿者上岗心理适应辅导""曼陀罗绘画减压"等不同主题的线上心理活动，通过趣味游戏、交流分享、沉浸体验等方式帮助志愿者们放松身心、增强相互间的连接，提高志愿者心理调节与自我疏导能力。

■ 国家高山滑雪中心志愿者防疫健康指南

志愿者领域向高山场馆全体志愿者发放由组织考核组编制的《国家高山滑雪中心志愿者防疫健康指南》，详细解读赛会服务期间防疫要点、注意事项、核酸检测和健康监测流程、突发情况处置办法等。通过全覆盖的宣贯将疫情防控意识牢牢树立在志愿者心头。建设了高山场馆志愿者疫情防控工作体系，由志愿者领域组织考核组牵头，每天在比赛结束区和场馆各业务领域开展疫情防控巡逻工作。对于发现的不戴口罩、聚集换徽章、交叉接触等防疫不当行为，第一时间制止；对于可能存在的防疫隐患，及时发现排查。在"志愿者之家"内部实行疫情防控监督员和值日生制度，具体负责竞速结束区二层、三层的卫生管理，以及"志愿者之家"的防疫和卫生工作。

李海涛是北航最早开始服务工作的志愿者，只要来到"志愿者之家"，就能看到他忙碌地进行统筹协调。他负责联络18个业务领域组长，与各业务领域志愿者组长和志愿者同学建立"点对点"的沟通体系，工作反馈全联通，无论是岗位需求、人员调整，还是物资配备、安全保障，或是思想动态、心理波动，都能快速响应、及时解决。每日汇总基本数据，准确及时摸清底数。

昌运鑫作为辅导员的同时担任了业务领域联络人与业务领域组长。了解对接领域每一位志愿者，切实解决志愿者在志愿服务期间所遇到的各类问题。他

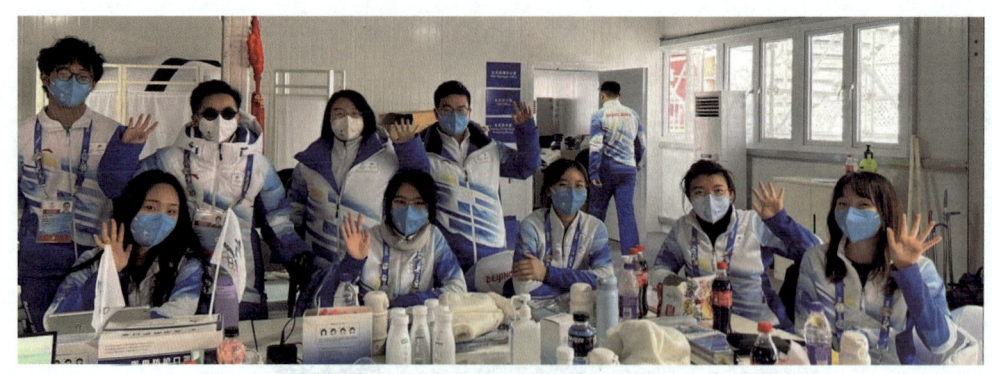

■ 业务领域联络辅导员与志愿者面对面交谈

还注重发扬人文情怀，在凌晨乘坐缆车上岗时鼓舞志愿者们："妫水河畔冬奥盛，海陀山间旭日升；凌空直上通天堑，雪峰不语任我行。"除夕当日，他撰写"志愿者之家"春联，为志愿者们营造春节氛围。

林泓晔是组织考核组年龄最小的志愿者，别看他年龄小，但是身体块头不小，不论哪组工作需要，不论哪位同学有需求，他都会第一时间出现在体力劳动现场，收发物资、搬运盒饭样样抢着干，统计数据、整理文稿样样有板有眼。任劳任怨、热情开朗的他也成了"志愿者之家"人见人爱的"团宠"。

田萌萌在学校时担任党支部书记，在服务冬奥期间依然发挥特长，在疫情防控一线关心关爱同学，在征文比赛幕后收发文稿，在志愿服务过程中号召同学们递交入党申请书。而后，由于媒体运行领域人手不足，她又转岗前往支援。

组织考核组的志愿者们耕耘在志愿者后方，为高山志愿者团队守好防疫底线，为风雪中前行的志愿者们送去温暖，在幕后工作中体会默默奉献的快乐！

作者简介：

昌运鑫，国家高山滑雪中心志愿者工作助理、航空发动机研究院2021级博士研究生。

驻地大家庭：你守护冬奥，我守护你

北京2022年冬奥会和冬残奥会期间，北航共选拔428名师生组建志愿者团队，在延庆赛区共有380志愿者师生在高山、阪泉、群指等多个场馆领域34个岗位提供志愿服务保障工作。每一天，志愿者在岗位上守护冬奥，回到驻地，志愿者由我们守护。

温暖护航

■ 北航志愿者（闭环内）合影

用心用情，做精做细，全面护航服务保障

共青团北京市委牵头成立延庆驻地志愿者住宿保障服务专班，北航教师杨

■ 工作中的李汶倩、李景一、罗梓源

贤达作为驻地专职负责人，李汶倩、李景一、罗梓源等同学作为对接联络组成员加入专班，与各高校老师、驻店保障小组、酒店一道组成驻地保障团队，共同守护包含北航志愿者在内的近2000名志愿者，一起保障同学们在驻地"吃的好""住的暖""行的顺""身体棒""学的好"。

为保证志愿者吃得健康安心，驻地保障团队尽心协调，经过多轮招标和反复升级，为志愿者专设八大菜系、超160余种菜品的"冬奥志愿者定制菜单"。并根据场馆的具体上岗时间，提供早餐包，让每一位同学都能吃上早餐。此外，积极联系延庆团区委、工会、妇联等单位为同学们补充正餐之外的零食大礼包，满足同学们多样化的饮食需求。

为保证场馆与场馆、学校与学校住房不交叉不重叠，驻地保障团队积极对接志愿者人员数量、岗位分布和住宿情况等数据信息，并根据实时反馈动态调整数据信息。与各高校、冬奥组委等多方反馈数据信息相核实确认，六轮更新志愿者来源情况统计表、志愿者信息表和人员名单。在志愿者入住之前，根据各场馆（设施）反馈的上岗和入住时间，提前形成每日入住人员名单，内容详细至入住时间、来源单位、准确数量和闭环/非闭环管理方式等。根据志愿者入住实际情况每日动态更新上报入住数据，从确定人员名单到划分住宿房间，进行了数十次的表格整改调整，做到情况明、问题清、数据准。志愿者们往往要在零下30摄氏度体感温度的寒风中站一天。为了能让大家回到驻地后有一个温暖的休息环境，驻地保障团队全力以赴提升房间温度，从早期踏勘时的室温9摄氏度，提升至一期入住的14摄氏度，再到三期入住的18摄氏度，接着每天1摄氏度的提升，直到最终的22摄氏度基本室温，反复排查升级驻地的供暖条件，不断逼近供暖设备、电力系统的极限，抵御了多次强降雪降温天气，为大家守住了"家"的温暖。

为保障志愿者们每天的有序工作，驻地保障团队每天对接各个场馆，每日更新上岗、休整、用餐等7张表格，掌握最全面、最详细的数据库，为交通组提供超精准数据支持，大幅提升班车的运行效率。

为保障疫情防控及医疗卫生，驻地保障团队以疫情防控的"红线"意识和核酸检测的"底线"思维要求同学们积极贯彻疫情防控的相关要求，不断完善驻地医疗保障预约制度，保障同学们就医时效和质量。

为加强党团建设，学校成立北京航空航天大学冬奥会和冬残奥会志愿者服务队临时党支部一、二、三支部，号召党员志愿者冲锋在前，以昂扬饱满的激情奋斗在冬奥赛会服务第一线，在驻地组织同学们集体观看双奥开闭幕式，召开临时党支部会议交流经验，升华感悟。驻地定期组织升旗仪式，并邀请志愿者代表、教师代表、保障团队代表等在国旗下讲话，交流感悟。为丰富同学们的驻地文化生活，保障团队组织春联写作、窗花制作，在驻地感受"年味儿"，组织开展涂鸦墙创作，为驻地增添亮丽的风景线；鼓励同学们参与驻地漫画宣传册制作，助力驻地宣传文化；组织"光盘"打卡、读书打卡等活动，记录同学们的点滴生活。同时，发挥校际联动力量，北航与中石大（北京）、

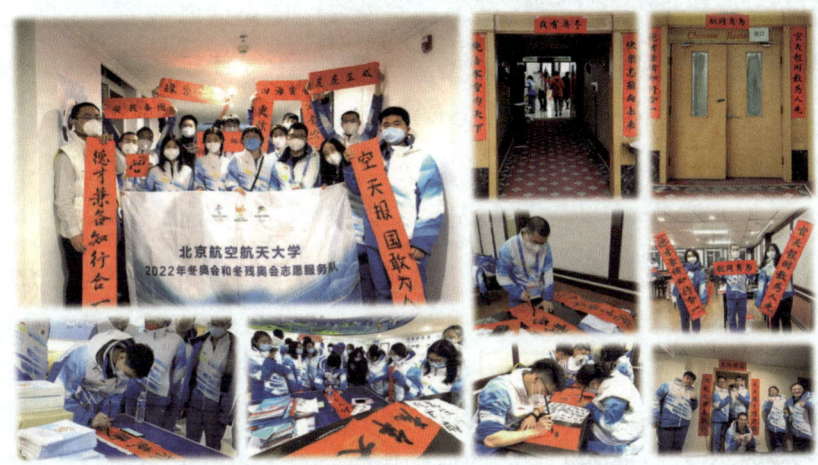
■ 写春联，迎新春

■ 北航志愿者在驻地内绘制"北航元素"涂鸦墙

■ 北航志愿者积极参加驻地各项活动

■ 农历大年初一，北航志愿者在驻地升旗仪式上讲话

农大、北二外、北体、首体、清华等其他高校共同筹划校际联谊、羽毛球赛、乒乓球赛、线上歌唱比赛等多样化驻地活动。北航志愿者积极参与，全情投入，获得乒乓球赛冠军、羽毛球赛亚军等佳绩，展现了北航学子的全面素养。

空天报国，敢为人先，北航有担当有作为

自冬奥志愿工作启动以来，学校党委高度关注重视相关工作，为统筹完成好冬奥志愿服务保障工作，学校成立"一轨三星"志愿服务工作运行指挥体系，由北航冬奥工作领导小组统筹整体工作，各学院设置二级工作领导小组，下设9个工作专班小组，依据志愿岗位分布下设27个岗位执行工作组。

学校为志愿者们提供了坚实的后勤保障，给了志愿者同学们"豪气"和"底气"。生活保障方面，学校为同学们配备了定制款围巾、羽绒马甲、床上学习桌、多功能台灯等生活物资为主体的"冬奥护航包"，以及篮球、足球、排球等体育物资，全方位保障同学们的生活和体育活动。各学院也为同学们准备了羊毛袜、养生茶、唇膏、护手霜等物品为主体的个性化"冬奥暖心包"，满足同学们的多方面需求。疫情防控及医疗卫生方面，学校为每个宿舍配备足量的防护用品。学习保障方面，对接学校相关部门及各学院，为志愿者的线上

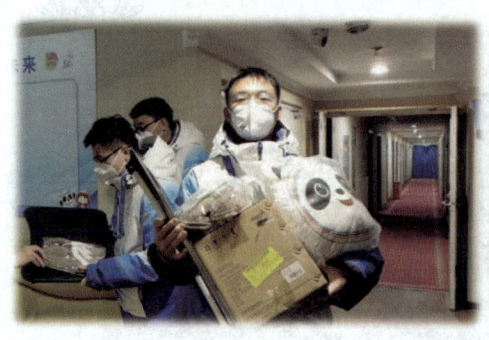

■ 北航为志愿者同学准备的生活保障用品（部分）

学习打下坚实基础；驻地的无线网络状况不稳定，不能保障同学们的上课需求，迅速调研并推出手机流量补贴方案，消除同学们的后顾之忧。这正是学校充足的准备给予的"豪气"。

北航作为驻地的主责高校且志愿者人数最多，始终配合驻地保障团队共同推进、优化驻地的相关保障措施，与各高校之间相互帮助，相互配合。在得知驻地志愿者们户外活动的意愿强烈，果断提供提前准备的羽毛球网并克服重重困难购置、运送、组装便携式篮球架，供驻地所有同学使用，得到各高校同学的纷纷点赞。有的高校男生较少，物资抵达驻地门口后，进一步运输至所在宿舍成了难题，北航志愿者一呼百应，10分钟内集结了20余名同学，迅速完成任务，得到了兄弟高校的连连称赞。有的高校人数较少，生活物资准备稍有不足，可能影响日常生活。北航驻地专职教师得知后表示"北航志愿者有的生活物资，你们一样都不会少"，这正是学校强大后盾给予的"底气"。

■ 北航志愿者师生在驻地清理积雪，保障大家出行安全

■ 移出期，北航组织团体舞活动

携手并肩，勠力同心，各领域一起向未来

在驻地，团市委专班进行总体协调、高校老师们积极配合，共同组织、管理驻地的日常工作。团市委专班作为驻地保障团队的牵头单位，于筹谋处显担当，在细微处见真情。一方面，总揽大局，勇于担当。所有成员夙兴夜寐协调各高校、驻店小组等各方面，事无巨细，提供了最全面的保障。无论是管理方法的不断优化、疫情防控的具体落实还是餐饮质量的显著提高、房屋温度的逐

步提升，都彰显了团市委专班为每一位同学负责的坚决态度，展现了使命和担当。让同学们在冬奥前线心无旁骛、倾情奉献。另一方面，注重点滴，雕琢细节。每一份凌晨的早餐包和每一碗子夜的混沌、面条都是专班对同学们的真情流露。有一次，在场馆出现防疫物资临时短缺的情况下，专班第一时间出面协调各高校的防疫物资，并拿出每个人自己的防疫保障物品为北航志愿者排忧解难，让我们感到了大家庭的爱护和温暖。

驻地保障团队及各高校的驻地负责教师均展现了专业、认真的工作态度，并暖心和照顾每一个人，全心全意地为所有同学们服务，所有人都朝着一个目标前进。双奥期间，为保证疫情防控质量，所有场馆、驻地均采用闭环管理，必要物品只能在严格的审批、消杀流程后进入，周期较长。入住初期，北航一位志愿者不适应房间较低的温度，导致整宿不能入睡。清华大学驻地负责人李纪琛老师知情后，立即拿出自己的辅助取暖设备给该志愿者使用，解了燃眉之急。巴赫先生到访高山滑雪场馆之际，北航志愿者筹划给他准备一幅中国剪纸，送出承载着中国传统文化的美好祝愿，但是急缺一副相框。中国石油大学（北京）驻地负责人韩瑾老师知情后，立即赠送自备的相框，雪中送炭。兄弟高校之间相互扶持的场景贯穿整个冬奥周期。

北航的各位老师们也在各个战线上倾情奉献、燃烧自己照亮他人。此次冬奥期间，北航还派出8名教师以志愿者身份参加双奥，到延庆赛区，均有场馆服务任务。他们一方面与志愿者们一样，披星戴月完成岗位的相关任务；另一方面，他们还是志愿者的志愿者，为志愿者们解决问题，同样的时间，却是双倍的付出。其中，丁瑞云等四位老师还是"志愿者妈妈"，在

■ 北航志愿者组织驻地告别仪式，答谢保障团队

家里都有年幼的孩子不能每天照顾，但在冬奥每一位志愿者同学都是她们的"孩子"。

80天的冬奥时光，北航的志愿者师生与驻地保障团队、各高校之间结下了深厚的友谊，在离开驻地的前一天，同学们自发组织了告别仪式，深情答谢了团市委专班、驻店保障小组和酒店，深情告别了驻地。

青山不改，绿水长流，我们一起向未来！

作者简介：

杨贤达，延庆赛区驻地专职教师、生物与医学工程学院专职辅导员；

李汶倩，延庆赛区志愿者住宿服务保障指挥部成员、经济管理学院2021级硕士研究生；

李景一，延庆赛区志愿者住宿服务保障指挥部成员、自动化科学与电气工程学院2020级硕士研究生；

罗梓源，延庆赛区志愿者住宿服务保障指挥部成员、机械工程及自动化学院2018级本科生。

校内协调组：陪你向未来，志愿者背后的志愿者

北京2022年冬奥会期间，有近1.9万名志愿者驻场为赛会提供服务。北京航空航天大学作为延庆场馆群牵头高校和国家高山滑雪中心主责高校，先后派出四批次共计428名志愿者入驻延庆赛区上岗服务，展现了北航师生的责任与担当，赢得了社会各界的一致好评。

为加强对志愿者的服务保障，北航专门成立冬奥会志愿服务专班，并设有9个小组统筹各项工作，其中后勤保障组可以说是志愿者背后的志愿者。在50多天工作时间里，后勤保障组坚持"功成不必在我"的情怀和"功成必须有我"的担当，甘于无名，坚持从全流程、各环节想志愿者之所想、急志愿者之所急、解志愿者之所难，从物资保障、关心关爱、学业协调、食宿交通、卫生防疫等各方面为北航志愿者保驾护航，解除他们的后顾之忧，支撑他们高质量完成服务冬奥会和冬残奥会的光荣使命。

勇挑重担，两女将撑起一小组

后勤保障组工作涉及面广，从前期准备到移出期善后，从赛会驻场志愿者到校内储备志愿者、机动志愿者，从服务保障到学业支持，从日常运转到应急处置，是志愿服务专班中时间跨度最长、协调事务最杂的小组之一。在校团委庄岩书记的直接带领下，小组成员主要是团委的杨姿楚和高文琪两位女老师。她们一位是上有老、下有小，工作和家庭都要兼顾的"半边天"；一位是刚刚转岗到团委工作的"95后"，面对世界之盛会、国家之大事、北航之需要，两位老师没有退缩、没有犹豫，坚定地扛起了后勤保障组的重任，稳定了志愿者的后方。

配齐物资，消除志愿者后顾之忧

每一位志愿者在上岗前，都能领取到冬奥会制服、注册中心提供的全套服装和团委采购的生活用品等保障物资，大到晾衣架、床上用品，小到插线板、

卫生纸等，林林总总、大大小小几个箱子。由于物资分批到位，后勤保障组甚至还临时"征用"团委领导和老师的私家车为志愿者"快递送货"。考虑到安全卫生及疫情防控需要，为志愿者购置了消杀喷剂、创可贴等，紧急协调校医院调配了N95口罩、"手消"等防疫物资并开通冬奥服务医疗热线，确保在延庆驻场的志愿者和在校内留守的机动志愿者遇到相关健康问题能得到及时答疑与治疗。寒假期间，后勤保障组和校内的机动志愿者一起为上岗的志愿者们购买、整理、寄送了两批次近50箱生活保障物资。不少志愿者反映，学校为大家准备的各类物资比自己平时在校学习生活的还齐全，真是太周到了！

悉心关怀，让"雪花"感受到温度

除了"周到"外，"温情"也是后勤保障组坚持贯穿工作全过程的又一关键词。北京冬奥会的举办正值农历新年，绝大部分志愿者是头一次经历没有家人陪伴的春节，"每逢佳节倍思亲"，为了让志愿者缓解思乡之苦，减少对家人的牵挂，后勤保障组代表团委向每一个北航志愿者家庭寄送了新年礼物。对于寒假留

■ 机动慰问

校坚守的39名机动志愿者，春节前夕庄岩书记与高文琪老师前往两校区慰问；大年三十，协调学校后勤保障处在教工食堂安排了丰盛的年夜饭，庄岩书记与杨姿楚老师和志愿者们一起吃饺子、看春晚；正月十五，组织机动志愿者举办茶话会，热热闹闹过元宵节。在此期间，有9名志愿者过生日，后勤保障组提前预订生日蛋糕并制作电子贺卡，确保在其生日当天午饭前送到志愿者手中。

■ 年夜饭合影

支持学业，协调安排志愿者课程

学生主业是学习，为国服务的任务必须完成，学业课程也不能耽误。团委在做好志愿服务后勤保障同时，协同学院为每一位冬奥志愿者制定了"一人一

策"的学业支持方案。针对不同年级、不同专业志愿者的不同需求,后勤保障组通过"两上两下"的需求统计,积极与教务处、学工部、体育部等相关部门协调沟通,发动学院为每位志愿者配备"一对一"的学业帮扶伙伴,以校院联动的方式统筹协调专业课、公共课、体育课等各类课程,并采用线上录播形式保障志愿者完成课业学习,还为有补考、缓考等特殊需求的同学和入党积极分子研究定制了个性化方案。

积极善后,稳妥做好移出期保障

北京冬奥会闭幕后,北航派出的两批共计168名环外志愿者先后回到沙河校区过渡移出期。围绕防范疫情和放松心情两个目的,后勤保障组精心安排,积极联系沙河管委会、食堂、物业,以及核酸检测机构做好志愿者移出期善后工作:统一协调沙河校区西区5公寓和8公寓八、九、十层作为过渡宿舍,供志愿者移出期集中住宿;为每一间宿舍采购配备了生活、防疫物资,并提前消毒分送至房间;每天按照疫情防控要求,做好志愿者们7天健康监测和宿舍消杀、垃圾清理;以分楼层送餐和划分独立区域的方式,稳妥安排志愿者吃饱吃好……

第一批志愿者入住的第二天,杨姿楚老师接到前方通知,一名环外的志愿者因心理压力过大不再参加冬残奥服务,需尽快回校开始移出期过渡。细心的杨老师第一时间联系沙河物业协调出一间向阳的视野开阔的房间,并为他布置好所有的生活物品,特意安排之前同他一起在场馆服务的同学做他的室友。当天,杨老师提前等在沙河校区北大门迎接坐出租车回来的他,下车后看到学校有老师迎接自己并支付车费,还用私家车把自己大包小包的行李送至男生公寓门口他非常感动,一直在说:"真抱歉,我给学校添麻烦了。"杨老师对他说:"咱们每一位志愿者都非常了不起,你圆满完成了冬奥会的志愿服务任务,给学校争光了呢!"

正如习近平总书记所说,作为志愿者,无论是在台前还是幕后,无论是迎来送往还是默默值守,都可以在这场青春盛会中展现自己的风采。而后勤保障组的同志们,哪怕只是在幕后的幕后,依然甘之如饴,在默默奉献中实现自我价值。

作者简介:
杨姿楚,交通设施随车志愿者领队、北航校团委副书记。

积极心理体验中心：暖心陪伴，助力冬奥

2022年，中国为世界奉献了一场激情洋溢的体育盛会，也为奥林匹克历史贡献了一段辉煌灿烂的篇章。在冬奥赛事服务的过程中，北航志愿者们高质量完成服务任务，展现出北航人拼搏进取，担当有为的精神风貌。在志愿者身后，还有一支队伍在默默坚守，他们就是北航冬奥志愿者心理服务团队。

在北航冬奥志愿者出征仪式暨培训动员大会上，吴瑞林、马喜亭、冯蓉、李卫华、邓丽芳等老师被聘为助力冬奥特聘导师。冬奥志愿者心理服务团队负责人冯蓉为志愿者们开展题为"做自己心灵赛场的冠军"的心理专项培训。

■ 北京冬奥组委志愿者部副部长张秀峰为冬奥特聘导师颁发聘书

冬奥志愿者心理服务团队于1月28日起开通冬奥志愿者心理咨询专线，提供全程"一对一"心理咨询，最大限度满足志愿者咨询需求。在近70天的赛事服务中，心理咨询师们通过视频或音频方式开展心理咨询，保障志愿者出现心理困扰后能够在第一时间内得到心理支持。从冬奥开幕到闭幕，即便是在除夕夜、元宵节，心理服务团队成员们也依然坚守在心理咨询专线，通过温情的话语将暖意注入志愿者们的心田。

围绕志愿者在赛事服务期、封闭期、转段期等不同阶段可能出现的心理困

■ 北航冬奥志愿者"一对一"心理咨询专线

扰,心理服务团队成员陈潇琳、刘菁雯、金珠、梁天一、呼奂、郑馥兰、欧阳敏等老师依次开展线上讲座、绘画沙龙、团体减压、线上读书会、正念冥想等多种形式的心理活动,帮助志愿者掌握情绪管理及压力调节技能,提升志愿者心理觉察和自我调适的意识与能力。

助力冬奥特聘导师吴瑞林牵头开展冬奥志愿者心理动态跟踪调研,实时了解志愿者压力及情绪状态,为心理服务工作开展提供宝贵建议。

志愿者心理教育组长宋树洋每天与冯蓉老师对接冬奥志愿者心理动态,做到"一人一档",从情绪状态、社会功能水平、压力应对方式等方面细致评估志愿者们的身心状况,并及时调整志愿工作内容及强度,保障志愿者以良好的精神面貌投入志愿服务工作。

针对志愿者们封闭隔离期的心理特点,心理服务团队还录制心理微视频和

■ 冬奥心理服务团队录制的音视频作品

音频作品,帮助大家调整情绪状态。《正念放松练习》(魏琳)、《STOP情绪调节技术》(冯蓉)、《如何与室友相处》(李卫华)、《"蝴蝶拍"放松练习》(金珠)、《三分钟正念呼吸练习法》(李山)、《冬奥志愿者冥想——关爱自己》(郑馥兰)等作品,受到冬奥志愿者们的欢迎。

面向冬奥志愿者,心理服务团队共开展线上线下培训6场,参加培训志愿者400余人次。开展"一对一"线上心理咨询12人次,开展志愿者心理动态调研覆盖700余人次。

冬奥圆满结束,心理服务团队成员们依旧坚守在学校心理健康教育一线,用专业传递支持,用敬业呵护成长,成为北航校园中温暖人心的重要力量。

作者简介:
冯蓉,北京航空航天大学积极心理体验中心副研究员。

后勤保障：你是冬奥最温暖的光，我是你安全温暖的大后方

自北京2022年冬奥会和冬残奥会志愿者招募（2019年12月5日）启动以来，在接到北航428名志愿者即将在国家高山滑雪中心、阪泉综合服务区、国家雪车雪橇中心等地从事服务保障工作的消息后，后勤保障工作专班小组在学校冬奥志愿者工作领导小组的指挥下，为志愿者们做好餐饮、住宿等多项服务保障工作，做他们最温暖的大后方。

家人为你立黄昏，食堂为你粥可温

北航的冬奥志愿者有"知"有"料"，作为服务于志愿者的食堂，当然也要做到有"趣"有"味"。饮食服务中心的410会议室傍晚传来交流探讨的声音，邱真主任和饮食班子成员正与几位为冬奥提供服务的食堂经理们商讨北航冬奥志愿者供餐保障方案的各项措施。考虑到志愿者们将在冬奥场馆管理、赛事服务、交通调度、人员管理等13个领域完成为期73天的封闭服务任务，邱真提到："也就是说，在冬奥服务期间，来自祖国天南地北的志愿者们，要度过一个不能回家的春节了，我们得从供餐和服务上去琢磨，下功夫，做细做实，为大家提供'暖身暖心暖胃'的餐食，让志愿者们踏踏实实为冬奥服务。"食堂经理们在与学生朝夕相伴的经验中出谋划策，提出了荤素搭配优化、特色菜品改良、"送行"桌餐建议等好点子，并表示这就如同自己的孩子们要"出征"了，我们后方家园在此期间定要尽全力让他们吃饱吃好，还要服务好！

学二食堂杨经理的电话又响了，临时通知：当日在食堂开放时间结束后不能休息，要为参加彩排活动的志愿者们临时备餐供餐。辛苦了一天的后厨师傅们在19时后，仍未脱下工作服，还有那些已经在5时上早班的师傅们也都放弃休息，紧锣密鼓地又开始筹备起志愿者餐食。虽是紧急任务，但在"琢磨该给志愿者们做点什么，能让他们在特殊时期吃得安全、吃得健康、吃得爽口"

的问题上从未怠慢。杨经理拉着厨师长到后厨挑选食材和配料，定菜品、定主食……不忘给后厨师傅们提醒："出品时间要掐着彩排完成的时间，尽量让志愿者们吃到最新出锅的饭菜。"当志愿者们走进食堂时，荤素搭配、营养齐全、品类丰富的菜肴已经热腾腾地摆上了桌。杨经理和厨师长站在一旁："看见志愿者们在辛苦之余，安心地用好餐，就是我们最大的欣慰。"

你们在前方奋战，我们在后方保障。为了让北航学子无后顾之忧地投入冬奥志愿工作，食堂工作者们会用一份份超越餐食的温暖问候鼓励志愿者。只要学校冬奥志愿者们有需要，食堂随时"粥可温"。

伴你出征与归来，待你餐餐如家宴

"美美与共是一起向未来的前提，一起向未来是美美与共的归宿。"蒙曼教授在中央民族大学冬奥微思政课《美美与共　一起向未来》主题课程中说道。当你们与冬奥同行，为青春喝彩，我们则在学校等你，用餐食作最温暖的陪伴。对于食堂而言，就是用食堂的美食之美与志愿者的青春之美做伴。

春节临近，食堂后厨师傅们按照商议的方案，针对志愿者们的"年夜饭"菜品花样进行反复试做，用新鲜出锅的一道道美味确定志愿者的用餐菜谱。在听说还有多位志愿者在此期间将迎来生日的时候，学二食堂的韩明浩师傅凭着一身面食功夫，说了一句："那就来一碗手工长寿面吧！纯手工的，我来做，争取给孩子们家的味道。"当丰富的菜品、手擀的长寿面、团圆的饺子端上桌。在428名北航学子集结出征之际，暖暖的年夜饭伴着浓浓的祝福为志愿者们送行。大家欢聚一堂，食堂俨然已经成了家里的饭厅，餐食带来的温暖在食堂蔓延开来，食堂师傅对学子们的关爱也传递开来，希望志愿者们在学校食堂找到满满的归属感，安心"出征"。

日日规划，餐餐把关，那些变着花样的搭配只为待你餐餐如家。当志愿者

■ 食堂为同学们准备的生日宴团圆饭

■ 食堂为同学们准备的长寿面

荣耀归来,回到阔别已久的校园,沙河校区食堂的肖经理拍拍胸脯说:"你们的三餐食堂会妥妥地安排!"看似简单的迎来送往,食堂经理、厨师长们却在细节上下足了功夫。肖经理和食堂团队对提供的菜品都会在原有基础上尝试改良,总是想着南北口味要照顾到,各类营养素摄入量也要控制好,蔬菜水果更是必不可少……有好几次在后厨试菜就要站立三四小时之久。"想到能让孩子们从寒冷的赛场归来时感受到我们的热情与温暖,这点儿累不算什么。"肖经理笑着说。

冰雪盛会中"踔厉奋发 笃行不怠"的冬奥故事比比皆是,食堂的工作者们虽未直接参与冬奥赛事和志愿服务工作,但从接到冬奥志愿者餐食服务的那一刻起,处处尽心竭力。饮食安全保障重任在身,服务出征的北航志愿者一样是荣耀之事。食堂用心服务的这一切同样也把志愿服务的理念传播到了众多师生身边,让爱在每个人的心间流动和传递,是多么重要和有意义。饮食服务保障这些细碎的工作,也恰恰成就了志愿服务的每一个高光时刻。

"每一名志愿者如一簇小小火苗,微火虽小,但当由'我'变成'我们'时,就会绽放出耀眼的光芒。"作为你们身后的饮食服务保障人员,不论起早贪黑、不论寒冬腊月,我们用"吃好吃暖"这一种最朴实的方式,努力为你们不停输送燃烧的能量,只为你们继续在祖国的青春舞台持续闪亮。

冬奥归来仍少年,温馨港湾暖"雪花"

伴随着冬残奥会的胜利闭幕,高校志愿者的医学观察随机启动,北京航空航天大学428名冬奥会和冬残奥会志愿者在圆满完成为期73天的封闭服务任务后,在沙河校区西区学生公寓进行"14+7"天的集中医学隔离观察。

后勤保障处严格落实上级及学校要求,做到"服务到位,保障有力",确保隔离区整体环境安全,物业部门负责志愿者入住前的房间消毒、置净通风,以及入住后的每日三餐配送、清洁、消杀、生活用品递送及生活服务保障等工作。为保证服务队伍的稳定性，迅速成立以项目经理为第一责任人的保障工作小组，落实责任制，除了正常值班以外，还增加了24小时应急通道，确保指挥到位，人员到位，设备到位，措施到位，保障各项服务工作顺利进行。在这项保障工作中，全体服务人员讲大局、讲纪律、讲服务，上下统一认识，依据完善的冬奥志愿者隔离服务计划，从楼管服务人员、工程维修人员的垃圾清运到消杀人员的分工明确、各司其职。为本次冬奥志愿者的医学隔离生活提供了完善的24小时保障服务。

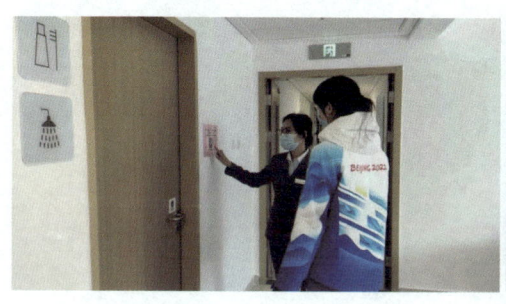

■ 宿管阿姨为同学们整理好床铺　　■ 宿管阿姨为同学们做好服务

物业客服经理孙鹏带领客服主管王飞及专责楼管员梁建丽、杨秀霞及工程领班张锋卫师傅，联合院系老师及同学，提前将志愿者的生活物品运送分配至指定隔离房间，并细心为志愿者铺好床上用品。

在志愿者到达公寓后，由专责楼管员梁建丽、杨秀霞分别在男女公寓

■ 宿舍迎接同学们入住

一层值班大厅为志愿者测量体温，并核对住宿信息进行登记。客服经理及主管各带领一队客服人员，分别在男女志愿者入住公寓时，帮助志愿者拎行李，带领至指定楼层房间，并耐心介绍入住环境（宿舍设备、配套卫生间、淋浴间、开水间等位置及使用注意事项）、楼管专员、服务电话、微信公众号等多元物业服务方式，及时帮助志愿者在隔离期间解决生活上的各种问题。在志愿者的三餐前后，均由保洁主管康秀云带领专员对负责区域内进行彻底消杀及垃圾清运工作，保障志愿者干净舒适的生活环境。

结语

这是一支政治过硬、素质优异的服务团队，在这项保障工作中广大职工经历了综合服务活动的实践，总结了综合服务的工作经验，同时也为最美冬奥共同书写了一份满意答卷。诠释了冬奥归来仍少年，温馨港湾暖"雪花"。相信这段不平凡的经历将是他们人生中浓墨重彩的一笔。

作者简介：
李澜，后勤保障处规划运行科科长；
韩月峰，后勤保障处饮食服务中心主管；
董胜辉，后勤保障处规划运行科主管。

教学管理团队："一人一策"做好志愿者学业支持

自北京2022年冬奥会和冬残奥会开幕以来，北航428名志愿者克服困难、风雪兼程、日夜坚守在各自岗位，展现出北京航空航天大学大学生的责任与担当。因大部分志愿者在冬残奥会闭幕后要进行封闭观察，在此情况下，志愿者将会耽误40天左右的课程，部分志愿者还涉及毕业设计、补考考试、实验实习等不同情况和困难，有不少志愿者担心学业问题。

一人一策，解决志愿者们的后顾之忧

为让志愿者们安心做好冬奥会和冬残奥会的志愿服务，学校要求各学院"一人一策"地做好本院志愿者的学业支持相关工作。学校对志愿者的具体需求进行了深入调研，并按照课程协调、毕业设计、考试测试、学业疑问等4种类型做了详细的分类梳理，逐一明确需求统筹推进。

各学院根据要求，对每一位志愿者都安排了"一对一"（或"一对多"）的学习帮扶伙伴，认真做好涉奥人员保障工作，协助志愿者做好课堂笔记、课后沟通答疑等。经学院上报，428名学生冬奥志愿者中，307名本科生中无法按时返校193人，涉及563门课程，学院共安排141名学生帮扶伙伴进行"一人一策"学

▎北京航空航天大学在线教学平台首页视图、个人页视图

业帮扶。帮扶伙伴通过在线教学平台做好各类课程资源的汇总，进一步提高线上教育教学质量，协助志愿者实现课程线上直播和回看。

■ 北航在线教学平台课程节次目录、教学资料下载界面（支持腾讯会议上课、视频回放、课程资料下载等功能）

提前部署，做好线上教学平台的升级

寒假期间，学校认真落实了冬奥会和冬残奥会的志愿任务，充分收集了师生线上教学需求，开展了北航在线教学平台、北航云盘、私有化考试系统等信息化系统技术升级，统筹做好线上教学和线上考试保障工作，实现了与企业微信、腾讯会议对接，具备了支持全校本研学生线上教学能力，全面做好线上授课准备，启动定制线上教学和考试功能开发，为全面开展线上教学和考试提前做好准备。

学校还面向全体教师组织了北航在线教学平台线上教学使用专项培训，特别强调授课教师可对未返校志愿者同步开展线上线下融合教学，做好各项线上教学工作安排。开学前两周，共有431门课程在北航在线教学平台进行了线上授课。

■ 线上教学管理团队研讨线上教学方案，做好线上教学安排

提质生效，保证线上教学一个都不少

根据北京市疫情防控政策要求，北航开展线上教学后，共支持本科生课程1653门次，教师线上授课912人，学生线上听课76 406人次；支持研究生课程782门次，教师线上授课854人，学生线上听课17 152人次。

为应对线下师生场地受限、网络质量不佳、线上系统使用不熟等问题，学校第一时间在闭环外设立临时独立授课环境，由教务处和研究生院提供值班值守和基础需求保障，为158位教师开通线上督导权限，确保线上教学的质量。数据表明冬奥会和冬残奥会志愿者均利用北航在线教学平台参加了直播授课或录播学习，做到了"一个都不少"。

作者简介：
金天，北京航空航天大学教务处副处长。

志愿者家长：去燃烧吧！
你永远是我们的骄傲

"亲爱的宝贝女儿，在冬奥那边还好吗？工作累不累？一定要戴好口罩做好防护啊！今年春节，是你长这么大第一次不在家过年。宝贝女儿，这个春节在冬奥做志愿者，是你，也是爸爸妈妈最大的荣幸。你照顾好自己，服务好冬奥，别惦记我们哈，一切都好！"2022年1月30日，农历腊月二十八，还有两天就是大年三十了。和前几天一样，志愿者潘喆和小伙伴儿们天不亮就从驻地出发，乘班车前往国家高山滑雪中心场馆，为迎接北京2022年冬奥会做紧张而忙碌的准备工作。不一样的是，下班回来的晚上，通过团市委在北京广播电视台举办的云上春晚节目，在直播连线里，她看到了半年没见的爸爸妈妈。"听到一句句朴实、真诚家乡话的那一刻，我一天的疲惫散尽，一腔的牵挂落地，只剩内心的暖流和满满的力量。"

这个春节，这个冬奥，志愿者们离家在外，却格外坚定，也格外温暖，因为他们的背后有千万家庭家人的鼓励和支持。也正是有家人的无条件支持和暖心关怀，志愿者们才能安心、放心、全心地投入到冬奥服务保障工作中去。这个冬天，和潘喆一样，北航几百个志愿者家庭在大后方坚定支持着"小雪花"们服务冬奥，爸爸妈妈们的爱也通过无线电波这个特殊的形式抵达志愿者们的内心深处。

"你是党员，你就要冲锋在前"

"叮"打开邮箱收到那封志愿者岗位录用确认邮件的激动心情至今让她历历在目，"爸爸妈妈，我通过北京冬奥会志愿者选拔啦！"潘喆打小就喜欢第一时间和爸爸妈妈分享喜悦，这次当然也不例外，属于他们仨的家庭小群里接连发出两个"恭喜""祝贺"的"爸妈专属"表情包。随后就是你一言我一句的嘱咐，妈妈是一如既往地关心："宝贝在冬奥照顾好自己！"而爸爸是一贯的认真："这次是重大任务，一定高度重视，高质量完成服务！"带着期待和欣悦，她怀揣着饱满的热情和志愿者老师同学们一起投入了北航冬奥志愿者前期各项准备工作中。

转眼间由夏入冬，为兼顾繁忙的工作和学业，熬夜成了她的常态，长期的运转也让她身体有恙，免疫力降低、失眠、心慌开始乘虚而入，负重而行逐渐让潘喆的情绪不禁有些低落，一想到要去海拔最高、最艰苦、防疫压力最大的国家高山滑雪中心场馆进行全闭环隔离工作，内心不再如以往坚定："不知道什么时候开始，对于冬奥，我多了一丝的畏惧。"那天和往常一样和爸爸妈妈视频："爸爸妈妈，我不知道自己现在的状态还能不能完整顺利地服务冬奥，我……"电话的那边先是一愣，随即妈妈开口："实在坚持不住，就回来吧，把身体养好是第一位。"一阵沉默后爸爸说："女儿，在北京上大学，能服务这次冬奥会是多少孩子梦寐以求的机会。北京这座'双奥之城'，举办冬奥会实属难得，就这样放弃，你甘心吗？"听到这句眼泪不自觉地从她眼角流下，"我不甘心，我也不想放弃，可是我……"心中复杂的情绪一涌而出。"你现在已经是一名党员了，爸爸知道高山场馆气候冷、很艰苦，但是越是这个时候，党员越要冲在前头，爸爸希望你能更坚强些，不要让畏难心理打败你想做志愿者的决心，调整好状态和作息，我相信你可以的！"从小到大，爸爸都不善言辞，可他又是总能给予中肯建议和绝对力量的爸爸。也正是这一句不

■ 潘喆在北航志愿者出征前接受央视采访

短不长的教诲和信任，让她重燃服务冬奥的信念，决心也更坚定。"是啊，身为党员，这时候更应该保持不畏艰难的意志，我们更应该打起精神，做好学生团队的榜样，起带头作用才行。冬奥，我来了！"

"别惦记，家里都挺好的！"

第一次不在家过年，潘喆和志愿者小伙伴们在驻地酒店一起看了春晚，新年的钟声敲响，每逢佳节倍思亲，潘喆最惦记的还是爸爸妈妈和她的小家。拿起手机拨通视频电话，电话那边是爸爸妈妈的热情呼应，一大家子一如既往地在奶奶家过年，奶奶家的年味儿十足，一切是那么美好祥和。一个个打过招呼给长辈们拜完年之后，她说不想家是假的。电话的末尾，爸爸才道出妈妈之前

生病住院了，怕她惦记担心上火，就一直没和她说："你妈妈现在已经养好病出院啦！别担心我们都挺好的，你就照顾好自己，好好吃饭，做好保暖、做好防护，冬奥会任务重，加油宝贝！"

放下电话，潘喆的心中又不禁涌过一股暖流，儿行在外母担忧，随着年纪的增长，父母在家儿女何尝不担忧。"爸爸妈妈就是这样，永远做我最坚强的后盾，在我22年的成长历程中永远为我保驾护航，时常鼓励"，这么多年听到爸爸妈妈在电话里说得最多的话就是："你就做你自己，其他的都不用管，别担心我们！"说到这，她不由得想起，冬奥出征前潘喆的一项工作就是负责联络部分岗位志愿者的父母，为志愿者们录制惊喜视频，送上爸爸妈妈的祝福。视频里听到最多的话就是："孩子你照顾好自己，服务好冬奥，家里呀都挺好的！"可怜天下父母心，每一个不辞辛苦、不知疲倦、无私奉献服务冬奥的志愿者们背后都有一个全力支持又时刻牵挂他们的家。

■ 志愿者家长为孩子录制祝福视频

"为国争光，我们无条件支持"

历经70天的大闭环管理和冬奥、冬残奥全程服务，在春暖花开的日子，潘喆和北航的志愿者们一同返航。"冬奥、冬残奥闭幕式上巴赫、帕森斯先生对志愿者的感谢是对我们志愿服务工作莫大的肯定，这一次，我们用中国青年的朝气蓬勃的精神、坚定不移的意志、热情友善的态度和标准专业的素质服务冬奥，向世界传递了爱和大国形象，我们不负时代和祖国的嘱托，而我，也没有让爸爸妈妈失望。"这次冬奥之行，志愿者们荣光凯旋，离不开每一个家庭的支持保障。

回到学校安顿好行李，潘喆立马拿起手机和爸爸妈妈分享这份喜悦，也分享这次冬奥服务的经历与收获。"爸爸妈妈，说实话，我们场馆的高山滑雪项目参赛国最多、运动员也最多，防疫压力挺大的。""我们何尝不了解呢，自从你去了冬奥，我们天天看新闻看报道，真的惦记着你们。""那我当初报名志愿者的时候你们有没有担心呀？""女儿，怎么会不担心呢，说不担心都是假的，但是你们作为志愿者，是去服务冬奥的，常说舍小家、为大家，为咱们国家贡献力量，你们是好样的！爸爸妈妈为你感到骄傲，我们永远都会支持你的。"历经冬奥，百感交集，场馆经理、老师们的指导和帮助，志愿者团队伙伴的相互扶持鼓励，让这些志愿者"小雪花"们无畏风雨，燃烧自己，温暖和照亮了整个冬奥，而这些温暖的背后，却是来自父母的无条件支持和无时无刻关注。

■ 潘喆与父母在春节连线中

结语

他们是服务冬奥的志愿者，燃烧自己，温暖这个冬天；他们是志愿者背后的爸爸妈妈，全力支持，而又时刻挂念。"爸爸妈妈常说，我是你们的骄傲，而我也想说，爸爸妈妈，你们也是我的骄傲啊！"对家长们的支持，志愿者们感激不尽，舍小家、为大家的精神和情怀，又何尝不是一道道光汇聚成灿烂的冬奥幕后暖阳。"我，是你的骄傲；你，是我的荣耀。"

作者简介：
潘喆，国家高山滑雪中心场馆运行中心志愿者、人文社会科学学院2018级本科生。

永续华章

❋❋❋

冬奥闭幕，精神永存。宣传、转化好冬奥遗产，让"胸怀大局、自信开放、迎难而上、追求卓越、共创未来"的北京冬奥精神在实际行动中焕发光彩是始终如一的奋斗目标。北航成立冬奥宣讲团，讲好爱国奋斗的青春故事、广泛传播奥林匹克精神，将服务北京冬奥积累的宝贵精神财富，转化为奋进新时代的强大动力，践行"请党放心，强国有我"的使命担当，在助力实现中华民族伟大复兴的新征程上接续作出无愧于党和人民的"北航贡献"。

辛泽旭：北航蓝与中国红

——北京冬奥志愿活动最亮丽的风景线

2022年5月25日下午，我们邀请到了北京航空航天大学冬奥宣讲团"天下大同"组的五位同学为北京学院201862团支部的同学们讲述北航人的冬奥故事。

做高山索道迎客松。刘铭同学负责的是高山索道缆车引导工作，他为我们展示了在高山索道缆车的工作实记。"您好，请出示证件。请进，谢谢合作！"这样的话每天要说几百次，但他每次都带着志愿者温暖的微笑。不畏严寒，他始终坚守在岗位上，坚持把热情和笑容带给每位参赛选手。在志愿活动中，外国运动员赠予他徽章，象征着冬奥友谊与温暖。

■ 宣讲团成员刘铭在线上宣讲

携墩墩、容融送吉祥。商家祺同学作为高山滑雪中心环内体育展示的志愿者组长，负责引领和辅助吉祥物，为我们分享了冬奥会吉祥物的平时工作。这个冬天，冰墩墩和雪容融这两小只吉祥物可谓火遍了大江南北。大家都想要一只冰墩墩，可后来才知道扮演吉祥物的志愿者工作十分艰辛。其实吉祥物服装是很重的，所以一般都是由武术专业的同学扮演，这让我们了解到冰墩墩、雪容融给大家带来快乐的同时，离不开工作人员的辛苦付出。

做冠军的守护者。龙亿舟同学作为机动志愿者，负责协助轮椅运动员上下福祉车，固定轮椅及安全带，行程陪同，确保安全。他的帮助细致周到，妥帖得体，时刻为冬残奥会的运动员们提供安全保障和无微不至的关怀。他还为我们分享了他在工作中遇到的一位乐观运动员的奥运故事，听到这里同学们都被

与国同航 筑梦冬奥
——北京航空航天大学服务保障北京2022年冬奥会和冬残奥会纪实

■ 宣讲团成员开展线下宣讲活动

这位运动员的经历深深打动。我很喜欢龙亿舟同学分享的一句话——在初春的阳光下,残缺的花儿也要绽放!是啊,无论是什么样的生命都有绽放的权力,即使人生充满了艰辛,我们依旧要坚持乐观积极地迎接生活的每一天。

感动和付出是双向奔赴的,每一片雪花都在发光发热,每一分光热都能照亮一方天地。张誉文同学负责高山滑雪中心的迎宾工作,她为我们分享了在工作过程中的故事,面对一些问题以及解决方式,使我们明白了冬奥志愿者工作的价值与意义。她说:"观众的反馈每天都在提醒我:自己做的工作是实实在在有价值的、有意义的。原来小小的'雪花'也被人时刻注意着,原来自己的坚守和努力有人在守候。"在志愿中付出感动和在志愿中收获感动,也许就是志愿活动的真正意义吧。正是这种爱与被爱的关系,搭建起了人与人之间美好的情感桥梁。

舒婧焱同学作为国家高山滑雪中心的迎宾助理,负责为国内外贵宾提供礼宾服务并引领颁奖嘉宾的工作。她分享了作为迎宾助理的工作经历,讲述了为国际奥委会主席巴赫先生提供礼宾服务中的一些趣事。她说:"在这里,我们和外宾之间平等地交流,没有距离。虽然他们是贵宾,但我们都是'世界大家庭'的一分子,我们也是朋友。"我们都是"世界大家庭"的一分子,我们同住在地球村,我们都是朋友。

世界大同,天下一家。这让我们想起了北京冬奥会闭幕式上的烟花字;想起了无数条红色带从四面八方飞入鸟巢,将场地内悬挂的雪花火炬台装点成一个巨大的、红色的中国结。时隔14年,国家体育场再次回响起《我和你》奥运会主题歌,"我和你,心连心,同住地球村"的乐声将世界人民的心凝聚簇拥起来。

感谢五位志愿者同学为我们带来的精彩分享，201862团支部的同学们收获满满。

为祖国争光，为冬奥添彩。通过此次宣讲，同学们深深感受到北航的志愿者们不负使命，在服务保障中践行发扬北航精神。他们不惧严寒，坚守岗位，以最大的热情、最优的状态、最佳的表现，为北京冬奥提供了最好的服务和保障。

一路同航，在所不辞。在冰雪的世界里，他们唱响了《一起向未来》的青春旋律，使北航蓝与中国红一道，形成了北京冬奥志愿活动最亮丽的风景线。

"志愿者的微笑是北京最好的'名片'"，冬奥志愿者在做好本职工作的同时，也肩负着讲好中国故事的使命，是冬奥精神的有力传播者。从初识冬奥、备战冬奥到服务冬奥、奉献冬奥，他们讲述了与冬奥的故事，号召我们传递北京冬奥精神，踔厉奋发、笃行不怠。

作者简介：

辛泽旭，北京航空航天大学北京学院2020级本科生、团总支部书记。

张梓航：若雪花也有花语，那便是天下大同

从1907年张伯苓先生将奥运圣火引入中国的雄心，到2008年北京奥运会的开幕，中国的奥运之路在一步步对于"奥运三问"的求解之中走过了整整百年。

一个世纪的奥运梦想见证了中华民族伟大复兴的脚步。北京奥运会作为中国奥运的首个主场，也作为中国改革开放40多年来的成果展示平台，无论是开幕式"满汉全席"般的自我介绍，抑或是主题曲"我家大门常打开，开放怀抱等你"的唱响，关于"我是谁"的阐述与表现贯穿始终。中国在百年间面向世界所展现出的姿态又一次得到了升华。

而到了北京2022年冬奥会，我们所展现出的办奥理念便由"我是谁"进一步演替成为"一起向未来"。一句句"一起向未来"所承载的"天下大同"要义让世人看到了中国在文化表达上的崭新面貌，也是我们从面向世界到融入世界、构建人类命运共同体的不二法门。

距离顾拜旦在世界范围内对奥运之种的辛勤撒播已过去了百余年之久，其所埋下的奥林匹克精神之根也在一代代人的矢志灌溉下深扎土壤，汲取着多元的养分，结出了朵朵绚丽的奥运之花。然而"天下大同"的价值观念并非日后一朵独树一帜的奥运之花，反之，它是顾拜旦先生当初捧来用于埋好奥林匹克之根的沃土。

顾拜旦在演讲中曾有言："我们还看到体育运动的社会影响，它能解决产生敌对情绪的社会、政治、经济分歧；它能消除造成社会隔阂的阶级差异；它能在运动场上将全世界平等地团结在一起……我们想要打造的这个圆圈，是以体育运动为中心的友谊与和平。奥运五环代表着五个大洲，也真的是以体育运动为中心的包容的大环。"在他将现代奥林匹克赋予上述内涵的那一刻，"天下大同"这一覆土便开始了对于奥林匹克之根的滋养。

百余年后的2022年，"一起向未来"作为初绽的奥运之花将沃土的智慧——"天下大同"展现给世人，这朵花是雪花。

雪花若入微观察，却见一片花海，若汇成花海，便又是一朵瑰丽的雪花。北京2022年冬奥会突出雪花形象作为宣传载体，将这一冬季的意象赋予别样奥秘，巧妙运用到了"天下大同"的表达中。同时在输出这一要义时，冬奥赛场作为天然践行场也以自身风貌竖起了旗帜。在各个项目的赛道上，选手们皆由同一起点出发，挥毫着体育赐予他们的别样魅力，体育竞技是他们的通用语言。在这里，欢呼与鼓舞无论国家、无论民族、无论肤色。

　　而在赛道外，你会发现原来在组成大雪花的花海中，也有那样一片片"小雪花"在张开双臂拥抱着花海，它们的名字叫志愿者。

　　礼遇八方宾朋，团结世界情谊，作为实现感动和付出双向奔赴的青年志愿者，"人情味"是首当其冲的催化剂。北京冬奥会志愿者眼中的微笑是温暖而有力量的，与协调工作有序开展的"工具人"标签相比，他们更是一群即使身处"雪飞燕"这一海拔最高、温度最低的志愿岗哨，也仍能用热情和饱满的状态迎接各国选手的中国青年。以热情配以服务智慧是他们的面貌，例如在残奥会中"非必要不帮助"，做运动员的守护者而非保护者，同时又时刻保证工作细致周到、妥帖合理。在初春的阳光下，残缺的花儿也能绽放。志愿岗上的他们以"人情味"感染了凝聚在同一片雪花下的人们，赢得了来自观众与选手的积极反馈。以一片片"雪花"之间的串联为携手"天下大同"打开了感性之门。

　　雪花虽诞于冬季，却有暖意，雪花的温度由文化赋予。同为世界望向中国的窗口，志愿者们是自信表达中国文化的生力军。"怎样让巴赫体会到中国'年味'"曾成为冬奥期间青年志愿者们因时制宜创造出的命题。其中北京航空航天大学冬奥志愿者将冬奥、高山滑雪、虎年春节等多种元素巧妙结合，为巴赫精心准备并送上了中国特色剪纸，得到了巴赫先生的赞赏。在翻花绳、十字绣、毛笔书法前的中外互动也成为后台休息室等地屡见不鲜的别样风景。此外，极具中国元素的对联、绳结、灯笼也在巧妙地设计后通过志愿者这一窗口亮相于世。"各美其美，美人之美，美美与共，天下大同"的论断得以在北京映照着奥林匹克运动场，那一片片雪花也为这花海带来了中国特色的暖。

　　若雪花也有花语，那便是天下大同。

　　巴赫先生对青年志愿者的一句玩笑——"我来了太多次了，怕你们觉得我烦"，无意间正是那花语的缩影。在这样一个伴雪花而生、汇雪花而行的冬奥赛场上，平等与爱的温暖连接是我们的信条，我们同属一个奥林匹克大家庭，也都是世界大家庭的一分子。我们以中华根基与国际视野共同筑成了这一和平友谊的盛会、团结合作的盛会、鼓舞世界的盛会，中国青年也在此之间打造了自信开放的烫金"名片"。

正如古代奥林匹克运动所承载的公平、公正竞赛精神能够成为社会所普遍奉行的行为准则与价值判断，体育竞技所承载的奥林匹克精神始终在重塑着社会价值形态。体育竞技被誉为全人类无师自通的行为语言当之无愧。可以说雪花的花语使得"天下大同"的要义至此由滋养奥林匹克之根的沃土延伸至了滋养社会价值的沃土，北京2022年冬奥会的精神遗产之一便在于此。

总书记曾言："中国始终是世界和平的建设者、全球发展的贡献者、国际秩序的维护者。""天下大同"除了作为北京2022年冬奥会的办奥要义外，在人类命运共同体这一思想理念中也浓缩了它的影子。人类命运共同体思想作为目前为止最具包容性、最有关怀力的全球化理论回应了时代的需求，以全人类的现代化而不是部分人的全球化为追求，顺应了世界百年未有之大变局的趋势，同时也是对所谓的"中国威胁论"的有力驳斥。

同为当代青年的我，虽没有与志愿者同伍，但受那"雪花"的感召，也定当不负青年之力。中华民族共同体是构建人类命运共同体的重要内容，于我辈青年来讲，便是要在实现中国梦的历史接力赛、实现民族复兴的赛道上奋勇争先。在实现中华民族伟大复兴的征程中建设中华民族共同体，进而推动构建人类命运共同体。

中华民族的伟大复兴是中华文明的伟大复兴，涵盖了经济、政治、思想文化、科学技术等诸多方面，其中包含物质文明、政治文明、精神文明在内的全面复兴。它并非一个距离我们非常遥远的口号，它明确了在新时代中青年投身中华民族伟大复兴的实践多元性并赐予了青年做出实事的动能。

在口号上升华认知，在实践上坚定决心后，我们应以积极语境下的"斜杠青年"作为自己的形象代名词，引导自身融入实践、生发感性认知并再次深化实践，以"穷人家的孩子早当家"逻辑带入新时代，补小穷以当大家。

中国的奥运自百年间的中华民族伟大复兴而来，同样指引我们投入中华民族伟大复兴的道路中去；北京2022年冬奥会凝雪花为花海，终将以其花语感召世人奔赴而去。

作者简介：

张梓航，北京航空航天大学北京学院2021级本科生、大班团支部书记兼211891小班团支部书记。

蒲玛甜：让志愿事业更专业
——榜样就在身边

  今年的立春恰逢北京冬奥会的开幕时，随着二十四节气的浪漫倒数，属于中国的，属于冰雪的，属于奥林匹克的盛典拉开帷幕。这一场精彩绝伦的冰雪盛典完美举行的背后，是许多人辛勤奋战的汗水。本次冬奥会，约有1.8万余名来自各个高校的学子构成了志愿者的主体，不计报酬，甘于奉献，志愿青春，助力冬奥。很遗憾不能以志愿者的身份和这些可爱的人们一起服务冬奥，但是有幸聆听了本校参与冬奥志愿服务的同学对冬奥服务工作的宣讲和分享。这使我对冬奥期间志愿者们的工作、生活和无私的奉献有了更深刻的体会和更具现的认知。

  冬奥会是世界看中国的盛典，是向世界展示中国冰雪运动建设以及国家综合实力的窗口，对每一项工作都要严格把控，而且疫情当前，举办一届冬奥盛会面临着很多困难，需要全国上下众志成城的努力，服务在一线的志愿者们更是以当代青年的勇气和担当向全世界呈现出不惧困难、砥砺前行的风貌。

  两位宣讲的同学一位负责通信工作，另一位负责人员集散，而通过他们的分享才知道将志愿服务工作的大体落实到某一项工作中需要多番思虑，方方面面都要考虑周全，实际行动起来更不是易事，要做好万全的准备工作，要具备过硬的综合素质，要以高度认真的态度对待工作，更要具备随机应变的能力以应对可能发生的随机情况。而和他们一样，每一名志愿者都在自己的业务领域展现着周到细致、热情洋溢、严谨负责的工作态度，不管是综合工作能力，还是待人接物的细节，都一丝不苟，尽己所能做到完美，他们是奥林匹克的见证者，更是体育竞技精神的践行者。从他们的分享中我深刻体会到了什么是"绿我涓滴，会它千顷澄碧"的志愿者精神，在冬奥志愿者身上，体现了当代大学生品学兼优、德才兼备的优良品质，他们从我们这个群体中来，我们作为当代青年，高校学子，更要以优秀的志愿者们为榜样，提升学习能力，提高专业水平，锻炼综合素质，培养高尚情操，自律自强，奋发向上，更多地加入志愿服务的队伍中，服务他人的同时也成就自己，由"小我"到"大我"，把自身的青春奋斗融入伟大的时代主题。

榜样的力量是无穷的，志愿者的奉献精神在新时代显得尤为难能可贵。这也和中国的传统文化价值理念与奥林匹克精神理念具有共通性，新时代中国志愿文化源于中华优秀传统文化，是马克思主义中国化的体现，是对中国精神的创新发展，是社会主义核心价值观的深刻展现，是社会精神文明建设的重要内涵。志愿文化不断发展的背后是整个社会精神文明的提升，志愿文化是社会发展到一定阶段的产物，是一个社会文明程度的重要标志之一。从自然灾害救援到重大活动组织，从疫情防控所需到扶贫支教助残，"奉献、友爱、互助、进步"的志愿精神是一种良好积极的价值导向，契合人们对和谐美好社会的追求和向往，对社会群众有着强烈的号召力和感染力，可以激发群众参与志愿服务工作的主动性和积极性，促使更多的群众参与到志愿文化建设中去。志愿者精神不只是一种单向奉献，而是个人和集体的双向奔赴，更是新时代中国青年大爱无疆的体现。

在北京冬奥会、冬残奥会总结表彰大会上，习近平总书记深情回顾了"七年磨一剑"的冬奥历程和"无与伦比"冬奥会的辉煌成就，首次提出了北京冬奥精神的概念——胸怀大局、自信开放、迎难而上、追求卓越、共创未来。习近平总书记指出，是广大参与者共同创造了北京冬奥精神。全体冬奥参与者在党中央的坚强领导下，坚持"一刻也不能停，一步也不能错，一天也误不起"，付出了艰苦卓绝的努力，以实际行动确保"两个奥运"同样精彩，赢得了国际社会的积极评价和参赛各方一致好评。而志愿者在整个赛事中的无私奉献和高度负责的工作态度也是对冬奥精神的良好诠释，而我们作为青年一代，首先，我们应该用冬奥精神来增强体魄，身体是革命的本钱，中国的体育事业发展不易，到如今这样体育健儿百花齐放，奥运奖牌榜上有名的好局面离不开党中央"建设体育强国"的重要方针，在这个目标的带领下，越来越多的人参与体育、热爱体育，中国人的身体素质不断增强，我们要主动离开舒适的办公环境，积极参与体育运动，强壮我们的筋骨，健全我们的体魄，更好地利用充满力量的身体、充满活力的状态投身于本职工作。其次，要在工作生活中不怕困难，迎难而上，敢闯敢拼才能在自己的领域内有所突破有所发展，才能做出一番成就，锻炼出过硬本领。在提升自我专业水平上，敢于突破自我的同时要心系祖国，无论在多么平凡的岗位做着多么普通的工作，都要树立为国、为民、为他人的大局观，中国之所以能从被列强欺凌的屈辱境地到如今从容立于世界之林，就是靠有着坚定的爱国情怀和民族精神做支撑的中国人民，无论何时，不忘祖国、心系祖国，牢记"请党放心，强国有我"的铿锵誓言，积极于术业专攻之处积极践行。

作者简介：
蒲玛甜，生物与医学工程学院2020级研究生、班级组织委员。

钟艾林：冰雪腾飞，正当其时，寒夜觥筹星璀璨，雏鹰聚力击长空

与国同航 筑梦冬奥——北京航空航天大学服务保障北京2022年冬奥会和冬残奥会纪实

"一座北京城，两圆奥运梦，九门同期盼，十方和平钟。"当奥运会来到冰雪剔透的北京城，当奥林匹克之火再一次照亮中国，当开幕式上欢快的倒计时响彻云霄……我们将手摁在自己的胸口，听心中有如洪流激荡发出的轰鸣——冬奥荣光，世界共享！一场冰雪约，一簇奥运火，一个个红色基因，一道道蓝色志愿。从古奥林匹亚遗址采集而来的火种，传遍大江南北，映红广阔天际，穿透笼罩全球的疫情阴云，照亮人类共赴时艰的前路，亦点燃了一方蓝色青春。

在其中有这样一群人，他们在冬奥的场馆与街道上随处可见却又默默无闻，他们的工作看似微不足道但却不可或缺，他们身居幕后却心系幕前。他们就是"微笑的雪花"——冬奥志愿者。很荣幸有这样的机会，近距离接触心中景仰的光。丁瑞云老师和六位大学生学长组成北航冬奥宣讲团，线上给我们讲述了他们作为冬奥志愿者的点滴故事，"冬奥同行，共创未来，北航人的冬奥故事为你开讲"。聆听着凯旋的北航志愿者分享的精彩故事，从各位学哥学姐生动而又精彩的演讲中，我看到一份信念美好，看到一腔热情真诚，感受到恒远的温暖。

做好北京冬奥会和冬残奥会志愿者这是重大挑战，更是光荣使命。在北京冬奥会和冬残奥会服务保障工作中，北京航空航天大学始终积极发挥学校优势在志愿服务、科技创新、人才支撑等方面积极贡献智慧力量。北航学子担当"空天报国"的红色基因，服务冬奥的蓝色志愿，全力以赴，书写青春华章，展现当代中国之青年风采。

你们是冬奥场上的一缕曙光。在鸟巢的大屏幕上，一张张洋溢着自信的面孔，绽放青春；在辽阔的冰雪场上，一个个充满坚定的眼神，温暖世界。飞雪之下，志愿者们用细致周到的服务让几百名现场观众在大雪中感受到冬日里的温暖，留给大家一个美好的观赛回忆。对北京冬奥会各项工作的一丝不苟，在

工作中不顾辛劳默默付出的无私奉献，在工作之余增进友谊愉悦身心的纯真快乐——奉献、友爱、互助、进步，用自身光芒万丈让他人感受爱意恒长。

你们是冬奥场上的一颗明珠。在冬奥场上，你们为运动员鼓舞打气；在休息期间，你们为外国使者介绍中国文化。这是属于你们的舞台，你们所展现的样子，便是中国的样子。北航志愿者们以青春风采，擦亮了冬奥志愿服务的亮丽名片，向世界展示了中国人民的热情好客、文明有礼、昂扬向上的形象。因为有你们，志愿服务面貌得以美丽动人；志愿精神得以气象万千。

你们是绽放在高山的一朵雪莲。3年筹备，77个日夜，400余位志愿者，2100多米的高山滑雪场地……这一系列宏伟数字的背后是学哥学姐们鲜活聚焦的每一次奉献。北航学子用最亲切的笑容温暖最寒冷的高山滑雪赛场。在海拔2000米的高山上，在零下30摄氏度的寒风中，坚守自己的岗位。他们身上散发着蓬勃的青春朝气，挥洒着奋斗的青春汗水，诠释着强国有我的青春誓言。他们是北京冬奥精神的有机分子，是中国共青团的标兵和骄傲，是广大中国青年自信开放、不负韶华的缩影。

习近平总书记指出，北京冬奥会、冬残奥会广大参与者珍惜伟大时代赋予的机遇，在冬奥申办、筹办、举办的过程中，共同创造了胸怀大局、自信开放、迎难而上、追求卓越、共创未来的北京冬奥精神。冬奥精神植根于古奥林匹亚遗址采集而来的火种，遇北京而得以丰富，在北航而迸发精彩。七十载空天报国，新时代逐梦一流。新征程上，北航，与祖国，与时代，踔厉奋发，笃行不息，一起向未来。

冬奥的终点，汇成奋斗航程新起点。北航志愿者以奋斗书写精彩人生，用青春为祖国贡献力量。"执着坚守、热情奉献、专业赋能、温暖守候"是对冬奥精神的生动诠释，新时代的征程上，冬奥精神也应是每一位中国青年的心之所向。作为新时代的弄潮儿，我们应不负韶华春光，同心向未来。

一起向未来需要我们胸怀大局。北航以为国争光为己任，以为国建功为光荣，勇于承担使命责任。冬奥志愿者们克服千难万险，舍小家为大家，默默坚守岗位数月，为的是国家这个大局。为了国家大局，他们坚持"一刻也不能停，一步也不能错，一天也误不起"的信念。对于新时代少年，我们应把国家利益摆在第一位，心系祖国、志存高远。

一起向未来需要我们自信开放。北航在冬奥备战过程中坚持中国特色社会主义道路自信、理论自信、制度自信、文化自信，以创造性转化、创新性发展传递深厚文化底蕴，以大道至简彰显悠久文明理念，以热情好客展现中国人民的真诚友善，以文明交流促进世界各国人民的相互理解和友谊长存。雍容大度也应成为我们笑容中深刻意蕴，开放包容应是我们张开怀抱的青春姿态。

一起向未来需要我们迎难而上。北航的志愿者们被分配到条件最艰苦、任务最繁杂的延庆赛区，但他们没有一句怨言，而是毫不畏惧地承担起全部责任，坚守自己的岗位。他们苦干实干、坚韧不拔，保持知重负重、直面挑战的昂扬斗志。作为祖国的未来希望，少年的肩上不仅仅是草长莺飞，还应担起重任，百折不挠克服困难、战胜风险，为了胜利勇往直前。

一起向未来需要我们追求卓越。备战冬奥期间，北航全校联动。"一人一策"学业护航，2万余件激励保障物资，6次心理辅导，20余项主题团建活动，2场专场宣讲，20余场主题活动，2项测试赛活动，10余次专题培训。这些，是追求卓越、一丝不苟的最好诠释，志愿者们精心规划设计，精致雕琢打磨，认真磨合演练，最终以自信姿态盛开在高山之巅。在学习生活中，我们应坚持最高标准、最严要求自己，挑战自我，不断突破和创造奇迹。

一起向未来需要我们共创未来。一朵鲜花装扮不出美丽的春天，一个人成就不了冬奥盛会的精彩。正如国际奥委会主席巴赫在北京冬奥会开幕式致辞中所说："奥林匹克的使命是让人们在和平竞争中团结一心。"中国讲求的和文化更是蕴含共同成长、生生不息，得其环中、以应无穷的圆融与完满的意义。应坚持"一起向未来"和"更团结"相互呼应，面朝中国发展未来，面向人类发展未来，向世界发出携手构建人类命运共同体的热情呼唤。

以冬奥为媒，予世界以中国温度。以冬奥为媒介，示世界以中国厚度。以冬奥为引，展世界以中国宽度。振衣千仞岗，濯足万里流。我辈青年一代站在新时代的历史起点，应做新时代刚强不屈的白杨，劈风斩浪的鱼鳍，在可为的时代力争有为，与时代同心同向，让青年精神绽放光芒！

作者简介：

钟艾林，北航实验学校中学部高一年级通航班、学校学生会主席团成员。

张倩：不负时代，不负韶华

"不负时代，不负韶华"是习近平总书记对青年学生成长成才的嘱托，是对当代青年实现民族复兴奋勇争先的殷殷期盼，也是听完北航校团委组织的冬奥志愿者宣讲团的宣讲后荡漾在心中的那朵浪花，一直激荡，久久不能平静。

北航冬奥志愿者服务，就是这样一朵时代浪花，以自己最大的努力和坚韧，推动北京冬奥会顺利举办的进程。国家高山滑雪中心，海拔2198米，气温最低达零下30摄氏度。在这样的环境下要提供最优的志愿者服务，可以说北航冬奥会志愿者在迎接最高、最冷、最难、最久、最艰苦等挑战时，彰显了北航人"空天报国"的精神。作为北航的一名基础教育阶段的教师，我深深受到震撼，看到了北航志愿团高质量完成党和国家的使命重托，也更加坚定了自己传承党的精神，培育后备主力军的信念。"少年强则国强，少年进步则国进步。"基础教育阶段的党员教师，要把生逢其时、重任在肩这种时代担当使命，在显性和隐形课程、教育实践、环境文化中传递给孩子，弘扬北京冬奥精神。

北京冬奥会、残奥会是"十四五"初期举办的标志性活动，具有重大意义。在这样的关键时刻，北航志愿者与国同航，充分展现出了北航特色、志愿风采、青年力量，这是一场"空天报国"红色基因与服务冬奥蓝色志愿的交织，让全国乃至全世界再次认识了北航，认识了北航人信得过、托得住的风格。在筹办冬奥志愿服务的三年，是对北航从上至下全体师生、领导的一次考验，北航人迎难而上，建立了"一轨三星"运行指挥体系，全校一盘棋，做到了"馆—校—驻地"的无缝衔接，最终做到了各项工作精准有序、高效响应、层层落实的效果。作为北航一名基础教育工作者，在听到志愿者对筹办工作的描述，能够想到当时的全体北航人齐心协力、全局谋划、大局意识的现场和筹办氛围，虽然未能现场观摩，但是从志愿团的讲述中领略到了北航人的品格和风采，这对我来说本身是一次正面的激励。教育工作就如同志愿团的工作，需要有计划、谋全局、整体考虑、层层落实，最终才能在育人工作中走好每一步，担当起培养新时代民族复兴大任后备军的任务。

北航志愿者在赛场上的热情是最靓丽的赛场名片，在风雪中的无悔执着是最可贵的坚守，在知识素养赋能的实践中是最好的专业体现，在各种专属激励中是最温暖的陪伴。从官微"航小萱"、"青年北航"、《人民日报》等各种媒体报道中，我们倾听着北航冬奥的故事，这些志愿者的故事，是赛场的闪亮"雪花"。作为北航人，我以他们为傲，也从他们身上吸取了正能量，我们听到的是一个个感人的志愿者故事，背后更是一位位志愿者不忘初心的付出，无悔无惧的努力，坚持不懈的奋斗。正所谓，台上一分钟，台下十年功。只有下足了功夫，才能做到万无一失的展示。

育人就像"台下功"，要想有故事传承，有成果弘扬，必定在人后付出了常人看不到的努力，每一个阶段的教育者对孩子负责、尽责，最终才能培养出时代担当者。

北航志愿者以精准到位的服务，打造了青春的"名片"，收获了圆满的成果。国际奥委会主席巴赫点赞，总理颁发李海涛"突出贡献个人"，志愿者张颜作为代表登台接受致谢等荣誉，是北航志愿者高质量服务冬奥的完美收官。而作为教师，我们需要接续这种精神，在育人之路挑起重担。作为北航幼儿园的教师，我们对接的是3岁至6岁的国家"幼苗"，是我们的航二代、航三代，这些幼苗是否能够健康茁壮成长，接续北航"空天报国"精神，延续红色基因和志愿者精神，是对我们幼儿教师的使命考验。我将尽自己所能，积极建设北航幼儿园培育"幼苗"的课程，让一代代幼儿成为博物、博识、博世的国家建设后备军。

习近平总书记在庆祝中国共产主义青年团成立100周年大会上指出，当代青年要在实现民族复兴的赛道上奋勇争先。这是对实现中国梦的一场历史接力赛、时代赋予青年的责任，而新时代青年更应当为自己生逢其时、重任在肩感到庆幸。因为在这样的时代，施展才华的舞台是无比广阔的，实现梦想的前景是无比光明的。幼儿园里的众多的青年团员教师，应当和党员教师拧成一股绳，在培养敢想敢试、好奇好问、爱祖国、爱北航、爱自然的小小北航人的新征程上，不断前进，不断开道，不断奋勇争先。北航幼儿园也在为这样一批"心中有梦想，脚下能落地"的团员教师搭建舞台，让他们尽情施展才华，从人才队伍建设主力军到周末成立博物馆课程下青年团员宣讲团，都是在为这些优秀青年创建展示的机会和成长的舞台,而我们也将在这条人才队伍建设之路上继续下功夫,为幼儿园、为学前教育、为祖国培养出一批如同北航冬奥志愿者一样能打实战、靠得住、托得起的中坚力量。

作者简介:
张倩,北京航空航天大学幼儿园教师、支部青年委员。

森迪：宣讲冬奥故事，共创未来

奥林匹克运动是典型的世界大型活动，集中了各个国家的优秀人才，追求的目标是构建人类命运共同体。

本人的护照名为Biyogo Nchama Vicente Angel Obama，中文名是"森迪"，来自赤道几内亚。目前是北京航空航天大学宇航学院的一名硕士研究生，攻读的专业是航空宇航科学与技术。在北京2022年冬奥会和冬残奥会期间担任国家高山滑雪中心赛事服务助理。能够服务北京2022年冬奥是一件让我无比荣幸的事情，因此，我想从外籍志愿者的角度，分享一下我所体会到的北京2022年精彩、非凡和卓越的冬奥会和冬残奥会以及我与北京2022年冬奥的奇妙缘分。

参与北京2022年冬奥的初心

我本是建筑工程师的孩子，在父亲的眼里中国是世界上最发达、温柔和友好的国家。小时候会经常陪他干活，我每次把当天的任务完成得很好时，他对我的表扬总会是"孩子你现在的技术水平就像一个中国人的"，这句表扬引发了我对中国的初爱，更没想到我2016年就能来到中国留学。在华留学的这一段时间里，我从不会中文到现在能够用中文流利的对话和学习，我深深体会到了中国的迅速发展以及这种发展给人们带来的幸福感和自豪感。我在北京受到学校、老师、同学的关爱，我觉得北京也一直把我看成自己的孩子；这让我暗下决心——中国就是我的第二个故乡。

在得知能够申请北京2022年冬奥会志愿者的第一时间，我就提交了申请。在这里，我想向大家分享一下我想要成为一名志愿者的初心：首先，我是一名中国政府奖学金学生，接受了中国政府奖学金的资助。我的祖国也属于第一批收到中国疫苗援助的非洲国家，中国的疫苗保护了我家人的健康和安全，我深深感恩于中国对我们的帮助与关爱。因此，在北京将成为世界上第一座"双奥之城"的时刻，我十分渴望为中国做些力所能及的事情，以表达我对中国的感恩，我想要为北京冬奥会的成功举办贡献自己的全部力量。

另外，我觉得这是实现自我价值、不断提高自己的一次珍贵机会。冬奥会集中了中国和世界各个国家的优秀人才，一想到能在这种美好的环境下跟大家一起学习、互帮互助、共同努力，我就非常激动。

■ 国家高山滑雪中心环外赛事服务志愿者客流 C 组合影（右一为志愿者森迪）

我的冬奥经历与感想

我与冬奥会的缘分从2021年志愿者报名开始，从选拔、培训到第一次迎接观众，北京2022年冬奥不断地给我留下深刻的印象。我印象最深的是培训课程的学习，在预录取为志愿者之后，我们开始了21门全汉语的课程学习，并以85分以上的考试成绩为通过标准。课程涉及中国文化、世界文化、冬奥文化，北京、延庆和张家口三个冬奥赛区的相关常识，这对当时正在准备期末考试的我觉得有些困难，但因为对冬奥的热爱与期待，我还是充分利用了所有业余时间，全身心地投入冬奥课程的学习中，最终用12天的时间完成了冬奥线上培训的所有课程，并被录取为冬奥会与冬残奥会高山滑雪场地的赛事服务助理。

作为一名来自热带雨林国家的学生，"冰雪运动"对我来说是多么的陌生，高山滑雪场地是本次冬奥会所有场地中海拔最高、天气最寒冷的场地。不过因为冬奥组委和学校对我们的关爱

■ 北京航空航天大学四名冬奥外籍志愿者合影

与国同航 筑梦冬奥——北京航空航天大学服务保障北京2022年冬奥会和冬残奥会纪实

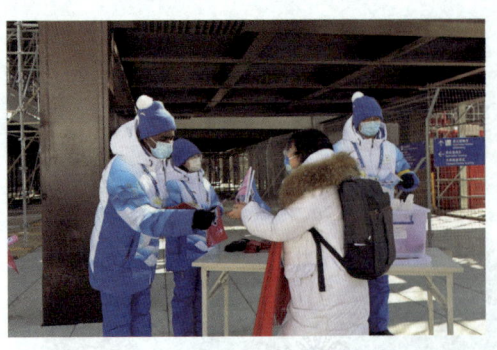
国家高山滑雪中心，观众进场照片

和支持，经过赛前的一次次培训和演练后，我们把挑战看成有趣的事情。我特别记得我们迎接第一场比赛的时候，原本确定的志愿者轮岗表却没有人执行，没人选择轮休，大家一直坚持在岗。在国家高山滑雪中心，对抗严寒天气也是志愿者们的必修课，服务期间，同学们经常说："即使赛场很冷，跟观众在一起，我们的心也是温暖的。"这句话让我非常感动，因为我也是为此而来。那时体会到有个词叫"敢为人先"。

志愿者伙伴们的非凡态度和努力更让我明白中国对冬奥的重视，大家一起努力追求同一个目标，共创未来，把我们的志愿服务尽可能做到最优水平，为使北京2022年冬奥成为世界上最精彩、非凡和卓越的冬奥而作力所能及的贡献。

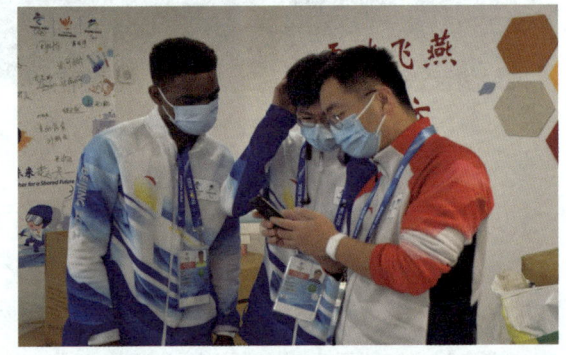
国家高山滑雪中心，培训过程中

在志愿服务之外，志愿者们还是一个大集体、大家庭。在"志愿者之家"大家基本都忘了彼此来自哪个学校，那一刻我们都是中国志愿者。大家一起过春节，包饺子，讲故事，玩剧本杀，充满了乐趣。与优秀志愿者伙伴们相处的每个小细节都是我永远无法忘记的美好回忆。

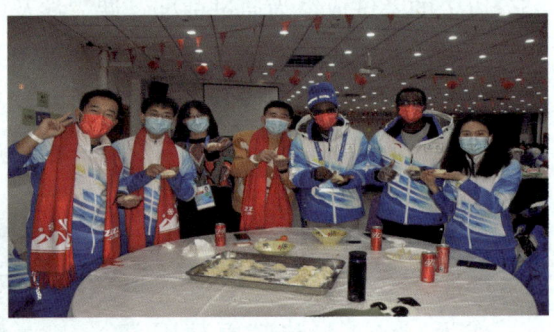
在"志愿者之家"过春节

从外籍志愿者的角度讲，我的冬奥感想可总结为：精彩、开心和无比荣幸。我深深体会到北京2022年冬奥会和冬残奥会的魅力，永远会把所体验到的北京2022年冬奥故事宣讲给身边的朋友，也欢迎世界各国朋友来到中国。

致谢

能成为奥林匹克志愿者是一生中不可多得的机会,当志愿者收获颇多,感谢学校给予我们留学生申请的机会,也给了我们很大信任。也愿中华民族的伟大复兴目标早日实现。

最后,我想说,中国加油! 再接再厉!

作者简介:

森迪,赤道几内亚外籍志愿者、国家高山滑雪中心赛事服务志愿者、宇航学院2021级硕士研究生。

研究生支教团：
让北京冬奥精神播撒在祖国西部

为弘扬北京冬奥精神，广泛传播冬奥文化，研究生支教团发挥校地资源优势，积极联系北航冬奥宣讲团为服务地中小学开展专题宣讲活动。这堂冬奥"大思政课"深深激励着研支团的志愿者和西部学子，延续冬奥精神，奋力拼搏向上，是我们每个新时代接班人都应该努力的方向！

第23届研究生支教团山西中阳分团李沛然：

看到屏幕上的北航冬奥志愿者讲述着自己的冬奥故事，我的心中感到了同样的自豪。北京冬奥会作为一个百年难遇的国际盛会，虽然未能亲身参与志愿服务，但在一位位北航青年志愿者的经历中，我切实感受到了中国青年的朝气蓬勃，感受到了中国青年的青春昂扬，也感受到了那份属于冬奥志愿者的坚守与奉献。

北航作为延庆场馆群运行团队牵头高校以及国家高山滑雪中心主责高校，400余名学子参与其中，全力以赴，团结协作，弘扬奥林匹克精神，践行志愿服务理念，为冬奥谱写了一首难忘的青春之歌。在北京冬奥会、冬残奥会总结表彰大会上，习近平总书记深刻阐述了胸怀大局、自信开放、迎难而上、追求卓越、共创未来的北京冬奥精神，激励我们珍惜伟大时代赋予的机遇，奋进新征程、建功新时代。冬奥已然结束，但冬奥留给我们的经验依然宝贵，留给我们的精神也永不褪色。冬奥精神将助力广大青年凝聚起"一起向未来"的磅礴力量，以更饱满的热情在新时代的征程中继续作出新的更大的贡献！

第23届研究生支教团山西中阳分团姜一铭：

近期我们山西分队的志愿者带领学生观看了北航北京冬奥会志愿者宣讲团同学的宣讲视频，志愿者们以自己的亲身经历，讲述了冬奥服务期间的切身感受。

我记得有几个印象很深的细节，一个是一位吉祥物引导志愿者，她体验了吉祥物雪容融的服装，发现其实穿着雪容融的服饰，做看似简单的跳跃、转身动作都需要无数次反复的练习才可能顺利完成。学生们听到这个故事，都感叹在冬奥会的场合中，其实许多外人看似简单的服务工作，都需要背后辛勤的付出。

另一个故事发生在冬残奥会中，志愿者们经常引导运动员，有一名外籍运动员被志愿者们周到热情的服务所打动，和大家建立了珍贵的友谊。他在临离开时，拿出了自己的奖牌让志愿者们感受拍照。亲手触摸到珍贵的冬奥会奖牌后，志愿者们更加珍惜这段跨国友谊的美好。

学生们寒假都在家中收看了北京冬奥会赛事，本次收看冬奥宣讲让他们了解到冬奥会背后的故事。学生们被志愿者认真负责的工作态度和不辞辛苦的付出所感染，也为中国在冬奥会中展现出的国际影响力所触动。在感叹民族复兴，增强民族自豪感的同时，学生们认识到把简单的事每次做完美其实十分可贵，纷纷表示要学习志愿者所展现出的服务精神，在学习中更加认真细致，在生活中对人更加热情真诚。

第23届研究生支教团新疆吉木乃分团赵艺林：

伟大的事业孕育伟大的精神，伟大的精神推进伟大的事业。北京冬奥会、冬残奥会的广大参与者珍惜伟大时代赋予的机遇，在冬奥申办、筹办、举办的过程中，共同创造了北京冬奥精神——胸怀大局、自信开放、迎难而上、追求卓越、共创未来。

北京冬奥会带来的影响，特别是对青少年的影响意义深远。广大青少年处于成长的关键时期，处于世界观、人生观、价值观形成的重要阶段。用什么样的精神食粮哺育青少年，用什么样的理想价值引领成长，不仅关乎青少年个体发展，也关乎国家民族的未来。作为一名支教志愿者，一名扎根西北边陲的少数民族地区思政教师，如何深层次挖掘冬奥精神，提炼思想政治教育素材，将冬奥精神融入教学课堂，是契机，更是责任。

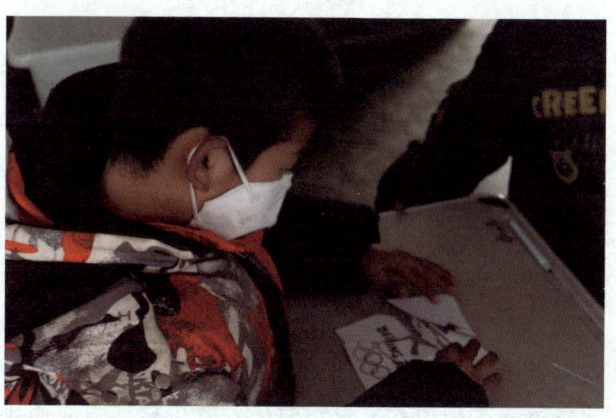

■ 支教课堂上，孩子们开展冬奥主题活动

在课堂上，通过冬奥赛场上的细节瞬间，引经据典，着力激活冬奥精神中的育人元素，深度挖掘冬奥精神中宝贵的育人价值，把"拼搏精神""中国自信""开放包容"等冬奥精神牢牢镌刻在学生们的心中。作为思政教师，我们必须注重内容、讲究方法，准确把握青少年的成长特征，正确处理专业教育和思想教育的关系，让冬奥精神走进思政课堂，切实将冬奥精神与地区特色结合，让生长在人类滑雪起源地的孩子们在新时代感悟并真正实践冬奥精神，在冬奥精神的基础上更加坚定热爱祖国和民族团结。

吉木乃县初级中学阿尔娜·吾尔列吾：

两个奥运，同样精彩。中国以言必信、行必果的大国担当兑现承诺，如期如约成功举办北京冬奥会、冬残奥会。课堂上我们了解到国家在抗击新冠疫情的特殊时期，成功举办了这项举世瞩目的冬季奥运赛事，作为一名中国人，我感到无比的骄傲与自豪。

我生长在人类滑雪发源地阿勒泰地区，从小就对冰雪运动充满了热爱，每年我家这边都有将近六个月的时间是白雪皑皑的。我也会和哥哥姐姐们一起滑雪、滑冰。当冬奥会在我们国家举办时，我非常开心。寒假期间我全程观看了冬奥赛事的电视转播，中国运动员的拼搏精神深深鼓舞着我，更加坚定了我对冰雪运动的信心和动力。希望将来有一天，我也能够通过自己的努力，为我们国家争得荣誉！

第23届研究生支教团西藏山南分团王是、郑涵文：

在北京2022年冬奥会和冬残奥会中，北航400余名志愿者投身于赛事服务工作中。在50天的连续奋战中，他们勇于挑战新事物，不畏任务的繁重，团结一心，积极学习，昼夜不歇，踏实工作，用专业且温暖的服务、自信和青春的笑脸，为冬奥会和冬残奥会贡献了自己的力量。经过志愿者们的不懈努力，北航承接的赛事服务保障任务圆满收官。北航志愿者持之以恒的工作作风和精诚团结的合作精神深深打动了我们。作为来自北航的支教教师，我们有义务把北航志愿者在冬奥会和冬残奥会台前幕后展现出的青春蓬勃、昂扬向上的精神风貌展示给山南市职业技术学校的学生，为他们的文化学习与思想进步加油鼓劲。

北航冬奥宣讲团为我们提供了良好的视频素材。不同岗位的志愿者生动翔实地讲述了他们在冬奥期间的心路历程，为我们进一步了解冬奥开启了全新的视角。秉承着"简约、安全、精彩"的办赛要求，视频介绍的志愿者生活依然充满了新鲜感与科技感，尽管西藏的学生们早已对料峭严寒、崇山峻岭还有冰天雪地习以为常，他们的注意力还是被志愿者们的宣讲视频牢牢吸引。北航志愿者在台前幕后各个岗位奔波忙碌的身影跃

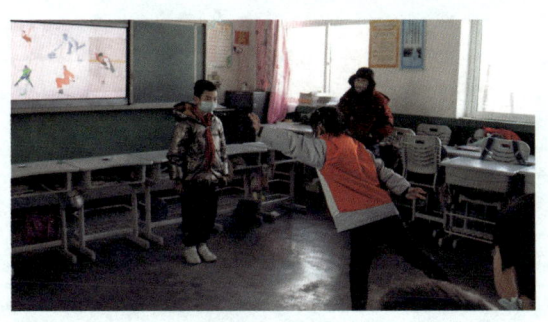

■ 支教志愿者带领孩子们迎冬奥

然荧幕上，用他们的热情与坚韧赢得了选手和观众的认可与支持，迎来了赛事的圆满落幕。此次在山南职校开展北航冬奥志愿者宣讲活动，不仅为中国冰雪运动的推广工作添砖加瓦，进一步激发了职校青年学子对志愿服务的热情，更让包括北航冬奥志愿者在内的广大中国先进青年奋发有为的榜样形象深入人心。

山南市职业技术学校2021级计算机2班华旦扎西：

冬奥会在寒冬中拉开帷幕，可在我看来，它却并不寒冷。2022年的冬奥，是属于中国人的浪漫，冬奥从绿色开始，小草萌发万物复苏生机勃勃，五星红旗手手相传，直抵人心……冰雪五环破冰而出，寓意着打破隔阂融为一体，最后一棒火炬插在由所有代表团共同构筑的大雪花里，微火虽微永恒绵长生生不息。

而冬奥会的圆满举行，少不了志愿者们的努力坚守。在视频里，我看到北航的志愿者哥哥姐姐在寒冷、高强度的工作条件下坚守自己的岗位，把所有的爱与精力都献给冬奥，我的心被深深触动了。我意识到作为一名学生，应该提高服务社会的意识，有付出和奉献的决心。在今后的日子里，凡是体现自我价值服务社会的义务活动我都会尽全力去做，为社会献一份自己的力量。我们不仅仅是十几岁的少年，更是身担重任的新时代青年，我们是初升的太阳，是祖国的希望，我们要向世界人民展示中国青年积极向上，热情饱满的形象，向世界传递中国对美好生活的向往，让我们一起向未来！

作者简介：

于宛禾，北京航空航天大学第23届研究生支教团成员、宁夏分团团长、机械工程及自动化学院2017级本科生、2022级研究生。

附 录

服务保障北京2022年冬奥会和冬残奥会大事记

2016年10月，刘犇昊借调北京冬奥组委

2017年6月，张志辉选调北京冬奥组委

2018年，三名学生完成首期迎冬奥志愿服务工作骨干培训班的学习

2020年3月，启动第一批北航冬奥会志愿者报名工作

2020年9月，北航确定为延庆场馆群牵头高校、国家高山滑雪中心主责高校

2020年9月，选派三名学生骨干参与冬奥会英语培训项目

2020年10月，启动第二批北航冬奥会志愿者报名工作

2020年11月，完成场馆群经理面试、志愿者培训师推荐等相关工作

2020年11月，北京冬奥会宣讲团北京航空航天大学专场宣讲会成功举办

2020年12月，李广玉挂职北京冬奥组委

2020年12月，北京2022年冬奥会和冬残奥会延庆赛区馆、校、地对接会议在延庆召开

2020年12月，启动技术部专业志愿者、颁奖专业志愿者、测试活动志愿者储备工作

2021年1月，北航专业志愿者参与水立方颁奖仪式全要素演练

2021年2月，12名志愿者参与"相约北京"系列冬季体育赛事延庆赛区测试活动

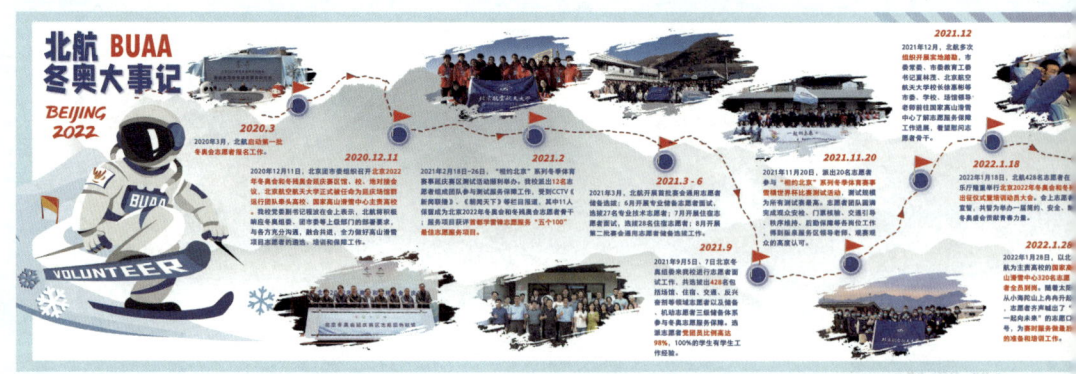

■ 北京航空航天大学服务保障北京2022年冬奥会和冬残奥会大事记之一

2021年3月,进行申请人审核和初步筛选,按1∶1.5比例开展首批赛会通用志愿者储备选拔

2021年6月,开展专业储备志愿者面试,选拔27名专业技术志愿者

2021年7月,李鹏、张承阳挂职北京冬奥组委

2021年7月,开展住宿志愿者面试,选拔28名住宿志愿者

2021年8月,开展第二批赛会通用志愿者的储备选拔工作(通用储备534名,专业储备73名)

2021年9月,开展赛会通用志愿者选拔面试工作,选拔315名志愿者

2021年10月,开展交通抵离助理的面试选拔工作,选拔4名交通志愿者

2021年11月,开展机动志愿者的储备工作,选拔40名机动志愿者

2021年11月,20名志愿者参与"相约北京"系列冬季体育赛事雪橇世界杯比赛测试活动

2021年12月,三批志愿者进行踏勘培训,市委常委、市委教育工委书记夏林茂,时任校长徐惠彬院士等带队看望志愿者骨干

2022年1月,开展北京2022年冬奥会和冬残奥会北京航空航天大学志愿者出征仪式暨培训动员大会

2022年1月19日—28日,志愿者分批次出征,上岗工作

2022年2月4日,北京2022年冬奥会开幕,北航电子信息工程学院苏东林院士作为火炬手之一参与北京冬奥会火炬传递

2022年2月7日,国家高山滑雪中心迎来首个比赛日,国际奥委会主席巴赫来到国家高山滑雪中心与北航志愿者亲切交流

2022年2月20日,北航428名志愿者圆满完成冬奥志愿服务

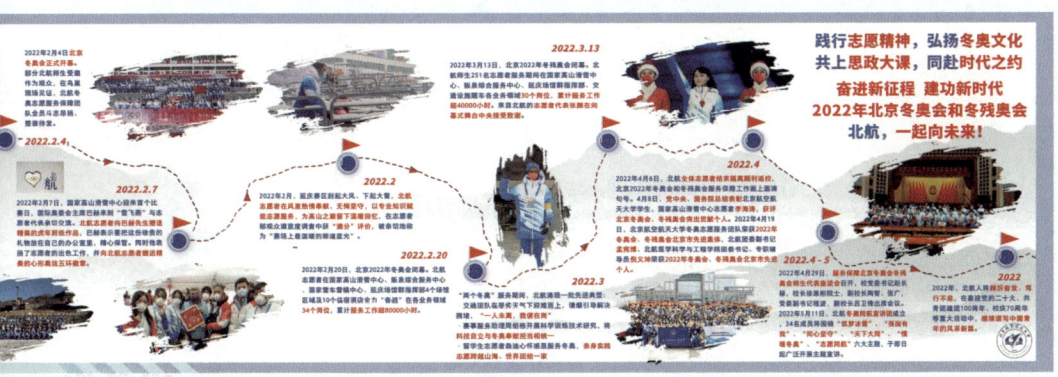

■ 北京航空航天大学服务保障北京2022年冬奥会和冬残奥会大事记之二

2022年2月23日，北航首批志愿者返航

2022年3月3日，机动志愿者上岗，作为交通设施随车志愿者服务冬奥，北航251名冬残奥志愿者投入服务

2022年3月4日，北京2022年冬残奥会开幕，北航仪器科学与光电工程学院钟景副教授担任第40棒火炬手

2022年3月13日，北京2022年冬残奥会闭幕式在国家体育场盛大举行，张颜作为6名志愿者代表之一登场，国际残奥委会运动员委员会新当选委员为志愿者代表送上赠礼

2022年3月18日，北航第二批冬奥志愿者返航

2022年4月6日，北航全部志愿者返航

2022年4月8日，北京冬奥会、冬残奥会总结表彰大会在人民大会堂隆重举行，国务院总理李克强为我校电子信息工程学院2018级本科生李海涛，颁发"北京冬奥会、冬残奥会突出贡献个人"

2022年4月19日，北京航空航天大学冬奥志愿服务团队荣获2022年冬奥会、冬残奥会北京市先进集体，北航团委副书记孟宪博、北航医学科学与工程学院团委书记、专职辅导员倪义坤荣获2022年冬奥会、冬残奥会北京市先进个人

2022年4月29日，服务保障北京冬奥会冬残奥会师生代表座谈会召开，校党委书记赵长禄，时任校长徐惠彬院士，副校长陶智、张广，党委副书记程波，副校长吕卫锋出席会议

2022年5月11日，北航冬奥同航宣讲团成立，34名成员围绕"筑梦冰雪""强国有我""同心坚守""天下大同""情暖冬奥""志愿同航"六大主题广泛开展主题宣讲

冬奥会和冬残奥会服务保障人员名单

挂职/借调干部

张志辉　北京冬奥组委抵离中心抵离信息处处长
　　　　时任北航发展规划处学科建设办公室主任
　　　　现任北航国际交流合作处副处长
李广玉　国家高山滑雪中心志愿者经理
　　　　北航学院守锷书院执行院长
李　鹏　国家高山滑雪中心人事副经理、赛事服务副经理
　　　　北航校团委副书记、仪器科学与光电工程学院分团委书记
刘犇昊　北京冬奥组委人力资源部人才处干部
　　　　北航党委教师工作部科长
倪义坤　北京市委教育工委（冬奥专班）
　　　　北航生物与医学工程学院分团委书记
张承阳　国家高山滑雪中心赛事服务副经理
　　　　阪泉综合服务中心交通服务副经理
　　　　时任北航机械工程及自动化学院专职辅导员
　　　　现任北航机械工程及自动化学院讲师

志愿者带队教师

丁瑞云　志愿者工作助理、北航校团委副书记
杨姿楚　交通设施随车志愿者领队、北航校团委副书记
蒋　茁　志愿者工作助理、北航发展规划部战略规划科科长
魏　茜　志愿者工作助理、北航化学学院分团委书记
王立东　赛事服务主管、北航宇航学院分团委书记
宋树洋　赛事服务主管、北航北京学院分团委书记
姜　淼　赛事服务主管、北航中法工程师学院专职辅导员
井彦祺　赛事服务主管、北航航空发动机研究院专职辅导员
杨贤达　驻地保障干部、北航生物与医学工程学院专职辅导员

国家高山滑雪中心志愿者

安保
高睿萁、田嘉琳

残奥整合
邓凯莎、李一夫

场馆管理
柴明可、江浩林、解天一、刘靖雨、刘谕笑眉、穆子涵、齐千硕、汤乐融、唐紫云、王玺辰、徐子安、闫晓莉、张冕峰、张瑞哲、潘　喆

反兴奋剂
张　颜

公共卫生
梁晨迪、彭光圣、吴洸宇、邹锐阳

技术
陈　诚、陈楚岩、邓泽宇、黄天祺、李诗美、李一冉、李逸晖、廉皓然、林春明、刘博一、吕　萌、任杰瑞、沈一凡、王宇轩、王长海、许诚诺、袁浩宇、张春雨、张玮光、张智博、赵浩然

交通
曹乃鸣、曹　阳、陈俊杰、陈　乾、陈星雨、陈屹峰、陈展邦、杜钇明、郭雨欣、黄溯源、黄炜亮、黄新馨、孔令琪、林嘉宁、刘云鹏、邵靖雯、汪　月、温　心、薛人僮、姚卓青、张津泓、张津铭、张　祎、周世元、朱　权、朱兆鹏

礼宾

吕恩泽、舒婧焱、叶致凡

媒体运行

窦嘉祺、何梓心、刘雅曦、谭子骁、田萌萌

人员管理

康兆一、任明煦、尚文心、王建鑫

赛事服务

郭一凡、韩擎之、韩天水、何舒扬、胡　炯、吉尼斯、姜海洋、姜　淼、蒋布辉、井彦祺、黎　丽、李欣洋、刘　畅、马海升、祁益民、森　迪、邵竹寅、宋树洋、孙清阳、汤明坤、唐菁雪、田若辰、王楚芊、王俊瀚、王立东、王楠翔、王　鹏、王　淇、王星月、王子璇、武在洽、叶怡君、张铭轩、张琦玥、张茜茹、张胜翔、张欣慧、张毅博、张誉文、赵天一、赵雨杭、郑义微、周绍栋

体育

吕子良、丁纪昕、刘芊琪、董新哲、韩　淇、夏守月、吴嘉欣、刘子涵、郑可欣、秦瑜航、刘　铭、张景轩、李松泽、刘海菲

体育展示

陈百铭、陈飞行、姜雨菲、商家祺

志愿者

巴丽努尔·海拉提、曹雨涵、昌运鑫、丁瑞云、顾慧毅、关天洋、蒋　苗、李海涛、林泓晔、刘洋岐、王广琛、王瀚洲、魏　茜、叶澄澄、张　琪、张晓磊

转播服务

方若彤、李　双、卢恒润、朴宣夷、杨一冰、翟子玥

阪泉综合服务中心志愿者

场馆管理

陈方祺、程　钧、李蓬睿、李芸汐、刘佳瑶、田路峰、王新迪、朱晓雨

抵离交通助理

樊欣雨、傅新峰、李　璞、祝文羲

公共卫生

王鸿泰

技术

孙保成、王元琳、徐申展、周若丹

交通（阪泉）

安　康、陈紫钰、雷思楠、黎小熙、廖玉龙、刘佳程、王源鹤、姚子宁、游家怡、张倩倩、张维元、张文良、张志浩

交通（核心枢纽）

曹盈菲、陈冠兴、崔书豪、单书澄、高建鑫、林子杰、刘泽楷、满治祎、王心怡、王赢鹤、王子臻、许嘉铭、于敬凯、周子钰、邹　杨

票务

丁梓星

人员管理

李佳怡、杨苏凡

赛事服务

蔡梦宇、蔡如欣、曹思涵、陈凌一、陈煜磊、陈月苗、崔艺馨、崔怿恺、崔宇洋、丁明锐、段鹏宇、方　阳、耿聪聪、郭媛源、郝金晶、何仁杰、胡海川、胡宇轩、黄可义、姜岚曦、李思达、李思睿、李汶锶、李　悦、廖博飏、刘　宸、刘汉琛、刘心怡、马欣仪、买民强、潘语依、彭泰膺、亓春斐、齐雨昕、任道安、任玖浩、沈　田、孙佳铭、王焕臻、王　洋、吴昕彧、吴雨恬、武佳文、谢嘉轩、谢沛彤、徐梦振、许佳璐、严鹏程、杨　戈、杨贵文、杨新宇、姚夏茵、姚中玉、叶颜函、约瑟夫、张浩文、张苏一、张天缘、张王千睿、张　欣、赵　然、赵雅莉、郑晨奂、钟京洋、周　芃、周宇光

志愿者

迪力木拉提·克林木江、倪天璇

住宿

李　阔

注册（阪泉）

高海强、刘懿慧、马源昊、沈子涵、石江南、吴方达、闫乙涵、姚讯杰、张九领、张奕凯、赵悦鸣、郑宇航

注册ACR（核心枢纽）

孔令萌、李梓瑄、卢敬远、谭墨林、田旗舰、吴梓萌、朱典琪、邹雨彤

延庆场馆群志愿者

场馆管理

崔萌萌、冯乐怡、顾　爽、李晨曦、李春怡、李　港、刘俊豪、刘天天、邵子恒、吴　私、吴中源、邢一冰、袁锦豪、周金林

国家雪车雪橇中心志愿者

技术

李宏敏、李　清

交通设施随车志愿者

曾泳琪、韩宏伟、黄树椿、李京翔、李亚楠、李奕辰、梁吉祥、梁　伟、刘心怡、龙亿舟、罗凤蓉、马文清、梅雅淇、钱　泽、乔　昱、秦海岩、师浩然、苏　杭、苏雨晨、王仕旭、王钰暄、王子超、杨时雨、杨姿楚、赵君婷、赵宇健、赵玉艳、赵　政、周书帆

住宿服务志愿者

曹李培、陈　炜、陈晓璐、程世杰、高琬婷、郭　颖、何丽雯、李　想、梁小湛、刘瀚文、刘蔚文沛、龙长春、倪书之、聂嘉辰、彭一晗、彭尹愉、邵光耀、石　一、滕雨杉、王睿明、温宇嘉、谢雪芳、徐婧雨、袁冰冰、张涵婷、张轩豪、张泽南、赵相成

延庆赛区志愿者住宿服务保障专班

李汶倩、李景一、罗梓源、杨贤达

冬奥会和冬残奥会服务保障工作部分感谢信

 北京2022年冬奥会和冬残奥会组织委员会 Beijing Organising Committee for the 2022 Olympic and Paralympic Winter Games

感谢信

北京航空航天大学：

非凡的冰雪盛会，精彩的中国答卷。在以习近平同志为核心的党中央坚强领导下，我们与国内外各方面紧密合作，为世界奉献了一届简约、安全、精彩的奥运盛会。在北京冬奥会完美落幕之际，北京2022年冬奥会和冬残奥会运行指挥部，向全体工作人员及志愿者，致以崇高的敬意！

疫情防控是北京冬奥会成功举办的关键。全体工作人员舍家忘我、日夜奋战、攻坚克难，为运动员创造了良好的竞赛环境，为参赛各方提供了温馨周到服务，你们的辛勤付出和真情奉献，守护了冬奥会和城市安全，赢得了国内外各方点赞与好评！正是有你们的长期坚守，才确保举办了一届"真正无与伦比的冬奥会"。你们是幕后英雄，是中国精神、中国力量的生动展现！

奉献冬奥，一生荣光。北京冬奥会开启了全球冰雪运动的新时代，向世界展现了阳光、富强、开放、充满希望的国家形象。让我们更加紧密地团结在以习近平同志为核心的党中央周围，锐意进取、奋发有为，为实现中华民族伟大复兴中国梦作出新的更大贡献！

蔡 奇

北京2022年冬奥会和冬残奥会
运行指挥部总指挥

团结　拼搏　奉献

致高山人：

　　海陀壮美，高山巍峨。2013年选址、2015年规划、2017年建设、2019年测试、2021年就绪，两年申办路、六年筹办期，从无路、无水、无电、无信号的"一无所有"，到建成国内首个符合冬奥标准的高山滑雪场地，组建首支场馆运行团队，筹办首场测试赛，再到保障国际专家考察认证，举办相约北京高山滑雪测试活动，工作人员新冠肺炎零感染，高山场馆一直在艰难中跋涉、在困境中求索、在奋进中成长。

　　北京2022年第24届冬季奥林匹克运动会和第13届冬季残疾人奥林匹克运动会唯美落幕，"雪飞燕"惊艳展翅、精彩纷呈、精美收官。高山人牢记嘱托、踔厉奋发、笃行不息，自觉争当冬奥先锋，始终践行高山精神，不忘初心、不辱使命、不负韶华，交出一份优异的"高山答卷"。

　　历尽天华成此景，人间万事出艰辛。感谢所有的参与者、见证者、奉献者，我们攻坚克难、恪尽职守、团结协作，用实际行动让皇冠上的明珠璀璨绽放、让美丽的雪飞燕振翅翱翔、让奥林匹克精神熠熠生辉。我们相信，凡为过往、皆为序章，期待大家以高山为起点，与梦想为伴、以奋斗作帆，在今后的旅途中长风破浪会有时、直挂云帆济沧海。每个人都很了不起，让我们一起向未来！

北京2022年冬奥会和冬残奥会组织委员会

感 谢 信

北京航空航天大学：

在党中央、国务院坚强领导下，在北京市委市政府和北京冬奥组委直接指挥下，在各单位密切配合、协同努力下，我们牢牢把握"绿色、共享、开放、廉洁"办奥理念，坚守疫情防控风险底线，攻坚克难，高质量完成了北京冬奥会和冬残奥会抵离保障任务，向世界奉献了一届简约、安全、精彩的奥运盛会，全面兑现了对国际社会的庄严承诺，共同创造了伟大的"北京冬奥精神"。

2017年9月，贵校选派张志辉同志到我委工作，先后担任对外联络部综合处副处长、抵离处副处长，抵离中心抵离信息处处长职务。近5年来，该同志以强烈的责任感、使命感、荣誉感和扎实的专业知识全程参与抵离筹办工作，牵头负责抵离信息管理及抵离信息系统开发和运行工作。赛时，该同志以跑秒计时的状态、压线冲刺的干劲、求真务实的精神，不分昼夜坚守在岗位，严密监控抵离信息系统运行，精准校验抵离信息数据，以创奥运史记录的准确率（准确率为100%）为各保障单位提供实时、精准的信息支持，为高层领导科学决策提供重要数据支撑，为确保实现"好来快走"的抵离工作目标发挥了不可或缺的作用。2022年4月该同志获评"北京冬奥会、冬残奥会北京市先进个人"称号。

在此，谨向张志辉同志的辛勤付出致以崇高的敬意，向贵校的鼎力支持表示衷心的感谢！顺祝贵校教育事业蒸蒸日上，蓬勃发展，早日建成中国特色世界一流大学！

北京冬奥组委抵离中心
2022年5月10日

北京2022年冬奥会和冬残奥会组织委员会

感 谢 信

北京航空航天大学：

　　纯洁的冰雪，激情的约会。在举国关注、举世瞩目的北京2022年冬奥会和冬残奥会胜利落下帷幕之际，北京冬奥组委志愿者部向贵校表示衷心的感谢并致以崇高的敬意！

　　办好北京2022年冬奥会和冬残奥会，是习近平总书记亲自决策、亲自推动的国家大事，是欣欣向荣、开放自信的中国对国际社会的庄严承诺。在党中央坚强领导下，在中央各部门、各省区市和社会各界的支持和帮助下，在北京冬奥组委的统一指挥下，超过1.8万名赛会志愿者和20万人次城市志愿者发扬志愿服务精神，用微笑的眼睛、温暖的双手为冬奥提供了周到、细致、暖心的服务，向全世界展示了新时代中国青年朝气蓬勃、积极向上的奋进姿态，展示了开放自信、热情友好的中国形象。

　　贵校深入贯彻习近平总书记的重要指示精神，为冬奥盛会的成功举办提供了强有力的支持，特别是在赛会志愿者的招募选拔、宣传培训、保障激励、赛会服务等方面做出重要贡献。经贵校党委推荐的李广玉同志、李鹏同志、张承阳同志在国家高山滑雪中心场馆运行团队分别担任志愿者经理、赛事服务副经理职务，统筹本场馆赛会志愿者及赛事服务各项工作。三位同志政治素质过硬，业务能力突出，工作作风优良，充分体现了"胸怀大局、自信开放、迎难而上、追求卓越、共创未来"的北京冬奥精神，为圆满完成北京冬奥会各项任务付出了辛勤的汗水，做出了积极的贡献。

谨以此信衷心感谢贵校对北京2022年冬奥会和冬残奥会赛会志愿者工作的大力支持，衷心向贵校所有参与北京冬奥会和冬残奥会赛会志愿者工作的师生表达由衷的敬意！

北京冬奥组委志愿者部

2022年5月

北京冬奥会无线电管理协调小组

感 谢 信

北京航空航天大学：

  2022年2月4日至3月13日，举世瞩目的北京2022年冬奥会和冬残奥会（以下简称北京冬奥会）在北京、河北张家口成功举办。全体无线电安全保障人员齐心协力，圆满完成北京冬奥会无线电安全保障任务，实现无线电安全保障"零失误、零瑕疵"。

  此次保障任务政治意义大、时间跨度长、活动频次高、无线电保障工作任务重、难度大，贵校高度重视，在国家高山滑雪中心、国家雪车雪橇中心、延庆阪泉综合服务区竞赛场馆以及周边区域无线电保护性监测工作等方面给予我办大力支持和帮助。志愿者团队袁浩宇、王长海、李清、李宏敏、徐申展、王元琳、周若丹、孙保成等同学不畏困难、甘于奉献，他们以一流的工作标准和细致周到的工作态度，给予我们热情的支持和帮助，充分展示了贵校志愿者队伍高度的政治觉悟、过硬的业务素质和良好的精神风貌，为北京冬奥会无线电保障任务的圆满完成付出了辛勤劳动、作出了积极贡献。在此，谨向贵单位及全体参与保障人员表示衷心的感谢和崇高的敬意！

北京冬奥会无线电管理协调小组办公室
2022 年 03 月 23 日

感 谢 信

尊敬的北京延庆万豪酒店及北京延庆源宿酒店驻店保障小组的领导及全体工作人员：

举世瞩目的北京2022年冬奥会胜利落下帷幕，作为2022年中国北京延庆冬奥服务保障接待酒店的北京延庆万豪酒店及北京延庆源宿酒店，向支持、参与及奉献了2022北京冬奥会各保障环节的最重要也是无可替代的最辛苦的一环，环内环外衔接的您们，表示衷心的感谢并致以崇高的敬意！

北京延庆万豪酒店和北京延庆源宿酒店在此次冬奥接待任务中，接待人数多，接待的VIP贵宾多，且遇到的突发问题和特殊要求也比较多。自驻店保障小组进驻酒店以来，从成立指挥部的那一刻开始，疫情防疫、食品安全、交通运行、人员健康，安全保卫等各项服务保障工作无一不是"家人们"在一起的完美的配合，才能克服且把一切原本"不可能"变为了"可能"。多少个日日夜夜风雪无阻，"家人们"一起并肩作战-凌晨三四点的时间，马超群和祁明来带领着民警"家人们"和酒店安保人员一起巡视酒店周边，严格核实进出车辆，为几百名住店宾客和酒店员工提供了安心放心的保证；焦树春带领的食品监察小组日复一日的为酒店的食材供应和入口食品的安全"操碎了心"；时晓芳和牛浩浩被我们宾客和酒店的员工亲切的称为"时姐和牛姐"，在给员工看诊时即使隔着面罩口罩但是我们还是能够感受到姐姐们的关心和照顾，让我们能够有力量继续为客人服务；四名志愿者小朋友被员工们叫做"蓝精灵"，他/她们时时刻刻在用蓬勃的精神状态在感染着我们；陈嘉悦和王艳伟两名疾病预防控制中心的工作人员作为外国友人口中的"隔壁小陈和小王"不分昼夜的联系和协调所有住店外籍客人的核酸检测结果，帮忙建立外宾，疾控中心，和酒店的三位一体的沟通渠道，保证疫情防疫信息的通畅和准确；在这里我们不得不特别单独提到驻店小组的组长梁文忠，正是他有着坚定的信念和积极帮助客人解决问题的支持态度才能让我们完全无忧的为外籍客人们提供服务，让他们/她们高兴而来，不留遗憾的离开；还有很多默默无闻的驻店小组成员，他们也和酒店员工一起认真履行职责，也为北京延庆万豪酒店和北京延庆源宿酒店顺利完成冬奥服务接待工作做到了真正的保驾护航，从而得到了意大利之家，国际雪联主席，美国代表团，德国代表团和奥地利等国家和代表团的一系列的高度赞扬，并且为承办一届"简约、安全、精彩"的奥运盛会也作出了所在工作岗位上的应有承诺。

今天是二零二二年2月二十八日正月廿八，星期一，也正好是二月份的最后一天，希望各位驻店保障小组的"战友们"能够充分利用这个时间好好休息，为了之后回到各自的工作岗位上能够有一个饱满的精神状态积蓄力量，也希望闭环结束后各位能够好好和家人一起团聚；之前一起工作的并肩奋斗的几十个日日夜夜，将会是我们生命中一段永恒的回忆；希望大家一起不忘初心、砥砺前行，再回到工作岗位后继续保持高标准服务品质，牢记习总书记"延庆是属于未来的"政治嘱托，为建设生态文明幸福最美冬奥城贡献咱们自己的一分力量，也希望"家人们"在不远的将来可以携家人们一起回到北京延庆万豪酒店及北京延庆源宿酒店的"家"看看，让我们一起携手同心，一起向未来！

北京延庆万豪酒店及北京延庆源宿酒店
全体员工
2022年2月28日

感谢信

北京航空航天大学团委：

  北京 2022 年冬奥会在大家的共同努力之下于 2 月 20 日圆满结束，贵校选派的刘瀚文、谢雪芳、聂嘉辰、温宇嘉、滕雨杉、张涵婷、刘蔚文沛这 7 名志愿者，作为利益相关方住宿志愿者，参与了夏都会议中心酒店的服务保障工作，为冬奥签约酒店服务接待 30 个国家和地区的 148 名奥委会官员作出了有力的贡献。志愿者协助综合协调小组、医疗防疫小组、安全保卫小组、交通保障小组和酒店各部门进行语言翻译、制作巴士时间表；还为酒店员工进行英语培训；与 CLO 及时沟通防疫政策，为防疫政策落实做出了贡献。

  志愿者们在严格遵守疫情防控要求的前提下，克服困难，坚守岗位，用极大的责任心和极强的意志力保障了外宾接待工作正常运行。志愿者们不怕困难，勇于担当，无私奉献的精神让我们感受到了大家参与冬奥服务保障的无限热情，也让我们备受感动！在此，我谨代表北京 2022 年冬奥会延庆区赛区赛事综合保障组夏都会议中心驻店保障小组和夏都会议中心，向志愿者们的辛勤付出和学校团委的支持与配合表示衷心的感谢！希望志愿者们在今后为社会贡献自己的青春力量，一起向未来。

夏都会议中心驻店保障小组
夏都会议中心
2022 年 2 月 20 日

感谢信

北京航空航天大学航空科学与工程学院：

　　2022年2月4日，第24届冬季奥林匹克运动会在北京盛大开幕。北京冬奥会受到全世界的关注。中国北京承办的此次赛事受到全世界的赞誉，取得了圆满的成功。期间，贵校航空科学与工程学院大二年级学生高琬婷于1月21日以志愿者身份参与到赛事新华家园酒店保障组的工作中，主要负责下榻新华家园酒店的5个国家和地区的600余名技术人员和工作人员的翻译工作和乘车转运引导工作。

　　志愿服务期间，高琬婷同学各方面的表现受到保障组官员、工作人员及下榻酒店各国家和地区技术人员和工作人员的肯定。尤其是她任劳任怨的精神和流利准确的翻译服务，给新华家园酒店的保障工作提供了极大的便利，在世界各国友人面前，充分的展示了中国当代青年、当代大学生积极顽强、友好向上的时代风貌。每天从凌晨5点开始，至当日23时结束，总是第一时间到岗，坚持到酒店入住人员全部安顿好才离开，遇到特殊情况，更是坚持到最后，是一个具有高度责任心的好青年。高琬婷同学的英语口语流利准确，给予酒店工作人员极大的便利，同时给外国友人的沟通交流和具体问题解决提供了极大的帮助。欣闻高琬婷同学和各国技术官员间建立起了良好的友谊，成为新华家园酒店保障组的一抹亮色。

　　高琬婷同学的接待礼仪周到体贴，温暖和善的微笑也给保障组人员留下深刻的印象。鉴于高琬婷同学的以上表现，在北京冬奥会即将结束之际，新华家园酒店保障组决定通过感谢信的方式，向贵校反馈高琬婷同学在志愿服务期间的表现，对他的志愿服务工作及其个人提出表扬，并对贵校对北京冬奥会的大力支持和付出表示衷心的感谢！

北京2022冬奥会冬奥会和冬残奥会延庆赛区赛事综合保障组

新华家园酒店驻店保障小组

2022年2月20日

感谢信

敬爱的驻店保障曹李培您好：

  自2022年1月中旬以来，您到中银酒店进行北京2022年冬奥会志愿者服务保障工作。在前期的准备工作中，您充分发挥自身的专业优势，每日电话不断、脚步不停，与上级领导及酒店的各部门进行沟通，传达上级指示精神，为外宾提供优质完美的服务，最终很完美的解决了一个又一个难题，为冬奥会胜利举办奠定了坚实的基础。

  2022年1月20日，酒店进行了闭环管理，我们成为了相亲相爱、相扶相助的 家人。2月4日北京冬奥会开幕式隆重、精彩的在北京上演，激情的追逐赛拉开帷幕。我们因为奥运相遇，因为冰雪结缘，在奥运会的接待中，您不辞辛苦、兢兢业业、恪尽职守；您精湛的专业知识、高标准的工作效率、超强的职业素养展现的淋漓尽致，令我们叹为观止、无限敬仰；您不畏困难、默契配合、团结协作，帮我们取得了奥运接待殊荣。我们的成绩离不开您的支持与鼓励，中银酒店全体同仁向您的付出与努力表示衷心的感谢和深深的敬意！您是我们每一位中银人的骄傲！

  北京冬奥会已圆满收官，相聚和离别，仿佛一个转身，今天的握手离别，必将迎来日后的再次相聚，我们在这等你。让我们为了各自的理想一起向未来！

北京市中银酒店有限公司
全体员工敬上
2022年3月20日

地址：北京市延庆县庆园街12号 传真：(010) 69171701 电话：69172020 邮政编码：102100

《高山志愿日报》

冬奥会与冬残奥会·国家高山滑雪中心·志愿者　　　　　冰雪相约高山之巅　魅力冬奥尽在眼前

 **高山志愿日报**

2022年1月28日　总第1期

| 奉献 | 友爱 | 互助 | 进步 |

本期摘要  1月24日，国家高山滑雪中心迎来第一批志愿者；1月28日，320名志愿者来到国家高山滑雪中心正式上岗，为"雪飞燕"注入新鲜血液。全体志愿者在小海坨山下合影留念，齐喊青春口号，响彻海坨山谷。张素枝主任、柳千训秘书长与各来源单位志愿者代表参加志愿者之家启动仪式，各领域培训踏勘工作有条不紊地开展。

志愿头条　国家高山滑雪中心 320 名志愿者全面上岗

1月28日，距离北京冬奥会开幕还有7天，国家高山滑雪中心全体志愿者汇聚高山之巅，迎接冰雪之旅。320名志愿者在环内外分别留影纪念，张素枝主任、柳千训秘书长与各来源单位志愿者代表参加志愿者之家启动仪式。

上午9点30分，环内志愿者于核心区2号地集结，随着太阳从小海坨山上冉冉升起，环内236名志愿者齐声喊出了"一起向未来"、"请党放心，冬奥有我"、"冰雪相约高山之巅，魅力冬奥尽在眼前"等口号，志愿者的青春口号响彻海坨山谷，志愿者的奉献决心亮相高山滑雪中心。

1月28日小海坨山碧空如洗，风和日丽

闭环内各业务领域经理与志愿者在小海坨山下合影留念

闭环外各业务领域经理与志愿者在集散地二层平台合影留念

——与国同航　筑梦冬奥——北京航空航天大学服务保障北京2022年冬奥会和冬残奥会纪实

志愿者之家正式启用

1月28日上午10点，延庆场馆群执行主任兼国家高山滑雪中心运行团队主任张素枝与场馆秘书长柳千训，和志愿者代表们相聚国家高山滑雪中心志愿者之家，参加志愿者之家启用仪式。志愿者代表依次对由奉献角、友爱角、互助角、进步角组成的志愿者之家，由志愿者们自主设计完成的、融合各来源单位元素的国家高山滑雪志愿者主图形、国家高山滑雪中心志愿者工作手册、防疫折页做了详细的介绍。

张素枝主任对志愿者的到来表示热烈欢迎。她强调，北京2022年冬奥会和冬残奥会是我国重要历史节点的重大标志性活动，国家高山滑雪中心是最具特色的场馆，能够在这里参与志愿服务，见证并亲历这件国家大事，使命光荣。她嘱咐志愿者在服务期间做好个人防护，严格落实场馆疫情防控要求，希望志愿者们在服务中收获友谊和成长，留下最美好的青春记忆。

各业务领域带领志愿者踏勘并开展岗位培训

1月38日上午，闭环内外志愿者在各业务领域经理的带领下分别进行岗位踏勘，熟悉国家高山滑雪中心整体环境，以及业务领域整体情况。

下午，各业务领域经理根据岗位特点及要求，发放保障物资，对志愿者开展业务培训、防疫培训等，帮助志愿者熟悉工作流线，尽快适应到志愿服务工作中。

  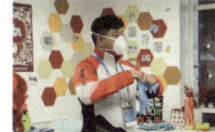

主元素亮相

志愿风采

国家高山滑雪中心志愿者主元素由志愿者自主设计、制作完成。主图形以高山滑雪运动员卡通形象为中心，融合了各来源单位典型元素：北航的北京一号，北化的母校之光，北二外的小鸾、外交学院的和平鸽、清华大学的二校门、国际关系学院的教学楼、北京体育大学的小火狮、中国人民公安大学的警车等，象征着八所高校、三军仪仗队、港澳台侨和社会来源的所有高山志愿者形成团结的志愿者大家庭。

志愿心语

"冰雪相约高山之巅，魅力冬奥尽在眼前"，国家高山滑雪中心所有志愿者已全部到岗，全员进入最佳状态，迎接冬奥会的到来。

场馆通讯助理（VCC）
刘靖雨

第一次具体地接触的自己的岗位，心情激动而紧张。VCC的工作，在志愿者的岗位中工作时间长，工作难度大，重要程度高，作为"场馆的大脑"的一部分，我深知我需要时刻保持清醒，保持紧绷，保证"零失误"。

在熟悉场馆的一路上，我们见到了各种岗位的同志们。指挥，武警，工程师，技术官员……在我们来这之前，无数的人夜以继日，筚路蓝缕，才让这座雪中飞燕从深山中拔地而起，一天天的平稳运行。而现在轮到我上场了。

这一切责任和困难并没有吓退我，反而让我更加坚定。在这座将凝聚世界目光的场馆，我想我已经做好了准备。

冬奥会与冬残奥会·国家高山滑雪中心·志愿者　　　　　　　　　　　　　　　冰雪相约高山之巅　魅力冬奥尽在眼前

与国同航　筑梦冬奥
——北京航空航天大学服务保障北京2022年冬奥会和冬残奥会纪实

高山志愿日报

2022年1月29日　总第2期

奉献　｜　友爱　｜　互助　｜　进步

本期摘要　1月29日，国家高山滑雪中心320名志愿者上岗309人，10人休息，1人在驻地进行健康检测，全体核酸检测结果为阴性。各业务领域根据实际运行需求发放防疫物资、办公物资、激励物资及食品，并开展专业技能培训。北航校长线上连线志愿者，送来新春祝福。国家高山滑雪中心将为所有冬奥和冬残奥服务期间过生日的志愿者送去生日祝福。

 志愿头条

各领域保障物资有序发放

　　腊月二十八，打糕蒸馍贴花花。随着年关的临近，北京2022年冬奥会国家高山滑雪中心各领域保障物资正在有序发放中。根据防疫工作的要求，切实保障志愿者工作安全，防疫物资得到了进一步的补充，包括N95口罩、免洗消毒液等，除此之外还有志愿者根据第二版疫情防控手册制作的防疫健康折页。各领域人员的具体办公需求也得到了充足的保障，补充发放了包括会议本、铅笔、中性笔、电池、胶带、垃圾桶等办公物资。激励物资也在本次保障物资的发放范围内，冬奥相关贴画、徽章、马克杯受到了大家的广泛好评，进一步提高了驻地内工作人员的工作热情。

　　这两天，随着工作人员陆续全部到岗，后勤保障也更加的完善，泡面、米饭等丰富的食品让忙碌于工作的志愿者得到了能量的补充。为了让志愿者在度过一个更加祥和温暖的春节，场馆春节主题活动正在策划与部署。

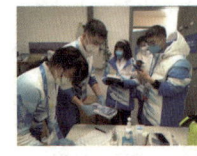

 志愿风采

北京航空航天大学校长连线冬奥志愿者

　　1月29日上午，北京航空航天大学校长徐惠彬院士与北航国家高山滑雪中心的志愿者代表进行现场连线，带来学校的新春慰问。北京航空航天大学是延庆场馆群运行团队牵头高校，国家高山滑雪中心主责高校，共有166名北航志愿者服务于国家高山滑雪中心的13个业务领域。志愿者代表王瀚洲和张颜分享了作为志愿者工作助理和反兴奋剂陪护员的工作体验，表达了初上岗位的兴奋和认真服务的决心。志愿者经理李广玉介绍志愿者的整体情况，言语中满是迎来志愿者的喜悦，同时也坚定表示，一定做好志愿者的保障工作，坚决守好疫情防控的安全底线。徐校长大力称赞了在冬奥服务前线的志愿者同学们，寄语同学们在这个特殊的春节中，收获一段特别的回忆。志愿者与校长通过"云合影"的方式，传递着学校对志愿者的浓情关怀。

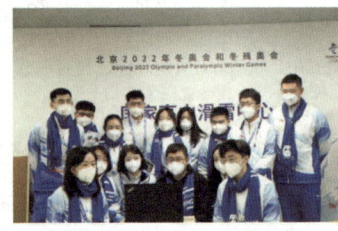

亲爱的志愿者，祝你生日快乐！

1月28日，国家高山滑雪中心迎来了两位志愿者的生日，他们分别是来自北京航空航天大学交通领域的林嘉宁，和来自清华大学反兴奋剂领域的吴伊楠。为此，志愿者工作助理们早早就准备好了惊喜，他们提前策划了详细的生日流程，准备了祝福灯牌、生日礼物和集体生日歌。下午3点多，工作助理出发给寿星们送上生日祝福，天气虽寒，但那句"生日快乐"让寿星们感受到了来自冬奥志愿者团队的温暖，眼眸中的感动相信会化作更坚定的工作动力。

据悉，在整个冬奥和冬残奥会期间，国家高山滑雪中心志愿者团队共有59名志愿者将度过自己的生日。虽然这是一个无法与家人一起度过的生日，但这将是一个印刻着浓浓冬奥记忆和志愿温暖的独特生日。国家高山滑雪中心也将探索更多方式，让过生日的小伙伴们感受到来自场馆的关心与关注，志愿者就是一家人。

志愿心语 **徐子安**
场馆通信中心助理

"我们是全体工作人员平常而又伟大工作的见证者。"

日升之后，庞大的高山滑雪中心逐渐开始满负荷运转。同一个时空之下，千百个独立而又互相关联的工作繁忙、有序地进行。在我看来，维持信息流的通畅，便是VCC的工作职责。千百条信息的筛选、处理、提炼、与记录，看似枯燥乏味，实则是时间的记录者，是全体工作人员平常而又伟大的工作的见证者。

志愿心语 **李昔桐**
场馆礼宾助理

"出发永远是最有意义的事情。"

1月28日早八点，是国家高山滑雪中心礼宾岗位志愿者的第一次出发。在场馆经理老师的带领下，我们初步熟悉了工作流线。我看到雪道上有很多工作人员在修整和测试赛道，在高山环境的凛冽寒风中，他们迎风踏雪为冬奥筹备做着最后阶段的冲刺努力。我顿时深感荣幸，因为有如此多的工作人员与我们一起并肩奋斗，比起我们，他们为冬奥的成功开办付出更多。再环顾四周与我穿着相同的志愿者朋友们，我更深感自己责任之重大。如果说那些修建雪道等设施的工作人员和技术官员们为高山赛事提供了硬件保障，那么作为一名志愿者，我们的服务则是衡量冬奥品质的重要软件一环，我们要做北京冬天里最温暖的那道光！

第一天上岗的工作并不多，主要是对场地进行熟悉和与业务经理进行交流。但第一天出发却对我们全体志愿者都有着特殊的意义。这一天让我们真正认识到，我们的冬奥之旅就要开始了。我们会不忘初心，用蓬勃的朝气和团队的合作精神，服务好冬奥。

冬奥会与冬残奥会·国家高山滑雪中心·志愿者　　　　　　　　　　　冰雪相约高山之巅　魅力冬奥尽在眼前

与国同航　筑梦冬奥
——北京航空航天大学服务保障北京2022年冬奥会和冬残奥会纪实

高山志愿日报

2022年1月30日　总第3期

奉献 | 友爱 | 互助 | 进步

本期摘要　1月30日，国家高山滑雪中心320名志愿者上岗283人，36人休息，1人在驻地进行健康检测，全体核酸检测结果为阴性。各领域志愿者组长首次召开线上例会，总结工作基本情况，反馈主要问题。国家高山滑雪中心场馆临时党支部号召积极向党组织靠拢的志愿者递交入党申请书。年关将近，志愿者领域为所有志愿者赠送定制红围巾，为冰雪白增添新年红。

志愿头条

各领域志愿者组长首次召开线上例会

1月30日下午16:00，高山滑雪中心各领域志愿者组长首次召开线上例会。首先，各领域组长及时反馈了各领域近期的基本情况、志愿者状态与遇到的问题。自从志愿者上岗以来，各项工作均有序开展，志愿者们始终保持着良好的精神状态，对工作逐渐熟悉，为冬奥会和冬残奥会的到来做好充足准备。

国家高山滑雪中心志愿者申请入党倡议书

号角嘹亮，战鼓催征，冬奥会是冰与雪的盛会，志愿者们的热情，点燃了最炽热的青春之火。作为一名志愿者，我们躬逢其盛，与有荣焉！

习近平总书记在考察北京冬奥筹备工作时，向同志们深情寄语："你们参与其中，虽辛苦，但光荣，自豪而幸福。给各国参赛人员，讲述一个古老而现代的北京，让他们感受到中国人民的热情好客，这会是一段难忘的人生经历。"冬奥会志愿服务经历，必将成为一生的宝贵精神财富。希望我们不忘初心、牢记使命，以冬奥者精神，积极投身祖国发展建设的伟大事业。在此，国家高山滑雪中心志愿者业务领域团队正式向国家高山滑雪中心场馆全体志愿者发出号召，让我们共同发出一封来自高山冰雪之巅的入党申请书，在冰雪冬奥这堂思政课堂上，唱响"请党放心 强国有我"的青春承诺！

各位积极向党组织靠拢的志愿者们，可向国家高山滑雪中心场馆临时党支部**递交入党申请书**，我们将于赛会服务期结束后，转交至署所在高校/单位，并出具服务期表现鉴定。入党申请书领手写，手写底稿用纸可打印冬奥信纸模板（见附件）或采用所在高校/单位规定信笺纸，并拍照/扫描形成pdf电子版文档。

考虑到防疫需要，纸版申请书无需上交，扫描版入党申请书建议于2月3日24:00前，发送至邮箱aoyunzhengji@163.com，邮件主题和附件名称均为【入党申请】姓名+业务领域名称+所在高校/单位。

国家高山滑雪中心志愿者工作助理
2022年1月30日

随后，志愿者工作助理蒋茁介绍了各组组织考核和党团建设的相关安排，希望在高山上发挥出党团组织的先进作用和共产党员的先锋模范带头作用，鼓励党员在艰苦的条件下走在前面，提高团队的凝聚力。同时，志愿者领域倡导各位积极向党组织靠拢的志愿者们，向国家高山滑雪中心场馆临时党支部递交入党申请书，在冰雪冬奥这堂思政大课上，唱响"请党放心 强国有我"的青春承诺。最后，王瀚洲同学对宣传工作进行了部署，并回答了各组长的相关问题。

志愿心语

邓泽宇
电子仲裁系统操作员

不知不觉间，我们进入冬奥会高山滑雪中心志愿服务闭环系统已有三天的时间。2022年伊始，我与这场冰雪盛宴的约定也正式开始。在这几天的志愿工作中，我不仅对整个高山滑雪中心的构造与组成有了基本的了解，更对我本身的工作职责有了初步熟悉。最重要的是，我有幸认识了许多志同道合的经理与志愿者兄弟姐妹们，并与他们并肩携手，为冬奥的顺利举办贡献自己的力量！

定制红围巾，热闹过大年

志愿风采

春节的脚步越来越近，国家高山滑雪中心的年味也越来越浓。为了让大家度过一个红红火火，充满独特记忆的虎年新春，宣传设计团队早早就给大家准备了定制的文创产品。包括定制红围巾、定制红包、各类文创产品等，为冰雪白增添新年红。红围巾受到了大家的集体欢迎，这条红围巾以高山滑雪为背景，连绵起伏的雪山上，是高山滑雪的独特标志。右侧标志着"2022 NEW YEAR in BEIJING"，志愿者们一看就能回想起来2022年在北京，在冬奥和伙伴们度过的美好岁月。

值得注意的是，每一条红围巾上都印有志愿者的名字，每一条都是独一无二的，象征着每位同学都是国家高山滑雪中心独一无二的志愿者，都是这个冬天小海陀山上独一份的风景。

志愿之星

张维强
志愿者工作助理

我是来自北京化工大学生命科学与技术学院的一名2021级研究生兼职辅导员。冬奥会期间作为志愿者助理，在延庆场馆运行团队主要负责高山"志愿者之家"的运行以及高山场馆群的素材采集编辑工作，做志愿者的志愿者，展现高山志愿者的靓丽风采。

作为第一批到岗的志愿者，我与其他几位志愿者担负起了前期筹划工作，经过数天的努力，以一个运行完善，温暖舒适的"志愿者之家"迎接了大批志愿者。虽然过程有困难有艰辛，但是志愿者们脸上温馨的笑颜就是对我们最大的激励。同时我制作了一些记录视频作为志愿者们在冬奥期间最美好的回忆。

冬奥开幕在即，我们一直在努力，未来两个月，我们一起向未来！

志愿心语

杨知烨
记者工作间助理

"燕山雪花大如席"
我在延庆感受零下十度的温暖

头顶夜幕，满心期待，来到雪飞燕，我们的主要任务是布置记者工作间。为了给记者们提供安全、舒适的办公场所，我们需要把脚下的电线整理整齐。集思广益，大家想出了把电线贴到桌子背面的好方法，为了撕胶带，同伴的手背擦破了皮，我的指甲抠出了血，但没有人抱怨。看着整齐有序的工作环境，我们挥洒了汗水，付出了智慧，收获了满满的成就感，对记者工作间这个集体也更有归属感啦！

一批热情洋溢的志愿者伙伴、一群有爱有心的主管、一场激情精彩的冬奥盛会，都让延庆的冰天雪地无比温暖！

明天就是除夕了，给各位志愿者拜个早年！我们一起加油服务吧！

志愿反馈 近期收到各领域问题反馈：

1. **交通通勤问题**。志愿者们反映，上下班通勤车存在停靠位置与指示站牌不对应、运载能力不足等问题。

2. **信息报送问题**。部分领域反馈，在志愿者岗位工作强度较强时，偶尔不能及时完成日常信息报送。目前已经根据不同领域工作特点，细化了信息报送机制。

冬奥会与冬残奥会·国家高山滑雪中心·志愿者　　　　　　冰雪相约高山之巅 魅力冬奥尽在眼前

高山志愿日报

2022年1月31日　总第4期

| 奉　献 | 友　爱 | 互　助 | 进　步 |

与国同航　筑梦冬奥
——北京航空航天大学服务保障北京2022年冬奥会和冬残奥会纪实

本期摘要

长城下妫水畔高山飞燕，入虎岁迎冬奥雪兆丰年。国家高山滑雪中心志愿者领域向全国人民拜年啦！1月31日，国家高山滑雪中心320名志愿者上岗314人，5人休息，1人在驻地进行健康监测，全体核酸检测结果为阴性。北京冬奥组委执行副主席张建东与场馆志愿者连线，送来新春祝福。在志愿者之家，志愿者们一起写祝福贺卡、春联和福字，并"踏雪送福"将祝福传递给其他志愿者和辛苦的工作人员。安保领域将澳大利亚代表队成员的手机物归原主。

志愿头条

北京冬奥组委总部连线慰问志愿者

　　1月31日上午，北京冬奥组委总部连线各赛区志愿者，送上新春祝福。北京冬奥组委执行副主席张建东出席活动，三大赛区、39个场馆志愿者代表参与连线。
　　三大赛区志愿者代表分别发言，汇报冬奥志愿服务筹备情况，并表示将全力做好志愿服务工作，以最好面貌展示中国志愿者形象。各场馆志愿者依次送上新春祝福。
　　北京冬奥组委执行副主席张建东为志愿者送上新春祝福，并从餐饮、住宿、交通、防疫等多个方面表达了对志愿者的殷切慰问。他指出，冬奥志愿服务是光荣的，志愿者向全世界展现了中国青年蓬勃向上精神风貌；在疫情和寒冷天气的影响下，冬奥志愿工作也是艰巨的。他嘱咐志愿者们做好工作，更要做好防护，为举办一届简约安全精彩的冬奥会贡献青春力量。
　　全体志愿者共同承诺，将做好志愿服务，为冬奥成功举办保驾护航，一起向未来。

冬奥志愿者们在"雪飞燕"这样过大年

"张灯结彩纳百福，瑞雪绽放迎新春"，国家高山滑雪中心全体志愿者向全国人民拜年啦！

　　国家高山滑雪中心作为此次冬奥会海拔最高、参赛国家数最多的室外竞赛场馆，训练及场馆运行复杂紧密，备赛一刻不能缓，大部分志愿者的工作岗位都在室外。大年三十，志愿者们依然坚守岗位。志愿者之家精心筹备，踏雪送福，新春祝福抵达每一位辛勤工作的志愿者手中。

请党放心，冬奥有我！　　张琪 宋威豪 各领域/图　　顾慧毅 王文瑶 刘爽 李杨宁 朱兆鹏 王瀚洲/文

辞旧迎新之际，志愿者之家贴上了对联、福字和窗花，开展"踏雪送福"特色除夕活动，为冰雪白增添新年红。在志愿者之家一起书写贺卡、春联和福字，祝福在志愿者和辛苦的工作人员之间传递。

志愿者之家设置了涂色墙、拍照打卡点、多时段小游戏和新春联欢，供志愿者们在工作之余结识新朋友，感受浓浓年味。

踏雪迎春、乘风送福，志愿者们在"雪飞燕"一起过大年。国家高山滑雪中心将在除夕至年初二陆续开展"踏雪送福"、"雪礼探福"、"聚雪迎福"等系列主题活动，全体志愿者将在这里度过一个难忘的春节。

安全、可信赖的滑雪天堂

1月31日上午，安保领域在缆车上发现一部遗失手机。安保人员发现手机后立即进行消毒处理，并送安保指挥部。

为确保第一时间将遗失手机送到遗失人员手中，安保业务经理尤航立即责成安保指挥协调主管张潇潇和志愿者田嘉琳、高睿其联系核实失主信息。经核实，该部手机失主为克里斯朵夫（澳大利亚代表队成员）。

张潇潇与克里斯朵夫确认后，双方在竞速结束区运动员休息室门外交还手机。交还过程中，张潇潇叮嘱其保管好个人物品，如有需要帮助随时联系安保业务领域。

克里斯朵夫表示感谢，称赞国家高山滑雪中心是一个非常安全可信赖的滑雪天堂。

李杨宁 颁奖礼仪志愿者

我是李杨宁，北京体育大学体育商学院20级硕士研究生，北京体育大学延庆赛区临时团支部副书记。上岗前，所有颁奖礼仪候选人进行了为期一个月的封闭集中训练，相比其他艺术专业的礼仪候选人，我在训练中克服了生理与心理上的困难与挑战，最终成为国家高山滑雪中心的颁奖礼仪志愿者。1月24号作为第一批志愿者上岗以来，配合场馆防疫要求的同时服从经理的指挥与安排，协调北体、公安大等志愿者组成的颁奖礼仪队伍做好庆典仪式的流线彩排、国旗检查等各项准备工作，尤其是在与流线彩排中协助颁奖团队的老师发现、解决正式仪式中可能存在的问题等，做好场馆与学校、志愿者之间的桥梁与纽带，努力奉献一届精彩非凡卓越的冬奥盛会。衷心地感谢颁奖团队的老师的指导和鼓励，感谢志愿者们的努力和配合。

朱兆鹏 上下车引导助理

我是朱兆鹏，高山交通岗志愿者大队长，北京航空航天大学机械工程及自动化学院工业设计专业2019级本科生。我所在的上下车助理岗位需要在YAS的各个班车点位服务，核ँ乘车人员与班车类型是否对应，并为乘坐各类班车的奥林匹克大家庭成员、运动员、OBS、媒体等人员提供班车时刻查询、流线引导等服务。队长需要同时协调交通岗位7个点位志愿者的上岗排班、物资发放等工作。

交通岗位的服务地点在室外，天冷风大，条件比较艰苦，且服务对象多为外籍人员，防疫压力较大。每天早上5:30，早班的志愿者们就开启了新一天的工作，春节期间，TRA的志愿者们也坚守在室外。我们每天都会关注各个点位志愿者的防疫物资是否充足、休息室环境如何、餐包零食和激励物资分发，希望尽可能让每一位TRA的志愿者都能安全、舒适的开展服务。

冬奥会与冬残奥会·国家高山滑雪中心·志愿者　　　　　冰雪相约高山之巅　魅力冬奥尽在眼前

与国同航　筑梦冬奥
——北京航空航天大学服务保障北京2022年冬奥会和冬残奥会纪实

高山志愿日报

2022年2月1日　总第5期

| 奉　献 | 友　爱 | 互　助 | 进　步 |

本期摘要

2月1日，国家高山滑雪中心320名志愿者上岗308人，12人休息，全体核酸检测结果为阴性。大年初一，志愿者领域实地探访各领域志愿者，为志愿者们带来新春问候，沟通解决志愿者各岗位实际问题。VCC领域以"通信人Style"迎接新年，与团队一起共同度过难忘的春节。志愿者领域组织"雪礼探福"活动，志愿者们做拱手礼拜年就能拿到新年礼物，"安全、简约、精彩"办奥三福张贴于场馆角落，志愿者寻找福字，集齐三福，即可兑换新春奖励。

志愿头条

志愿者领域实地探访各领域志愿者

　　大年初一，国家高山滑雪中心的志愿者们都开始了忙碌的工作。志愿者领域专程探访了包括反兴奋剂、交通、礼宾、庆典仪式、语言服务、体育展示、转播服务等不同领域的志愿者，给志愿者们带去了新春的问候。
　　志愿者们正式在岗已经5天的时间了，对于自己的工作内容和未来的工作情况也有了基本的了解，此次探访的目的之一，就是了解志愿者当前在工作、休息和日常生活上是否还存在问题及困难，并及时进行沟通与解决。在探访过程中，很高兴看到在前期出现的信息报送、防疫物资保障等问题都已经得到了解决，志愿者的工作条件得到了良好的保障。

　　在本次新春走访中，各领域个性问题得到有效沟通、解决。
　　上下车引导助理岗位志愿者反馈，每天起的较早，午休是现在最为迫切的需求，但岗位旁缺少适合午休的场所，为此物资保障组的志愿者工作助理及时记录了每一个点位需要的行军床的数量，争取在近日内配发齐全。
　　庆典仪式领域志愿者反馈，因为需要穿着颁奖服装，长时间在户外活动，保暖是她们最棘手的问题之一。为此，志愿者经理表示，暖贴供应将按需向在室外工作的领域倾斜，并可随时补充。
　　缆车引导助理岗位志愿者反馈，点位经调整后，由原来3个增加到了6个，志愿者在户外站立较为寒冷，尤其女生的御寒能力较弱，难以长时间站立。志愿者经理立即与相关业务负责人员取得了联系，协调更为合理的轮班轮岗时间，使志愿者在保证服务的同时，也能得到适当的休息。
　　一天的走访，看到的更多是志愿者在岗位上兢兢业业的身影，面对即将开幕的冬奥会，国家高山滑雪中心的志愿者们已经用昂扬的精神风貌向世界表示"我们准备好了"。

佳音电波传，年味绕笔尖

场馆通信中心 VCC 供图/稿

在虎年来临之际，场馆通信中心（VCC）助理的全体同学在繁忙的工作间隙，于冰天雪地的小海坨山中装点出了一方热闹年味。

"音传雪映助冬梦，虎迎燕飞锦航程"。每人提一字，VCC志愿者们共同创作的春联既洋溢着浓厚的"通信人Style"，又饱含着每位志愿者认真专注服务冬奥的热情与决心。

用于遮光的废纸板，也成了志愿者们挥墨的舞台。来自新媒体艺术与设计学院的唐紫云同学带领着14名志愿者用手绘来将它们一点点美化。传神的冰墩墩，雪容融，可爱的小老虎装饰画，还有经理们和每位志愿者的Q版头像跃然纸上。VCC志愿者柴明可说："当工作累了抬起头，看到自己的萌萌的头像和大家在一起，就觉得心里暖暖的。"

装饰工作持续了一整天，因为VCC志愿者们总是被讯息打断，而这已经是他们的常态。当装点完毕，他们又赶紧坐在了电台前，一如往常。辛苦而充实，忙碌而温暖，共同组成了最难忘的春节记忆。VCC志愿者们共同祝所有冬奥工作者们新年快乐！

志愿风采

大年初一闹新年 志愿者"雪礼探福"

大年初一，志愿者领域开展了以"雪礼探福"为主题的特色庆祝活动，拜年送祝福，解锁新惊喜。可以随机触发的礼物派发使者分布在各业务领域，志愿者们做拱手礼拜年就能拿到新年礼物。"虎年大吉"、"万事如意"……一声声诚挚的祝福在不断传递，暖冬的温度在"雪飞燕"被志愿者们的真诚与热情重新定义。

大年初一的小海坨山，白雪之下，暗藏乾坤。"安全、简约、精彩"办奥三福张贴于场馆各个角落，志愿者在工作之余寻找福字，收获福气，集齐三福，并兑换新春奖励。志愿者们青春飞扬的蓝色身影在场馆各处穿梭，为"雪飞燕"增添了浓浓年味。

志愿心语

郑可欣
缆车引导助理

今天是大年初一，我和其他几位小伙伴们用早班迎接新年的到来。我的任务是在A1索道入口进行管理，难点就是处理早高峰的情况，看到队伍一点点变短，工作人员们都迅速且有序地登上缆车，我非常有成就感。惊喜的是，很多国外运动员主动向我们说happy new year，伴随着中国年的到来，体感温度零下20℃的高山滑雪中心也增添了一些节日的温暖。中午场馆还贴心地为志愿者们举办了新年小活动，寻找"志愿小福星"进行拱手礼拜年即可获得可爱的冬奥贴纸，大家都纷纷道"新年快乐"，"虎虎生威"，真是年味十足！

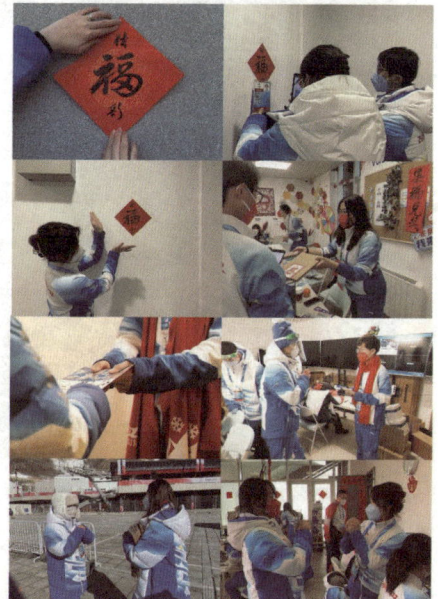

冬奥会与冬残奥会·国家高山滑雪中心·志愿者　　　　冰雪相约高山之巅　魅力冬奥尽在眼前

高山志愿日报

2022年2月2日　总第6期

| 奉献 | 友爱 | 互助 | 进步 |

与国同航　筑梦冬奥
——北京航空航天大学服务保障北京2022年冬奥会和冬残奥会纪实

本期摘要

2月2日，国家高山滑雪中心320名志愿者上岗293人，24人休息，3人病假，核酸检测结果均为阴性。央视报道，雪飞燕志愿者小巧思，改善眼镜起雾大问题。志愿者领域邀请各业务领域工作人员相聚志愿者之家，共迎新春开门红。从除夕到年初二，志愿者之家依次举办了"踏雪送福"、"雪礼探福"、"聚雪迎福"系列主题活动，志愿者和工作人员一起在海坨之巅度过了一个难忘的新春佳节。

志愿头条：雪飞燕志愿者小巧思　改善眼镜起雾大问题

2月2日，央视体育频道报道"雪飞燕"志愿者的小巧思。志愿者长期佩戴口罩，眼镜非常容易起雾，造成视野障碍。为解决眼镜起雾问题，场馆委托北京航空航天大学仿生与微纳系统研究所进行研制，低能耗、高效防雾的眼镜夹片由此而生。经过前期实验与实地测试，该眼镜夹片在零下十八度的低温环境也可以起到防雾作用。

在充分调研各业务领域室外工作时长、佩戴眼镜志愿者数量的基础上，志愿者工作助理们前往各业务领域岗位发放夹片，并对眼镜夹片的使用及充电方式进行了培训。目前眼镜夹片仍处于测试阶段，将在近期收集志愿者使用反馈，并据此进行后续优化。

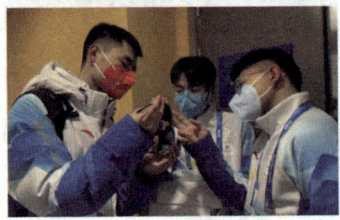

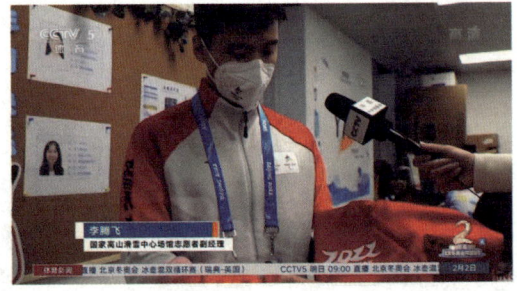

央视体育频道同时报道了雪飞燕志愿者的其他小巧思。印制有每位志愿者姓名的红围巾、融合了各来源高校元素的打卡墙、以志愿精神冠名的志愿者之家……这些志愿者亲自设计制作、布置实现的小巧思，既温馨又使用，尽显志愿者的团结与温暖。

走访过程中，志愿者领域也对志愿者们反馈问题的解决情况逐一做了答复。交通领域轮岗、庆典仪式领域保暖等问题已基本解决，早班志愿者早餐供应问题仍在与驻地餐厅沟通中，已为志愿者足量配齐餐包。

298

聚雪迎福 志愿者为工作人员送去新春祝福

"迎福接福佳节到，迎春盼春福满门"，大年初二，国家高山滑雪中心志愿者领域开展"聚雪迎福"活动，一封封邀请函送达各业务领域工作人员，向场馆所有工作人员发出邀约，相聚志愿者之家，在这个"场馆内最温馨的角落"，与志愿者一起共度新春佳节。各个领域工作人员像一片片雪花相聚志愿者之家，共迎新春开门红。

设置拍照打卡点、多时段小游戏、涂鸦墙等多项活动，可以随机触发的礼物派发使者分布在各业务领域，工作人员和志愿者们互作拱手礼拜年获取新年礼物。"虎年大吉"、"万事如意"……一声声诚挚的祝福在不断传递，暖冬的温度在"雪飞燕"被工作人员和志愿者的真诚与热情重新定义。

从除夕到年初二，志愿者之家依次举办了"踏雪送福"、"雪礼探福"、"聚雪迎福"系列主题活动，志愿者和工作人员一起在海坨之巅度过了一个难忘的新春佳节。

公共卫生助理：做安全办奥的坚实盾牌

2月2日是场馆工作第6天，也是北京冬奥会圣火传递开始的日子。写在今天，展现场馆防疫工作人员的风采。

及时有效的场馆消毒是防控疫情的主要手段之一，是安全办奥的重要基础。每天当运动员、志愿者、工作人员下山后，消毒人员要穿着Ⅱ级防护服，对各区域人员活动密集的点位进行仔细消杀，从集散广场到山顶出发区跨度海拔800米，累计11000平方米的面积，我们要依据缆车、电梯间、会议室、休息室等不同作用对象使用季铵盐消毒剂、CHK含氯消毒剂，在这个过程要持续两三个小时。我们的工作是负责对接消毒方负责人，检查他们的消毒记录，及时留存消毒现场照片，查找消毒过程中可能存在的不规范、有遗漏的情况，做好场馆防疫安全的有力ившихся。

消毒的工作进行到哪里，我们的监督检查就要覆盖到哪里，在检查的过程中需要严谨认真，重点关注消毒浓度、消毒位置等信息，及时进行监督提醒，确保消毒人员如实合规进行了消毒。通过这几天的工作，场馆重要点位我已熟记于心，接下来还要结合地图对精确的消毒位置、精细的人员流线进行确认，做到心中有图，成为安全办奥的一块坚实盾牌。

森迪　赤道几内亚籍
赛事服务 前院客流管理C组

很荣幸作为一名外籍志愿者服务冬奥会，非常激动，非常开心能奉献自己的力量协助国家举办世界上更精彩及更有趣的冬奥。今日给我留下最深刻的印象就所有中国志愿者伙伴们的爱国深度，之所以这么讲，就是因为今日正好是春节，即中华人民共和国的最重要节日之一，也是一年内全家庭团结的时机，但各伙伴在疫情期间选择放弃跟自己的家庭过年而为国家的大事贡献力量，真让我很感动。和大家在一起服务保障冬奥，一起欢度春节包饺子，会是我一生难忘的记忆。

冬奥会与冬残奥会·国家高山滑雪中心·志愿者　　　　　冰雪相约高山之巅 魅力冬奥尽在眼前

高山志愿日报

2022年2月3日　总第7期

| 奉献 | 友爱 | 互助 | 进步 |

与国同航　筑梦冬奥
——北京航空航天大学服务保障北京2022年冬奥会和冬残奥会纪实

本期摘要
2月3日，国家高山滑雪中心320名志愿者上岗313人，7人休息，核酸检测结果均为阴性。国家高山滑雪中心赛事服务、语言服务、庆典仪式、残奥整合等多领域开展实战演练，检测岗位志愿者的服务能力与应急处置能力。志愿者组长召开第二次工作例会，集中提出近期工作问题，并对上一阶段问题的解决情况进行反馈。

志愿头条

国家高山滑雪中心多领域开展实战演练

赛事服务领域开展观赛保障模拟演练　　赛事服务领域供图稿

为更好提升服务水平，国家高山滑雪中心多个领域开展实战演练，测试岗位志愿者的服务能力与应急处置能力。

"我票丢在路上了，比赛马上开始我要进去！""我脚崴了，能不能让我进去坐一会？""我要投诉你"……一组志愿者模拟观众，充分发挥想象力，对可能遭遇的突发情况和困难提出各种棘手问题；而另外一组测试组志愿者耐心解答、主动引导、热情服务，积极应对来自"观众们"的挑战。

实战演练模拟了赛时观众入场、退场、疫情防控、信息服务、失物招领、无障碍助行服务、轮椅和婴儿车借存等场景下的观众服务保障工作。为应对山上海拔高、气温低、风力大的特殊环境，赛事服务还提供观众取暖棚、应急医疗等贴心服务。

整个演练过程紧张有序，从落客区域到观众看台，志愿者在各个点位上全身心投入赛事服务保障，为观众创造最佳的观赛体验。演练结束后，将进行全面细致的复盘总结，摸排问题，总结经验，努力提升服务水平，为北京冬奥会营造热烈的观赛氛围。

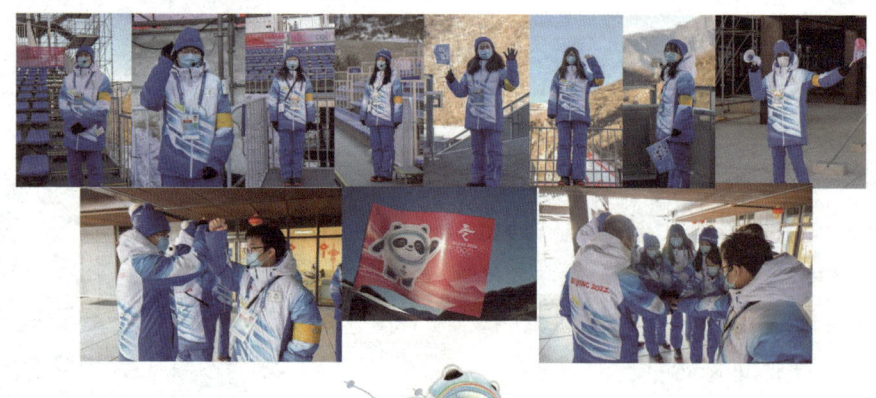

请党放心，冬奥有我！　　　　　　　　　　　　　张琪 各领域/图　　魏茜 王瀚洲 各领域/文

语言服务领域开展交传实战训练
语言服务领域供图稿

语言服务领域志愿者在赛时的主要工作之一就是负责混采区口译工作，协助记者与运动员完成采访。为确保正式开赛后的工作顺利开展，语言服务全体志愿者在语言服务经理的组织下进行了中英双语的交传训练。以2018年平昌冬奥会男子短道速滑赛后新闻发布会的语言材料为依托，志愿者们进行了中翻英与英翻中的翻译练习。从而加深了各语言服务志愿者在特定的语境条件下，语言的使用和具体适用的翻译技巧。

在领域副组长的带领下，志愿者又进行模拟交传的训练。三人一组，分别承担记者、译员和运动员的角色，设身处地地站在真实比赛的角度进行问答。这种训练模式为口译训练增添了趣味性和互动感，寓教于乐，对提升专业技能大有帮助。

在今后的服务中，语言服务志愿者们表示将不断深入学习，加深对具体语言服务的认识和理解，以专业的知识和态度共同服务冬奥赛事。

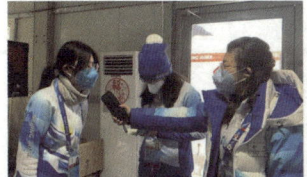  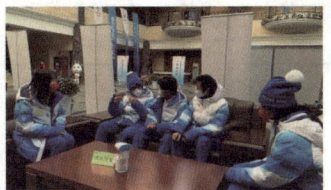

 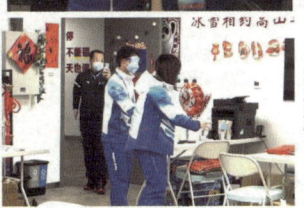

其他领域开展实战演练
国家高山滑雪中心庆典仪式领域组织临时应急演练，并已多次进行彩排。残奥整合领域借助轮椅和"眼罩"对肢体障碍和视力障碍的残疾人进行了模拟演练。实战演练检验了志愿团队的服务能力与应急处置能力。为冬奥会顺利举办做好准备。

志愿反馈

志愿者组长第二次召开线上例会

2月3日下午17:00，国家高山滑雪中心各领域组长召开第二次线上例会，集中提出近期工作问题，并对上一阶段的问题的解决情况进行反馈。

部分组长提出，希望能在每日离开岗位前对全身进行消杀。目前，可用于衣物消杀的季铵盐消毒剂正在根据防疫规范向各领域发放。

长时间直视雪道的志愿者存在眼睛不适的情况，志愿者希望能在保证服务质量的基础上，配置例如隐形墨镜等护目装备。目前，正与各相关业务领域经理协商解决措施。

志愿心语
邓凯莎
残奥整合协调助理

今天我们借助轮椅和"眼罩"对肢体障碍和视力障碍的残疾人进行了模拟演练和服务技能培训。通过实际体验我感受到，在地垫或无障碍坡道上推动前进以及操作转弯对轮椅使用者而言都是一个不小的挑战，同时我也深刻认识到正常人眼中一个不起眼的间隙或台阶，对使用轮椅的人来说就会是一道不可跨越的鸿沟，这也因此对冬奥场馆的无障碍建设提出了很高的要求。推广到一般社会生活中，我们的无障碍事业也存在很多需要完善的地方。进行视力障碍残疾人模拟时我发现眼前一片黑暗是极易引起内心恐慌的，即使有人引导也会担心自己是否会遇到危险。而从引导人员的角度出发，在不熟悉操作的情况下进行引导可能会致使残疾人行动不舒适甚至是受伤，这也对我们志愿者的残疾人服务技巧提出了更高的要求。

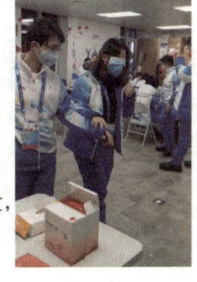

冬奥会与冬残奥会·国家高山滑雪中心·志愿者　　　　冰雪相约高山之巅 魅力冬奥尽在眼前

高山志愿日报

2022年2月4日　总第8期

| 奉献 | 友爱 | 互助 | 进步 |

本期摘要

2月4日，立春，北京2022年冬奥会开幕。国家高山滑雪中心320名志愿者上岗230人，90人休息，核酸检测结果均为阴性。志愿者在海坨之巅喜迎冬奥会开幕。下午，志愿者在线上共同学习习近平总书记关于冬奥与志愿服务系列重要讲话精神，之后志愿者代表发言，表达了敢于吃苦、甘于奉献的承诺。晚20时，志愿者在驻地集中收看冬奥会开幕式。

 志愿头条

"立春到，迎冬奥"
志愿者在海坨之巅喜迎冬奥会开幕

2022年2月4日，冬奥逢春。国家高山滑雪中心的志愿者们迎接冬奥开幕、普及二十四节气知识，为冬奥助力加油。

会旗接力传，冬奥魅力燃。印有冬奥会会徽的旗子在各业务领域点位之间传递，志愿者们挥舞会旗，共同为冬奥开幕加油助威。

开幕大侦探，元素巧预言。预测冬奥开幕式元素的主题活动，吸引众多志愿者在明信片上写下猜想，投入"预言箱"，点燃了志愿者们对冬奥开幕的热情期待。

节气连连看，习俗新体验。志愿者们先将二十四节气依次排序，再将节气对应的特色习俗与之相匹配。在配对过程中感受浓浓的立春氛围，体会传统文化与体育盛会碰撞出的精神力量。

多才小作家，情诗做表达。志愿者们纷纷挥毫泼墨，利用"立春"、"冬奥"等元素，创作出感情饱满真挚的三行情诗，为北京冬奥会点赞祝福。

与国同航　筑梦冬奥——北京航空航天大学服务保障北京2022年冬奥会和冬残奥会纪实

志愿风采

迎冬奥·"雪飞燕"志愿者开展主题学习

从"冬奥三问"到"双奥之城",从"同一个世界,同一个梦想"到"一起向未来"。北京冬奥会开幕之日,国家高山滑雪中心各领域志愿者代表线上线下联动,共同学习习近平总书记关于冬奥与志愿服务系列重要讲话精神。

志愿者工作助理、北航蒋茁以"同筑冰雪梦 一起向未来"为题领学,回顾了习近平总书记关于冬奥系列重要指示、关于志愿者工作的五次回信勉励以及关于北京冬奥志愿者的期望与要求。

志愿者工作助理王广琛,赛事服务主管高凤美从"我必为峰""不必在我""必定有我"三个方面,表达了冲锋在前、甘于奉献的铿锵承诺。

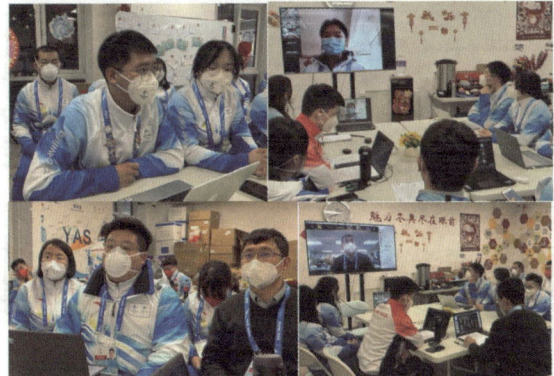

志愿服务期间,来自多所高校的志愿者递交了来自高山之巅的入党申请书。公共卫生助理、北航邹锐阳,记者工作间助理、外交学院张毕云,混合区助理、北二外杨小乐,交通上下车引导助理、北化薛冉骁代表团员入党申请人发言,许下了筑梦冬奥、展现志愿者风采的青春誓言。

志愿者经理李广玉在总结发言中勉励青年志愿者要把疫情防控牢记心头,把工作技巧紧握手中,让青春之行始于足下,用良好的精神面貌和饱满的奉献热情,书写助力冬奥的绚丽篇章。

志愿者在驻地收看冬奥会开幕式

北京时间2022年2月4日晚8点,北京冬奥会开幕式将在国家体育场"鸟巢"举行。国家高山滑雪中心志愿者在驻地快乐假日酒店收看开幕式。

志愿者夏守月说:"看过开幕式后我的内心非常震撼,甚至几次热泪盈眶!祖国从未让我们失望,也从未让世界失望,中国再次为全世界各地人民呈现上了一场视听盛宴。开幕式不仅展示出了我们文明古国深厚的文化底蕴,更表现出了我国对世界各国文化的包容,面向各地人民"我家大门常打开"的热情。此外,今年的开幕式展现出了"一起向未来"的冬奥理念,诠释了"更团结"的奥利匹克精神,传递了全世界人民"携手克服困难、战胜疫情、迎接美好未来"的人类命运共同体价值观。"

志愿心语

张瑞哲
场馆通信中心助理

今天冬奥会开幕,也是官方训练的第二天,是与赛时工作状况高度相似的一天,场馆上岗时间普遍提前,一切进入战时状态,全力备战冬奥。

早晨在五点之前起床,虽然带着困意,顶着寒风,只有一辆班车送我们去车场,但小海陀山的满天的繁星、从四面八方赶来几乎同时到达的班车,让我觉得这几天的辛劳意义非凡。

是全体场馆工作人员的共同努力,让国家高山滑雪中心每日都能顺利运转,支持所有运动员比赛训练,正如一颗颗星星,或明或暗,却一起造就了璀璨的夜空。每天从固定台里听到的声音,背后也正是各业务领域的尽职尽责和密切配合,也让我更期盼着为国家高山滑雪中心的运营添一把力,为冬奥会顺利举办奉献自己的力量。

冬奥会与冬残奥会·国家高山滑雪中心·志愿者　　　　　冰雪相约高山之巅　魅力冬奥尽在眼前

高山志愿日报

2022年2月5日　总第9期

| 奉献 | 友爱 | 互助 | 进步 |

本期摘要

2月5日，国家高山滑雪中心319名志愿者上岗309人，10人休息，1人因伤移出，核酸检测结果均为阴性。高山滑雪项目在开幕式中被频频点名，志愿者们情绪高涨，对于开赛后的志愿工作充满热情。"雪飞燕"也迎来了众多重要的客人，来自83个国家的运动员准备就绪，在海坨山进行场地训练。

 志愿头条

服务于开幕式高频出现的高山滑雪项目志愿者们这么说

北京2022年冬奥会开幕式2月4日晚8点如期在"鸟巢"向世界亮相，"高山滑雪"一词频频出现。据冬奥会官网信息：在91个注册参加冬奥会的代表团中，有83个代表团有运动员参加高山滑雪项目，比例超过了90%！服务于刷屏了的国家高山滑雪中心的320名志愿者怀着激动的心情收看了开幕式，听听他们都说了什么？

顾慧毅来自于北京航空航天大学，担任是志愿者工作助理。"'A special thanks goes to all the volunteers'，听到这句话的时候，我激动地跳起向室友大喊'巴赫主席感谢我们志愿者了'。荣耀在心，使命在肩，很荣幸能成为冬奥会的一粒星尘。当'参与高山滑雪项目'这句话在鸟巢上空以最高频率出现，当91个国家汇聚成一片雪花，作为YAS的志愿者，我在心中暗暗许下了一个承诺，一定用最真诚的服务彰显志愿精神，一定用最美的微笑展现志愿者风貌。2022年冬奥会，我和小伙伴们，准备好了！"

秦一丹是一名来自于北京化工大学的赛事服务志愿者。"在这个激动人心的夜晚，中国用一场别具一格、精彩纷呈的文化盛宴为世界拉开了第24届冬季奥林匹克运动会的帷幕！作为高山滑雪中心的一名志愿者，当各国国家队代表团进场时，我听到解说音宣告，许多国家队都将前往国家高山滑雪中心参与赛事，我更感受到身上的责任重大，我会与来自世界各地的志愿者、工作人员共同努力，我会用温暖的笑容、热情的态度、专业的服务做好赛事服务工作，为世界奉献一届简约、安全、精彩的奥运盛会献上自己的力量。"

与国同航　筑梦冬奥
——北京航空航天大学服务保障北京2022年冬奥会和冬残奥会纪实

请党放心，冬奥有我！　　　　　　　　　　　　张琪 各领域 / 图　刘爽 王瀚洲 各领域 / 文

来自中国人民公安大学的张一凡是颁奖礼仪。"让我们印象最深刻的是，当习近平总书记宣布'第24届冬季奥林匹克运动会，开幕！'九十一面旗帜齐齐舞动，鸟巢上空的烟花照亮会场，一抹抹'公大蓝'也在此刻绚丽绽放。作为国家高山滑雪中心颁奖礼仪人员和公大学子，我内心铭记，一个共和国预备警官"召之即来、来之能战、战之必胜"的使命与担当。强国不必在我，强国必定有我，恰逢体育盛事，吾辈将秉持国家的殷切希望，不断强健体魄、践行思考，砥砺奋进、负重前行。让我们的五星红旗引领时代的方向，飘扬在世界的前方。"

孔畅来自于国际关系学院，是语言服务助理，她说："冬奥会代表团的引导牌汇聚到一起，逐渐凝结演化为一朵晶莹剔透的大雪花，美轮美奂的画面让我叹为观止，不禁想到中国儒家经典《论语》中的一句话：君子和而不同，小人同而不和。当今世界处于百年未有之大变局，各国尊重差异、美美与共，携起手来创造更加美好的明天。作为北京2022年冬奥会志愿者中的一员，我更清楚地感受到了自己肩上的责任，我一定会和小伙伴们一同在高山滑雪中心保障好高山滑雪这项勇敢者的运动，为祖国争光，为冬奥添彩！"

北京第二外国语学院的高文文是转播服务助理，她说："'我们'是贯穿开幕式的一条主线，作为在高山工作的志愿者，来自'我们'的感召也深深触动着我。当我看到传递国旗的队伍里青年志愿者的身影，当我看到中国代表团挥着飘扬的红旗缓缓入场，当我看到五环在鸟巢上空冉冉升起，当我听到'高山滑雪'一词频频在鸟巢上空回响，作为一名青年学生，作为一名中国人，作为一名国家高山滑雪中心志愿者，一股无比强烈的使命感与召唤感都在我心里油然而生。"

雪飞燕"气氛组"：暖高山之巅 兴冰雪之梦

志愿风采

伴着天际微微的鱼肚白，体育展示的志愿者们开始了崭新的一天。撕开一张酒精湿巾，备好一壶季铵盐水，每日的工作任务从防疫消杀开始。桌面，扶手，鼠标，键盘……手能触碰到的地方都不能放过。体育展示志愿者说："只有把卫生防护做好了，才能在安全的情况下保证赛事的顺利运行。"

高山第一场正式比赛临近，志愿者们近几天抓紧开展全要素彩排，和CER的工作人员配合，演练了观众入场、离场、运动员出场、颁奖典礼等全流程。作为体育展示翻译志愿者，帮助专业老师和外籍技术人员进行沟通，解决设备相关问题。

9点出头，DJ就播放起了暖场音乐。大家都很兴奋，演播室里洋溢着活跃的气氛。志愿者们第一次做实时翻译，内心不免有些小紧张，脑海里想起了做听力题时常见的词汇太难、语速太快、口音等等问题。但是经过大家的配合努力这些困难也被一一克服了。今天完成了完整的一次彩排，明天国家高山滑雪中心将诞生第一块金牌，全体体育展示志愿者已经准备就绪，期待明天！

志愿心语　赵晨悦
　　　　　　场馆礼宾助理

今天是冬奥会开赛第一天，高山滑雪场馆的正式比赛从6号开始，作为礼宾团队的一员我们在正式赛前一天为运动员的比赛做充分准备，除了检查设备设施的运行情况，清洁防疫隔板和桌子，同时查漏补缺，张贴标语标识，以饱满和热情的精神面貌欢迎每一位运动员和大家庭成员的到来，勇敢，认真，自律，投入，服务冬奥，我们准备好了！

冬奥会与冬残奥会·国家高山滑雪中心·志愿者　　　　　冰雪相约高山之巅　魅力冬奥尽在眼前

高山志愿日报

2022年2月6日　总第10期

奉献　｜　友爱　｜　互助　｜　进步

与国同航　筑梦冬奥
——北京航空航天大学服务保障北京2022年冬奥会和冬残奥会纪实

本期摘要

2月6日，319名志愿者上岗300人，19人休息，核酸检测结果均为阴性。国际奥委会主席托马斯·巴赫访问国家高山滑雪中心，志愿者代表向巴赫先生赠送特色剪纸，巴赫先生对志愿者群体的服务工作表示高度赞扬。2月5日下班时间，大风突起，缆车停运，5名交通志愿者勇担临时交通引导任务，有序解决了拥堵问题。

 **志愿头条**

志愿者代表向巴赫先生赠送特色剪纸

2月6日，国际奥委会主席托马斯·巴赫访问国家高山滑雪中心。巴赫在奥林匹克大家庭休息室同志愿者们亲切交流，志愿者代表舒婧焱送上志愿者们精心准备的冬奥特色剪纸。剪纸由志愿者群体设计并制作完成，包含了冬奥、高山滑雪、虎年春节等多种元素。

此次赠予巴赫先生的中国的剪纸艺术——窗花，传承了中国传统的生肖文化，虎寓意着吉祥与勇敢；又创新地融合了冬奥会的现代设计元素，寄托着活力和运动精神。在象征着喜庆和美好的红色纸面上，冬奥会会徽与经典的纸老虎纹样支撑起了视觉重心，冰墩墩与雪容融则围绕在两侧，最下方象征着高山滑雪项目的标志。构成了一幅其乐融融的团圆景象，通过多种元素的巧妙组合诉说着中国精神与奥运精神，为冬奥盛会送上最真诚的祝福！

巴赫对剪纸作品表达赞赏，并赠予志愿者们奥组委定制的奥运心形徽章。巴赫关切的询问志愿者们的工作状态，感谢志愿者们在服务冬奥中的辛苦付出，并对志愿者群体的服务工作表示高度赞扬。他勉励志愿者们服务冬奥是一段非常有意义的经历，相信志愿者们一定能够在服务冬奥中收获成长。

志愿风采

大风突起，缆车停运，交通志愿者勇担重任

2月5号傍晚四点半临近下班时间，高山上的风越吹越烈。考虑到乘客安全问题，工作人员暂时停运了A线缆车。随着时间的流逝风力有增无减，乘车处围积了大量排队的中外涉赛人员，且人群中慢慢产生了焦躁情绪。本想乘坐缆车的人员因不需等待也转前往班车乘车点位。

交通组的五位志愿者也在人群中，虽然归心似箭，但见状，他们退出了队列来到各个班车点位主动承担起这一临时的交通引导任务。有不少外国媒体官员较为焦急，他们用英文尽力安抚他们的情绪，同时联系交通领域经理协调班车数量。随着聚集人员越来越多，他们也加快步伐和语速交流安抚大家，很好地维持了现场秩序。最后，通过工作人员与志愿者的共同努力，有序安排了所有人的车辆，一个小时之内缆车停运带来的拥堵得到了解决。志愿者们也乘坐六点的晚班车回到驻地。

这次突发状况，志愿者们碰到问题始终铭记自己的职责，主动站出来解决问题。对于这次经历，他们没有一丝抱怨，反而都认为这次的突发事件增加了他们的经验和以后处理问题的底气。志愿者张君尧说："这次突发事件中我们发现了责任的意义和付出的喜悦，我们交通组的各位同学一起留下来"加班"引导，成为高山滑雪中心集散四层最后走的一批人，虽然长时间奔波并且饱受寒冷，但那一刻大家的焦急、负责、耐心解释、尽心交流成为了我们心中最温暖的回忆，我们知道我们可以扛起责任，成为一片燃烧的雪花，不畏严寒，奉献赤诚，用奋斗见证国家之大事。"傍晚的"雪之燕"寒风刺骨，但他们的行动温暖了每一个人。

岗位巡礼

公共卫生助理：高山创佳绩 防疫我先行

2月6日，《高山志愿日报》创建"岗位巡礼"栏目，按照业务领域，报道在"雪飞燕"志愿者的所作所为、所思所想，并向他们所践行的高山精神与志愿精神敬礼。

工作剪影

"新年第一步，戴好N95"，国家高山滑雪中心公共卫生助理岗位的志愿者邹锐阳用湖南家乡话这样说。

作为疫情之下第一场如期举办的全球综合性体育赛事，北京冬奥会为世界瞩目，以冰雪之姿会春天之约。为了保证赛事安全、简约、精彩地举办，防疫工作是重中之重，而公共卫生部志愿者的工作就是为冬奥顺利举办筑起防疫长城。分别来自北京航空航天大学、北京化工大学的6名同学共同承担这一重要职责。他们活泼开朗、敬业乐群，每天穿梭在场馆各个赛区，巡查水质、新风、消毒，管理防疫物资，从日出东方时的海陀山顶到落日余晖下的高山缆车，用专业、细致、负责的行动彰显着青春风采，弘扬着高山精神。

场馆进入赛事运行状态，公共卫生的志愿者们也提前上岗、严阵以待。他们积极为大家讲解个人防护的原则与技巧，包括口罩、手套、面屏等常见防护装备的使用时长和正确的穿脱方式，同时用音乐、短视频等有趣的形式加深学员的印象。他们披星戴月，用双脚丈量小海坨山，顶着零下二十多度的严寒在日出前到达山顶，开启一天的巡检工作。他们认真严谨，每天对一万多平方米的场馆进行消杀检查，为安全办奥、安全比赛奉献自己的力量。他们一丝不苟，记录下每一笔防疫物资的出入库情况……

基本情况

志愿者人数：6人（环内4人，环外2人）
工作内容：1. 为各领域开展防疫培训
2. 巡检场馆水质、空气质量、消杀情况
3. 每日的健康检测数据、核酸检测数据统计
4. 公共区域的防疫物资摆放、配置等

志愿心语

唐紫云
场馆通信中心助理

我是唐紫云，一个来自北京航空航天大学新媒体艺术与设计学院的学生，也是一名自豪的国家高山滑雪中心VCC志愿者！我是本次特色剪纸的完成人，与国内众多青年朋友一样，我的内心紧系奥运，希望通过青春力量传递与延伸奥运精神。

舒婧焱
礼宾助理

生逢盛世，重任在肩，能够参与到这一体育盛事中，我一直倍感荣幸，也深感责任重大。

我很荣幸能为巴赫主席送上我们精心设计的窗花，在我介绍完窗花的含义后，他热情地与我交流，向我表示感谢与赞扬，并询问我参与冬奥志愿服务的感受。此外，他还对所有志愿者的热情服务表示感谢与赞扬。我深刻感受到，他非常关心和重视志愿者们。接过窗花时，我也很激动听到他说会将这份礼物放在自己的办公室。当他给各位志愿者送上心形奥运五环徽章，说"you deserve it"和"my pleasure"，并且关心大家是否都拿到时，我们都觉得，他很像给小孩子送礼物的圣诞老人，和蔼可亲。

冬奥会与冬残奥会・国家高山滑雪中心・志愿者　　　冰雪相约高山之巅　魅力冬奥尽在眼前

高山志愿日报

2022年2月7日　总第11期

奉献　｜　友爱　｜　互助　｜　进步

与国同航　筑梦冬奥
——北京航空航天大学服务保障北京2022年冬奥会和冬残奥会纪实

本期摘要　2月7日，319名志愿者上岗308人，11人休息，核酸检测结果均为阴性。雪飞燕开考即大考，三场比赛，各领域志愿者顺利完成服务工作。冬奥火炬手苏东林院士对话"雪飞燕"志愿者，分享作为火炬手的体会。第三次志愿者组长例会线上召开，建立志愿者工作助理与业务领域对接机制。

志愿头条

开考即大考：三场比赛 两次转场
赛事服务志愿者带观众跳热身舞抗低温

2月7日，国家高山滑雪中心举办女子大回转（第一轮）、男子滑降、女子大回转（第二轮）三场比赛，观众在竞技结束区、竞速结束曲之间两次转场。

赛事服务志愿团队共有61名志愿者，设立前院客流管理、信息咨询与失物招领、观赛服务保障等8个服务岗位，致力于提升观众的观赛体验。上午9点，首批观众到达竞技结束区，观众一下车，就感受到志愿者的热情。他们挥舞着小旗，一边喊着"欢迎来到国家高山滑雪中心"、"新年好"等口号迎接着观赛观众，一边为观众指引方向。

在竞速结束区，从集散广场到看台一共有300多阶台阶，一路上都有志愿者热情地微笑、温暖的口号陪伴观众。为了给观众营造最佳的赛场氛围，志愿者在"雪飞燕"阶梯廊道两侧挂满了"冰墩墩"的彩色旗帜、中国结和灯笼，红蓝相间，交相呼应，为观众展示出清晰而充满活力的行进流线。观众步行其中，伴随着两侧随风飘展的旗帜和志愿者的热情迎候，能够感受到浓烈的冬奥氛围。观众看台上，由于气温低，比赛开始前，热情的志愿者带着观众跳起了"热身操"，伴随着动感的节奏，大家挥着小旗在看台上舞动起来，点燃了观众的热情。

9点30分，比赛正式开始。因观众席处于户外，志愿者们一直密切关注大家的状态，将老人、儿童等特殊人群引入取暖区取暖。在比赛结束后，"注意脚下安全""欢迎下次再来国家高山滑雪中心"，伴随着志愿者的指引，观众全部登车离开后，志愿者开始了当日工作总结，准备第二天工作。

"雪飞燕"志愿者对话冬奥火炬手苏东林院士

2月7日，中国工程院院士、北京航空航天大学苏东林教授与国家高山滑雪中心的志愿者们进行了现场连线。来自北京航空航天大学、北京化工大学和外交学院的三位志愿者代表向苏院士分享了志愿者工作，表达了服务好冬奥的决心。

苏院士是冬奥火炬手北京高校系统的7位教师代表之一，是我国电磁兼容领域的学术带头人，她向志愿者们分享了担任火炬手的感受。苏院士表示，能够在中国共产党带领中国人民走向第二个100年的开局年参与冬奥会，向世界、向中国的年轻一代展现科教工作者的风采，她感到无比的荣耀和自豪。同时，她还从"科技冬奥"的角度向志愿者们分享了冬奥与科技的结合，讲述了我国科技创新成果在冬奥会上的具体展现，鼓励志愿者们在服务的同时坚持发现和思考的习惯，探索冬奥会对国家发展的全方面意义。

最后，苏院士祝福志愿者们在冬奥会中都收获满满，祝愿冬奥会圆满成功。

308

第三次志愿者组长例会线上召开

2月7日,下午18时30分,召开志愿者组长工作晚例会。对前期收集到的各业务领域待沟通、解决的问题,会上逐一进行了反馈:

庆典仪式领域反馈,B1缆车等候时间长,在缆车使用高峰期,需要等候20分钟左右的时间才能搭乘,可能耽误庆典仪式志愿者的任务,希望在不影响运动员通行和防疫规范的前提下,可以为有重要任务的志愿者开通缆车优先通行权限。志愿者领域将联系庆典仪式领域向场馆请示解决该问题。

针对早餐餐包品类单调的问题,目前经过协商,已在餐包内配置面包、奶茶、蛋花汤等丰富的备选早餐。

会上宣布建立领域对接联络人制度,为18个业务领域配备14名具有丰富高校辅导员经验的志愿者工作助理,作为领域对接联络人。值得一提的是,每位领域对接人将直接对接20名至30名志愿者,每一名志愿者遇到任何问题均可随时联系对接人,有效做到问题早发现、早解决。切实保障各业务领域的每一名志愿者。

最后例会上强调,各领域组长副组长应带头做到:
1. 铭记防疫安全。在紧张忙碌的比赛日,防疫要求不可有半点松懈。
2. 树立上报意识。各位组长要做团结集体、紧急事项及时上报,尽早解决。
3. 培养集体荣誉感。志愿者是中国青年的名片,志愿者应在岗尽责、竞出风采。

缆车引导助理:雪飞燕"咽喉命脉"的守护员

工作内容

"请您出示证件,有序排队。"我们是体育领域志愿者,核查证件、维持秩序是我们缆车引导助理每天都要完成的重复但重要的基础动作。缆车运行时段内,在不同入口,我们引导工作人员、各国运动员和官员等乘车人员上下缆车,核验乘客证件或通行证,并在高峰时段维护缆车秩序,确保乘车安全,做雪飞燕"咽喉命脉"的守护员。

早上6点30分,高山滑雪中心迎来第一批缆车乘客,志愿者刘铭在现场维持秩序。

"运动员有比赛,请大家让运动员先行,希望各位老师和志愿者理解支持。"缆车秩序维持的重点与难点就是,在保证防疫规范的条件下,维持运动员和有急事的NTO的优先通行权。向在寒风中等候的工作人员做好解释与引导工作,我们也对他们报以微笑与善意,看着似长龙般的队伍渐渐增长又慢慢消减,我们心中的成就感油然而生。

"干一行、爱一行,做高山之巅的螺丝钉。"缆车是雪飞燕的核心交通方式、是前往训练场赛场等地的必经之路,我们每天都会与国内国际不同类型人打交道,使用中英文双语协助解决问路、失物招领等求助事宜,我们小小的岗位在高山场馆运行中也起到了似螺丝钉般的关键作用。

"看守缆车,辛苦是必然的,但来做冬奥志愿者就是想干而不付出。"缆车从早到晚全天运行,我们也要全天守候——最早5:30从驻地酒店出发,下午18:00才能结束工作返回驻地。延庆地区气温较低、寒风凛冽,我们14名来自北航的缆车引导助理迎难而上互帮互助,在高山积极弘扬"艰苦奋斗,百折不挠""团结奉献,爱国荣校"的北航精神,在平凡岗位上奏响不平凡的青春战歌!

基本情况

志愿者人数:14人(环内14人,环外0人)

工作内容:引导工作人员、各国运动员和官员等乘车人员上下缆车,核验乘客证件或通行证,并在高峰时段维护缆车秩序,确保乘车安全。

邵竹寅
前院客流管理赛事服务助理

2月7日,国家高山滑雪中心迎来了首个比赛日,天气非常给力,比赛如期进行。我们经过前期压力测试和昨天的全真模拟,每个人都热情自信 ,这种积极情绪是可以传递的,我们用温暖的微笑热情的语言迎接着观众,观众也会高兴的打招呼回应,让我们感到价值感满满,不仅对环外观众,对环内国外朋友也是一样,我们展示的是中国年轻人热情活力。高山滑雪第一比赛日,中国运动员出现失误成绩并不理想,也有世界排名前列的运动员发挥失常,这可能就是竞技体育的魅力吧,希望所有运动员远离伤病,中国队在主场创造辉煌!

冬奥会与冬残奥会·国家高山滑雪中心·志愿者　　　　　冰雪相约高山之巅　魅力冬奥尽在眼前

高山志愿日报

2022年2月8日　总第12期

奉 献　|　友 爱　|　互 助　|　进 步

本期摘要　2月8日，国家高山滑雪中心319名志愿者上岗291人，28人休息，核酸检测结果均为阴性。志愿者对接人走访了场馆18个业务领域。"志愿之星"评选活动顺利开展，此次共15名志愿者被评为国家高山滑雪中心"志愿之星"。作为保障观赛的"多面手"，赛事服务志愿者展现志愿服务工作风采。

志愿头条

心连心，一起向未来——联络人走访各领域

为深入推进对志愿者们关心关爱和服务保障工作，志愿者领域选拔了14位具备丰富学生工作经验的辅导员作为各业务领域联络人，与志愿者们建立对接，定期和志愿者谈心谈话，解决志愿者面临的问题。

2月8日，14位志愿者联络人分别走访了18个业务领域。联络人与志愿者们面对面贴心交流，详细询问了志愿者在工作中的难点问题，并从牢记防疫安全、树立上报意识、培养名片思维三个方面对志愿者的行为规范做了深入强调。志愿者们也邀请联络人加入了各业务领域联络群，保持及时有效的对接。

通过本次走访，志愿者领域与各领域志愿者之间建立了完善的对接机制。志愿者们表示，联络人机制让他们有了更加畅通的问题反馈渠道，他们一定会和志愿者领域紧密联系，共同助力冬奥。

国家高山滑雪中心第一周"志愿之星"风采展示

根据《国家高山滑雪中心每周"志愿之星"评选方案》，经过个人申报、业务领域推荐、评审遴选，拟授予陈亮羽、苏严宇婧、潘喆、巩明飞、吴婷、张一凡、蔡欣欣、张颜、吴嘉欣、邹锐阳、袁浩宇、森迪、裘喜茜、尚文心、马骏15位志愿者国家高山滑雪中心第一周"志愿之星"荣誉称号，本期刊登前五名。

陈亮羽 - 礼宾业务领域

作为高山滑雪中心礼宾领域的小组长，我们负责的大家庭休息室是赛时接待外宾的重要场所，所以在任何细节方面我们都在努力地精益求精，做到最好。我们所有人有一个共同目标：以青春之名，为冬奥添彩，在国外贵宾面前展现中国青年的风采！期待冬奥会和冬残奥会在大家齐心协力的努力下成功举办！期待双奥之城再次绽放耀眼光彩！

苏严宇婧 - 语言服务业务领域

我的主要工作内容是协助多个其他业务领域的工作人员开展工作，提供英语口译、笔译服务。防疫办公室、运动员医疗站、场馆媒体中心、混采区都留下了我的身影……大家都在发挥自己的特长，用责任心与专业，保障赛事正常、安全运行。此外，作为组长，我时刻关心大家的工作状况、心理状态，引导大家积极健康工作、活跃参与各项活动，努力发挥党员的先锋模范作用。我们已经全副武装，做好准备，一起向未来！

潘喆 - 场馆管理业务领域

VOC作为场馆管理业务领域之一，其工作更接近场馆的核心管理和运行指挥，我作为该岗位唯一的V类学生志愿者，业务内容也比较多元，涉及保障高山场馆整体运行、筹办场馆早、晚例会，公文流转以及P类工作人员的物资统筹等。今早班车到达核心二号地，抬头看到满天星辰闪烁，顿感作为志愿者的我们，也是一颗颗繁星，愿众星汇聚，为冬奥、冬残奥绘就独特而绚烂的志愿服务风景。

与国同航　筑梦冬奥
——北京航空航天大学服务保障北京2022年冬奥会和冬残奥会纪实

请党放心，冬奥有我！　　　　　　　　　张琪 各领域 / 图　　刘爽 王瀚洲 各领域 / 文

巩明飞 - 交通业务领域

我在国家高山滑雪中心集散四层做一名上下车指引员，集散四层是媒体和运动员乘坐大巴停靠的主要地方。我的工作职责是帮助外国友人沟通并告诉他们如何正确坐车以及路线同时提醒人们做好防疫安全，工作任务较为繁重，但需要细心与耐心。志愿服务就是一种生活态度，选择做志愿者就是一种生活方式。"送人玫瑰，手有余香"，我在奉献的同时，收获着精神上的愉悦与满足。

吴婷 - 庆典仪式业务领域

作为国家高山滑雪中心的颁奖礼仪志愿者，我认为此次志愿者经历是前所未有的，它带给我的不仅是荣誉更是成长。低温、大风、冰雪，紫外线…… 在困难面前我们不是选择放弃而是共同商讨解决的办法，从克服自身的高反到能自信的在颁奖仪式中完成任务，都少不了整个颁奖团队的努力，把大家都凝聚到一起做好一件事儿，我相信国家高山滑雪中心的颁奖团队是最团结，最优秀的！

岗位巡礼　　台前幕后，保障观赛的"多面手"
——"雪飞燕"赛事服务

基本情况

志愿者人数：61人（环内 0 人，环外 61 人）

工作内容：岗位分布在前院客流管理、信息咨询与失物招领、观赛服务保障等八个服务点位，致力于打造安全有序、专业便利、友好祥和的观赛环境和赛场氛围，提升观众的观赛体验感。

工作内容

2月7日，国家高山滑雪中心正式开赛，"雪飞燕"迎来了它的首批观众。为了带给观众最佳的观赛体验，赛事服务志愿者们从营造赛场氛围和提供完备保障两个方面展开工作。他们在"雪飞燕"阶梯廊道两侧挂满了"冰墩墩"的彩色旗帜、中国结和灯笼，在台阶上标注"您已登过100级台阶"趣味标识；同时，为观众提供暖贴、护目镜等防寒防风装备和应急医疗，以及无障碍助行、轮椅和婴儿车借存等人性化的贴心服务，全方位满足每一位观众的需求。

赤心燃冰雪，笑颜迎八方，这就是赛事服务志愿者的最佳写照。他们总是最早到场，最后离场，将志愿者的微笑送给每位观众。工作繁忙琐碎，且常常需要处理突发状况，但他们乐在其中。运行支持岗位的志愿者阿丽米热说："我们的工作充满挑战，也充满惊喜，最忙的时候好像全世界都在喊我的名字，但是，被需要是一件充满幸福感的事情。看到遇到的问题一个一个被梳理、解决，会很有成就感，这给我的工作带来了源源不断的动力。"他们是一朵朵风采各异的雪花，为赛事提供多面、完备的支持保障，共同构筑起"雪飞燕"冰雪长廊。

志愿心语　　唐锦源 媒体运行岗 外交学院

参与奥运盛会的机会不可错过，作为东道主则更添一份喜悦与自豪。我们的旅程也并非一帆风顺，高山滑雪第一个比赛日由于天气原因不得不取消了男子滑降比赛，也使得第二天我们需要同时服务两项比赛，在竞技和竞速间来回奔波。但繁忙之余，我也见证了许多独属于体育人的瞬间。有许多当日没有比赛的运动员带着国旗、横幅等前往看台旁为自己的队友加油鼓劲。同时，对于其他国家的运动员，他们也心怀敬意并与之共情。运动员完成比赛后，他们献上掌声，运动员失误滑倒后，他们遗憾唏嘘。置身于这样的氛围中，我才更真切地感受到成为志愿者之幸运与我们日常工作的责任之重大，为了每一位运动员、工作人员和志愿者，也为了国家之形象和奥运之精神。

冬奥会与冬残奥会·国家高山滑雪中心·志愿者　　　　　　冰雪相约高山之巅　魅力冬奥尽在眼前

高山志愿日报

2022年2月9日　　总第13期

| 奉献 | 友爱 | 互助 | 进步 |

本期摘要

2月9日，319名志愿者上岗296人，23人休息，核酸检测结果均为阴性。
VCC志愿者将专业知识融入志愿服务工作，编写程序确保信息上报准确性。
公共卫生助理彭光圣将裁判员遗失手机送还，受到NTO称赞。

志愿头条

专业知识融入志愿服务
VCC志愿者编写程序确保信息上报准确性

在场馆通信中心有14名品学兼优、能力突出的志愿者，他们将自己的专业知识与志愿服务相结合，提升了VCC信息上报效率与准确性，得到了VCC经理等工作人员的赞扬。

来自北京航空航天大学的张瑞哲，是国家高山滑雪中心VCC志愿者之一，除了每日的日常监听记录外，他还负责统计整理每日的通话记录。"这是VCC的一项非常重要的工作，例如VCC向全体通告的信息能体现出场馆运行过程中的重要时间节点和决策，各领域向VCC汇报的关键信息能反映出不同领域的运行状况，VCC汇总的与医疗、竞赛等领域相关的重要事件简报能让场馆主任层和延庆场馆群更清楚地了解场馆运行情况。通过对当日所有的通话记录的分析统计，能立体的刻画出场馆运行状态。"

但是，VCC作为一个信息集中和传递的枢纽，繁忙时的记录量能达到700余条，重要事件近10件。原先的统计方法是通过Excel逐表格的进行人工筛选比对，最后再汇总到总数中，每天都会占用半小时左右的时间，并且经常出现誊写失误导致的时间浪费，准确性有所欠缺。

张瑞哲是来自计算机学院的一名本科生，他利用在学校里学习的各种知识，趁休班时封装了一份数据处理脚本，可以直接从通话记录单中整理出当天的通话统计数据，包括当天的有效数据、VCC的通告量、VCC参与协调的信息量、各领域汇报的关键节点量、重要事件信息占比等数据，同时还能自动生成图表和文字简报，可以直接上报。这份脚本的加入让整理数据的时间缩短到了5分钟，大大提高了VCC的工作效率，同时提高了统计数据的实时性，场馆主任层和延庆场馆群可以实时获得准确、详细、全面的数据统计信息。

公共卫生助理志愿者送还裁判员遗失手机

2月9日下午，有外国友人捡到一部手机，公共卫生助理志愿者、来自北航的彭光圣同学在日常消毒巡查中，恰好路过中间平台区。看到亮眼的小蓝服装，这位外国友人放心地将手机交到志愿者手中，便快速离开了。

彭光圣同学第一时间在志愿者群里发布失物招领的信息，希望尽快联系到手机的主人。在等待的过程中接收到失主打来的电话，沟通之后很快将手机交还给竞技结束区中方裁判徐老师，当面解锁后顺利地物归原主。徐老师和其他NTO对志愿者的诚信品德热情点赞，也为最初捡到遗失手机的外国友人喝彩。

NTO平了雪道，志愿者暖了人心。他们在拂晓之时便已开始工作，检查雪道的质量，保证运动员的安全，维护比赛的公正，是高山滑雪运动的守护者。让我们为雪飞燕的各领域保障人员、志愿者致敬。

国家高山滑雪中心第一周"志愿之星"风采展示

本期刊登第六之十名"志愿之星"荣誉称号获得者风采。

张一凡 - 庆典仪式
"志愿服务是工作任务,也是机遇挑战。"

蔡欣欣 - 赛事服务
负责赛事服务运行支持,全力保障赛事服务。

张颜 - 反兴奋剂
从小对体育事业有无限的热情与憧憬,三次报名终成为志愿者。

吴嘉欣 - 体育
我为我们缆车引导助理做好平凡而基础的工作骄傲着,自豪着!

邹锐阳 - 公共卫生
最终我也可以独当一面,为同事们带来一场生动高效的疫情防护课!

岗位巡礼

媒体运行:共同打造温暖的媒体之家

志愿者人数:53 人(环内 53 人,环外 0 人)
来源高校:北京第二外国语学院、外交学院、北京航空航天大学、北京化工大学
岗位设置:混合区助理、记者工作间助理、记者看台席助理、摄影助理和新闻发布厅助理(共5个)

混合区助理: "Please wear your mask and keep social distance." 混合采访区是媒体运行领域的最前线,也是媒体人员最为集中的区域之一。众多文字记者、摄影记者与转播商进入一个个约 1.5 米宽的混采区席位,运动员在结束比赛后最先来到这里接受记者们第一时间的采访。工作时他们需要熟知各类工作人员的流线路程,提前整理媒体记者的采访需求,随时维持混合区的秩序,确保混合采访区可以高效、稳定地运行。

记者工作间助理: 他们经常"游走"于各国的记者之间——不管在 VMC 入口还是咨询台都能见到他们忙碌的身影。他们是记者工作间的小"管理员",及时补充饮用水,定期开窗通风,保持环境卫生是他们的工作职责。同时,他们的工作重点是督促记者们遵守防疫规定,通过尽心尽力的劝说,他们维护好了防疫要求,也展现出志愿者善良友善的一面。

记者看台席助理: 他们负责查验证件、维持秩序,提醒媒体记者戴好口罩隔位就坐。同时他们还要阻止拉横幅、在看台席蹦跳之类比较过激的行为。

摄影运行助理: 摄影运行助理主要工作在场馆媒体中心和摄影点位两个区域。在 VMC 工作的摄影助理负责门口验证、张贴比赛信息、储物柜租赁和摄影记者工作间巡查等工作。为了提高工作效率,志愿者们专门将储物柜的租赁情况整理成 Excel 表格的形式,每天进行信息更新;户外岗位的摄影助理则需要引导摄影记者来到结束区附近指定的摄影点位并组织他们有序进行拍摄,一张张摄影作品背后包含了摄影助理们在寒风中数个小时的坚守,他们是讲好冬奥故事的守护员。

新闻发布厅助理: 他们是发布会不可缺少的一份子,主要负责会前调试设备,确保场馆清洁要求,准备主持人稿件、运动员桌签等细碎的工作。在赛后进行发布会时维持转播人员、提问记者、摄影记者多方的秩序,及时消杀话筒并在发布会结束后清洁场馆。在旁听新闻发布会的同时,志愿者们每天都能从运动员回答的问题中收获新的人生指南。

刘亨容 潘榕璇 图文

志愿心语

李双
转播服务助理

不知不觉,在高山滑雪中心已经度过了十二天的时光,我们负责的点位也随着训练赛以及正式比赛的开始逐渐增加到了四个,也慢慢开始感受到转播服务业务的繁忙。测试赛第一天,在竞速结束区一旁的大屏上看到运动员俯冲飞跃的身姿,定格空中的慢动作……这些实时且清晰的画面一下子就让我感受到了转播的重要性,高山滑雪项目很有魅力,但是唯有通过转播才可以克服重重山脉阻挡,超越人类目力限制,将比赛的精彩呈现在观众眼前,令人身临其境的感受竞赛的刺激。当看着运动员冲到结束区,面对摄像机露出喜悦恣意的笑容时,身上的疲惫便会消失,这便是为比赛的顺利进行发一分热,这想想也是很令人激动的。

冬奥会与冬残奥会·国家高山滑雪中心·志愿者　　　　　冰雪相约高山之巅　魅力冬奥尽在眼前

高山志愿日报

2022年2月10日　总第14期

| 奉　献 | 友　爱 | 互　助 | 进　步 |

本期摘要　2月10日，304人上岗，15人休息，核酸检测结果均为阴性。多领域志愿者联动，协力帮助记者找回丢失物品。志愿者领域为每位志愿者拍摄拍立得照片，记录在岗美好瞬间。

 **志愿头条**　　多领域志愿者联动　协力帮助记者找回丢失物品

2月9日上午九时，高山滑雪女子回转比赛即将开始，一位BBC的摄影记者来到竞技VMC一楼的服务台，向正在值班的摄影助理刘伊侨、潘榕璇说明他在乘坐上山缆车的途中丢失了一只黄色手套以及一顶蓝白红色帽子，并表示他没有备用的手套，希望志愿者能够帮助他找回。

了解情况之后志愿者留下了这位记者的联系电话，刘伊侨同学随后去到B2缆车入口告知正在值守的交通领域志愿者具体情况，希望他们能够协助找回丢失物品。一个小时以后，交通志愿者来到竞技VMC，告知正在门口验证的摄影助理孙佳静同学刚刚丢失的物品已经找到，现在保管于B1缆车失物招领处。孙佳静同学将这个好消息转告服务台的潘榕璇同学，由于工作要求无法离岗，潘同学在工作群内询问是否有同学稍后换岗时可以将物品带上来，摄影助理熊涵睿同学很快回复，接受了这个小任务。

上午第一轮的比赛结束，摄影记者纷纷回到VMC休息，BBC的记者再次来到服务台询问自己丢失物品的情况。当听到志愿者们已经帮助他找回了手套和帽子，老先生十分激动，对志愿者的表现赞不绝口。

国家高山滑雪中心始终是一个可以让各方来客信赖的场馆，这得益于志愿者们的热情的服务，还得益于各领域的团结合作。此外，为了将失物招领流程化、规范化，摄影助理李朔阳和刘雅曦还特地制作了一份失物招领信息表格，简单的表格大大规范、简化了失物招领工作流程，国家高山滑雪中心的志愿者用真心、细心、耐心，让每一位遗失物品的寻物人都有一定能物归原主的信心。

每人一张拍立得　记录岗位美好瞬间　 **志愿之星**

拼搏的青春最美丽，2月10日，志愿者领域继续到各位点看望在各领域坚守岗位的志愿者们，为在岗志愿者送上了徽章、笔记本等激励物资，并在岗位上为每一位志愿者拍摄一张拍立得。"什么时候岗位轮休呀？"、"在室外工作暖宝宝数量够用吗？"、"对现在早餐的种类满意吗？"在等待拍立得相纸显现出美好瞬间的同时，志愿者工作助理已经和在岗位上的志愿者聊得渐入佳境了。几句话的简单沟通，志愿者的精神风貌和基本情况就基本在志愿者工作助理心中勾勒出大致的轮廓了。

走进志愿者，关心志愿者，凝聚在服务好冬奥会这一共同精神坐标下，志愿者群体始终团结在一起！

本期刊登第11至15名"志愿之星"荣誉称号获得者风采。

森迪－赛事服务业务领域
　　来自赤道几内亚在华留学五年半的外籍志愿者。
　　与团队密切协作，热情接待观众，为观众提供暖心服务，为协助中国举办更精彩更优秀的冬奥持续付出努力。

袁浩宇－技术业务领域
负责无线电频率的监测，每天进行室内和室外巡检，以保证重要频段不受干扰、正常工作。

裘喜茜－媒体运行业务领域
职责是为各国摄影记者提供服务。疫情之下，保障大家及自身的安全。

尚文心－人员管理业务领域
负责高山环内工作人员的注册、信息记录与核对、保障与激励机制设置及其他相关工作。

马骏－媒体运行业务领域
在混合区入口处登记完成OBS区域采访后进入混合区的运动员，协助主管将运动员带至特定采访点位接受各国记者采访。

岗位巡礼

兴奋剂检查陪护员：守护纯洁无瑕的冰雪

"**最后核查一遍所有物资，我们出站。**"赛前五分钟的兴奋剂检查站，陪护员们正在进行最后的准备，袖章、pass卡、通知单、圆珠笔、对讲机、面屏、橡胶手套、备用口罩，一样不能少。伴随着试滑员出发的口令，陪护员们大步走出检查站，向着结束区的目标点位走去。

这是每场高山滑雪比赛开始前的规范流程。兴奋剂检查陪护员们负责通知指定运动员进行兴奋剂检测，并陪同该运动员在赛后第一时间来到兴奋剂检查站报道。这一过程看似简单，陪护员们却会在实际工作中遇到各类异常情况：运动员没有随身携带注册卡，需要陪护员陪同下山；运动员在媒体混合采访区里接受采访，进入视野盲区时陪护员无法及时跟上；同队的运动员换上了统一的国家队队服，陪护员难以从人群中准确分辨特定运动员，如此种种。同时由于陪护工作均在室外，每一件小事都因为寒冷而变得困难：面屏和眼镜总在起雾，写字时手指难以控制，隔着层层防护说话变得艰难……**陪护员们在一次次陪护过程中不断思考，积极复盘，沉着冷静面对异常情况，优化任务执行策略。**几场比赛下来，陪护员们已然掌握了火眼金睛之术，能够快速定位人群中的指定运动员，也逐渐开始熟练地与寒冷作战，三四个小时坚守岗位寸步不离。

志愿者人数：12人（环内12人，环外0人）
来源高校：清华大学、北京航空航天大学
工作内容：兴奋剂检查陪护员们负责通知指定运动员进行兴奋剂检测，并陪同该运动员在赛后第一时间来到兴奋剂检查站报道。

赞助企业接待空间：赛场边温暖的栖息地

志愿者人数：2人（环内0人，环外2人）
来源高校：北京化工大学
工作内容：为本次冬奥会赞助商邀请的宾客提供接待服务，同时支持、分流大家庭与赛事服务的接待任务。

由于高山滑雪比赛的时间多数在中午，志愿者们往往没有充足的午饭时间。狭小的储藏间里，几个人挤在一起站着坐着，盒饭和面包便是一餐。尽管条件艰苦，志愿者们从未在疫情防控方面有过丝毫松懈，作为"**距离冠军最近的志愿者**"，每次进门时的消毒、四小时一换的口罩，都是志愿者们共筑疫情防控防线最生动的体现。

虽然赞助企业服务助理所从事的很多工作是基础、琐碎的，但志愿者们并没有懈怠，从做好每一件小事、每一个细节出发，力图给客人留下最美好的冬奥高山滑雪中心志愿者的形象。

纯洁的冰雪，激情的约会。迎着时代的朝阳，舒展新生的枝蔓和叶脉，以一种更加繁茂的姿态传递真、善、美的色彩，将是志愿者之责任。

乘空好去，长空万里，直下看山河，我们愿做这国际盛会中奔腾的一朵浪花，孜孜不倦地与浩荡的江河一起向未来！

冬奥会与冬残奥会·国家高山滑雪中心·志愿者　　　　　　冰雪相约高山之巅　魅力冬奥尽在眼前

高山志愿日报

2022年2月11日　总第15期

奉献　｜　友爱　｜　互助　｜　进步

本期摘要　2月11日，319名志愿者上岗290人，29人休息，核酸检测结果均为阴性。语言服务志愿者将专业知识用于志愿服务，将高山故事讲述给各国友人。今日持续关注各领域志愿服务亮点内容。

志愿头条
将高山故事讲述给各国友人
语言服务志愿者 将专业知识用于志愿服务

　　2月4日，语言服务领域志愿者孔畅收到通知，将于2月5日下午作为翻译，全程陪同国际奥委会企业和可持续发展部部长玛利亚·塞洛斯女士一行8人进行场馆考察。收到通知后，英语笔译专业的孔畅立刻调动课堂中学过的专业知识和老师曾分享过的经验，快速梳理思路。首先向中方人员了解了考查主题并要来相关资料，在阅读资料的过程中，查找、补充了更多信息，全面掌握可持续发展和场馆建设方面的背景知识。同时，为更好地协助中心运行团队接待国际奥委会人员、展现国家高山滑雪中心所践行的可持续发展理念，孔畅为自己进行了一场模拟训练，对照阅到的资料进行中翻英和英翻中的视译，在视译过程中及时发现实战可能遇到的问题，并将中英文表达进行查证总结、标出重难点，一有时间就拿出来反复学习。

　　2月5日，陪同翻译工作顺利进行，孔畅协助国家高山滑雪中心运行团队，从赛区生态环境保护、水资源管理、制冰造雪情况、场馆可持续性措施及赛后利用等方面，向国际奥委会官员做了详细的介绍。玛利亚一行人频频称赞国家高山滑雪中心的场馆建设是一项伟大的工程，赛区从规划设计、施工建设、运行管理到赛后利用全过程贯彻可持续发展理念，是人与自然和谐共生的生态赛区。

　　这是语言服务领域志愿者进入闭环以来的第一次陪同翻译工作，取得了圆满成功。2月8日、2月9日，语言服务志愿者又分别向摩纳哥亲王阿尔贝二世和国际奥委会医疗和科学委员会主席理查德·巴吉特博士提供语言服务。在该领域日常工作中，专业知识与志愿服务的结合极为紧密，志愿者们将总结经验、认真复盘，明晰译者的身份和责任，用扎实的准备将高山精神与高山故事向一位位远方贵宾讲述，用专业的态度和本领服务冬奥会。

岗位巡礼
语言服务：讲述高山故事 扩大中国文化的朋友圈

　　"Dear press friends, if you need translation devices after your back from the mixed zone for press conference, please go to the volunteers near the press question area."语言服务志愿者将专业的知识和态度服务冬奥赛事，协助记者与运动员完成采访，保障新闻发布会的进行。语言服务领域工作的难点在于，在协助如医疗站、防疫办公室等其他业务领域开展工作时，工作任务极具未知性和专业性。参加滑雪医生例会、联系密接人员的新冠联络官、翻译防疫相关文件……这些工作内容涉及其他业务领域的背景知识且容不得一丝差错，要求语言服务志愿者一专多能，能够主动扩充知识储备，清晰详尽地表达中方观点，达到解决问题的目的。

志愿者人数：11人（环内11人，环外0人）
来源单位：国际关系学院
工作内容：提供包括英文播报、交替传译、同声传译等语言服务

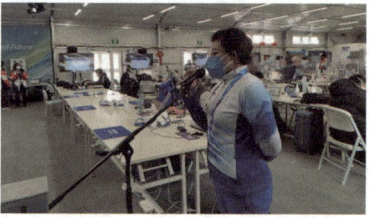

转播服务：有立场、有判断、有态度的志愿服务

"Can you show me your card." 是转播服务岗位上最常用的一句话。由于直接对接 OBS，除了同组内老师相处的时间外，在工作时基本都需要**全英文工作**。然而全英的工作环境并非我们所要面临的最大困难，如何不卑不亢地提供服务，**合理使用"no"或"thank you"**，是转播志愿者的最大挑战与成长。

对没有权限通过的人员"say no"，权限验证虽然简单，但严格执行场馆、业务要求，不因为考虑到通行人员的情绪而主动降低工作标准，是我们对所有来客的责任。对 OBS 不适宜的要求"say no"，耐心细心做好服务的同时也要保持自己的立场，OBS 会出于自身的考虑提出很多要求，比如增加清废频率和屋顶摄像区地板防滑，但场馆已经在提供了足够的防疫和防滑措施；向每一位带有善意的人说"thank you"，清废人员主动为我们全身消杀，OBS 工作人员送给我们巧克力饼干，志愿者同学们的相互支持、配合、包容，转播经理为保障我们的权利不断发声，并真心希望我们能在冬奥会中有所收获有所成长，每一刻动人的瞬间都会被铭记，每一颗温暖的心都值得被尊重，一句真诚的"thank you"送给冬奥会上所有心怀善意、可爱的人们。

志愿者人数：7人（环内7人，环外0人）
来源高校：北京航空航天大学、北京第二外国语学院
工作内容：面向 OBS，在转播综合区、竞技竞速混采区进行权限验证与引导服务。

庆典礼仪：礼仪绽放华夏之美，仪仗展现大国之爱

礼仪绽放中国之美

凛冽盛开的雪燕之花闪烁于每场比赛的颁奖时刻，是获奖运动员高光时刻的近距离见证者。八位姑娘交替担任运动员和嘉宾的领导员、整理看护奖牌花束、将花束和金牌、奖牌托盘上场。颁奖志愿者是中国向世界展示志愿者风采的门面担当，举手投足间的从容与优雅展示传递对运动员们的最高敬意。

志愿者人数：16人（环内16人，环外0人）
来源单位：中国人民解放军仪仗大队、北京体育大学、中国人民公安大学
岗位类型：升旗手、颁奖礼仪

仪仗展现大国之爱

遥记得开幕式五星红旗下滑落的那滴军人泪——升旗手志愿者的真实身份是中国人民解放军仪仗大队在役军人。他们需要一直关注比赛进程，筛选可能获奖国家的旗帜并在颁奖结束后举行升旗仪式，在冬奥会赛程中继续坚守护卫国旗的使命。

礼宾志愿者："世界的窗口"

场馆礼宾助理，主要服务奥林匹克大家庭国内外贵宾，在特定的观赛区和休息区进行引导，并在贵宾需要时提供帮助。半个月的工作中，他们曾接待过国际奥委会主席巴赫、国际奥委会副主席萨马兰奇、以及摩纳哥亲王等重要贵宾。同时，他们要每天要检查设施设备的运行情况，清洁防疫隔板和桌子，同时查漏补缺，张贴世界语言的标语标识，以饱满和热情的精神面貌欢迎每一位运动员和大家庭成员的到来，勇敢，认真，自律，投入，是他们对自己的定位。

用语言架桥，以微笑为梁，他们用自己的专业技能，为共同构建一个和谐、友好的"地球村"而共同努力。

志愿心语
胡凯心
场馆礼宾助理

之前我有过疑问，为来宾开门这样自己定位成服务员的嫌疑了。但今天意识到之前认识的浅显，迎宾的作用就是预热与暖场，我们是冬天时门上方的加热器，虽然不代表室内的温度，但还是能用一股暖气复苏人们在外冻僵的期待。经过一段时间的服务，我发现主动问"May I help you"不是很恰当，要帮助人还是要在"别人确定需要帮忙"的情况下才是最自然也最体贴的。在岗位上的时候我更多的时候是在观察，揣测他要干什么，并且观察一会儿，用"你是想要干什么吗"代替"我能帮你做什么"，一般疑问句总比特殊疑问句简单的。当有人犹豫着要不要求助时，给他一个真诚的眼神就够了。做服务外宾的志愿者，既要敏锐发现外宾需要帮助的时机，表达出我们的和善与热情，又决不能有点头哈腰之嫌。中国的青年应该是堂堂正正且心怀真诚的。

与国同航 筑梦冬奥
——北京航空航天大学服务保障北京2022年冬奥会和冬残奥会纪实

冬奥会与冬残奥会·国家高山滑雪中心·志愿者　　　　冰雪相约高山之巅　魅力冬奥尽在眼前

高山志愿日报

2022年2月12日　总第16期

| 奉　献 | 友　爱 | 互　助 | 进　步 |

本期摘要　2月12日，今日无比赛，319名志愿者上岗130人，休息189人，核酸检测结果均为阴性。今日介绍场馆管理、人员管理、交通、安保四个领域志愿者风采。

岗位巡礼

场馆管理：高山上的"隐形守护者"

场馆通信中心，所有信息流转、交汇、处理、再发送的地方，是场馆的大脑、神经，是指挥室的"耳"和"嘴"。在这外人看不见的地方，坚守着一群尽职尽责的"隐形守护者"。

"快"和"准"是VCC的信条。消毒，开机，拿起话筒。监听，记录，呼叫各方。十几天的志愿工作后，志愿者们业精于勤，成长飞快，俨然老手。此外，他们还将自己的特长快速运用在了志愿工作中。共享文档、手写速记、导入常用词库……此外，来自计算机学院的张瑞哲编写了Python程序来自动统计每天的信息流量，生成准确美观的报告，大幅提高了效率。场馆上下的组织架构，英文简称，甚至是各负责人的声音也早已被记熟。"又准又快"带来的信息的有序快速流动，是整个场馆团队配合的有力保证。

场馆运行中心（VOC）助理也是场馆管理志愿者的一员。作为岗位唯一的学生志愿者，业务内容比较多元，涉及保障高山场馆整体运行，筹办场馆早、晚例会，公文流转以及工作人员的物资统筹等，是指挥中心各部的不可缺的"润滑剂"。

"凯旋归时人不识，余音已是绕春风"。这就是高山上的"隐形守护者"，志愿者中的普通一岗。即使整日坐在办公室里，他们从来不是一座孤岛。电台每一次的声音背后，都是所有人的尽职尽责和艰苦付出。电波将所有人连在一起，为着同一个护航冬奥的目标而不懈努力。

领域人数：16人（14人，通信中心；2人，运行中心）
来源：延庆区、北京航空航天大学
工作内容：监听与记录不同频道通信，跟进上报紧急突发事件

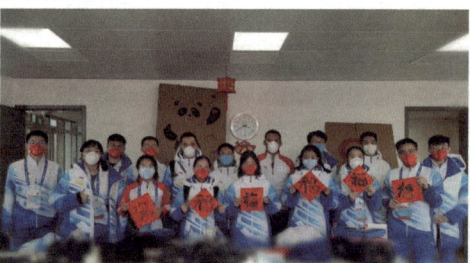

人员管理：于无声处听惊雷

人，是场馆的灵魂。随着两千余名工作人员到来，沉睡的"雪飞燕"才真正"活"起来。而人事管理志愿者就管理服务于这支庞大的人员队伍。

对他们来说，最重要的工作就是把人员计划中的数字，变成一股实实在在的力量。为了实现这一目标，一方面，他们要与奥组委各部门、属地、业主等不同的单位做好沟通，吸纳人才、壮大队伍。另一方面要做好培训、激励、保障，让每个人都有充分发挥能力和能量的平台。除此之外，他们日常还需协助人员管理经理、主管完成日常基础工作，为场馆的正常运行、服务保障提供幕后支撑。耐得住寂寞，付得起责任，扛得起使命，是他们的工作态度。人员管理岗位的志愿工作庞杂细琐、重复性强，有时甚至略显枯燥，但正是他们在幕后日复一日的坚持，为场馆运行、赛事开展提供了有力保障。

领域人数：4人（环内）
来源：北京航空航天大学
工作内容：管理服务场馆工作人员

交通志愿者:"雪飞燕"的首张名片

领域人数:43 人
来源:北京航空航天大学、北京化工大学

温情服务,用心引导。43 名上下车引导志愿者服务于场馆闭环内外,分散于国家高山滑雪中心 7 个点位,为运动员、媒体以及观众全流程的交通保障提供有力支持。

"打蜡房"、"集散四层"、"桥头"、"竞技三层"、"G 索"以及"集散一层",从山脚下到每一处核心的落客点位,都能见到交通领域上下车引导志愿者的身影。

打蜡房是运动员上山的第一道关口,识别运动员注册卡、引导运动员、帮助运动员解答问题成了打蜡房志愿者的日常。集散四层是为 TA、TG 以及 DDS 的全线班车上落客进行服务的点位,而竞速结束区桥头的志愿者,则接待着奥林匹克大家庭以及媒体车辆的上落客。为了保证各领域人员在任何时候都能得到引导帮助,志愿者们早班凌晨 5:30 就从驻地出发,晚班 19:00 返回驻地。

将高山每一条路线熟记于心,他们不断摸索最简单、最直接的线路介绍方式,交通领域志愿者用不断精进的服务,让乘客安心、暖心、放心!

赛事期间,为保障观众有序上下车,志愿者全员上岗服务,他们是带给观众温暖的第一道名片。而此时,应对高需求赛事的需要,保障每一位奥林匹克大家庭成员正确乘坐需求车辆,桥头点位的志愿者也用热情的态度迎接每一位成员。志愿者张津铭说:"参与志愿者服务,奉献的是汗水,体验的是感动,净化的是心灵,收获的是快乐,提升的是境界,实现的是真正的人生价值,在接下来的志愿者工作中,希望能够把'奉献、友爱、互助、进步'的志愿精神传播给更多的人。"

坚守、奉献、无私是高山上下车引导志愿者的代名词,他们为赛事的运行提供基础保障,他们的微笑和热情是国家高山滑雪中心最温暖的光,也是青年志愿者给世界展示的第一张精彩名片。

安保志愿者:为场馆安全运行保驾护航

"Sorry sir, this is the ceremony area, and the flag-raising ceremony will be held in 5 minutes, Please wait or take a detour to get out of here."比赛结束正是运动员和观众欢呼庆祝之时,此时我们正面临着最重要的一项工作:保证仪仗队入场时无其余人员干扰。升旗时,保证场地安全。比赛结束时人员纷杂,运动员着急去做兴奋剂检测、媒体人员赶着去录像、随队人员要去团队汇合,解释不恰当还会目睹他们翻栏杆离去的场景,在管控压力大、管控力度严的情况下,需要我们耐心、清楚的跟人员解释现状、告知解决方式。

"呼叫指挥室,OBS 区域有 6 名外籍人员聚众吸烟",接到报告后,我们需要通过监控确定人员具体位置,随后跟随安保人员立即出警。"Smoking is not permitted here",严厉执行、严肃制止是我们的第一反应。与此同时,总是会得到对方的一句"why?","奥运会是无烟赛事并且海坨山是国家自然保护区、位处山区,抽烟会引起山火。"刚柔并济、不卑不亢,我们力求最大限度的制止、减少违规行为。

"报告警官,昨天共发布新闻 7 条,其中中性赛事报道 5 条,好评报道 2 条。"赛事之外,我们也需要时刻关注赛事报道的动向,确保无不良、不实新闻报道。

"从来到场馆到现在,没有一天休息过,希望用我们的坚守,为场馆安全运行出一份力。"安保人员作为应急储备力量,遇到紧急情况可以迅速处理,使大赛能够安全有序高效进行。作为安保领域的志愿者,在之后的工作中希望能够将工作做好做精,更加深入了解冬奥文化、弘扬冬奥精神,彰显青年风采,讲好属于中国的冬奥故事。

领域人数:2 人
来源:北京航空航天大学

志愿心语

覃贝尔 语言服务助理

巴赫先生穿着蓝色大衣走进门。我们用问候将他围绕,他和我们更亲切地互动交谈。他幽默地说,自己几天内连续来访,都担心大家不想再见到他了。气氛逐渐舒缓,我们的交流也更加活泼。有同学与巴赫先生谈到了自己未来留学德国的打算,有同学用德语和巴赫先生进行交流,他都亲切地一一回应。他的语速不快,发音清楚,语调稳定。我与他谈了谈德国足球,我们聊了德国国家队和德甲联赛巨无霸拜仁慕尼黑。我提到了曾经留洋德甲的中国球员蒿俊闵,他也表示对中国足球未来发展很有信心。我们又一次亲切地合影。他嘱咐我们好好学习,祝福我们实现理想,能够为奥林匹克事业继续贡献力量。

见过巴赫先生之后,我便开始寻找普通的志愿任务中让人快乐的因素。诚然,不是每一天的工作都充满惊喜。作为志愿者,最关键衡量尺度的永远不是合了几张照片、要了几个签名、换了几个徽章,而是帮助了多少需要帮助的人,解决了多少需要解决的事。

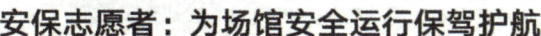

冬奥会与冬残奥会·国家高山滑雪中心·志愿者　　　　　冰雪相约高山之巅 魅力冬奥尽在眼前

高山志愿日报

2022年2月13日　　总第17期

奉　献　|　友　爱　|　互　助　|　进　步

本期摘要　2月13日，319名志愿者上岗300人，休息19人，核酸检测结果均为阴性。今日大雪如约降临延庆赛区，男子大回转比赛正常进行，志愿者坚守各岗位完成服务工作。休息期间，志愿者在"雪飞燕"用积雪堆起冰墩墩。

 志愿头条　　**大雪中"雪飞燕"赛事服务志愿者完成观赛保障**

2月13日清晨，一场大雪如约而至，海陀山银装素裹美景如画，却为赛事服务保障带来了挑战。由于大雪漫道，志愿者们平时四五十分钟的车程花费2个小时才到达工作区域。来自北京航空航天大学和北京化工大学的61名赛事服务志愿者快速整装上阵，坚守岗位，在大雪中迎接观众的到来。

雪花飞扬，志愿者们配合清废、设施、交通、安保等相关领域迅速开展扫雪铲冰工作，清理观众流线，铺上防滑地垫，清洁看台座椅，答寻扫、雪板推。尽管帽檐与衣襟早已被白雪覆盖，志愿者们仍然热情高涨，干劲不减。为了带给观众温馨独特的体验，看台志愿者在观众抵达前在观众入口处用积雪堆出了一个憨态可掬的"雪墩墩"，迎接观众的到来，惹人驻足。

 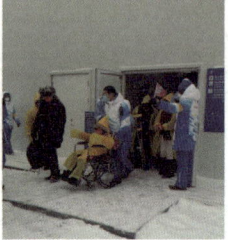 

为应对大雪，观赛服务保障志愿者们暖心地为观众提供了雨衣、彩旗等观赛物资，致力于给观众带来更好的观赛体验。赛场大雾弥漫，能见度低，看台服务志愿者耐心地为观众讲解比赛进程，用热情的微笑点燃了整个赛场氛围。

观众中有一位行动不便的小女孩，观赛保障的志愿者们为其提供了助行服务，观众抵达的第一刻便协助其坐在预先准备的轮椅上，帮助她穿好雨衣，遮挡风雪，到达看台更是细心地帮她扣紧锁止装置，退场时慢慢地后退穿过无障碍坡道，小女孩的家人很受感动，向志愿者们不断地致谢。

在观众享受比赛的过程中，志愿者们轮流在场馆内易滑易冻位置配合相关业务领域定点巡查清理，以全面保障观众通行安全。在冰天雪地中，雪色白与志愿蓝相互掩映，形成了一道独特的风景线。

与国同航　筑梦冬奥——北京航空航天大学服务保障北京2022年冬奥会和冬残奥会纪实

岗位巡礼

志愿者之家：志愿者的避风港

"欢迎来到志愿者之家，祝您开心愉快"。国家高山滑雪中心志愿者工作在不同的业务领域，工作在冬奥赛事的第一线。志愿者工作助理作为志愿者的志愿者，维护志愿者之家，努力成为志愿者的坚实后盾。

领域人数：23 人
来源：北京航空航天大学、北京化工大学、社会来源

党团建设。北京冬奥会开幕之日，志愿者工作助理以"同筑冰雪梦 一起向未来"为题领学，回顾了习近平总书记关于冬奥系列重要指示、关于志愿工作的五次回信勉励以及关于北京冬奥志愿者的期望与要求。服务期间，志愿者递交了来自高山之巅的入党申请书。

防疫工作。为完成"简约、安全、精彩"的冬奥答卷，国家高山滑雪中心志愿者在服务工作过程中始终坚持疫情防护，志愿者工作助理防疫小组每日对志愿者之家做好消杀，尽全力保障志愿者的安全。

宣传工作。志愿者宣传小组发掘、报道各业务领域日常事务工作及典型人物个例。北京日报、中国青年报、央视新闻等多家媒体报道过国家高山滑雪中心志愿服务工作，我在闭环过大年、实践中的创意、"雪飞燕"志愿者主题学习冬奥、"立春到，迎冬奥"——志愿者在海坨之巅喜迎冬奥开幕等等。

激励保障。专属冬奥会志愿者的纪念品从志愿者之家送到每位志愿者的手中。作为志愿者的坚实后盾，志愿者之家会走访各业务领域了解志愿者的工作环境和需求，提供保障和温暖。志愿者之家还会开展趣味激励活动，征文大赛、摄影大赛、志愿之星评选、光盘行动等等。

乘冬奥之风、共赴冰雪盛宴，冰雪为媒、共赴冰雪之约。志愿者工作助理燃青春之火，筑冬奥之梦。

残奥整合：做好残奥服务的"顾问"

领域人数：2 人
来源：北京航空航天大学

国家高山滑雪中心将同时承办冬奥会和冬残奥会的高山滑雪项目，残奥高山滑雪项目将产生 30 块金牌，是北京 2022 年冬残奥会金牌数最多的竞赛项目。但场馆落差较大地形复杂，对于无障碍设施的挑战与考验更大，在无障碍设施设置上一些细节的忽略，可能对于残疾人来说就是很大的障碍甚至是安全隐患。

在业务经理的指导下，志愿者们借助轮椅和"眼罩"对肢体障碍和视力障碍的残疾人进行了模拟演练，这些实际体验也让志愿者感受到残疾人士想要正常出行的艰难，健全人眼中一个不起眼的间隙对使用轮椅的人来说竟会是一道不可跨越的鸿沟，而盲道上一个没盖严的井盖对视力障碍人士来说就会是一个危及生命的"陷阱"。这也因此对冬奥场馆的无障碍建设和个性化服务提出了很高的要求，也是我们工作的意义所在。

我们就是残奥整合领域志愿者，对接各相关业务领域，了解其服务需求和工作实际，配合推进其冬残奥会执行计划和转换期计划；认真学习残疾人服务礼仪，并协调开展残疾人服务有关的培训、咨询和业务指导，帮助其它业务领域人员提升残疾人服务意识、加强残疾人服务技能；还会全程跟进冬奥会赛事运行情况，查找可能影响冬残奥会赛时运行的薄弱环节，进行总结并提出改进意见与建议，为"两个奥运、同样精彩"的实现贡献自己的力量。

翟子玥
转播服务

志愿心语

在如席的雪花飘落，短短一幕，让我对奥林匹克精神有了更深刻的理解。

香农在北方都极少见的强降雪中顺利完成了大回转比赛，在赛后混采区，香农和菲律宾运动员相拥而泣，路过的别国运动员也对香浓说：You did a very good job。

挑战与孤勇　香农是代表非洲国家厄立特里亚参加冬奥会的唯一一名运动员，由于气候原因非洲运动员很少接触到冰雪运动。此次一人孤身前来，不知获得的是不解还是支持。联想到之前只派驻了一人来访的电视台，前前后后一个人搬了近十次器材。一个人披荆斩棘总要付出比队伍更多的几十倍气力与决心，而这意义是什么呢？挑战未尝试过的，坚持一直选择的，这也是奥林匹克精神。

共鸣与友善　香农的完赛不仅是其本国历史上的超越，更是人类作为一个共同体中，各部分的同行。各国运动员前来共同道贺，定是看到了香农身上展现的人类所共有的奥林匹克精神，展现了人之为人的高傲与不屈。各国人员同为人类之精神魅力所庆祝，无疑是一副美丽的奥林匹克图画。

奥林匹克带给我们的从不是物质的奖牌，而是更深远的精神鼓舞。

冬奥会与冬残奥会·国家高山滑雪中心·志愿者　　　　　　冰雪相约高山之巅　魅力冬奥尽在眼前

高山志愿日报

2022年2月14日　总第18期

奉　献　｜　友　爱　｜　互　助　｜　进　步

本期摘要　　2月14日，142人上岗，177人休息，核酸检测结果均为阴性。央视新闻、北京冬奥组委、北京日报、北京青年报报道"雪飞燕"志愿者。通过评选，拟授予21位志愿者国家高山滑雪中心第二周"志愿之星"荣誉称号。

志愿头条　各大新闻媒体报道"雪飞燕"志愿者

雪中看冬奥 速度与温暖同在 - 央视新闻客户端

"雪飞燕"赛事服务志愿者大雪中完成观赛保障 - 北京日报客户端

冬奥看你的 | 大雪纷飞 "雪飞燕"志愿者如一束蓝色的光 温暖整个赛场 - 北京冬奥组委官网

　　2月13日清晨，一场大雪如约而至，海陀山银装素裹美景如画，却为赛事服务保障带来了挑战。来自北京航空航天大学和北京化工大学的61名赛事服务志愿者快速整装上阵，坚守岗位，在大雪中迎接观众的到来。在冰天雪地中，冰雪白与志愿蓝相互掩映，形成了一道独特的风景线。

　　雪花飞扬，志愿者们配合清废、设施、交通、安保等相关领域迅速开展扫雪铲冰工作，清理观众流线，铺上防滑地垫，清洁看台座椅，笤帚扫、雪板推。尽管帽檐与衣襟早已被白雪覆盖，志愿者们仍然热情高涨，干劲不减。

　　央视新闻、北京冬奥组委、北京日报、北京青年报等多家媒体发布10余篇关于国家高山滑雪中心志愿者初雪坚守岗位的报道。

与国同航　筑梦冬奥
——北京航空航天大学服务保障北京2022年冬奥会和冬残奥会纪实

请党放心，冬奥有我！　　　　　　　　　　　　　　　　　　　　王瀚洲 刘爽 各领域／图文

岗位巡礼　技术志愿者：在幕后为比赛顺利进行保驾护航

志愿者人数：21人（环内15人，环外6人）
来源高校：北京航空航天大学
工作内容：环内15名志愿者分别工作在竞技结束区和竞速结束区，岗位涉及成绩打印分发、成绩服务QA、电子仲裁、终点播报等各个领域；环外6名志愿者的岗位涉及技术经理助理、现场技术支持和无线电频率管理。

环外的技术志愿者们主要是在办公室中进行工作，每日进行的都是看似简单重复但又极其重要的工作。技术经理助理主要负责每日的早点名、巡检情况记录、餐饮及交通需求上报等工作，现场技术支持助理们主要是为场馆中各部门IT设备的正常运行进行技术保障，无线电频率管理助理们每日会对比赛场馆的无线电频率进行监测，保障比赛期间各业务领域的通信不受干扰。正是这些看似平凡的基础工作，为整个技术部门以及场馆和比赛的正常运行提供了坚实的保障。

环内的技术志愿者们大都工作在嘈杂的机房中，虽然无法直接感受到观众席上的热情呐喊，但是从赛道两侧回传的画面上我们能够更加清晰的看到每一位运动员身上的坚持和拼搏的精神。不论是每一场比赛前的设备调试，还是比赛中的设备使用、比赛后的设备维护，我们都要和国外技术官员反复沟通确认每一个细节，保证不出差错。和各种先进的机器设备打交道，通过它们感知到感官无法直接捕捉到的每一个细节，对于工科生而言，无疑是一件无比浪漫且愉悦的事情。我们用严谨的态度面对每天的工作，确保比赛本身能够正常运行、确保每一位运动员成绩的准确，是我们对冰雪运动、对冬奥会、对每一位运动员呈上的最崇高的敬意。

面对赛程的变化，技术志愿者们巨大的压力。由于技术志愿者工作种类较多，工作岗位较为分散，工作本身具有较大的难度，大家都有些担心和紧张。虽然面临着较大的困难和挑战，但得益于此前经历的多轮线上及线下培训，在各领域经理们的鼓励和帮助下，凭借着过硬的志愿服务技能，大家圆满完成了每一次的服务内容，保障了比赛的顺利进行，受到了技术领域所有经理的一致好评。

虽然技术志愿者们工作在无人问津的岗位，但他们的服务无疑为比赛的顺利进行和成绩的成功发布提供了最坚实的保障，他们以过硬的技术和默默的坚守是国家高山滑雪中心一张精彩的名片。

志愿之星　国家高山滑雪中心第二周"志愿之星"

根据《国家高山滑雪中心每周"志愿之星"评选方案》，经过个人申报、业务领域推荐、评审遴选，拟授予魏沛含、孙清阳、孙妍、刘谕笑眉、李杨宁、王建鑫、胡思雨、高凤美、吕子良、田嘉琳、吴帅虎、彭光圣、林嘉宁、熊涵睿、钟一宁、张君尧、陈飞行、李一夫、翟子玥、王宇轩、肖芳扬21位志愿者国家高山滑雪中心第二周"志愿之星"荣誉称号，今日刊登第1名至第6名志愿之星。

魏沛含－礼宾业务领域

孙清阳－赛事服务业务领域
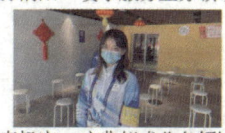

孙妍（右一）－赞助企业服务业

刘谕笑眉－场馆管理业务领域

李杨宁－庆典仪式业务领域

王建鑫－人员管理业务领域

附录

323

冬奥会与冬残奥会·国家高山滑雪中心·志愿者　　　　　　　冰雪相约高山之巅　魅力冬奥尽在眼前

与国同航　筑梦冬奥
——北京航空航天大学服务保障北京2022年冬奥会和冬残奥会纪实

高山志愿日报

2022年2月15日　总第19期

奉　献　｜　友　爱　｜　互　助　｜　进　步

本期摘要　2月15日，319名志愿者上岗289人，休息30人，核酸检测结果均为阴性。正月十五元宵节，志愿者在"雪飞燕"猜灯谜、召开元宵喜乐会，欢天喜地闹元宵。

志愿头条

"雪飞燕"为志愿者送上专属元宵节祝福

正月十五，虎年初雪后的元宵佳节，纯洁白雪覆盖了巍峨群山。零下二十二度的严寒，国家高山滑雪中心志愿者坚守岗位。来自北京航空航天大学、北京化工大学等高校志愿者精心筹备，为每位志愿者送去节日祝福，共同度过特别、难忘的元宵佳节。

  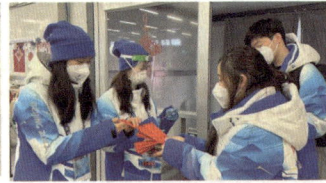

猜灯谜述说传统庆佳节

一条条构思巧妙的谜语，一份份心意满满的礼品，坚守岗位的志愿者们在点位上收到了自己的专属灯谜。跟随谜面讲述中国传统文化，志愿者之家主会场与各个点位分会场共同联动，奥运精神与志愿精神在谜底中显现，共同为今天即将进行的比赛呐喊加油。

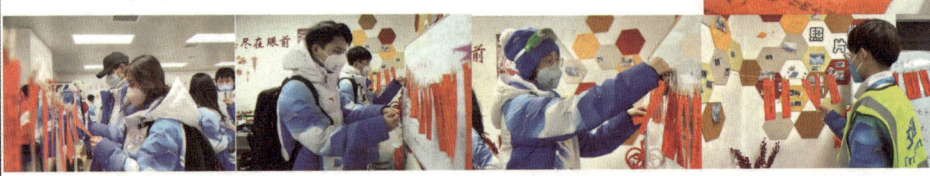

佳节会欢天喜地闹元宵

一个"闹"字，道出了元宵节欢腾的节日氛围。志愿者之家与各业务领域线上线下联动，元宵喜乐会拉开序幕。多才多艺的志愿者们通过歌舞、相声等精彩才艺表演让寒冷的"雪飞燕"充满热情和生机。"你来比划我来猜"游戏中，志愿者比划冬奥比赛项目，观众抢答，冬奥知识在一幕幕令人捧腹大笑的场景中深入人心。以"飞花令"的形式唱出的"山"、"雪"等与高山滑雪相关的歌曲引来全场大合唱，悠扬歌声久久回荡在"雪飞燕"。

324

张琪 各领域/图　　王文瑶 各领域/文

　　"过年过到正月半",元宵节的小海陀山沉浸在一片欢乐祥和的气氛中,满满的温暖和激扬的热情融化了小海陀山的寒冷。冬去春来,来自高校、三军仪仗队、港澳台侨和社会来源的全体志愿者在"雪飞燕"团圆,他们将继续带着热情启航,一起向未来。

岗位巡礼

体育展示：荧屏前后，点燃全场

岗位人数：6人
来源单位：北京航空航天大学、国际关系学院

　　安静的走廊里不断从控制室传出中外体育展示专家讨论和指挥的声音,他们正在讨论决定大屏幕播放内容及现场音乐并统筹摄影师、冰墩墩和现场MC。赛时,竞速结束区两名志愿者就负责为这些专家提供翻译服务、打印日程安排以及对控制室及走廊做每日消杀。另外一名志愿者则负责跟随一名现场摄像师,协助他的工作。此外,他们每天还要装扮饰演吉祥物的志愿者并引领吉祥物到达看台,为宾客和吉祥物合影并引导吉祥物回家。

　　体育展示助理不需要难以掌握的专业技能,但起初和外籍专家的交流会由于口音或者语速等原因无法顺畅进行,影响工作进程。如今经过反复交流和不断协调,这样的问题已经越来越少了。其次,在与外籍专家的相处过程中,他们还需要特别注意文化差异,尊重他们的生活习惯。

　　"每天指引吉祥物'冰墩墩'到达看台,帮中外宾客拍照和引导互动,看着他们被冰墩墩吸引会觉得工作充满意义"、"我们的总制作人意大利人Marco是个非常有趣的人,每天都热情地跟大家打招呼,一闲下来就喜欢唱歌,有次还带大家一起跳舞。每天工作结束跟大家击掌庆贺鼓励表扬大家,经常夸奖我们是the best volunteers",志愿者们这样说到。团结协作,默契配合,他们用自己的热情感染着小海坨山上的每一个人。

志愿之星

　　本期刊登第二周第七至十一名"志愿之星"风采。感谢每一位在岗位上热情服务、认真负责的志愿者。

胡思雨 赛事服务业务领域

高凤美，赛事服务业务领域

吕子良 体育业务领域

田嘉琳 安保业务领域

吴帅虎 反兴奋剂业务领域

与国同航 筑梦冬奥 ——北京航空航天大学服务保障北京2022年冬奥会和冬残奥会纪实

冬奥会与冬残奥会·国家高山滑雪中心·志愿者　　　　　冰雪相约高山之巅　魅力冬奥尽在眼前

 # 高山志愿日报

2022年2月16日　总第20期

奉献　|　友爱　|　互助　|　进步

本期摘要　2月16日，319名志愿者上岗297人，休息22人，核酸检测结果均为阴性。"雪飞燕"志愿者用餐盒巧做冰墩墩赠予工作人员与外国友人，为他们送去温暖。五湖四海助双奥，一起了解留学生、港澳台同胞的冬奥服务故事。

志愿风采

"雪飞燕"志愿者用餐盒巧做冰墩墩赠予工作人员和外国友人

"在食堂吃饭时，发现餐盒盖子上一圈特别像由低到高盘旋而成的冰丝带，再加上两只萌萌哒的小耳朵，于是突发奇想，是不是可以做成冰墩墩"，手捧着冰墩墩餐盒的志愿者朱兆鹏这样说："当我为餐盒盖画上黑白眼镜、鼻子、嘴巴，再为一圈冰丝带着上彩色的时候，一个冰墩墩栩栩如生的出现了。于是我又多画了几个，这两天天气特别寒冷，希望能够把它送给工作人员和外国友人，为他们送去温暖"。

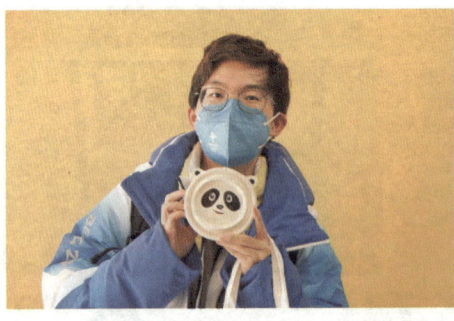 

用餐盒巧做冰墩墩的志愿者是来自交通领域的朱兆鹏，在此之前，他就已经深度参与到"雪飞燕"志愿者系列文创作品的设计中。志愿者小巧思设计的冰墩墩餐盒得到了工作人员和外国友人的喜爱，纷纷表示冰墩墩餐盒栩栩如生，用餐盒制作冰墩墩更是国家高山滑雪中心绿色办奥理念的体现，要把这份珍贵的礼物珍藏起来。

五湖四海助双奥，青春志愿向未来（一）

新的奥林匹克格言里丰富了"更团结"的精神内涵。在延庆的国家高山滑雪中心，赛事服务的志愿者们来自五湖四海，有留学生、有港澳台同胞、有少数民族、更有土生土长的北京延庆人。是北京冬奥会让他们从四面八方汇聚到一起，相聚、相识、相知。像一朵朵小雪花团聚在一起成为一朵五彩斑斓大雪花，在冬奥会志愿服务的岗位上团结一致、互帮互助、传递友谊，把微笑、阳光、热情奉献给世界，让"一起向未来"的口号在"雪飞燕"更加响亮。今日报道来自赤道几内亚的森迪，让我们听听他参与冬奥会的感想。

森迪
国家高山滑雪中心赛事服务助理
负责前院客流引导

我的护照名是 BIYOGO NCHAMA VICENTE ANGEL OBAMA，中文名是森迪，来自赤道几内亚。我目前是北京航空航天大学（宇航学院）的一名硕士研究生，攻读的专业是航空宇航科学与技术专业。我在国家高山滑雪中心赛事服务领域负责前院客流引导，能够服务于北京2022冬奥是一件让我无比荣幸的事情。

我决定服务于北京2022冬奥三个原因：

1. **在国际文化的相互交流和学习中贡献自己的力量。** 冬奥是各国文化交流的大舞台，有助于促进不同国家的人民之间的友谊变得更好，协助冬奥活动进行得很顺利是让我参与本次冬奥的第一个激动点。

2. **对中国政府的感恩与支持。** 中国决定举办2022年冬奥不仅进了一步体现中华民族对全球人民全方面的发展所作的贡献，也同时体现了中国在中国共产党领导下在第一个百年奋斗目标的历史交汇期为促进各国人民民心相通所发挥的积极作用。作为已在华留学五年半的留学生，在这五年半中我深深体现到了中国在中国共产党领导下的迅速发展以及这种发展给人类带来的幸福感和自豪感，体现到了中华民族在"和平与发展是当前世界的主题"的理念之下对全球人民生活水平的提高而做出的贡献。从个人情况讲，我在华留学的这五年半都是在中国政府奖学金的援助之下，如我还有千万个来华留学生；此外，我国家也就属于第一批收到中国疫苗援助的非洲国家，这也体现了中国对我国人民，非洲人民和全球人民的关爱；因此我决定服务于本次冬奥的另一个关键原因是想要为中国做些什么，向中国表示感恩，协助中国举办世界上更精彩，非凡和卓越的冬奥。

3. **实现自我价值。** 这是提高自己的一次机会，冬奥集中各国优秀人才，因此能在这种环境之下跟大家学习，互帮互讲，讲故事，分享往年经验等也是我当初的激动点。此外，作为已在北京生活四年半的人，北京给我留下的印象非深，一直把我看成自己的孩子，因此，在北京正在成为世界第一个"双奥城市"时，我认为必须奉献自己的一份力量，也认为是不可不参与的世界历史大事。

志愿之星

本期刊登第二周第十二至十六名"志愿之星"风采。感谢每一位在岗位上热情服务、认真负责的志愿者。

彭光圣 公共卫生业务领域

林嘉宁 交通业务领域

熊涵睿 媒体运行业务领域

钟一宁 媒体运行业务领域

张君尧 交通业务领域

冬奥会与冬残奥会·国家高山滑雪中心·志愿者　　　　冰雪相约高山之巅　魅力冬奥尽在眼前

高山志愿日报

2022年2月17日　　总第21期

| 奉献 | 友爱 | 互助 | 进步 |

本期摘要　2月17日，307人上岗，12人休息，核酸检测结果均为阴性。五湖四海助双奥，志愿者队伍中的留学生、延庆本地同学、台湾同胞分别谈了自己参与北京冬奥会的初衷与感受。

志愿风采

五花四海助双奥，青春志愿向未来（二）

吉尼斯
国家高山滑雪中心赛事服务助理
负责前院客流引导

大家好，我叫吉尼斯来自乌克兰。我是一个纯纯正正在北京长大的外国人。我从小就是一个非常开朗喜欢社交的人，我的语言天赋使得我在各种场合都能成为焦点。不开口我是外国人开口我秒变北京人。

北京夏奥会志愿者们的故事让我念念不忘。 2008年的时候我也在北京，但当时没能去现场看奥运会比赛很遗憾，但志愿者的故事让我印象深刻，因为他们都是一些普普通通的大学生满怀热情，热血沸腾献出自己的一份力量来使奥运会能成功举办，而且志愿者不光是主办方本地的大学生们还有很多很多来自全世界的优秀青年来参加志愿活动，对我这种爱社交的人来说这种活动算是胜地，可以置身在奥运会又能交到来自全世界的好朋友这是一件多么美好的事情。

北京是我第二个家，是时候为北京为中国做点什么了。 这么多年在北京生活我对这座城市产生浓厚的感情，我做的可能仅仅是小小的一件事，但能出一份力则出一份力，能发一份光就发一份光，代表北京、代表北航、代表自己的国家来参加冬奥会是我的梦想。

努力用爱讲述疫情下的冬奥故事。 近两年我印象最深的可能就是疫情，因为这场疫情导致很多国家很多人都对这个世界有着各种各样的不满，直到今天全球疫情仍然很严重。但疫情没有让冬奥产生隔阂。设置内外环的主要目的是为了防止交叉感染，内外环会用铁栅栏隔开。这个铁丝网丝毫没有挡住内外环志愿者的爱心传递，我们仍然挥手问好，仍然用话语带给对方温暖，仍然在满怀期待的迎接冬奥，疫情确实阻碍了我们接触，但我们还是环环相扣心心相连，一起想未来，共同创造奇迹同时也是想向全世界展示，如果一起重视防控我们可以尽早的把全世界人民都变成"外环"，不用隔离，不用核酸回到那个不需要带口罩的年代。我也相信疫情是一时的，但爱是永恒的。

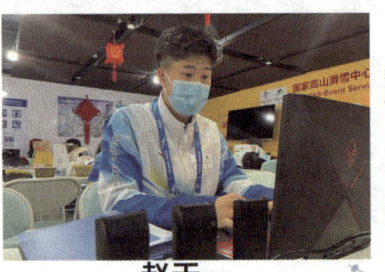

赵天一

"请家乡放心，冬奥有我"

我叫赵天一，来自北京延庆，是北航工智能研究院的一名大三本科生，现在是北京冬奥会延庆赛区国家高山滑雪中心的一名赛事服务志愿者。

当得知北京冬奥组委启动赛会志愿者全球招募时，我第一时间在官网上报了名，希望为家乡北京冬奥会贡献自己的力量。在我大一下学期时，北航也发布了冬奥会志愿者招募通知，巧合的是北航是延庆赛区的主责高校之一，经过多轮面试，我很荣幸的成为了延庆赛区国家高山滑雪中心的一名北航志愿者。

与国同航　筑梦冬奥　——北京航空航天大学服务保障北京2022年冬奥会和冬残奥会纪实

我的岗位是运行支持，这个岗位的志愿者相当于所有赛事服务（EVS）志愿者的"大管家"，我深感责任之重大，对待工作不敢有丝毫懈怠，严格把控物资，贯彻落实"节俭办奥"理念。随着冬奥会的进行，我们的工作也在按部就班的进行中，每一日的工作，虽然辛苦、重复，但在冬奥会工作的每一天，却有十足的收获感、满足感。

叶怡君
国家高山滑雪中心
赛事服务助理

我叫叶怡君，来自台湾，小时候在台湾生活，后来小学跟随父母转学回到了四川。我还记得刚来的时候还有一个适应阶段，一切都很不一样，会接触新的同学，新的环境，重新学习拼音和认字，但好在自己的适应能力还是很强，在学校也有了好朋友，熟悉了这边的教学和环境，一步一步从初中高中一直到现在的大学。

我享受帮助他人、建立友谊的过程。 可能是性格使然，我觉得自己是比较喜欢帮助他人的，因为在其中能感觉到自己被需要，我很享受这个过程，它能让我感到与平常不一样的快乐。但在初高中我并没有接触到很多关于志愿者方面的知识和志愿服务经历，直到大学才给我开了这样一扇门——我有了志愿北京的账号，有了可供选择的志愿项目，还有着志同道合的志愿者伙伴。我尝试着加入了一些志愿活动，帮助举办中秋诗会等晚会、迎接新生等等，虽然都是小型的服务，但积少成多，到现在也有一百个小时的志愿时长了。

我想代表我的国家，迎接来自五湖四海的朋友，展现中国青年的风采。 我知道冬奥招志愿者的时候已经算是比较晚了，但这丝毫不影响我的热情和积极性，我觉得这不仅是一次很好的锻炼机会，还是一个能展现志愿者风范的一个机会，借用之前的一句话来说就是，冬奥会的志愿者不仅是北京给世界的一张名片，更是中国给世界展示的一张名片，这也是每个志愿者的一种荣誉和自豪，是我们所向往的目标。所以在得知有学校统一报名途径的时候还觉得能在北京上大学特别幸运，至少被选上的机率会大一点。但不幸的是我一直没有接收到任何回复，当时是比较遗憾的，失落也是一定有的，但我认为这并不是终点，而是继续塑造自己磨练自己的一种激励，于是我继续做我的志愿服务。没想到过了半年，当我已经开始部署我的寒假生活的时候，我收到了来自北航志愿者工作部的消息，需要对我的信息进行统计，原来我并没有被刷掉！并且通过了初审，单独提出来和港澳台华侨生一起竞争进行第二轮的面试。还有机会！面试的过程很顺利，结果也得偿所愿，我成为了一名冬奥会志愿者！很幸运也很谢谢我自己，能得到这么一次机会顺利成为冬奥志愿者，这将是我人生中一次别样的体验！我将会展现我的热情，规范我的服务，展现中国青年的风采，我相信这一定会是一个难忘的回忆！

志愿之星 国家高山滑雪中心第二周"志愿之星"

本期刊登第二周第十七至二十一名"志愿之星"风采。感谢每一位在岗位上热情服务、认真负责的志愿者。

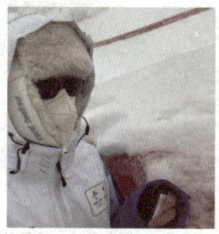
肖芳扬 赛事服务业务领域

陈飞行 体育展示业务领域

王宇轩 技术业务领域

李一夫 残奥整合业务领域

翟子玥 转播服务业务领域

冬奥会与冬残奥会·国家高山滑雪中心·志愿者　　　　　冰雪相约高山之巅　魅力冬奥尽在眼前

与国同航　筑梦冬奥 ——北京航空航天大学服务保障北京2022年冬奥会和冬残奥会纪实

高山志愿日报

2022年2月18日　总第22期

| 奉献 | 友爱 | 互助 | 进步 |

本期摘要

2月18日，319名志愿者上岗305人，休息14人，核酸检测结果均为阴性。工作人员与志愿者拍摄"雪飞燕"全家福。国家高山滑雪中心NTO与志愿者座谈交流。志愿者学习《可持续性》发展培训教材。

志愿头条

工作人员与志愿者拍摄"雪飞燕"全家福

2月18日，"雪飞燕"迎来倒数第二个工作日，十点三十分左右，闭环内外的国家高山滑雪中心场馆工作人员与志愿者共同来到结束区看台，拍摄"雪飞燕"全家福，这支共同服务于高山滑雪项目的团队，在闭环内外同框，留下了美好的记忆。

拍照后，是志愿者们自由活动的时间，各学校、团队一起拍照留念，一起相约体验赛道，或是去到志愿者之家参加活动。相信明天所有的志愿者都将怀抱十分的热情，保证好最后一场比赛的顺利进行，圆满完成冬奥任务！

330

 志愿风采

"雪飞燕"志愿者与 NTO，一起向未来

2月18日，国家高山滑雪中心已经正式经历了9个比赛日，每个人的专属冬奥记忆都渐渐成型。在"雪飞燕"志愿者之家，志愿者们有幸邀请到两位国家高山滑雪中心的国家技术官员(NTO)孙小川老师、史晓锋老师与大家分享 NTO 的冬奥故事。

孙老师与史老师服务于"雪飞燕"赛道，每一场成功赛事的背后，都是无数个做着基础工作的 NTO 的尽心保障。而技术官员的身份之外，孙老师与史老师还是来自北京航空航天大学的高校教师，教师与技术官员的双重属性，让他们的分享更显思考的深度。

两位老师从 NTO 的日常工作说起，向志愿者们展示了普通却不平凡的赛道保障工作。披星戴月是他们的常态，竞技赛道的冰状雪需要人工一点点在雪下40公分注水；竞速赛道的冰状雪需要人工用雪板把浇灌后雪推平压紧；前一位运动员压出的雪印，需要他们立刻跟在后面压平，以免影响后一位运动员……2月13日在大雪中如期举行的赛事更是令他们印象深刻：赛段 NTO 全员上岗，与风雪竞速，雪下的多块，他们就要用更快的速度把雪从赛道中清除。

"我们来到高山，便撕掉了身上其他标签，就是一名为冬奥服务的技术官员。虽然辛苦，但我们都冲在最前面，这是人生中难得的体验。"中国滑雪最牛的一批人，在冬奥会赛道上坚持做着最辛苦的工作，专业知识和技术守护高山滑雪这颗"冬奥明珠"。

这次分享会，让志愿者们看到了冬奥会保障人员的真实状态，也能从更深的角度理解志愿者工作的意义。这是中国第一次举办冬奥会，而参与其中的人，可以带着独特的经验，为中国承办更多的国际赛事保驾护航。志愿者与 NTO，虽服务于不同的领域，但都是冬奥保障中不可或缺的一环。

巴丽努尔·海拉提 / 图　　顾慧毅 / 文

绿色办奥：志愿者学习《可持续性》发展培训教材

2月18日中午，可持续业务领域的蒋万杰经理向志愿者代表赠送《可持续性》发展培训教材，志愿者们利用休息时间进行学习。

《可持续性》发展培训教材学习心得

我们服务于延庆赛区国家高山滑雪中心——"雪飞燕"，初到这里我们看到的是与自然高度融合的钢筋建筑，是仍然时隐时现的野山猫，是建设在半山腰的太阳能板。本次通过阅读学习《可持续性》培训教材，让场馆四处可见的"绿色碎片"汇聚成"绿色方案"，场馆的建设、运行过程中的绿色理念与绿色故事让人动容。在场馆设计初期，就制定了科学有效的生态保护方案，给植物"搬家"、保护赛区的小动物、保护赛区表土、重复利用建筑垃圾……从理念到行动，每一点细微的关注，都是绿色办奥亮点纷呈，都是我国生态文明建设巨大成就的缩影，更为全球可持续发展、绿色转型作出了贡献。

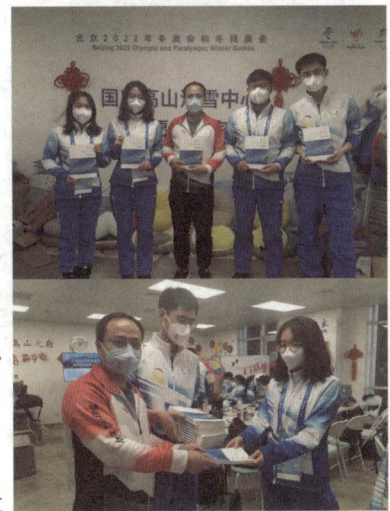

"奥林匹克遗产最重要的不是建筑，而是参与其中的人。"绿色冬奥的重要作用不限于保护了生态，更在于培养了一批具有绿色意识的冬奥人。作为冬奥会的亲历者，我们逐渐认识到绿色低碳的重要性，认识到绿色是一种力所能及的选择。在今后的生活中，我们也会将可持续发展的理念落实为实际行动，为推进全球生态文明建设贡献青春力量。

王瀚洲 / 图　　叶澄澄 万新濠 王瀚洲 / 文

冬奥会与冬残奥会·国家高山滑雪中心·志愿者　　　　　冰雪相约高山之巅　魅力冬奥尽在眼前

与国同航　筑梦冬奥——北京航空航天大学服务保障北京2022年冬奥会和冬残奥会纪实

高山志愿日报

2022年2月20日　　总第23期

| 奉献 | 友爱 | 互助 | 进步 |

本期摘要

2月20日，319名志愿者上岗307人，休息12人。"雪飞燕"迎来最后一场比赛。比赛结束后，部分"雪飞燕"志愿者前往鸟巢参加冬奥会闭幕式，共同见证北京2022年冬季奥林匹克运动会落下帷幕。

志愿头条

冬奥会闭幕式，"雪飞燕"志愿者在现场

2月20日，第24届冬季奥林匹克运动会闭幕式在国家体育场"鸟巢"盛大举行。部分"雪飞燕"工作人员与志愿者在鸟巢现场观看，见证奥运圣火的熄灭。

闭幕式多次对志愿者给予高度赞扬。

国际奥委会主席巴赫在致辞中说，"你们眼中的笑意温暖了我们的心田，你们的友好善意将永驻我们心中。志愿者，谢谢你们！"

现场播放的志愿者短片中，"雪飞燕"志愿者多次亮相，风雪中的温暖与坚守展现了高山志愿者的独特风采。

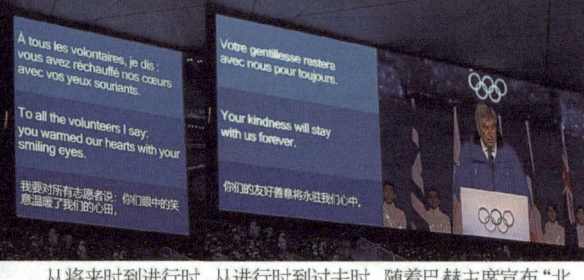

从将来时到进行时，从进行时到过去时，随着巴赫主席宣布"北京冬奥会闭幕"，志愿者的精彩服务告一段落。志愿者在朋友圈写到"奥林匹克的遗产是每一个亲历过它的人。一朝志愿者，终生冬奥人。"我们是这届"无与伦比"的冬奥会的亲历者、贡献者，我们亮眼、务实的表现毫无疑问交出了精彩的青春答卷，冬奥人将成为每一位志愿者永生难忘的标签，在未来遇到困难时，这里的故事将化作永不枯竭的精神源泉。

332

国家高山滑雪中心第三周"志愿之星"风采展示(一)

根据《国家高山滑雪中心每周"志愿之星"评选方案》，经过个人申报、业务领域推荐、评审遴选，拟授予以下36位志愿者国家高山滑雪中心第三周"志愿之星"荣誉称号。本期展示前24名。

赵天一，赛事服务领域

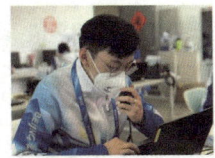
张瑞哲，场馆管理领域

刘铭，体育领域

陈展邦，交通领域

昌运鑫，志愿者领域

王瀚洲，志愿者领域

舒婧焱，礼宾领域

卢恒润，转播领域

孙宇，交通领域

李泽欣，交通领域

张元世男，媒体运行领域

董娅菲，礼宾领域

李欣洋，赛事服务领域

郑馨彤，赛事服务领域

张信嘉，赛事服务领域

陈百铭，体育展示领域

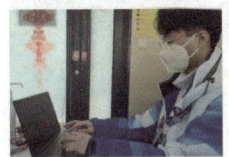
赵浩然，技术领域

陈屹峰，交通领域

方薇，庆典仪式领域

吉艺慧，语言服务领域

潘榕璇，媒体运行领域

刘今，媒体运行领域

赵婧汐，媒体运行领域

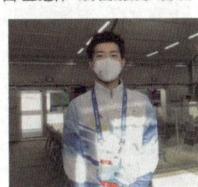
窦嘉祺，媒体运行领域

冬奥会与冬残奥会·国家高山滑雪中心·志愿者　　　　　冰雪相约高山之巅 魅力冬奥尽在眼前

高山志愿日报

冬奥会 - 冬残奥会转换期　总第 24 期

奉　献　｜　友　爱　｜　互　助　｜　进　步

与国同航　筑梦冬奥
——北京航空航天大学服务保障北京2022年冬奥会和冬残奥会纪实

本期摘要　转换期期间，各领域志愿者开展总结工作、残奥培训工作。2月26日，志愿者与中国高山滑雪队连线。2月24日，国家高山滑雪中心全体志愿者在线上开展残奥培训。

志愿头条

"雪飞燕"志愿者与中国高山滑雪队队员连线
将全力以赴做好冬残奥会服务保障

　　在北京2022年冬奥会上，中国高山滑雪队派出男、女各两名运动员参赛，参加了11个小项的争夺，实现了全项目参赛的目标，创造了中国冬奥历史最好成绩。全体"雪飞燕"志愿者坚守岗位，矢志服务，保障各项比赛顺利进行，亮出了中国青年的靓丽名片，见证了中国健儿在高山滑雪的赛道上创造的历史。

　　2月26日，中国高山滑雪队与"雪飞燕"志愿者连线交流。

　　国家高山滑雪中心志愿者经理李广玉介绍了"雪飞燕"志愿者工作的整体情况。他表示，中国高山滑雪队的优异成绩让全体志愿者们感到自豪、受到鼓舞，中国队所展现的拼搏精神值得所有志愿者学习，志愿者们将全力以赴，继续做好冬残奥会服务保障工作。

　　中国高山滑雪队领队刘祯介绍了滑雪队的基本情况。刘祯表示，"雪飞燕"志愿者的辛勤付出和热情微笑给他们留下深刻印象，他代表中国高山滑雪队对所有服务过、参与过、为冬奥付出辛勤劳动的志愿者表达由衷的感谢。

　　刘祯介绍了滑雪队四年来的冬奥备战情况，这是为民族荣誉和个人梦想奋战的四年，队员们战胜了新冠疫情、气候条件带来的困难，不畏艰苦、越战越勇、坚持拼搏，以历史最优成绩完成了比赛，也在整个备赛阶段留下了宝贵的精神财富。刘祯对广大青年朋友提出期望，鼓励他们在学习和工作中弘扬奥林匹克精神，为国家建设做出自己的贡献。

　　国家高山滑雪队运动员孔凡影、倪悦名、张洋铭、徐铭甫分享了自己的参赛体会。他们表示，代表国家出战本届冬奥会，填补我国在高山滑雪项目上的空白，是无比的自豪和荣誉。他们对志愿者们的辛勤付出表示感谢，志愿者的加油呐喊是对自己比赛的巨大的支持与鼓舞。

　　最后，中国高山滑雪队对志愿者们提出的问题进行了回答。"雪飞燕"志愿者们邀请中国高山滑雪队合影留念。他们将带着祝福与希冀，开启冬残奥会服务新篇章。

　　（图文/国家高山滑雪中心场馆运行团队）

国家高山滑雪中心开展志愿者冬残奥会服务专项培训

为做好北京2022年冬残奥会志愿服务工作，提高志愿者服务冬残奥会的专业能力，保障赛事的顺利进行，2月24日，国家高山滑雪中心残奥整合领域经理刘杰为全体志愿者开展了冬残奥会服务专项培训。

刘杰向志愿者们详细介绍了肢体残疾人的基本情况和志愿服务需要注意的事项等内容，志愿者对于助残服务的知识和理念有了更加全面深入的认识。刘杰从助残技能角度，分别讲解了对于轮椅、拐杖、假肢使用者的引导和陪同服务的技巧，并且针对于高山场馆的特殊比赛环境做出对志愿者服务做了细致的叮嘱。通过观看正确助残的视频短片，志愿者们从言辞、礼仪等方面提升了助残技能，为提供更高质量的服务奠定基础。

志愿者们纷纷表示，通过培训对于如何与残障人士沟通并提供服务有了更加直观的认识，对于如何更好的亲近融入运动员、为残奥会服务感触颇深，他们将在后续工作中将结合自身志愿服务领域的特点落实好残奥服务工作。

作为冬残奥会赛场上不可或缺的"第二主角"，国家高山滑雪中心的志愿者们有信心保障赛会的顺利进行，用最真诚的微笑、最饱满的热情、最专业的服务构筑友谊桥梁，延续皇冠明珠上那一抹最温暖的光。

据悉，在此次集体培训之后，各业务领域还将结合自身服务工作特点，对志愿者开展有针对性的冬残奥服务培训。

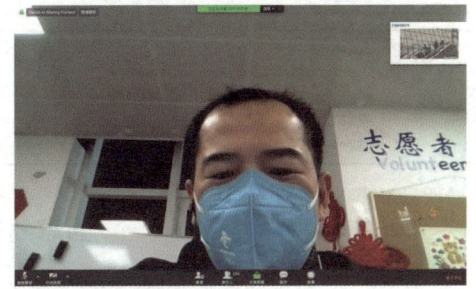

国家高山滑雪中心志愿者移出情况介绍

冬奥会结束，国家高山滑雪中心进入冬奥会－冬残奥会转换期，33位志愿者移出，1位志愿者补充，现共有287名志愿者服务冬残奥会。各领域移出人数如下表，未提及领域无人员变化。

领域名称	礼宾	技术	媒体运行	体育	反兴奋剂	人员管理	赛事服务	语言服务	交通	体育展示	志愿者	总计
移出人数	1	5	7	5	2	1	2	1	6	2	1	33
转入人数	1	0	0	0	0	0	0	0	0	0	0	1

志愿风采 国家高山滑雪中心第三周"志愿之星"风采展示（二）

本期展示国家高山滑雪中心第三周"志愿之星"第25名至第36名。

叶致凡，礼宾领域　　王楠翔，赛事服务领域　　吴辰，赛事服务领域　　车雨璇，反兴奋剂领域

高晨阳，反兴奋剂领域　　李兆帆，交通领域　　祁益民，赛事服务领域　　张冕峰，场馆管理领域

许诚诺，技术领域　　孔畅，语言服务领域　　何梓心，媒体运行领域　　吴雪松，交通领域

冬奥会与冬残奥会·国家高山滑雪中心·志愿者　　　　　冰雪相约高山之巅　魅力冬奥尽在眼前

高山志愿日报

2022年3月1日　　总第25期（冬残奥会第1期）

| 奉　献 | 友　爱 | 互　助 | 进　步 |

本期摘要 3月1日，287名志愿者上岗131人，休息156人。国家高山滑雪中心迎来首场残奥官方训练，各岗位志愿者陆续恢复服务状态，准备迎接冬残奥会的到来。

志愿风采

风景建筑类·特等奖

周绍栋《雪中缆车》

姜雨菲《蓝丝绸上的黄金》

沈一凡《夕阳西下》

李一夫《日照金顶》

"冬奥印象，志愿之光"
国家高山滑雪中心志愿者摄影比赛

充分展现北京冬奥志愿者风采，丰富志愿者生活，记录冬奥会服务期间的精彩瞬间，将美育融入志愿服务工作，国家高山滑雪中心开展"冬奥印象，志愿之光"摄影比赛。作品分为人物肖像、风景建筑、工作纪实三类，最终经过个人投稿、专家初选、匿名投票等环节，共评选出获奖作品109项，其中特等奖7项，一等奖14项，二等奖19项，三等奖26项，优秀奖43项。

人物肖像类·特等奖

姜海洋《雪花之眸》

我更喜欢去拍一些特写，就比如落在睫毛上的雪花、满是冰雪的头发、开心迎接观众的笑脸，我相信大家看到我拍摄的画面时，也一定能体会到那一瞬间我的感受。

工作纪实类·特等奖

沈一凡《雪中坚守》　　　　胡炯《击掌》

姜海洋："当我听到《我和你》在最后的闭幕式上响起，在北京奥运会十四年后，那支感谢志愿者的短片的主角变成了我们，而我自己在高中语文作文里写到，要成为奥运会志愿者的梦想也已然实现，这象征着从懵懂的孩童到如今即将步入社会成为新一代青年的转变。那一刻，自豪、感慨、希望以及诸多情绪夹在一起，让我潸然泪下。"

经理故事

海坨山上缆车里，我和我们的经理
体育领域：孙祖禹经理

海坨山上，寒风骤起，国家高山滑雪中心体育领域的缆车引导助理们与北控业务经理孙祖禹的故事于此拉开帷幕。

初次踏勘时，我们对于缆车——雪飞燕的核心交通工具充满了好奇。孙经理便带领我们顺着缆车索道细致的走访到各个点位，通过实地勘察我们对于这条前往训练场赛场等地的必经之路有了大致了解，而健谈、和蔼、体贴则构成了我们对于孙经理的初印象。再遇孙经理是岗位培训时。通过精心制作的PPT，孙经理为我们进行了岗位相关工作内容的讲解。从检查乘车人员注册卡，到高峰时段维护缆车秩序，孙经理的培训让我们认识到作为雪飞燕"咽喉命脉"守护员的责任与担当。

> 经理是领域的"大家长"，志愿者在各领域经理的带领下，圆满完成了冬奥会志愿服务工作，即将投入到冬残奥的工作中去。在此期间，志愿者与经理之间形成了深厚的感情，也发生了有趣的故事，《高山志愿日报》将讲述志愿者与经理之间的点点滴滴。

延庆地区气温较低、寒风凛冽，在服务冬奥的过程中，属于室外领域的缆车引导工作十分辛苦，而孙经理则为我们搭建起一方抵御严寒的温暖天地，我们时常被孙经理无微不至的体贴与关怀所打动。孙经理便多次叮嘱我们注意防寒保暖、疫情防控等问题；在孙经理的邀请下，我们和高山滑雪国家队张洋铭和徐铭甫两位队员、冰墩墩雪雕进行合照，为我们的冬奥旅程留下了浓墨重彩的回忆。

缆车引导助理与高山滑雪国家队成员合照

随着冬奥赛事的进行，海坨山上的气温越来越高，我们与经理之间的距离也越来越近了。天气回暖，春意萌动，继续服务冬奥的我们必将齐心协力，不负众望，为举办一届精彩、非凡、卓越的冬奥盛会贡献青春力量。（图文：国家高山滑雪中心体育领域 编辑：万新濛）

志愿心语

穆梓萱　媒体运行混合区助理
北京第二外国语学院

3月1日是冬残奥高山滑雪的首场官方训练，再见"雪飞燕"，我们的直观感受是"换"，场馆内的冬奥标识已全部换为冬残奥，"冬梦"换成了"飞跃"，冬奥高山滑雪体育图形换成了残奥高山滑雪。我们的冬残奥工作正式开始了，媒体运行志愿者小伙伴们也悉数上岗。

为了使冬残奥运动员们更好的接受采访，混合区的铁马已经全部调低，记者们的点位也变得更加宽敞，方便轮椅进出。主管带领我们为混合区换上新的号码牌，熟悉冬残奥工作的新变化。由于冬残奥总体运行压力减小，以及大部分志愿者已经开学，为了保障大家志愿服务和学习，媒体运行各个岗位采取了适当的轮休制度。首场官方训练混合区并没有来得及更多的记者，这也让我们更加期待未来的工作，期待混合区会有哪些新的故事。有了冬奥的经验，面对冬残奥的准备工作大家都更加轻松自如，相信志愿者们会怀抱着同样的热情，重新出发，认真完成每一项工作！

与国同航 筑梦冬奥
——北京航空航天大学服务保障北京2022年冬奥会和冬残奥会纪实

冬奥会与冬残奥会·国家高山滑雪中心·志愿者　　　　冰雪相约高山之巅　魅力冬奥尽在眼前

高山志愿日报

2022年3月2日　总第26期（冬残奥会第2期）

奉　献　|　友　爱　|　互　助　|　进　步

本期摘要　3月2日，287名志愿者上岗134人，休息153人。各领域志愿者开展残奥培训，恢复服务状态，迎接冬残奥会的到来。

志愿风采

"冬奥印象，志愿之光"
国家高山滑雪中心志愿者摄影比赛（二）

工作纪实类·一等奖

人物肖像类·一等奖

熊涵睿《风雪夜归人》

姜海洋《志愿者》
　　那天下着大雪，但是为了更好地维护防疫秩序，赛事服务看台组志愿者在观众到来前1个小时就在室外看台值守，到迎接观众时，她呼出的水汽在发梢凝结成了冰晶，眉毛头发早已被雪染成了白色。

姜海洋《雪中上行》

风景建筑类·一等奖

梁晨迪《日出雪飞燕东方》

穆子涵《海陀山的五彩围巾》

田芳宇《冬奥村夜景》

王俊瀚《坚守》张欣慧《坚守》

熊涵睿《华灯初上》

赵天一《竞技结束区》

王淇《荷包蛋朝阳》

熊涵睿《光影捕手》

吴梦珊《繁星点点》

邹锐阳《金光洒满雪飞燕》

扫描二维码
查看优选照片

请党放心，冬奥有我！

各领域 / 图　各领域 / 文

经理故事

市场开发——温暖的小家庭

赞助企业服务领域：
张璇经理

作为国家高山滑雪中心的赞助企业服务助理，我们由市场开发部的张璇经理带领从事志愿服务。初次见面，张老师首先带我们熟悉了环内的流线、工作场地及具体的工作内容，他的热情与温暖就给我们留下了深刻的印象。之后，张老师为我们做了关于市场开发相关知识的培训，带我们了解了关于冬奥赞助以及一系列拓展知识。我们的冬奥的服务之旅由此开始。

在冬奥的日常工作中，张老师是大哥哥，对我们照顾有加。我擅长写书法，他便将我写的春联贴在了接待空间的门上；他爱嘱咐我们多吃饭好好休息，每天也会为我们带来各种零食、小吃；闲暇时他也爱与我们聊天，分享自己的人生经历，又不摆架子，氛围轻松如同学朋友一般……春节期间，我们两位志愿者与张老师一起将接待空间装扮得喜气洋洋，心中那块不能回家团圆的遗憾也被这红色的中国结、春联所填满。虽然相比于其他部门，赞助企业服务人数少，但我们犹如一个温暖的小家庭，在这将近一个月的相处中，我们也已把张老师当成了尊敬的长辈与亲密的朋友，在"璇哥"的带领与关爱下，为冬奥贡献着自己的力量。

作为志愿者，我们收到了来自场馆、服务对象赠送的徽章，我们也将许多自己喜欢的徽章与张老师分享，以感谢璇哥一直以来对我们的照顾与关爱。我们永远会感恩这段相遇。（供图稿：赞助企业服务助理　北京化工大学　孙妍　编辑：王瀚洲）

报告崔队，志愿者准备就绪！

交通领域：
崔龙经理

崔龙，北京市延庆区交警队警员，在高山场馆担任交通经理，负责组织场馆交通运行规划和交通运行计划的编制和组织开展场馆交通服务与管理工作，志愿者们都亲切地称他为"崔队"。

高峰时段，崔龙经理在桥头疏导车辆

在志愿者们来场馆的第一天，崔队就亲自带领着志愿者们走遍每一个交通点位。面对志愿者提出的工作问题，崔队总能详细耐心的回答。在刚开始的时候，志愿者们对自己的工作还不熟悉，崔队亲自到点位上引导志愿者们熟悉工作，嘱托工作细节。在志愿者们的眼里，崔队更像是一位和蔼可亲的长辈。在冬奥会期间，交通志愿者们在岗位上数次经历了风雪交加的恶劣天气。这种天气同样意味着交通的压力更大，志愿者们的工作更加艰难。每当这时，崔队总是身穿绿色的交警服，在重要的交通枢纽亲自指挥交通，和志愿者们一起工作。他仿佛一根定海神针，在复杂的现场情况，有他在的时候，志愿者们都会感到心里踏实有底，所有的需求也都会很快的得到处理。穿上交警服的他，不仅仅是高山交通经理，更是一名光荣的人民警察，用他的身体力行在引导青年志愿者们，在自己的岗位上认真坚守，闪闪发光。

崔龙经理通过监控观察志愿者和车辆情况

来到场馆第一天，经理带领志愿者们踏勘

附录

冬奥会与冬残奥会·国家高山滑雪中心·志愿者　　　　　　　　　冰雪相约高山之巅 魅力冬奥尽在眼前

高山志愿日报

2022年3月3日　总第27期（冬残奥会第3期）

奉　献　|　友　爱　|　互　助　|　进　步

本期摘要 　3月3日，287名志愿者上岗158人，休息129人。"雪飞燕"志愿者开展冬残奥培训，将尊重、平等理念融入专业服务。国家高山滑雪中心"我心中的奥林匹克"主题征文比赛评选结果公示。

志愿头条
"雪飞燕"志愿者开展冬残奥培训
将尊重平等理念融入专业服务

冬残奥会开幕在即，经过转换期的全面休整，国家高山滑雪中心已进入冬残奥赛时运行模式。3月3日，残奥整合领域经理刘杰和志愿者工作助理李羿分别从服务残疾人士的注意事项和轮椅推行、视力障碍人士引导实操两方面为志愿者开展了冬残奥培训。

志愿者工作助理李羿结合自己残疾人专职工作的经历告诉志愿者们，在服务残障人士时应以尊重的微笑面对他们，特别注意询问在先，若需要提供帮助则有求必应。面对视力障碍人士，李羿向志愿者们强调应当先说明身份，在打招呼的同时缓慢靠近，使视力障碍人士形成空间概念后再提供帮助。李羿的分享让志愿者们更加深入的领会了"理解、尊重、关心、帮助"的残奥精神。

志愿者李羿分享助残知识

国家高山滑雪中心残奥整合领域经理刘杰用沉浸式的教学，让同学们深刻理解了如何更加安全、恰当、得体地为冬残奥会提供优质服务。

培训第一部分为轮椅的使用，刘杰推来一辆生活轮椅，对其结构和使用方式做了详细讲解。他邀请志愿者模拟体验轮椅的收放、自主推行以及辅助推行，并在过程中对志愿者的规范动作进行指导。志愿者工作助理关天洋交流乘坐轮椅的感受，他表示："虽然会有一些不便，但仍希望自己解决困难，而不是过度依赖他人的帮助。"对此，刘杰强调，要尽可能地创造包容性的无障碍环境，让冬奥会所有参与者都能够平等、自主地享受赛事活动，志愿者可在有需求时提供适度的服务。

培训第二部分为服务视障人士，刘杰通过志愿者亲身体验和对比感受，演示如何引导服务对象通过门槛、窄通道、障碍物等。他指出，在服务过程中要学会换位思考，使用合理的引导方式，如通过声音提示，让视障人士知道自己所在的位置和周围情况；在行进引导时，服务人员要在视障人士的身体前方，以保护他们的安全。

刘杰经理培训轮椅使用规范

志愿者轮流体验辅助推行并感受使用轮椅的不便　　志愿者体验服务视障残疾人

通过本次培训，志愿者对残障人士服务礼仪、技能及注意事项有了更加深刻的理解。志愿者经理李广玉介绍到，从冬奥前期的网络平台培训，到上岗以及转换期的残奥专题培训，再到交通、礼宾、场馆通信、体育等业务领域志愿者分批进行实操演练，志愿者们在理论知识储备和实战训练上均已经做好了准备，会将尊重和平等的理念融入专业服务，继续用热情与笑容为冬残奥会的顺利举办保驾护航。（文／万新藁、王文瑶　图／巴丽尔努·海拉提、张维强）

多家媒体报道志愿者李羿

"我心中的奥林匹克"
国家高山滑雪中心主题征文活动（一）

志愿风采

为广泛普及奥林匹克知识、奥林匹克文化，弘扬奥林匹克精神，鼓励青年学生记录奥运、讲好奥运故事，国家高山滑雪中心志愿者领域开展"我心中的奥林匹克"主题征文活动。征文主题涵盖奥林匹克精神内涵挖掘、高山滑雪中心比赛项目内涵挖掘、优秀志愿者事迹、志愿服务故事、志愿服务心得体会、参赛运动员感人故事、冬奥保障工作心得体会、其他冬奥会、冬残奥会、高山滑雪项目相关内容。在征文第一阶段，共收到投稿44篇，评选出获奖作品27项，其中最佳作品特等奖2项，一等奖6项，二等奖6项，三等奖7项，优秀作品奖6项。获奖名单详见《征文比赛评选结果的公示》。

最佳作品特等奖·一
高凤美 赛事服务领域
北京化工大学

青春力量，奏响冰雪华章
——我与"滑雪运动皇冠上的明珠"的不解之缘

第一次离开家乡在外地过年，尽管从父母千里之外的视频通话中能感觉到他们十分牵挂和不太适应，但他们自始至终都对我做一名冬奥志愿者极力支持并且兴奋不已。看到我穿上冬奥志愿者的衣服，他们反复地说，一定要保存好啊，这可是买不来的宝贝！——是啊，多么难得的机缘巧合，萦绕心头多么长久的梦想期盼，在今天，在新时代的头一个虎年我竟然痛痛快快地如愿以偿了！

2017年立冬·与中日青年点亮冬奥梦

2017年11月7日，我有幸成为中日青年友好交流团队的一员，在老师的带领下赴日本进行文化交流。

抵达东京的第一天，我们和东京都立高中的同学们一起上了语文课、茶艺课和乒乓球课，课余时间同组的日本小伙伴们带我参观了美丽的校园，彼此之间虽然只能通过英文交流，但大家都不亦乐乎。

在随后的异文化交流课上，奥运，也成为其中的一个话题，我们谈体育赛事、谈奇特周边、谈奥运圣火等等，最令我印象深刻的是，有一位很可爱的日本女孩说，"再过几年，东京奥运会就要举办了，欢迎你那时再来日本"，2017年的日本就举办过夏季奥运会，也分别于1972年和1958年举办过第11届和第18届冬季奥运会，而那时我国仅于2008年举办过夏季奥运会，当和日本的伙伴们谈到冬奥会时，不得不说相比而言我心确实因从未有举办过冬奥会有所缺憾，有些美中不足。但当时的我也非常激动，"希望等到2022年北京冬奥会时（那时刚刚已经申办北京2022年冬奥会成功），我们能在北京相聚！"在进行讨论时，我们每个人都想亲历并参与这么一场体育盛会，哪怕是现场的啦啦队员也好啊！

赴日交流归来，每每闲暇翻阅日记，都不免想到与日本女生的奥运之约，常常在双休日通过邮件与她交流地当下的生活，特别是后来考入北化，来到了让我朝思暮想的"双奥之城"北京，我想，这冥冥之中让我实现奥运之约更近了一步，让我离实现冬奥梦更近了一步！

2021年春分·离冬奥更近一步

春风如贵客，一到便繁华。作为第一代因为疫情体验了半年离校生活的大学生，2021年（大二的）我翼一次回到北化的春天。见过玉泉山上的白雪皑皑、静心亭沿下的滴水成冰，盼望着柳湖经过春风吹拂后的消解融动，盼望着樱花园的树枝地抽芽。最期盼的事当然是冬奥会志愿者的选拔！

在花刚刚开放的时候，校选笔试、面试以及体能测试终于来了。试题中最令我印象深刻的是一道用英语解释冰雪运动规则的题目，当时因为知道自己是延庆场馆群的志愿者，便只对高山滑雪和雪车雪橇等项目的英文知识作了准备。一见此题，脑袋立马变作，若是平时的我，也许"志愿梦岂不凉凉？"索性"黑天鹅"只此一现。得益于寒假期间的"高强度"训练和及时的知识补充，我的面试和体测发挥得尚在理想状态。

2021年7月份，尽管历经曲折，但2020年东京奥运会还是成功举办了，那时自己的志愿者身份还没有完全确定，又正值暑假在家每天看奥运赛事转播时都在幻想当几年后冬奥现场也能成为这的样子，也经常想起我与日本女孩的奥运之约。在看过东京奥运会的闭幕式之后，我非常期待北京2022冬奥会的闭幕式，如何用这样的中国式浪漫把冬奥盛景展示给她以及更多的世界观众呢？

北京2022冬奥会倒计时200天左右的时候，《北京2022年冬奥会和冬残奥会公众读本》发布了，冬奥的魅力跃然纸上，同时，"雪游龙"、"冰丝带"等场馆的测试赛开赛起来，通过相关新闻报道我才明白，举办一场精彩、和平、安全的世界体育交流赛事原来要提前准备这么久！

从来没有感觉一个暑假过得如此漫长，直到8月16日，辅导员老师打电话说了关于冬奥会志愿者假期安排的事情，让与家长商量，我随随心愿想来参加吗？爸妈一直以来非常支持我参加冬奥活动，更别提是冬奥会这一国际性赛事了，我毫不犹豫地跟孩儿说"我可以！我非常愿意！"

2022年立春·与冰雪运动相知相融

等闲识得冬奥面。从北京2022冬奥开幕式中，中国人的浪漫被悉数融入到了富有科技感、绿色感、春节风的舞美、动画演绎中，尤其是当每个国家代表队为冰雪中国结的雪花拼接嵌入大雪花时，世界各国人民间的体育情谊，人类命运也被连结在了一起。随着主火炬的点燃，冰与火的结合完美诠释了"纯洁的冰雪，激情的约会"这一图景，同时也象征着在全球疫情笼罩的大背景下，人类文明的火种虽然渺小，但只要团结一心，便能生生不息。

万缕千红忆冬奥。经过为期两个月的岗前培训，我有幸在"赛事服务大家庭"的防疫监督岗位主管、在"世界上最安全的地方"开展防疫工作。每日对各区域的防疫物资摆放与"补货"，对一线从业人员佩戴口罩损耗情况进行检查，对志愿者和观众的口罩佩戴、间隔阻隔进行监督等，都上我体验到在全球疫情形势不容乐观的情况下，举办一场简约、安全、精彩的奥运盛会是多么不易！我已经成为一名中共预备党员，更感觉自己是特殊志愿者中有着特别志愿的人，理应更多地承担起充满困难又光荣的工作。

上岗以来的每一天都充满惊喜和收获，尤其是2月7号前一天的天气原因，男子滑降项目推迟，与女子大回转同时进行，我也度过了难忘的"冬奥志愿者职业体验日"，时而成为看台引导员、时而作为客流引导员，又时而变身信息咨询员……在各岗位轮流值岗中，我对防疫监督工作与其他领域的安排协作有了更清晰和深入的认识。我们的奥运保障工作真是丝丝入扣！谈起此次冬奥首创的闭环团队管理模式，让我想起了一件趣事儿。有一次在环外与观众交流落座，环内的一名外国大叔问我们挥手询问"你们那边的天气如何？"。我与一位在岗的小伙伴听后相视一笑，跟外国大叔说道："环内外都一样哦！"由此可见此次的开团环管理不仅对我们这一代的志愿者来说如此，在外国工作人员看来也是颇具创新性的。

从2008年北京奥运会到2022年北京冬奥会，14年过去了，但国人期盼冬奥的观赛热情仍燃烧的雪花，丝毫不曾消退。尽管疫情阴霾笼罩，得益于我国科技的进步，国产的强盛，全球首个5G+8K超高清转播车为观众创造了"沉浸式"观赛条件，冬奥年初现万家灯火时。

从2008年北京奥运会到2022年北京冬奥会，14年过去了，我国的冰雪初心始终如一，践行绿色办奥理念，制冰技术最环保，造雪系统最节水，场馆建设智能化，开启冬奥智能新时代，助行科技创新的冬奥之路！

从2008年北京奥运会到2022年北京冬奥会，14年过去了，如今中国冬奥代表团创历史性地以387人的阵容参加各项赛事，不由的让人感慨：我们的体育，也像我们的民族一样，"强起来"了！可以让更为强大的阵容参与国际赛事了！以此为媒，国家更加开放友好地融入了世界，不仅在体育层面，在文化、思想方面也有了更深层次的交流与合作，不仅在运动员之间形成了友好互动的体育情谊，还有我们一样的青少年也因冰雪相遇相知，和平友好主题的大道会越走越宽！

这是一场有气派、负责任的、有担当的冬奥盛会，我与冬奥的缘分从2017年开始，我的青春与冬奥一起成长。在成长过程中，我更感受到了国家的现代与民族的富强给我带来的文化自信和民族自豪感，现在的所见所闻确实是圆了我的冬奥梦、圆了我们的中国梦！希望在未来的冬奥会以及冬残奥会工作中，能够与伙伴们志存冰雪飞燕，一起向未来！

与国同航 筑梦冬奥
——北京航空航天大学服务保障北京2022年冬奥会和冬残奥会纪实

冬奥会与冬残奥会·国家高山滑雪中心·志愿者　　　　　　　　冰雪相约高山之巅　魅力冬奥尽在眼前

高山志愿日报

2022年3月4日　总第28期（冬残奥会第4期）

| 奉献 | 友爱 | 互助 | 进步 |

本期摘要　3月4日，287名志愿者上岗124人，休息163人。北京2022年冬残奥会开幕，志愿者们观看开幕式，开展"残奥知多少"知识竞赛。

"我心中的奥林匹克"
国家高山滑雪中心主题征文活动（二）
躬逢其盛，与有荣焉

扫描二维码
阅读更多获奖征文

最佳作品特等奖·二
陈展邦　交通领域
北京航空航天大学

冬奥之约，中国之诺。从"奥运三问"到"双奥之城"，中国用百年奋斗交出了完美的答卷；从"奥运脚印"到"冬奥雪花"，奥林匹克的圣火再次传到中国。身处时代浪潮，贡献青春力量弥足珍贵；以奥运推进体育梦，以个人梦构筑中国梦，系冰雪之纽带，乘奉献之胸怀，开进步之未来。生逢其时，躬逢其盛，幸甚至哉，与有荣焉。

斯人若彩虹，遇上方知有
——何其有幸，结识这样一群人

尽管志愿者们来自不同的学校和专业，但我们都怀着同样火热的憧憬、身着同样蔚蓝的服装、站在同样冰雪的战场。

岂曰无衣，与子同袍！

冬奥志愿者的身份消弭了年龄、身份之间的隔阂，每位"小蓝人"都是能亲切挥手的朋友，能彼此鼓励的同伴，能相互帮助的战友。在志愿的世界中，不再是竞争与压力，而是体谅与理解，合作与帮助。同科考的归属感正是愉悦与幸福感的来源，因为志愿，我们的社会关系得以连接，社会存在的得以实现。

岂曰无衣，与子同泽！

不论是比赛推迟，还是缆车停摆，不论是风雪交加，抑或白霜铺地，每位志愿者始终热情不减，恪守职责，微笑犹如春风十里。从上蓓蕾的观众席，到热闹非凡的气象深塔也感染着我。放眼观去，憨态可掬的冰墩墩和朝气蓬勃的志愿者，使本就广阔壮观的滑雪赛场显得更加可爱。

岂曰无衣，与子同裳！

每位志愿者都是平凡大众的一员，但也能因时代的机遇企及普纷未可想象的高度。坐观垂钓者，徒有羡鱼情。无论在什么位置，都应踏实肯干，厚积薄发，争取创造性地工作、不断碰撞、不断解决实际问题的过程中尽快成长起来。

与各位冬奥志愿者共同工作的经历既是合作，亦是学习。从忠于工作的责任感，到同科研工作的使命感，再到乐于工作的荣誉感，志愿者之间不惟开诚布公，更感道义相勖。将"奉献、友爱、互助、进步"的志愿服务精神在实际工作中践行。

奋烈驱萧索，不负少年时
——何其有幸，邂逅这样一段记忆

初入高山赛场，满眼皆是新鲜。但直到早展高山的暴雪寒风吹去曾经不切实际的遐想，当实际工作的碰壁受挫折损原本满腔的意气，才发现始终支撑自己的正是作为中共党员和青年志愿者的使命初心。

与工作抗争，与自己和解。

作为高山交通岗位上下车引导助理，最大的挑战莫过于环境。冬天的高山虽蔚为壮丽，却也气候严峻，海拔高，气温低，工作时间长是交通岗位工作的鲜明特征。若遇雪天，时则雪花细密，撒盐可拟，在于山风吹袭，不是下落，而是散乱的飘拂；时则雪花如簟，骤降如雨，尽管执勤时的全副武装，严阵以待，但足以穿透厚实衣物的低温狂风，不免使人感叹大自然的威严。

普因相对单调工作的感到疲惫厌烦，也普对其他岗位很多典型欣羡不已，但回头望去，自己已经是广大学生中十分幸运的一员。或许早起使人倦怠不堪，但司机师傅们早已习惯晨光熹微、月明星稀；或许饭菜不合胃口，但厨房工作人员总是待志愿者用餐完毕才得以就餐；或许拥歌寒风凛冽，但保安清洁工永远风雪无阻……每每看到这样的场景，心中抱怨的理由便随之消散。

岁月静好，只因有人负重前行。志愿者之所以能够全心全意为冬奥服务，正是因为背后有着众多牺牲休息时间服务的志愿者的角色。正是每位参与者的爱国奉献，才能汇聚成集体主义的强大伟力，合力献给世界一届"简约、安全、精彩"的奥运盛会。

与传统重逢，与世界期遇。

犹记除夕晚，外国友人用中文说出的"你好"格外动听，完成引导服务后收到的一句句致谢与竖起的拇指，也成为了我新年最珍贵的礼物。自编写的春联，自己包好的饺子，自己制作的布老虎，更是我第一次窝家的春节添上了珍贵的一笔。

难忘第一次亲临奥运现场，感受观众席上的激情澎湃，欣赏比赛场上的英姿勃发。我既震撼于运动健儿突破自我的拼搏精神，也感动于他们对于冰雪运动的纯粹享受，这种对于逆境的挑战、对于梦想的执着、对于崇高的追求，正是奥林匹克最宝贵的火种，拥有着跨越历史时代、跨越意识形态、跨越人种国籍、跨越地域国界的温度与力量。

纯洁的冰雪，激情的约会
——何其有幸，拥抱这样一次盛会

"体育是社会发展和人类进步的重要标志，是综合国力和国家软实力的重要体现。'发展体育运动，增强人民体质'是我国体育工作的根本任务。"正如习总书记所述，从"带动三亿人参与冰雪运动"到推动冰雪运动"南展西扩东进"，以2022北京冬奥会为契机，中国将进一步实现我国冰雪运动跨越式发展，以全民健身促进全民健康，以体育强国推动伟大复兴。

正值百年未有之大变局，北京冬奥会既是我国重要历史节点的重大标志性活动，更是中国在百年未有之大变局展现国家形象、促进国家发展、振奋民族精神的重要契机。无论是"一刻也不能停，一步也不能错、一天也不误不起"的冬奥建设精神，"绿色、共享、开放、廉洁"的办奥理念，还是"举办一届精彩、非凡、卓越的奥运盛会"的庄严承诺。中国，都在向世界展现我们的自信和实力，使命与担当。

（接上页）国际奥委会主席巴赫致奥林匹克运动的公开信中提及："体育是唯一能将人们团结在一起的活动，无论他们的社会、政治、宗教或文化背景如何。体育是把社会凝聚在一起的黏合剂"。奥林匹克运动始终承载着人类对和平、团结、进步的美好追求。疫情的肆虐和时局的动荡使我们更加深刻地体会到，人类既是个体，又是命运共同体。唯有超越分歧，携手同心坚守全人类共同价值，促进不同文明交流互鉴，方能"一起向未来"。

各美其美，美美与共，世界大同，天下一家。

俯仰一世，能将个人生命与国家记忆相重合的机遇弥足珍贵。人生能得几回搏，历史定会镌刻下这一笔。时代选择了我们，我们也必将不负时代，不负期许，让志愿者的服务与微笑成为2022年北京冬奥会最亮丽的名片。

冬奥明珠，高山之巅，功成不必在我，功成必定有我！

陈展邦

志愿者观看冬残奥会开幕式
线上举办"残奥知多少"知识竞赛

北京冬奥会闭幕不到半月，璀璨的烟花再次点亮"鸟巢"上空，来自世界各国和地区的朋友们在冬残奥会的感召下汇聚在一起，共享这一充满希望、拼搏精神、自强风采和团结友谊的残疾人冰雪盛会。3月4日晚，北京2022年冬残奥会开幕式在北京国家体育场举行。国家高山滑雪中心志愿者们收看冬残奥会开幕式。

3月4日开幕式前，为了鼓励志愿者多了解残奥知识、关注残奥会、感召自强不息、同心与共的精神内核，志愿者在线上开展"残奥知多少"知识竞赛，共有161名志愿者参与。

体育展示领域：
刘宇闻经理、代桑子经理、李超经理

经理故事

志愿者的领头人
体育展示志愿者对经理说

转眼间，我们在体育展示团队里工作和生活已经有一个月了。一个月以来，团队的三位经理带着我们了解岗位、熟悉工作，大家一起工作、一起欢乐，留下了许多难忘的瞬间。

稳定靠谱 yuwen（宇文）姐

一开始以为大家口中的宇闻老师是姓"宇文"的老师（笑），没想到是帅气小姐姐。刘宇闻老师给人印象最深的地方是，认真工作中透露着霸气。作为业务经理，宇闻老师总是在竞速结束区和竞技结束区两边跑，穿梭在每一张大合照中。除了要严谨把关我们体育展示领域交给媒体的宣传材料，自己也要代表体育展示在控制室接受采访，还要每周处理志愿者这边的事物（比如核查志愿者之星的材料）。日常看到宇闻老师在控制室拿着内联调度全局，在缆车上接电话处理工作。总是想感慨一下，宇闻老师确实帅的。文／商家祺

活力美少女 Sam 代桑子

第一次见到桑子姐姐是在我们志愿者上山的第一天。刚下车，就看到了可爱的桑子姐姐。初到高山滑雪中心，人生地不熟，同时也是第一次和我们的外籍场馆制作人会面，看到桑子姐姐用流利的英文和场馆制作人交流，我们的心中忐忑不安，不知道自己的英语水平能否帮得上忙。这个时候桑子姐姐安慰我们说，等过几天你们也可以这么流利地交流了。之后的闲聊过程中，我们了解到桑子姐姐是北影研二的学生，这就让我们之间更添一分亲切。桑子姐姐和吉祥物一起跳舞活跃观众气氛；桑子姐姐带着内通，全神贯注地辅助视频剪辑老师播放视频；看到桑子姐姐自己带来咖啡和饼干，补给控制室的零食库存，我们也从宿舍带来一些加入补给大队，和桑子姐姐一起吐槽tony对"snack"的渴望，但每天我们也都记得从楼下拿一些士力架上来……点滴相处下来，桑子姐姐的可爱、亲切、细心，以及小小身子里潜藏的巨大能量，越了解我们之间的关系越发融洽。相信在冬残奥会的服务中，我们也能拥有更多美好的回忆。文／姜雨菲

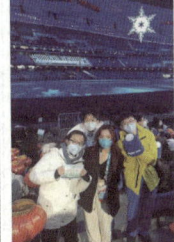

勤恳老大哥超哥

业务经理们都格外辛苦，每天早出晚归，而且少有休假。李超老师是主要负责体育展示竞速场馆的业务经理，我们亲切的称呼他为超哥。初见超哥，觉得他很成熟，闲聊中，听说他是北电的在读研究生，于是就自然而然地以为只是"面相成熟"。但后来有一次，宇闻姐、桑子姐、超哥和我们一起坐缆车下山。超哥一上缆车就抱着自己的橙色大包，转眼间就睡着了。宇闻姐打趣道："果然是上了年纪的人。"一番追问下我们才知道，超哥原来已经过了而立之年。

超哥人很和善、耐心。我们志愿者初来咋到的时候，对一切都很迷茫，在这里已经待了好几个月的超哥，就逐一带领我们熟悉环境、工作流程等等。我们在刚刚工作时，时常粗心大意，例如做交通计划表时，忘了修改日期；外出时，手机关静音联系不上；打印时，把横竖弄反……但超哥也从来没有因为我们的过失而向我们发脾气，只是淡淡地说一句"没事儿"，然后耐心向我们指出，让我们去改正。文／陈飞行

冬奥会与冬残奥会·国家高山滑雪中心·志愿者　　　　冰雪相约高山之巅　魅力冬奥尽在眼前

高山志愿日报

2022年3月5日　总第29期（冬残奥会第5期）

奉献　｜　友爱　｜　互助　｜　进步

与国同航　筑梦冬奥
——北京航空航天大学服务保障北京2022年冬奥会和冬残奥会纪实

本期摘要　3月5日，287名志愿者上岗244人，休息43人。3月5日是中国青年志愿者服务日，也是国家高山滑雪中心首个冬残奥会比赛日，中国队收获两银一铜，让志愿者们倍受鼓舞，在各自的岗位上以热情、专业的服务庆祝中国青年志愿者服务日。

志愿头条　"雪飞燕"迎来首个冬残奥会比赛日

　　3月5日是中国青年志愿者服务日，国家高山滑雪中心迎来首个冬残奥会比赛日，中国队收获两银一铜。中国队亮眼的表现，让志愿者们倍受鼓舞，在各自的岗位上以热情、专业的服务庆祝中国青年志愿者服务日。

　　早上，赛事服务正式开始运行。前院客流管理组重新在客流沿线插上彩旗，观赛服务保障组摆放取暖区座椅，防疫监督组例行室内消杀，信息咨询组按照重要时间点发布各项通知，运行支持组织签到、分发物资、检查仪表。面对观众，赛事服务领域继续以高昂的热情为观众提供优质服务。

　　媒体运行领域志愿者也再次投入到紧张的工作中，摄影助理为对场馆还不熟悉的摄影记者讲解摄影点位的分布情况；混合区助理严格管理混采区秩序；记者工作间助理帮助文字记者们打印各种信息表格。据媒体运行领域副组长潘榕璇介绍，相比冬奥接待的赛会丰富的各国记者，残奥的媒体记者初次来到"雪飞燕"对场馆仍不熟悉，这就需要各岗位的志愿者们投入更多的耐心，给予更多的更细节的帮助，但经过冬奥会的历练与残奥训练赛的适应，媒体运行领域的志愿者对完成接下来的任务信心满满。

　　志愿者领域分组分时段来到竞速结束区进行巡岗，看望在岗位值守的志愿者，实地了解在岗情况与服务中遇到的困难，并且针对志愿者聚集、接受采访等情况进行提醒、劝阻。

志愿心语　方若彤　转播协调志愿者

　　3月5日是残奥会正式上班的第一天。在经历了一段时间的休整之后，重新回到岗位，有些熟悉，又有些陌生。

　　上班的内容与冬奥会时相差无几，我们在混采区继续检查通行人员的证件。但是，面对着新的转播商成员，和时常从我们身边经过的选手，感到了与冬奥会有些不同的气氛。

　　冬残奥会，多了一些相互鼓励，多了一些相互支持。看到每一位选手成功滑下来之后，全场的人都在为之欢呼。这种欢呼是真诚的，不掺杂任何其他情绪的，纯粹的欣赏和鼓励。

　　我想，在冬残奥会中，会有更多的期待，也会有更多的故事。

经理故事

用心播种，携爱同行 - 残奥整合志愿者对经理说

刘老师给我们的第一印象是"专业"。还记得第一天上岗时，他带着我们熟悉场馆，并给我们讲述相关的各种知识。无论是领域相关的助残礼仪还是场馆整体的运行机制，刘老师都了如指掌。在熟悉岗位的过程中，他耐心地为我们讲述残疾人服务知识，分享自己的残疾人服务经验，也会潜移默化地向我们传递残疾人服务理念。在他专业和耐心的指导下，我们也渐渐熟悉了业务内容，工作方法也越来越成熟。

对刘老师的第二印象则是"温暖"，每天早上上班时，他都会坐在工位上，笑着对我们说"来啦"，下班时也会嘱托我们路上小心；他会对我们完成的每一份工作进行赞赏，也会鼓励我们积极主动地按照自己的方式开展工作；会在闲暇时听我们讲述学校的生活，也会偶尔带给我们意想不到的小礼物……见到刘老师的第一天，他就对我们讲："我跟你们父母的年龄差不多大，首先得把你们照顾好。"每每想起这句话，心里都暖暖的。

而对我们影响最深的，是刘老师对待工作认真的态度。他会带着我们在场馆各处进行巡查，不放过每一个细节；他会在工作过程中留心拍下照片和视频，并在之后反复观看和总结。他经常说："路上一个不起眼的小沟小坎，对于残疾人可能就是一座难以跨越的山。"刘老师总是到的比我们早，又走得比我们晚，从他身上，我们看到的是一个致力于中国残疾人事业的奉献者。

刘老师总是说，他希望通过自己的行动将残疾人服务的理念和意识在身边人心中种下一颗颗种子，而这些人又会将这些种子继续传递下去，去影响更多的人。在高山服务的这两个月，这颗种子早已在我们心中深深扎根。相信有那么一天，这颗种子会开花结果，我们也会将从刘老师这里获得的宝贵精神财富奉献于社会，去影响更多的人！

残奥整合领域：刘杰经理

文 / 残奥整合领域志愿者

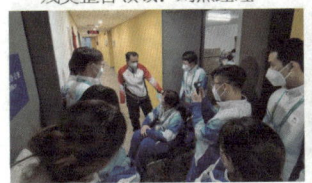  

"有你们才让我的冬奥之旅更加难忘" - 媒体运行记者工作间志愿者对经理说

谈到我们记者工作间的二位主管，我首先想到的词就是"责任"和"暖心"。

先说说磊哥（王磊），磊哥做事一丝不苟、井井有条。刚来到记者工作间时，磊哥便逐一清晰地为我们讲解了各个领域的工作内容和运行流程，使我们快速熟悉了场馆并确定了各自的分工。磊哥以身作则，经常提醒我们要正确佩戴口罩，做好消杀防护，注意每一条防疫细节，在闭环内不放松在岗的每一分钟，体力活他也是冲在最前面。

在冬奥期间，我们岗位预先商讨过许多问题的解决方案，但在实际工作中我们也遇到了一些新问题。磊哥便将问题记录后梳理，并在每晚经理们的例会上发言讨论，就是为了使媒体工作人员的需求都能尽快被满足。磊哥的责任感也给予了我们应对新问题的底气。

再说到我们的梓彤姐（赵梓彤），便是细致、暖心的代名词。岗位分工、任务部署、换班调休，任何和日常工作相关的事务都是梓彤姐在操心规划。晚上尽管还有任务在身，她也会抽出时间将我们一天出现的问题和不足以及第二天具体地每个人的工作安排发到群中，帮助大家改进和提前清楚工作。场馆中的不少细节都蕴藏着梓彤姐对我们的时刻关注，例如商标遮挡、频道切换、遥控器摆放等。梓彤姐保证了我们每日有条不紊的接待外国记者，为他们的良好工作环境提供保障。

工作之余，梓彤姐在生活上也是无微不至地替我们志愿者着想。她最爱说："让我看看还有谁没有去吃饭？让我看看还有谁没有下班？"看似简单的问候在我心中都是热乎乎的。为了让我们能够早些吃饭休息，梓彤姐也是"操碎了心"，但她自己却在不知疲倦地为场馆运行保驾护航。梓彤姐对我们每个人都很细心，她不会忘记解决任何一个志愿者遇到的问题，还时刻拍照记录每个人的工作瞬间。在权限允许范围内，梓彤姐组织大家在不同的地点合影留念，一点一滴都为了使我们的冬奥之旅变得更加难忘，我们也体会到了这份特殊又温暖的爱。

十分感谢磊哥和梓彤姐，你们的责任心与暖心是独一无二的。正因有了磊哥和梓彤姐作为我们记者工作间的主管，我们的这次冬奥记忆才变得弥足、珍贵、更加难忘！

文 / 记者工作间助理 窦嘉祺

冬奥会与冬残奥会·国家高山滑雪中心·志愿者　　　　　　　　　冰雪相约高山之巅　魅力冬奥尽在眼前

高山志愿日报

2022年3月6日　总第30期（冬残奥会第6期）

| 奉　献 | 友　爱 | 互　助 | 进　步 |

本期摘要　3月6日，287名志愿者上岗254人，休息33人。女子超级大回转站姿组夺金，张梦秋兑现了对志愿者的承诺。国家高山滑雪中心比赛顺利进行，第四周"志愿之星"评选结果公示。

 **志愿头条**

女子超级大回转站姿组夺金
张梦秋兑现了对志愿者的承诺

3月6日，北京2022年冬残奥会进入第二个比赛日，运动员张梦秋在国家高山滑雪中心女子超级大回转（站姿）比赛中斩获本届残奥会高山滑雪金牌。3月5日，张梦秋夺得高山滑雪女子滑降（站姿）银牌，离开场馆时，她向志愿者承诺：**"我明天还来，我要拿第一名！"** 如今在女子超级大回转（站姿）比赛中，兑现了她对志愿者的诺言。

在张梦秋越过国家高山滑雪中心竞技最后一个弯道、跃入人们视野并全速冲向终点的时候，服务在终点结束区的志愿者就开启了狂欢模式，以最热烈的掌声与欢呼声见证、祝贺中国队夺冠。志愿者熊涵睿说："作为一名志愿者，能够在自己服务的场馆，看到自己的同胞过关斩将，以冠军的身份站上最高水平的领奖台，内心充满了骄傲与自豪。能够在服务的岗位上见证历史、遇见英雄，我感觉自己肩上的担子更重了。在日后的工作中，我们将以更严格的标准要求自己，热情服务、严谨做事，在自己的岗位为祖国增光添彩！"

张梦秋身披国旗　图/熊涵睿

志愿风采

国家高山滑雪中心第四周"志愿之星"

经过个人申报、业务领域推荐、评审，拟授予以下45位志愿者国家高山滑雪中心第四周"志愿之星"。

曹阳，交通领域，北京航空航天大学
田芳宇，媒体运行领域，北京第二外国语学院
朱星玥，赛事服务领域，北京化工大学
秦一丹，赛事服务领域，北京化工大学
邓凯珍，残奥整合领域，北京航空航天大学
郭雨欣，交通领域，北京航空航天大学
许义榕，交通领域，北京化工大学
刘亨容，媒体运行领域，北京第二外国语学院
胡特，媒体运行领域，北京第二外国语学院
李宇呈，庆典仪式领域，北京体育大学
刘海菲，体育领域，北京体育大学
沈一凡，技术领域，北京航空航天大学
邵竹宾，赛事服务领域，北京航空航天大学
张毅博，赛事服务领域，北京航空航天大学
张誉文，赛事服务领域，北京航空航天大学
邓姣，语言服务领域，国际关系学院
王多嘉，赞助企业服务领域，北京化工大学
刘靖雨，场馆管理领域，北京航空航天大学
唐紫云，场馆管理领域，北京航空航天大学
李卓君，反兴奋剂领域，清华大学
梁晨迪，公共卫生领域，北京航空航天大学
黄炜亮，交通领域，北京航空航天大学
温晓梅，交通领域，北京化工大学
苟宇笑，礼宾领域，北京第二外国语学院
李昔桐，礼宾领域，北京第二外国语学院
梁晴霞，媒体运行领域，外交学院
韩天水，赛事服务领域，北京航空航天大学
郑可欣，体育领域，北京航空航天大学
高文文，转播服务领域，北京第二外国语学院
任杰瑞，技术领域，北京航空航天大学
李琳溪，交通领域，北京航空航天大学
唐锦源，媒体运行领域，外交学院
张奕雯，媒体运行领域，北京第二外国语学院
邵颖，庆典仪式领域，北京体育大学
王俊瀚，赛事服务领域，北京航空航天大学
张铭轩，赛事服务领域，北京航空航天大学
许一诺，媒体运行领域，北京第二外国语学院
谭镇枢，反兴奋剂领域，清华大学
葛亮，公共卫生领域，北京化工大学
康兆一，人员管理领域，北京航空航天大学
覃贝尔，语言服务领域，国际关系学院
李昊鹏，媒体运行领域，外交学院
张茜茹，赛事服务领域，北京航空航天大学
吴轩然，体育展示领域，国际关系学院
王梦真，礼宾领域，北京第二外国语学院

与国同航　筑梦冬奥
——北京航空航天大学服务保障北京2022年冬奥会和冬残奥会纪实

请党放心，冬奥有我！

经理故事

9+4 的快乐办公室

人员管理领域

人员管理志愿者的工作地点比较特殊，我们四位志愿者与九位经理在同一间办公室工作，所谓"遇事不决找经理"，而我们遇事不决，可以找九个经理。

人员管理的工作需求常常需要处理大量的数据和表格，也需要同不同领域的志愿者经理做好联系和沟通。工作时，经理们常常会教给我们一些处理 excel 的方法和技巧，也会督促我们通过企业微信做好各业务领域的联系。除了室内工作，对于分发口罩这个在室外的寒冷天气中经理们也是首当其冲，我们志愿者可以两两换班，但俞老师常常在外面工作三四个小时，还需要搬很多口罩，是非常辛苦的。

在我们与经理们相处之前，我们常以为经理是与我们有隔阂的管理者，相处时才发现，主动开玩笑的是经理，关心志愿者身体情况的也是经理，我们之间并没有代沟，反而会一起玩游戏。现在的办公室不是上下级同处的气氛严肃的办公室，而是一个其乐融融的快乐办公室。

巡检与值守 细节确保安全

安保领域

在冬奥－残奥转换期间，安保领域主管张潇潇带领我们参与了联合安全检查，在竞技结束区的媒体中心、赛道终点、运动员休息区等进行了实地调研和重点要害部位的风险排查。在实地调研中，张潇潇主管就解决消防安全隐患问题进行了经验分享，让我们对处理残奥期间外国人员吸烟问题有了更深的认识。同时在对杂物堆积消防隐患、无障碍通道的实地勘探中，张潇潇主管细致的提出整改意见，让我们明白场馆的安全运行是每一个小细节的累积，成功举办残奥会离不开各领域对每一块防滑垫、每一辆无障碍车等的安排布置。

作为安保助理，工作内容最重要的就是做好秩序维护工作，随时准备以应对突发情况。每个日常的坚持才构成了我们安保领域的常态。丁晨主管是带领我们的警官，虽然他是其他警官口中的"师弟"，但也总被我们亲切地称为晨哥。平时晨哥负责安保外事，他主管的物资交接、信息统计都是支持安保团队平稳有序运作的重要部分。比赛日晨哥便带我们早早来到赛道边，每一段对讲机里的赛程播报，每一名运动员附身而下、奋力冲刺的场景都使我们印象深刻。每场比赛结束后的颁奖阶段也是安保团队发挥作用的重要时刻，除了疏散人群进行升旗场地管控外，晨哥也会带我们到终点处的点位储备，一直到颁奖结束后等待运动员安全进入 VMC 接受采访。看到取得好成绩的运动员通过屏幕跟家里人连线，我们总会送上一句"Congratulations"。也正是由于能近距离接触到获奖运动员及代表队的缘故，有些运动员的名字也变得非常熟悉。每一次和晨哥在赛道边的值守，每一次冲线时的欢呼，每一场新闻发布会的陪伴，都是这次盛会带给我们的美好回忆。

志愿心语

曹阳 北京航空航天大学
交通领域

我叫曹阳，在北京冬奥、冬残奥期间作为一名志愿者和众多志同道合的伙伴一起在国家高山滑雪中心进行志愿服务。国家高山滑雪中心依托延庆小海坨地区地形建设，海拔高、面积大、气温低，志愿者分布在场馆运行的各个岗位。我所在的岗位属于交通领域，尽管有寒冷、疲倦等，但我坚信"革命战士是块砖，哪里需要哪里搬"。其他同学也坚持做到了这一点，始终在学校、驻地、场馆等岗位默默奉献，微笑迎接每一天的工作。在庆祝中国共产党成立 100 周年大会上，我作为志愿者在天安门广场见证了青年代表们做出的"请党放心、强国有我"的郑重承诺；在国家高山滑雪中心，我们全体志愿者一定会牢记使命，做出并践行"请党放心、冬残奥有我"的承诺，为冬残奥贡献青春力量。

附录

冬奥会与冬残奥会·国家高山滑雪中心·志愿者　　　　　　　　　　冰雪相约高山之巅　魅力冬奥尽在眼前

高山志愿日报

2022年3月7日　　总第31期（冬残奥会第7期）

| 奉　献 | 友　爱 | 互　助 | 进　步 |

本期摘要　3月7日，287名志愿者上岗243人，休息44人。原定于3月8日举办的比赛提前于今日举办，志愿者在岗认真服务。

志愿风采

小家大爱：志愿者与父母隔空相聚冬奥

截至3月7日，国家高山滑雪中心志愿者已到岗38天。经历了春节、元宵节，志愿者们无不思乡、想与家人团聚。而在"雪飞燕"志愿者队伍中，有这样一些冬奥家庭，孩子奉献青春成为志愿者，父母也工作在冬奥一线，冬奥家庭因共同的服务之心，在北京冬奥会与冬残奥会"隔空团圆"。

张信嘉："在父母的鼓励下，我坚定地迈出了志愿这一步。"

我来自北京化工大学，目前研究生二年级在读，在赛事服务助理岗位服务。我的母亲马文香在天坛公园工作，承担冬奥会期间的贵宾接待的外交任务，并在本次冬残奥会火种汇集仪式上，作为天坛公园传递运行组工作人员全程参与仪式。我的父亲张连生作为应急管理部火灾防治治理司巡视员参与了张家口赛区的冬奥会航空救援力量应急工作，在冬奥会期间多次往返单位与张家口赛区，消灭任何危害冬奥会进行的潜在威胁。

父母从我小时候就教会我崇尚志愿服务的精神：奉献、友爱、互助、进步，因此对于本届北京2022年冬奥会，我也期待已久。但是对于一名研二学生，科研压力是切实可感的，导师的在研项目等待着最新进展，我的毕业论文也已提上日程，"我能兼顾好科研与志愿服务吗？"在志愿者报名之初，我对服务冬奥是有些退缩的。但我的父母坚定地支持我来做志愿服务，体验这难得的国际盛事，我也在上学期赶上科研进度，尽可能减小了志愿服务对学业的影响。

在2月19日母亲生日当天，母亲单位组织观众来高山滑雪中心观看比赛，我有幸在竞技结束区接待了母亲，送上最美好的生日祝福。在我的引导下，母亲登上了国家高山滑雪中心的看台，看到了我们志愿者平时工作的环境，我们也以热情与专业亮出了志愿者的名片。如今，在岗服务1个多月了，我确实觉得冬奥服务不虚此行，能与家人一起服务冬奥会，是我一生难忘的记忆。

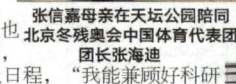
张信嘉母亲在天坛公园陪同北京冬残奥会中国体育代表团团长张海迪

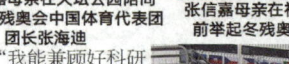
张信嘉母亲在祈年殿前举起冬残奥火炬

我和母亲激动相拥

张冕峰："维护场馆运行，我和父亲在一起。"

我来自北京航空航天大学，担任国家高山滑雪中心场馆管理中心助理。我父亲张金坡参与冬奥建设较早，从北京冬奥组委总部选址首钢园区开始便从事相关工作。2021年10月，张金坡被任命为北京2022冬奥组委总部场馆（首钢园区）清废、基础设施及物流领域副经理，在冬奥会中主要承担着总部场馆基础设施建设、运营、维护、物流、清废等任务。父亲经常给我讲解冬奥知识，参观我很多了解国家大事。受此直接影响，我对于北京2022冬奥会有着浓厚的兴趣，报名并有幸成为冬奥会志愿者。

父亲在首钢园区承担着园区运行管理的重要职责，而我在国家高山滑雪中心的场馆运行中心做一颗小小的螺丝钉，为"雪飞燕"的运转作出自己的贡献。虽然我和父亲在不同的场馆，但共同保障冬奥会的有序进行，我和父亲心在一起，一起向未来。

闭环前 张冕峰与父亲在首钢园合影

与国同航　筑梦冬奥
——北京航空航天大学服务保障北京2022年冬奥会和冬残奥会纪实

卢娅祺："怀着和妈妈一同战斗在冬奥前线的希望，做一个'站出来的人'。"

我来自北京第二外国语学院，是国家高山滑雪中心记者工作间助理。我的妈妈作为冬奥期间新冠肺炎定点收治医院——北京地坛医院的感控人员，从大年初三开始进入隔离病房开始参与到封闭管理和工作，负责在冬奥期间产生的新冠患者收治的感染管理，与同事们一起为冬奥会冬残奥会在北京的召开做好疫情防控的护航员。

我来自冬奥会做志愿服务既抱着服务社会、锻炼自我的想法，也希望能有机会和妈妈并肩为冬奥保驾护航。疫情与2022冬奥都是全中国人共同经历的考验，我在过去的两年中亲眼目睹见证了一线医护人员的辛苦付出，也希望在国家与社会需要我们的时候，能以类似的方式同样做一个"站出来的人"。

卢娅祺和家人的合照

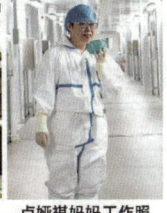
卢娅祺妈妈工作照

王瀚洲："讲述冬奥故事，是我和妈妈的共同心愿。"

我来自北京航空航天大学，担任国家高山滑雪中心志愿者工作助理。我的妈妈是08年夏季奥运会志愿者，同时也工作于本次冬奥会非注册媒体中心，我追随着妈妈的脚步参与到本届冬奥会服务工作中来，成为《高山志愿日报》的主要编撰者之一。在我心中，无论世界舞台上的中国故事，还是"雪飞燕"里的志愿故事，都是一段段个体故事构成的历史。国家高山滑雪中心承载了我们每一朵小雪花的故事，每一个志愿者的付出都值得尊重，每一个志愿者的坚守都值得被看见，因而志愿日报成为了我每日的必要的修行，《日报》能量虽弱，但有如此一个平台，去展示、去记录志愿者们的风采，这对志愿者们是一种无形的精神激励。

王瀚洲妈妈参与2008年夏奥会的志愿者证书

王瀚洲编制《日报》

李兆帆："父母教导我'先有国再有家'。"

我来自北京化工大学，是国家高山滑雪中心交通领域上下车引导助理。我的父亲李献法在冬奥即将开始之前收到紧急指派任务——服务于冬奥外围车辆的运行安保，主要负责运动员或涉奥车辆在运输往返途中的安全保障。我的父亲原来是一名军人，现在是一名人民警察，他在工作比较繁忙的时候也会经常的无法在家中，当我小时候也是很不理解，但是我现在理解了他从小就教导我的为人民服务，先有国再有家的原则。因此，在学校我听说有参加冬奥会当志愿者的机会时就积极报名，在进入闭环后父母更是鼓励我在工作岗位上要认真负责，尽量把工作做到最好，我要给我自己、父母和国家交上一份满意的答卷，这样也是对得起我父亲和母亲的付出以及国家的培育。

李兆帆与父亲合影

经理故事

快乐而温暖的礼宾大家庭

礼宾领域的经理是郭佳强老师和李山山老师。两位老师认真负责，在他们的带领下，礼宾团队出色地完成了任务。我印象最深的是在开赛的第一天。那天来了大约180位贵宾，但是因为天气原因比赛取消，所以客人们不得不滞留在大家庭休息室里。这里面有很多人提出要立刻回酒店，甚至一位女士情绪十分激动。但是郭老师和山山老师和他们交流安抚，联络交通，并吩咐我们志愿者打印单子做登记，很快客人们就被妥善安排离场了。甚至后来那位情绪激动的女士也向礼宾团队的工作提出了表扬。除了优秀的领导能力外，经理们更是非常有温度。由于礼宾志愿者大部分都是女生，在一些比如搬东西等重活都是自己做；同学生病时经理们也会给他们放假并给予关心；当同学们有问题有需求的时候，经理们积极反馈，为同学们解决问题。礼宾的同学真的很喜欢两位经理。文／王心怡

冬奥会与冬残奥会·国家高山滑雪中心·志愿者　　　　　　冰雪相约高山之巅　魅力冬奥尽在眼前

与国同航　筑梦冬奥
——北京航空航天大学服务保障北京2022年冬奥会和冬残奥会纪实

高山志愿日报

2022年3月8日　总第32期（冬残奥会第8期）

奉献 ｜ 友爱 ｜ 互助 ｜ 进步

本期摘要　3月8日，287名志愿者上岗89人，休息198人。今日无比赛日程。3月8日是"三八"国际劳动妇女节，"雪飞燕"志愿者以真挚爱意致敬每一个闪闪发光的她。

 **志愿风采**

"雪飞燕"志愿者以真挚爱意致敬每一个闪闪发光的她

冬残奥高山滑雪比赛正如火如荼的进行，时值"三八"国际劳动妇女节，"雪飞燕"举办多项活动让志愿者们在岗位上度过了一个意义非凡的难忘节日。

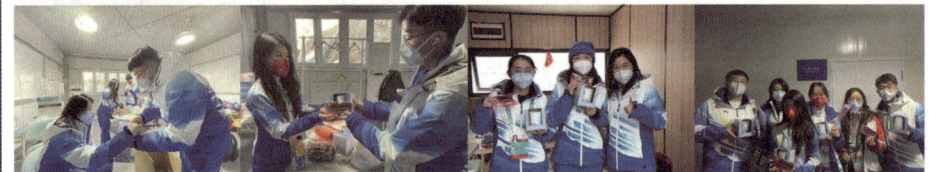

为"雪飞燕"女性赠送礼物

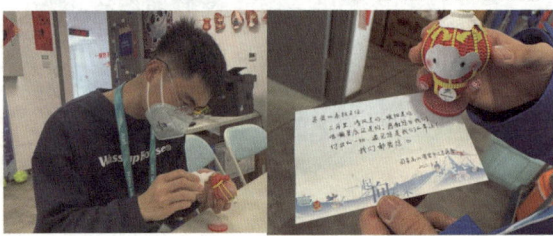

情暖三月，有礼赠她。 志愿者工作助理们一早便为服务冬残奥的女志愿者送上祝福，并派发节日礼物。志愿者们还亲手制作了雪容融纸娃娃赠送给场馆女工作人员，以感谢她们在冬奥冬残奥会期间的关心与照顾，让志愿者们在远离家的地方体会到了家的温暖。

制作赠送雪容融纸娃娃

共襄盛会，有念于她。 志愿者们分享了在志愿服务中拍摄的工作人员、运动员等女性群体的精彩瞬间，并讲述了照片背后的故事。媒体运行领域志愿者许一诺深情讲述了这张照片。

来自比利时的高山滑雪女运动员琳达已经57岁，是所有高山滑雪项目中年龄最长的运动员。15个月前，她才开始进行视障滑雪训练，这是她参加的第一届残奥会，而她的领滑员则是自己的女儿。琳达表示滑雪运动不仅仅属于年轻人，57岁的自己仍然可以站上赛场拼搏，并且十分享受比赛。站在琳达身旁帮助记者们传递话筒的则是媒体运行混合区的两位女生志愿者。照片中的三人都向我们展示了女性的力量与风采！

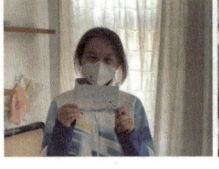 

遥寄敬意，想对她说。 志愿者们写下贺卡，向远方的妈妈、最尊敬的女运动员等深情表白。"雪飞燕"志愿者们纷纷表示，能够在冬奥会期间度过"三八"国际劳动妇女节具有特别的意义，将以更高热情完成好志愿服务工作，用真诚的微笑和专业的服务为冬残奥会交上满意答卷。

文：万新濛　图：张维强、宋威豪、许一诺

请党放心，冬奥有我！

平等尊重 温暖服务 两个冬奥 同样精彩

经过转换期的休整，体育领域志愿者再次回到熟悉的场地。虽然已有丰富的冬奥会服务经验也经过了残奥服务培训，已对缆车上下车引导岗位职责十分熟悉，但当我们正式面对冬残奥会运动员时，我们还是紧张的："怎样才能最好地服务好残疾人运动员？"

但一切的忐忑都被运动员们的笑容和问候治愈了。作为缆车引导助理，我们除了查验赛事注册卡通行权限、监督落实索道乘坐秩序、协助解答一些人员咨询问题等这些职责外，为了能够让工作更有意义，让每个路过的人都能有一个好心情，于是就自发的热情的和路过的人问候。在冬残奥会第一天我们向每一位路过的运动员热情地打招呼，意想不到的是几乎各国的运动员都投来治愈的微笑和善意的问候，这些积极的回应和乐观与拼搏的精神也深深感染着我，让我毫无顾虑继续充分投入到志愿服务里。

当把爱注进平凡的小事里 工作也变得充满意义

 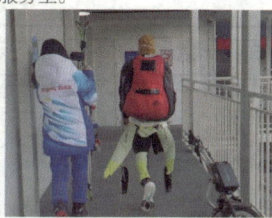
缆车引导助理帮助运动员搬雪板

在冬奥会的基础上，冬残奥会服务期间，我们缆车引导助理为方便残疾人运动员入场乘坐缆车，调整了入口流线。例如在 A1 入口处，我们将冬奥村电梯出口处与进站处打通，大大减少了运动员需要行走的路程，并且区分了无障碍通道与工作人员通道，方便了运动员的出行，一条小小通道上有着带有温度的人文关怀。

尊重与热情并存。在赛前服务前，我们志愿者都接受了细致培训，服务要细心并且适度，对于有需要的运动员，我们会在充分尊重运动员的前提下，热情周到的上前服务，搬雪板、推轮椅等。一位德国运动员因拄着拐杖而不便携带雪具，因而叫志愿者上前帮助，此后每次见到他，我们都会主动上前帮忙。

在有坐轮椅的运动员要乘坐缆车时，我们会示意缆车控制室工作人员减慢缆车速度并协助他们上车，还为他们搬起缆车内座椅以便有充足空间保障他们的乘坐安全和缆车的正常运行。当我们在休息间隙看到我们曾帮助过的运动员在冰雪赛场上驰骋时，内心无比骄傲、自豪，备受鼓舞！接下来我也会继续努力做一颗有温度的"螺丝钉"，做好本职工作也传递温暖。

经理故事 场馆通信中心的暖心回忆

场馆管理领域：吕立鑫、吕福英

"小孩们，太危险了，赶快下来！"在随身携带的手台里，一个十分熟悉，又很少出现的声音响起。这个声音就来自于我们的经理吕立鑫。冬奥拍集体大合影那天，在场馆运行中心"宅"太久的我们，都想爬上竞速赛道最近的一个坡然后一冲而下。"老吕"担心我们的安全，像个大家长似的给"小吕"打电话，催我们赶紧安全下来。刚还特别激动的"小吕"撂下电话，顿时就蔫了，自己马上停了下来。不过一会，她往山下望了望，又一边看了看脸上充满了期待的我们："年轻人就要勇敢追梦……"一边说着，而手已经伸进口袋掏出了手机，开始记录这难得的一幕。正当我们坐在雪坡上沿，即将下滑时，

福英姐在雪坡中间为 VCC 志愿者拍摄合照

兜里的手台又传来了那个声音，"快下来吧！"，可是那时的我们哪儿还顾得上应答，与此同时，重力已经开始让我们逐渐加速，冰与雪的碎屑交织，将眼前的世界包围，屁股下则是一路的"飞流直下三千尺"……

和鑫哥、福英姐之间的相处，还有着许许多多难忘的美好回忆。鑫哥话不多，但总是默默地在背后为我们着想，给我们创造出优良的条件；山顶踏勘，工位条件，零食种类……数不清的大小事，都是鑫哥对我们无微不至的关怀；福英姐的生日时，同学们找好音乐，借来了"生日祝福荧光板"，热情 freestyle 了一段海底捞同款《生日祝福歌》；大雪后的那个早晨，大家和鑫哥一块奋战清雪一线，头发、眉毛甚至是睫毛都结上了一层冰……

冬奥的故事圆满收官，冬残奥的征程已然开始。
我们的奋斗尚未结束，我们的笑语回荡山间。

与国同航　筑梦冬奥
——北京航空航天大学服务保障北京2022年冬奥会和冬残奥会纪实

冬奥会与冬残奥会·国家高山滑雪中心·志愿者　　　　　冰雪相约高山之巅　魅力冬奥尽在眼前

高山志愿日报

2022年3月9日　　总第33期（冬残奥会第9期）

奉献　｜　友爱　｜　互助　｜　进步

本期摘要　3月9日，287名志愿者上岗56人，休息231人，国家高山滑雪中心无赛事，付丽莎老师为雪飞燕志愿者讲述"新时代中国青年的志气、骨气、底气从何而来"。

 志愿头条

付丽莎老师为雪飞燕志愿者讲述
"新时代中国青年的志气、骨气、底气从何而来"

　　3月9日下午，北航马克思主义学院副教授、CCTV《百家讲坛》主讲嘉宾付丽莎老师为国家高山滑雪中心志愿者带来了题为《新时代中国青年的志气、骨气、底气从何而来》的精彩讲座。志愿者工作助理丁瑞云在志愿者之家主持讲座，各业务领域志愿者进行了线上学习。

　　付丽莎首先分享了自己作为2008年奥运会志愿者的经历，同时鼓舞志愿者们要响应时代召唤，青年人要志存高远，脚踏实地；敢于质疑，勇于创新；要增强文化自信，坚定理想信念，这也是青年人志气、骨气、底气的来源！随后，付丽莎老师展示了革命年代各位党的初期建设者的青春风貌，他们当年也和现在的"00后""95后"一样正值青春芳华，勉励志愿者们：未来属于青年，希望寄予青年！
　　一代人有一代人的使命，当下正值两个一百年交汇点，处于百年未有之大变局，本次报告激励着志愿者以"志不求易者成，事不避难者进"的勇气和信念，在实现中华民族伟大复兴的关键历史时刻，把握人生际遇，经受人生考验，书写青春华章！

 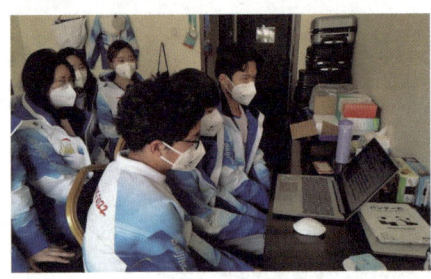

 志愿心语　　**何国傲　混合区助理**

　　作为一名高山滑雪混合区助理，我们在室外工作的时间占大多数，有时是晴天，有时是雪天，但是大家对待工作的热情和专注都是一样的。因为防疫要求，记者与运动员之间有一定距离，中间需要由我们志愿者来传递收音设备，我们是架起双方沟通交流的桥梁。随时与各国记者沟通，关注每一位运动员的流线，确保各国记者的采访工作都能顺利进行。从最初的懵懂生涩，随着冬奥会和残奥的进行越来越得心应手，也越发珍惜和感恩这份工作，真正让我们见证每一位运动员冲过终点的那份激昂，和每一篇振奋人心的报道是怎样完成的。

志愿风采
VCC 志愿者将专业知识融入志愿服务

我服务于雪飞燕的"大脑"——场馆通信中心，工作是监听、记录频道通话，并将重要信息及时准确地组呼传达出去。作为通信专业的学生，无线电波再熟悉不过了，我们每天从第一缕阳光照进山谷，到夕阳西下，都坚守在电台前，用电波服务着冬奥。

按照集群通话的政策程序，用户应使用规定呼号来称呼，但在实际运行中，业务领域内部通话组的工作人员往往由于非常熟悉而使用真实姓名进行沟通。在多日监听医疗、颁奖频道的过程中，我发现这一问题对我们准确及时地记录重要信息有着一定影响，便着手开始思考解决方法。在工作之余，我积极发挥专业所长，通过搜集媒体报道、汇总往日监听信息等多种渠道，整理出重要频道的手台编号与人名的对照表，方便大家仅通过呼叫双方的终端号甄别对应的用户。同时为了更快地记录，我还将人名和常用语制作成了输入法词库。此外，我还从小处着手帮助大家提高工作效率，如整理撰写了打印机使用说明等……正如《雪花》歌词所唱，有我们每片"小雪花"在岗位上默默奉献，定能铸就冬奥和冬残奥盛会的成功举办！

经理故事
庆典仪式领域

李杨宁：在我看来，国家高山滑雪中心颁奖团队的每一个人都是小海坨山上故事的主角。董老师、天奇哥、绘丽姐、阳阳哥、姚老师、新颜姐、文平姐、璘瑄哥、宋老师、叶老师以及每一名升旗手和颁奖礼仪，我们一起完成了冬奥会的 11 场颁奖仪式，一起努力一起成长。对我来说印象最深刻的，还是董老师、天奇哥、绘丽姐在仪式准备室里安慰偷偷掉泪的我的那个中午，寒冷刺痛着皮肤，阳光刺痛着眼睛，我一度以为自己坚持不下去了，但经理的帮助与安慰让我成长，在我难过无助的时候，那种兼具力量与温暖的关怀，最让我这种"半熟"青年感动并从中学到很多。未来我们团队的每个人还有残奥会的任务，也还有很长的人生路，我希望在高山滑雪颁奖团队的这一段日子，这一段有一群优秀的老师和伙伴陪伴的日子，能成为我们每个人心中永远的坚定和柔软。

方薇：董向阳老师是我的经理，对他最深刻的印象是每天见到他，他的第一句总是欢快的 Good morning! 让人充满了干劲和活力。董老师是一个十分靠谱的老师，不论面对什么突发状况，他总能代领团队，有条不紊的克服困难，圆满完成工作任务。在他的带领下，高山滑雪中心颁奖礼仪团队成为了一个团结友爱的集体，在冬奥会时，时间十分紧张，在赛时 6 分钟之内就要完成，内部的默契配合，外部的积极联动，在颁奖仪式中体现地淋漓尽致，得到了外部领导和内部成员的一致认可和赞扬。在接下来的冬残奥会里，时间会更加紧张，我坚信，在董老师的带领下，我们团队仍旧能够延续冬奥的完美发挥，高质高效地完成工作！就如他所说，要把我们打造成高山最亮眼的一直团队，我想，他做到啦！

邵颖：我们的经理是一个非常风趣幽默的人，他对颁奖仪式有着全面的理解和掌控。在暑期培训时，他就跟我们分享了很多颁奖仪式的内容和细节，让我们对正式仪式抱有很大期待。真正到了现场之后，董老师是统筹颁奖仪式的核心，是团队的主心骨。他对工作的合理安排、分工，让每个人各司其职，齐心协力！颁奖仪式不是一个人、一个团队就能完成的事，需要多个领域多个团队协作完成。董老师良好的沟通能力和理解能力让整个工作都能顺利进行。来到国家高山滑雪中心，认识到很多优秀的老师，加入一个完美的团队，是我在冬奥觉得最幸福的事情。我们国家高山滑雪中心颁奖团队用饱满的热情，严谨的态度，细致的工作，展现出一场场完美的颁奖仪式，为冬奥会增添了一抹亮丽的色彩。

冬奥会与冬残奥会·国家高山滑雪中心·志愿者　　　冰雪相约高山之巅　魅力冬奥尽在眼前

高山志愿日报

2022年3月10日　总第34期（冬残奥会第10期）

| 奉 献 | 友 爱 | 互 助 | 进 步 |

本期摘要　3月10日，287名志愿者上岗222人，休息65人。国家高山滑雪中心赛事正常运行，志愿者热情帮助外国友人解决问题。

爱无国界，天下一家
志愿者热情帮助外国友人的精彩瞬间

3月10日上午，志愿者助理王文瑶、张琪、王瀚洲为加拿大籍女摄影师指路。

"Does anybody know where is the race?" 一个焦急的声音打破了志愿者之家的静默，一位行色匆匆、略带迷茫的外籍女士站在门口向内张望。见状，志愿者助理王文瑶、张琪、王瀚洲立刻放下手中工作上前提供帮助。经沟通得知，该摄影师由于工作需要亟须前往竞技结束区媒体运行中心，但由于不熟悉场馆场地，在竞速结束区迷了路，心情无比焦急。

了解清况后，志愿者立即为其带路前往。一路上，她们得知该摄影师从北京市中心赶来，且由于班车取消，一路奔波4小时才来到高山滑雪中心。随着交流逐渐深入，摄影师的心情也由焦躁不安转为轻松愉快。最后，她在志愿者的带领下顺利到达媒体运行中心并就简餐，对志愿者表示由衷感谢。她表示，迷路、班车取消和没吃早餐让自己上午的心情很糟糕，但志愿者的微笑和热情感染了她，让她在异国他乡、语言不通的境况下找到了归属感。

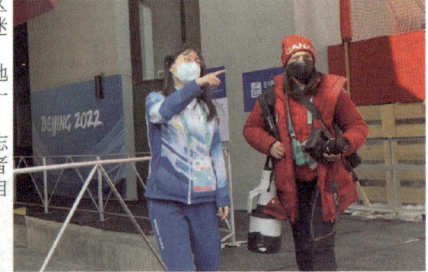

志愿者王文瑶为加拿大记者引路　张琪／图

志愿者裘喜茜引导外宾前往大家庭休息区　张琪／图　　　志愿者张琪协助运动员找回注册卡

冬残奥会给我们内心带来的触动

章一琛（语言服务助理）：冬残奥会要比之前的冬奥会让我有更深的触动。运动员们向命运发起挑战，与自然共生共存。我们向每一个运动员报以掌声，无关国籍与成绩，只是为了他们的努力。

王紫涵（语言服务助理）：健儿从莹白到耀眼的雪道跃下、俯冲，尽情绽放的笑容中洋溢自由与天高任鸟飞的爽畅，原来人生真的有这么多种活法，原来社会时钟裹挟来的焦虑并非不可战胜。2022年的冬天带给我的一切，也驶向前。

王淇（赛事服务助理）：从志愿者的视角来看，服务冬残奥会和服务冬奥会的体验是不一样的。在冬奥会中，我们更多地感受到体育运动带来的激情和热血。而在冬残奥会中，我们折服于残障人士勇于克服困难、努力超越自我的坚强内心，被他们顽强拼搏、身残志坚的精神所深深感动。

请党放心，冬奥有我！

经理故事

做光影捕手，展冬奥风采
——摄影助理和摄影经理的故事

在冬奥和冬残奥的赛场边，总会活跃这样一群人。他们戴着印有"PHOTO STAFF"的蓝色袖标，引导拿着"长枪短炮"的记者有序进入摄影点位。他们就是摄影助理志愿者，为来自世界各地的摄影记者提供服务和帮助。二十位摄影助理志愿者都团结在Perry身边，他就是刘蒲宇经理。

首先，蒲宇哥**善于激励他人，关爱志愿者**。我依然记得上岗第一天，他对我们提出的期望："服务中要贯彻'五个T'，分别是teamwork（合作）要学会共同承担责任；together（共同）要和大家一起迎接挑战；talk（交谈）要学会与他人，特别是服务对象进行沟通交流；tough（坚韧）要面对困难和挑战不轻言放弃；Target（目标）要有明确的工作目标"。这些单词，看似简单，实则包含了我们在工作中所需的最基本的态度。话语虽然质朴，但却都是肺腑之言，激励着我们努力工作，并能学有所得。每当我们要接触新的任务、新的领域时，他都会耐心地给我们讲解，确保我们都把重点抓住；每当我们遇到困难、感到疲时，他都会鼓励我们，为我们加油打气；每当我们在工作上小有成就、圆满地完成各项任务时，他都会毫不吝惜地为我们点赞，肯定我们的收获。

其次，蒲宇哥**对工作有着极高的热情和责任心**。冬奥期间，刘经理和经验丰富的外籍经理通力合作，从摄影点位的布置到辅助他行物的发放，他都处理得井井有条。在工作间同时，他还谦虚地向外籍经理、其他记者请教问题，以此来不断提升自己的工作能力和业务水平，更好地为记者们服务。除此之外，他还经常背上雪板，从海坨山的顶峰一路滑下，沿途检查各个摄点位的安全措施是否完善、运行情况是良好等等。不管是刮风还是下雪，也不管是晴晴还是黄昏，只要摄影点位有运行需要，他就会毫不犹豫地前往。危险危险和又疲惫的工作，有时候一天要重复好几次。他的认真和敬业，赢得了无数记者的好评。如今，已经进入了冬残奥会周期，没有了外籍经理的合作，刘经理也能够独当一面。从他工作时的从容和稳健，已然看出他是一位经验丰富的行家。

接着，蒲宇哥**善于统筹规划，总能对我们的工作提出务实的指导建议**。为了让我们建立对摄影助理工作的全面认识，整体提升我们的工作能力和水平，刘经理安排我们每日轮流坐班，让大家都有机会参与不同的岗位。与此同时，他还建立了"经验分享"机制，即每一天在这个岗位工作的人，要把这一天工作中遇到的情况、出现的问题及解决的方法整理成图片和文字，共享到微信群里。不仅是对自己一天工作的总结和复盘，给大家一个沉淀和提升的机会，更能为下一轮在这个岗位工作的同学提供宝贵的经验，实现真正意义上的"传帮带"。在这样"人人为我，我为人人"的良好氛围下，每一位同学都认真工作，认真总结、乐于分享，大家在群里讨论着工作情况，摄影助理岗位志愿者的专业素养和服务水平也在日渐提高。

最后，蒲宇哥**时刻以严格的标准要求自己，是我们摄影助理志愿者当之无愧的榜样**。刘经理作为我们的负责人、管理者，跟我们没有一点隔阂。每当需要搬运物资、布置会场时的时候，他总是第一个冲在前面；每当有些工作在不完善的地方时，他也会先检讨自己的疏漏。在他的感染下，我们也变得更加踏实、更能坚持更加专注、更在潜移默化中，他人格魅力所感染，将他在心中默默地以他为榜样，砥砺前行，奋力拼搏，为保障冬奥及冬残奥贡献自己的力量。

冬奥会，是我们大显身手的地方。我们立志让专业所学成为服务冬奥的硬核实力，在服务中增强家国责任感，让青春在祖国最需要的地方绽放绚丽之花。作为摄影助理志愿者，我们坚信自己一定能展现出新时代青年的精神风采。在服务岗位上讲好中国故事，传播中国声音。我相信，我们一定能展现出新时代青年应有的精神风采。在冬奥精神的引领下，拼出一个精彩的未来！

在这里，我们全体摄影助理志愿者想对一直陪伴我们的经理和主管们说一声："谢谢！您们辛苦了！"

熊涵睿／文　媒体运行团队／图

媒体运行领域：刘蒲宇

公共卫生领域：我们是好朋友

临出征前，我的岗位从物流领域变更为公共卫生领域，突然的改变让我当时有几分的慌乱，但主管的电话让等待的过程变得充满期待。"我是陈镇，国家高山滑雪中心环外公共卫生领域的主管，你是陈柏汎同学吧？欢迎加入我们公共卫生团队！加我微信吧。"在微信群里，经理和主管们热情地为我们解答了疑惑，当时就觉得经理和主管们非常的nice！上岗后，我们发现他们更nice了，给我们布置了办公室，还准备了特别多的零食，而且给我们特别详细地介绍了场馆的布局和路线，让我们一下子就有了安全感和归属感。

在工作的过程中，我们一起经历了很多事情，其中印象最深的是在经理的办公室分享家乡的美食，来自北京的他们给我们介绍了特别多北京的美食和必打卡餐厅，我们也给他们介绍了自己家乡的美食，我和主管们相约好，下次来我家乡为他们做导游。说是主管，但他们更像是我们的好朋友！陈柏汎／文

环内公共卫生

环外公共卫生

公共卫生领域：王绍华、杨超、吴春雷、王一鑫、张晨、刘啸傲、陈镇（环外）、张运峰（环外）

冬奥会与冬残奥会·国家高山滑雪中心·志愿者　　　　　　冰雪相约高山之巅　魅力冬奥尽在眼前

与国同航　筑梦冬奥
——北京航空航天大学服务保障北京2022年冬奥会和冬残奥会纪实

 # 高山志愿日报

2022年3月11日　总第35期（冬残奥会第11期）

| 奉献 | 友爱 | 互助 | 进步 |

本期摘要　3月11日，287名志愿者上岗233人，休息54人。国家高山滑雪中心赛事正常运行，《高山志愿日报》获新华社、北京日报等媒体报道。

　**志愿风采**

《高山志愿日报》让每位雪花都闪亮

3月11日，新华社、北京日报等媒体报道了《高山志愿日报》背后的故事。

在国家高山滑雪中心志愿者之家，进门就可以看到这样一排整齐摆放、色彩鲜明、制作精美的《高山志愿日报》，每天讲述着"雪飞燕"的冬奥故事，形成了高山冬奥志愿服务的珍贵记忆。"雪飞燕"志愿者领域宣传团队由来自北京航空航天大学的王瀚洲、顾慧毅、张琪、巴丽努尔和来自北京化工大学的张维强、刘奕、万新濛、王文瑶组成，他们分三个组，在场馆30多个点位记录志愿者的工作点滴。"每一个志愿者都在这里闪闪发光，每一朵小雪花都值得被看见。让每一朵小雪花都闪亮是我们编撰《高山志愿日报》的初衷。"宣传团队如是说。

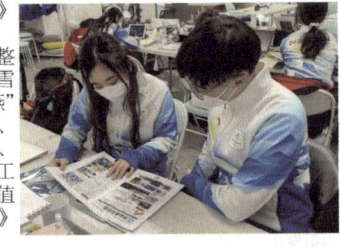

主要负责《日报》编撰工作的王瀚洲说，"在我心中，无论世界舞台上的中国故事，还是'雪飞燕'里的志愿故事，在本质上都是一段段个体故事构成了历史。我想，《高山志愿日报》就是这样一个平台，去展示、去记录志愿者们的风采。在五年后、十年后，小雪花们再与《日报》不期而遇时，这里的点点滴滴将会是让我们潸然泪下的精神宝藏。"

赛事服务：经理与我们肩并肩

赛事服务领域：曹润葛、李鹏、张承阳

"经理其实和志愿者工作助理一样，都是'志愿者的志愿者'，为志愿者考虑，真正关怀志愿者。"曹润葛如是说。

曹润葛经理最开始对给我们留下的印象是，这老师怎么这么凶！经常一脸严肃地检查我们，我们从食堂吃完饭回休息区的路上还要被训"把衣服拉链拉上"。但随着时间推移，老师和蔼可亲的一面逐渐显露。我们要去雪中值岗时，曹老师总会叮嘱我们"多穿点，别着凉了"，换岗的时候老师会说，"辛苦了"，回去好好休息一下"，"该吃饭了，快去吧"。

张承阳老师一口沈阳口音，每次张嘴说话都格外引人注目。张老师对我们一直很亲切，每次见他他都笑呵呵地眯着眼睛，风趣幽默的他能给我们讲一些有趣的见闻。

李鹏老师一直对我们很是温柔。总是很耐心的出现在我们身边，我们有什么问题他都会新平气和地跟我们聊，帮着我们解决工作、学习上的问题。李老师像朋友一样，和我们一起玩、一起笑。

让我们印象最深刻的是之前一次大雪，需要上早班。六点钟睡眼惺忪的我们打开手机，看到经理们在群里发了竞技场馆外的大雪照片，提醒我们天冷，一定多加衣物做好保暖。天还黑着，原来经理们这么早就到了，一股暖流涌上心头。几位老师像大家长一样监督我们，陪伴我们，把我们团结成一个大家庭，和我们并肩解决所有困难。

请党放心，冬奥有我！

经理故事

"经理跟对，幸福加倍"
——BRS志愿者眼中的张博经理

转播服务领域：张博、熊安逸

"看似严肃，不苟言笑，但实际亲切、温暖、细致关心。"这是所有转播服务志愿者们对高山滑雪中心转播服务经理张博老师的一致评价。对高山滑雪中心转播服务志愿者们来说，帮助缓解赛时忐忑心理，安抚紧张情绪，能使我们全身心投入冬奥、冬残奥工作，忙碌但又快乐上岗的定心丸与抚慰剂——就是我们的经理，张博老师。

如师如长

比起领导与被领导，张博经理与志愿者的关系更像师生。转播服务岗位工作细碎，点位繁杂，志愿者人数有限，张博经理为大家建立了完善的轮岗制度。初入场馆，志愿者们既新鲜又激动，对于赛时工作充满好奇，张博老师不厌其烦，带着大家一遍遍熟悉工作岗位，力求志愿者们在讲解中理解转播知识，学到真正有用的专业技能。在年轻的外表下，他总会替大家想前想后，细腻、成熟、负责，"有不懂的随时问"、"有想学的随时学"，吸收、学习逐渐成为转播组的日常。赛时带领大家观看转播纪录片，一字一句精细讲解；转换期极征求大家对于其他领域的了解意愿，即使在职责之外，张博老师也尽力地去帮助志愿者们开展讲座，满足大家"服务奥运、学习奥运"的想法。"一定要把握好这次冬奥的机会，多问、多想、多学。张博老师不仅是这么说的，也是这么做的。

除了鼓励大家积极学习，在工作中，张博老师也成为大家最钦佩、最敬重的榜样。转播组服务OBS，赛前要和OBS及时排查各类会影响转播质量的问题与隐患。屋顶平台有积雪影响摄像怎么办？比赛延误颁奖时需要照明怎么办？大到线缆摄像机的搭建，小到一块防滑垫的铺设，张博老师亲力亲为。向上联通OBS，问下对接场馆部门，每每随他一起值班巡查参与会议，都是志愿者们最受震撼的时刻，手台电话多重联络，呼叫声和电话铃声此起彼伏，最繁忙最紧张的时刻，张博老师也能有条不紊地从容对待。"跟随张博老师值班巡查是最幸福的"、"真的被工作能力震撼到了。"这是志愿者们最真实的感叹，也是志愿者们最真心的评价。

如兄如友

私下里，志愿者们会称呼张博经理"博哥"、"博总"，这位年轻但又干练的经理，已经真实地成为了志愿者心中兄长、朋友一般的存在。转播组内，每一日也都不间断的发生着温馨时刻。

方若彤：那天我在竞技结束区值班，时间已临近12:00，看着来来往往的人，突然远处走来了两个熟悉的身影。是博总和小熊姐姐（主管）。他们来到我们面前，开口又是那句熟悉的问候："你俩吃饭了吗？快去吃饭吧。"我和另一位志愿者相视一眼，又看了看身后的混采区，这才结束转播商没有看完工作的时候："还有人没走，我们等一会儿吧"。我俩回答到。"诶呀，快去吃饭吧。"张博哥和小熊姐姐仍然让我们去吃饭，似乎是看出了我们的犹豫，"你们去吃饭吧，我们替你们值班"。于是，在他们的不断催促之中，我们去吃饭了，这是我经历过的最"离谱"，也是最靠谱的一件事。

翟子玥：在我们混采区查岗验证时，比赛一直从上午开始到下午两三点结束，由于天气寒冷，值班人员较少，需要频繁轮岗，前去竞技结束区就餐不太方便，我们志愿者便选择了在办公室吃泡面。张老师见状，问我们为什么不去吃饭，是因为时间原因还是别的问题。得到答复后也没有再继续说什么这便离开了。半个小时后，当我们又去吃饭的时候，张博老师提着三套食堂饭菜，饮料水果也都齐全，不过说了一句："吃这个吧，趁热吃。"便转身离开了。留下我们泡面十分感动又不知如何表达。张博老师就是这样呀，会心中担忧着志愿者的日常，话虽然不多，但又能足够真切地感受到他的温暖。

朴宣夷：那天因为赛事的时间跨了午饭时间，岗不离人，所以我去买了点面吃一点泡面就回去站岗，值班人员较少，可是不一会儿，他提着一袋子饭和零食回来，叮嘱我们好好吃饭，然后摇一摇衣袖深藏功与名地走了，留下了我们几个原地啊的不知所措。还有第一天跟随博总值班，有位OBS的工作人员嫌楼门下特别拿着雪板不方便，和博哥说希望楼门可以一直开着。博哥特别果断地对他说"Sorry, my people will be cold."博哥总是用最利落的动作传递最简洁的关心，什么铁汉柔情啊！

高文文："冷不冷？""吃饱了没？""早点回去休息。"是上岗过程中听到的张博老师最多的嘱咐，即便在最繁忙的工作中，他对志愿者的关心也从来没少过一分一毫。连办公室都是张博老师为我们争取来的，本来BRS志愿者是没有单独工作休息间的，OBS原本打算将我们现在的工作休息间当作单独的设备间，被张博老师一口回绝，原因是"我的人一定要有休息的地方"。

李双：张博老师会在我们室外值班时，看到我们第一句话就是问冷不冷，告诉我们"冷的话就可以几个人轮一轮，不需要都站这儿。"，会在反奥饭午饭时间值班时，多次嘱托我"你待会儿早点去吃饭，吃完饭再去值班。"在验收期间需要与外国人接触时，走到我身边叮嘱我戴"可以站远点，注意防护。"……张博老师细致地关心着我们的方方面面，在张博老师的合理工作安排下，没有特别疲惫，还了解到了很多之前从未接触过的领域的知识，可以说是收获满满，不虚此行。

真心，真诚，是张博老师时刻都在向志愿者们传达的温情信号。为志愿者考虑、真正关怀志愿者，这也是张博老师给大家留下的最真实的印象。"经理跟对，幸福加倍"。志愿者们调侃的话中包含了多少感激与感动，能够进入转播组服务，是转播组内七位志愿者们，最大的幸运与幸福。

高文文、朴宣夷、李双、翟子玥、方若彤、卢恒润、杨一冰 / 文 转播组、高山场馆 / 图

张博老师与BRS志愿者们大合影

张博老师为志愿者们讲解相关工作知识

语言服务经理们的反差萌

语言服务领域：张笛经理，张泽润副经理

什么？不会还有人不知道场馆全员大合影时的"冰墩墩"本尊就是我们的张笛经理吧！和外表憨憨、举止可爱的吉祥物一样，笛哥也有反差萌。他乍看高大、严肃，实则幽默、幽默。实地踏勘时，他为我们详细介绍了工作内容、点位和流线；领域内有小伙伴丢了东西，他亲自前后从中协调；志愿者第一次做陪同翻译，他找来资料帮忙做准备……转瞬间，冬残奥会即要闭幕了，他曾亲自带我们去医疗站、防疫办公室等区域报到上岗的场景还历历在目。当张笛经理向其他领域经理介绍道"这是我们语言领域的志愿者，今后就在你们这儿服务了"的时候，我们能够感受到他的关切和骄傲，这也更加坚定了我们的决心——认真工作、不负所托。

副经理张泽润的反差萌则体现在他的温和内敛与"小巨人"一般的担当。进入闭环前，他是群里"没有感情"的翻译练习发布者，我们之间好像就从那时开始，在每次彼此的练习间的"拍一拍"中逐渐建立起了紧密的联系。闭环后，小到领物资、订盒饭，大到做交传练习、收发同传设备，他事无巨细地保障我们的工作。为了让每位志愿者能够体验各个区域的工作内容，他综合考虑个人能力、领域特色和学习情况，为我们制定了完美的排班表。在小小的办公室里，我们一起学习、一起欢呼、一起聊天，微信群里的"拍一拍"变成了清早推门时确认你在的安心。 孔畅 / 文

语言服务志愿者与经理们合影

与国同航 筑梦冬奥
——北京航空航天大学服务保障北京2022年冬奥会和冬残奥会纪实

冬奥会与冬残奥会·国家高山滑雪中心·志愿者
冰雪相约高山之巅 魅力冬奥尽在眼前

高山志愿日报

2022年3月12日 总第36期（冬残奥会第12期）

| 奉 献 | 友 爱 | 互 助 | 进 步 |

本期摘要 3月12日，287名志愿者上岗254人，休息33人。国家高山滑雪中心第五周"志愿之星"完成评选。志愿者在"高山·一起向未来"留言箱中留言，"雪飞燕"志愿者，一起向未来！

国家高山滑雪中心第五周"志愿之星"

经过个人申报、业务领域推荐、评审，拟授予以下83位志愿者国家高山滑雪中心第五周"志愿之星"。

巴丽努尔·海拉提，志愿者，北航
曹雨涵，技术，北航
陈诚，技术，北航
邓泽宇，体育，北航
董新哲，安保，北航
高睿其，技术，北航
顾慧毅，志愿者，北航
关天洋，媒体运行，北航
何国傲，场馆管理，北二外
江浩杭，体育展示，北航
姜雨菲，场馆管理，北航
解天一，交通，北航
孔令琪，志愿者，北航
李海涛，媒体运行，北航
李金晏，媒体运行，北二外
李　宇，转播服务，北二外
李双，体育，北航
李朔阳，庆典仪式，北二外
李杨宁，志愿者，北体大
李羿，技术，社会来源
林春明，志愿者，北航
林弘晔，交通，北航
刘璐雅，反兴奋剂，北化
刘明道，志愿者，清华
刘爽，媒体运行，北化
刘雅曦，志愿者，北航
刘洋岐，反兴奋剂，北化
刘哲豪，交通，清华
龙欣然，技术，北化
吕萌，媒体运行，北化
马骏，场馆管理，北化
穆子涵，礼宾，北航
庞家泰，交通，北二外
庞一淳，体育，北航
秦瑜航，人员管理，北航
任明煦，礼宾，北航
商铜，志愿者，北二外
宋威豪，媒体运行，北化
孙佳静，志愿者，外交学院
万新，志愿者，北化
王广琛，交通，北化
王佳琪，志愿者，北化
王文瑶，礼宾，北化
王心怡，体育，北二外
王宇轩，体育，北航
温心，公共卫生，北航
吴宇，媒体运行，北航
吴家佳，赛事服务，北化
武在洽，场馆管理，北航
徐子安，礼宾，北航
杨露佳，媒体运行，北二外
杨小乐，志愿者，北二外
叶澄澄，媒体运行，北航
张毕云，技术，外交学院
张春雨，体育，北航
张景轩，志愿者，北航
张琪，志愿者，北航
张维强，志愿者，北化
张晓磊，交通，北航
张，语言服务，北航
章一琛，赛事服务，国关
阿丽米热·努尔麦麦提，公共卫生，北化
陈柏，赛事服务，北化
樊立军，赛事服务，北化
韩擎之，赛事服务，北航
姜海洋，赛事服务，北航
刘畅，礼宾，北化
刘斯佳，赛事服务，北航
任思颖，赛事服务，北航
田若辰，赛事服务，北航
王鹏，交通，北化
王雯，技术，北化
王长海，赛事服务，北航
徐天然，礼宾，北化
薛宾，交通，北二外
薛冉骁，交通，北化
张津泓，交通，北航
张可姗，赛事服务，北化
张胜翔，赛事服务，北航
张欣慧，赛事服务，北化
张紫，赛事服务，北化
赵雨杭，赛事服务，北航
叶怡君，赛事服务，北航

"我心中的奥林匹克"国家高山滑雪中心征文比赛·第二阶段

在征文第二阶段，共收到投稿20篇，获奖作品16项，其中最佳作品一等奖7项，二等奖9项，如下。

最佳作品一等奖（7项）
李琳溪《小雪花大梦想》
苏严宇婧《冬ашы奥，璨且傲》
熊涵睿《永不低头，永不服输》
张信嘉《母子齐上阵助力冬残奥》
钟一宁《新时代的"奥林匹克"》
周绍栋《纯洁的冰雪清澈的爱》
胡特《我眼中的奥林匹克》

最佳作品二等奖（9项）
胡浩怡《海坨记事》
汤乐融《春日泥土下寂静的声响》
熊涵睿《做光影捕手，展冬奥风采》
陈亮羽《燃烧的雪花，让温暖续航》
孔畅《我的冬奥初心》
薛冉骁《千磨万击志难挫》
孔畅《做好沟通的桥梁》
李奕辰《冬日里的一束暖阳》
刘靖雨《缆车里，我看见一座活的场馆》

扫描二维码 阅读获奖文章

请党放心，冬奥有我！

经理故事

反兴奋剂：刀子嘴豆腐心的大家长

反兴奋剂领域：张祥雨

上岗第一天，因为班车调度问题，反兴奋剂几乎全部志愿者都没能准时坐上上山的班车。惴惴不安地走入竞速区兴奋剂检查站，我们看到了早已等候多时的检查站经理。经理张祥雨老师催促着我们赶紧收拾好东西坐下，举行了第一场见面会。

"第一，高山上环境复杂，在你们还没有熟悉场地的时候，严禁一个人出站。"严厉而认真的要求，掷地有声，也是由此，我们与张老师、其他检查官一道，开启了奇妙的冬奥之旅。

他是严肃认真的检查站经理。 考虑到高山滑雪这一项目的复杂性，在赛前张老师就带领我们前往竞技结束区、竞速结束区进行踏勘，实地讲解运动员陪护流程。在赛时，他严格要求每一位陪护员，规范陪护员工作流程，为运动员提供最专业的兴奋剂检查。在张老师的坚强领导下，就算是一天双赛，面临着比赛间隔短、结束区不同、人手短缺等困难，全体陪护员仍旧通知高效、操作规范、转场迅速，有条不紊地完成两场比赛的通知环节，实现一人不错、一人不丢，圆满完成任务。

他是万无一失的最强靠山。 高山上的工作，没有意外就是最大的意外。同学们总会在陪护工作中遇到千奇百怪的情况，而这时，手台里一句"呼叫张老师"便是同学们的定心丸。是他追回运动员丢失的通知单复制件，是他在陪护员都有任务时临时顶上，自己穿上雪板滑雪道陪护，也是他包容着我们各式各样的小错误，笑着说"没关系"，拍着我们的背安慰我们。正是在这种关心和鼓励之下，同学们也在努力学习，飞速成长，成为合格而独当一面的陪护员。

他是刀子嘴豆腐心的大家长。 他关心着同学们的一举一动，小到有没有吃早饭，大到出站上岗前的防疫物资是否带全，都被他收入眼底。他总是一边狠狠打趣，又一边真切地为同学着想，提醒着同学们快乐上岗，平安返程。张老师特有的诙谐和幽默总是在不经意间影响着同学们，让同学们在志愿服务工作的间隙感受着家人一般的温暖。

冬奥及冬残奥的工作一晃即逝，但我们与张老师的工作回忆会永远珍藏在我们心间。正是张老师的领导和关怀，让反兴奋剂志愿者度过了最美好的45天，为冬奥的志愿服务工作增添浓墨重彩的一笔。

牛家赫/文　反兴奋剂团队/图

"高山·一起向未来"留言箱

在"雪飞燕"的服务时光即将结束，感谢在这里热情服务、执着坚守的你！这里是"高山·一起向未来"留言箱，欢迎在这里留言。

【留言1】一转眼，冬奥会和冬残奥会就要开完了，椅子还没坐稳就收回了，屋子还没待熟就拆除了，衣服还没穿热就要压箱底了，志愿者还没当几天就光荣下岗了。昨晚听说今年考研分数线比之前高了十多分，在惊叹于他们内卷程度的同时也意识到我也要重返尘世成为他们的一员。这志愿经历想想还是不过瘾，当着当着风停了雪停了年过完了，又当着当着课来了雨来了雪道让太阳晒没了。竞速那边现在估计拆了个杯盘狼藉，我哭了个稀里哗啦。祝整体稳中向好，祝赛事圆满完成，祝早日战胜疫情。运动员回国训练，经理回单位上班，我们回学校上课，我们都有光明的未来。

by：庞家泰（礼宾）

【留言2】To: 媒体运行混合区的大家！
神明没收了少年的胆怯，所以少年们的青春总是轰轰烈烈。
风中已经有了春天的气息，那就祝我们在见不到却彼此的日子里永远思念着对方。

by：许一诺（媒体运行）

【留言3】遇上一场泼泼洒洒的大雪。看过一次云山雾罩的仙境。交到好多好多朋友。看到过以往不曾见过的风景。感受过来自各个国家文化的善意。因为没办法解决外宾的问题偷偷自责内疚过。也曾为他们一天比一天更熟络热情的态度满怀欣喜。高山滑雪这个场馆真的很符合我的喜好。野性，像雪林里蓄势的豹。有山川、怪石、远天、自由的空气。山河远阔，尽在这里。为别的国家的国歌响起热泪盈眶。为发挥失误的选手发自真心地扼腕叹息。把拿到手的每一个徽章都视若珍宝，不愿拿出交换，怕糟蹋了他们的一片心意。会和不认识的小蓝说辛苦了。会在上班时向擦肩而过的外国友人 say hi, morning。会跟新认识的西班牙朋友交换礼物。会与偶遇的老友紧紧相拥。我真的好爱冬奥冬残奥，好爱这里。我们即将满怀美好回忆奔向未来，只希望回想时还能忆起这里的冰雪和山风，还能在不知不觉间盛满盈眶的泪。by：李昔桐（礼宾）

【留言4】地球是圆的，注定了以后各位一定还会再见面的。我最亲爱的战友们，以后请多回我们战斗的地方看看。by：李旻宇（赛事服务）

附录

冬奥会与冬残奥会·国家高山滑雪中心·志愿者　　　　　　冰雪相约高山之巅　魅力冬奥尽在眼前

高山志愿日报

2022年3月13日　总第37期（冬残奥会第13期）

| 奉 献 | 友 爱 | 互 助 | 进 步 |

本期摘要

3月13日，"雪飞燕"最后一场冬残奥会赛事顺利结束，志愿者代表将于今晚前往鸟巢参与冬残奥会闭幕式，见证双奥之城又一伟大时刻。国家高山滑雪中心感谢每一位志愿者。

 **志愿风采**

"雪飞燕"最后一场冬残奥赛事顺利结束
志愿者见证双奥之城又一伟大时刻

3月13日，国家高山滑雪中心服务完最后一场北京2022年冬残奥会赛事：男子回转比赛。志愿者见证了中国运动健儿在"雪飞燕"夺金，志愿者保障了"雪飞燕"冬奥、冬残奥赛事的顺利进行，今晚，志愿者代表将前往鸟巢参与北京2022年冬残奥会闭幕式，见证双奥之城又一伟大时刻。

《高山志愿日报》结刊　感谢每一位志愿者

在国家高山滑雪中心有这样一份日报，它由高山的每一名志愿者共同投稿撰写，它每天讲述着"雪飞燕"的志愿故事，它形成了高山志愿服务的珍贵记忆，它想让每一个志愿者都在这里闪闪发光，它就是《高山志愿日报》。

《高山志愿日报》共计完成37期，共发布新闻68篇、岗位巡礼18篇、经理故事19篇、志愿心语25篇，公示志愿之星162人，这里有高山的精彩，更有你们的故事。《高山志愿日报》在冬奥阶段完成了24期，在残奥阶段完成13期，分别对应着第24届冬季奥林匹克运动会和第13届冬季残疾人奥林匹克运动会，这是对我们全体志愿者所服务的北京2022年冬奥会与冬残奥会的致敬。

服务结束后，《高山志愿日报》将集结成册，永久作为冬奥遗产封存，也作为每一位在"雪飞燕"辛勤付出的冬奥人的精神宝藏。最后的最后，《日报》感谢各领域每一名志愿者为我们提供了大量的优质图片和文字素材，并对我们的关注、支持与包容。感谢每一位志愿者，我们来日方长，不说再见！

经理故事

全体志愿者的守护人——志愿者经理

志愿者领域有两位经理，一个像父亲一样沉默关怀，一个像哥哥一样阳光温暖，他们是全体志愿者的守护人，他们是李广玉老师和李腾飞老师。每天早晨七点到达办公室，总能看到他们已经坐在桌前，笑着和每个人打招呼。志愿者工作助理们好像从来没有看到过他们上班、下班的样子，因为他们总是来的最早，走的最晚。他们的关心总是"润物细无声"，融入每天的生活中。每天早上到办公室后，广玉老师和腾飞老师会先烧一壶热水，供大家在寒冷的天气中喝上一杯热水、吃一碗热气腾腾的泡面。记得在刚刚到达场馆的时候，大家还带着一些腼腆拘谨，连办公室的人都还没有认全，广玉老师和腾飞老师就已经可以叫出每个人的名字，细心地关注到每个人是不是适应新环境……总有很多这样的细节，让我们瞬间"破防"，在遥远寒冷的延庆感受到家的温暖。

3月13日，在冬残奥会最后一天的早会上，志愿者之家2位经理和22朵小雪花分享了自己50多天来的感受和故事，我们得知，广玉老师坚守在"雪飞燕"已长达14个月的时间，腾飞老师也已经在"雪飞燕"工作达200天，他们是场馆从无到有的见证者，从空无一人的冷清，到充满"蓝精灵"们欢声笑语的热闹。他们说是我们为场馆注入了活力，我们却觉得，是他们为场馆注入了灵魂。

他们像两棵树，根牢牢扎在山石中，叶遥遥散到风雪中。"桃李不言，下自成蹊"，他们说的很少，却始终默默保护，不论身在哪里，不论遇到什么困难，只要看到他们，就会觉得温暖、安全。

国家高山滑雪中心致全体志愿者的感谢信

亲爱的志愿者"小雪花"们：

你们好！北京2022年冬奥会和冬残奥会即将圆满收官。回首过去的两个月，能与你们相聚"双奥之城"，奉献冰雪盛会，是我们最大的荣幸。在此，谨向你们致以衷心的感谢和崇高的敬意！

从开幕式上高频亮相，到残奥选手摘金夺银，高山滑雪作为世界上复杂程度最高、组织难度最大的雪上竞赛项目之一，赛事保障任务尤其艰巨。同时，"雪飞燕"又是海拔最高、气温最低、占地最广、参赛国最多、服务时间跨度最长的比赛场馆，自然条件非常艰苦，工作挑战非常大。作为志愿者的你们，不畏严寒挑战，勇担急难险重，18个领域31个岗位团结齐心、密切配合，320朵"燃烧的雪花"倾情奉献，助力每一场赛事精彩圆满。正是因为你们，这颗"冬奥皇冠上的明珠"才更加璀璨。——谢谢！"雪飞燕"因你们精彩！

这两个月，自寒冬到初春，从日出到日落，志愿者留下太多难以忘怀的感人瞬间：我们记得热情洋溢、活力始终的你，记得风雪坚守、无怨无悔的你，记得睫毛结冰、笑中落泪的你，记得手掌开裂、鼻梁勒伤的你，记得专业赋能、素养过硬的你，记得日行万步、奔走不歇的你，记得不离不弃、贴心陪护的你，记得披星戴月、全天在岗的你，记得幕后付出、保驾护航的你……你们是"门面担当"，是"最强大脑"，是"忠诚卫士"，是"幕后英雄"，每一位志愿者都亮眼出色、不可或缺。奋战海陀之巅，你们共同汇成"最温暖的那道蓝光"。——辛苦！"雪飞燕"被你们温暖！

"能够参加北京冬奥会、冬残奥会的志愿服务工作，是人生难得的机会。"亲爱的小雪花们，能够征服冰雪的人，势必有颗炙热的心，相信"雪飞燕"这段冬奥旅程的终点，将是你们更加精彩未来的起点。希望你们炙热的"奉献之火"永远燃烧，在新征程上踔厉奋发、笃行不怠，为奋进民族复兴书写更加绚丽的青春篇章。——加油！"雪飞燕"为你们喝彩！

冀望未来，大道宽广。衷心地祝愿每一位志愿者能接续精彩、再启新程、成就未来，我们后会有期！

国家高山滑雪中心场馆运行团队

2022年3月13日

《高山志愿日报》为国家高山滑雪中心志愿者领域编辑排版的纸质媒体，每日向场馆主任报送，同时电子版定期向延庆场馆群、各领域经理、各领域每名志愿者报送。每日更新的《高山志愿日报》讲述着"雪飞燕"的冬奥志愿故事，旨在为每一位志愿者提供发声平台，篆刻志愿者的每日服务印记，让每一朵"小雪花"都闪亮。

自1月28日全体志愿者上岗，至3月13日冬残奥会闭幕，北京航空航天大学志愿者工作助理宣传团队共编纂制作《高山志愿日报》37期，其中冬奥阶段24期，冬残奥会13期。《高山志愿日报》共计发布新闻66篇、岗位巡礼18篇、志愿者与经理故事19篇、志愿心语25篇，展示了全部领域"志愿之星"的事迹。《高山志愿日报》全37期报道聚焦国家高山滑雪中心志愿服务，多方位展示了志愿人物群像，覆盖了国家高山滑雪中心320名志愿者所在的全部岗位，内容积极，展现志愿者风采，树立志愿者榜样，为场馆志愿者留下一笔宝贵的精神财富。

主流媒体以《高山志愿日报》素材为基础，持续报道北航冬奥故事。《人民日报》、新华社、中央电视台、《光明日报》、北京2022年冬奥会官方网站、《北京日报》等主流媒体刊（播）发正面报道230余篇（次），日均报道3篇（次）。